Frauen & Literatur

Herausgegeben von Ellen Politzky

Für ihren ersten Roman »Das Haus mit der blinden Glasveranda« erhielt Herbjørg Wassmo den Literaturpreis des »Nordischen Rats«. In ihrem zweiten Buch »Der stumme Raum« erzählt sie die Geschichte von Tora, dem Mädchen aus dem Tausendheim, weiter. Wieder gelingen ihr eindrucksvoll mystische Naturschilderungen und nuancenreiche Bilder aus dem kargen Leben eines norwegischen Fischerdorfes. Vor allem aber in den detaillierten, stimmungsreichen Innenansichten des jungen Mädchens zeigt sich das große literarische Talent der norwegischen Autorin.

Herbjørg Wassmo, 1942 in Norwegen geboren, hat viele Jahre als Lehrerin an einer Volksschule gearbeitet. Schon als Kind schrieb sie Lyrik, und bis heute sind bereits zwei Sammlungen in Buchform erschienen, dazu kommen Veröffentlichungen in Zeitungen und Zeitschriften. Heute studiert Herbjørg Wassmo Philologie an der Universität von Tromsø und konnte inzwischen bereits einen zweiten Literaturpreis erringen, nämlich den norwegischen Buchhändlerpreis für den vorliegenden Roman.

Von Herbjørg Wassmo erschien ebenfalls in der Knaur-Taschenbuchreihe *Frauen & Literatur:*

»Das Haus mit der blinden Glasveranda« (Band 8008)

Deutsche Erstausgabe

Titel der Originalausgabe »Det stumme rommet«

Umschlaggestaltung Adolf Bachmann
Umschlagillustration Brigitte Schneider
Satz IBV Satz- und Datentechnik, Berlin
Druck und Bindung Ebner Ulm
Printed in Germany · 1 · 8 · 585
ISBN 3-426-08037-0

1. Auflage

Herbjørg Wassmo:
Der stumme Raum

Roman

Aus dem Norwegischen von Ingrid Sack

Knaur

ISBN 3-426-08037-0 980

1

Es hämmerte! Hämmerte und hämmerte. Das Herz war ein Ungeheuer, das sie verschlang.

Sie versuchte sich aufzusetzen. Wollte das Kissen hinter den Rücken stopfen, so daß sie aufrecht sitzen konnte. Aber sie fand kein Kissen.

Luft! Sie beugte sich hintenüber gegen das Kopfende des Bettes, um besser atmen zu können.

Sie glaubte, sie läge in der Dachstube von Bekkejordet, bei Tante Rakel und Onkel Simon. In dem weißen Bett. Mit der rosa Nachttischlampe daneben. Bestimmt. Sie erkannte das alles ja wieder. Aber nein...

Sie riß den Mund weit auf. Sie keuchte. Es half ein wenig. Seltsam, wie unruhig die rosa Nachttischlampe heute abend brannte. Sie flatterte wie ein Nordlicht – oder...

Wo war sie jetzt? Das Gesicht und der Hals. Schweiß. Scharfer, stickiger Geruch. Dann war es doch nicht Bekkejordet. Auch nicht die Nachttischlampe. Es war die Kiste. Die Kiste an der Wand von der Tobiashütte. Sie war in die Kiste geglitten. Und dort hinten auf der Tür war *sein* Gesicht. Es wuchs ihr entgegen. Sickerte in ihr klopfendes Herz hinein. Wurde größer und größer. Sie spürte, daß sie nahe daran war aufzugeben. Einfach aufzugeben. Aber nein, das durfte sie nicht.

Dann war *er* also tot? Ja! Sie wippten ihn auf der Tür, die sie aus den Angeln gehoben hatten, auf und nieder und versuchten, ihn ins Leben zurückzuholen. Versuchten, das Salzwasser herauszubekommen. Aber sie schafften es nicht! Keiner schaffte das. Denn Tora hatte ihn in den Tangbüscheln gelassen. Sie hatte ihn ertrinken lassen. Sie würde niemals mehr im Meer baden. Wenn sie nur Luft bekäme.

»Lieber Gott, ich hatte doch nur die Strümpfe an, wie du dich vielleicht erinnerst. Es ging so langsam... deshalb konnte ich erst dort sein, als...«

Er hatte ein Gesicht bekommen. Es leuchtete ihr blau entgegen, mit alten, dunklen Bartstoppeln. Die Augen waren geschlossen, und doch

offen. Sie sah deutlich die großen weißen Zähne zwischen den halboffenen bläulichen Lippen. Er war also tot! Jetzt stand sie ganz oben auf dem Gerüst von Onkel Simons Bau. Der Wind strich über ihre Haut. Über alles. Und die Stiefel fielen und fielen. Fielen sie wirklich? Nein, sie selbst fiel. Sie fiel in den Regenbogen, in die Flötentöne, in das Feuer. Aber *er* war tot.
War es nicht so, daß die Menschen, wenn sie jemanden sterben sahen, das Böse loswurden, das zwischen ihnen lag?
Dann konnte er doch nicht tot sein!
Endlich vermochte sie sein Gesicht zu sehen, ohne sich abzuwenden. Es war ein gewöhnliches Männergesicht, wie sie es in Vaeret jeden Tag sah. Eines, wie es alle Männer hatten. Ein ganz gewöhnliches – man brauchte sich davor nicht in Sicherheit zu bringen.
Und endlich bekam sie wieder Luft. Langam beruhigte sich das Herz. Alles verschwand in einer dampfenden, rotierenden Dunkelheit.

Sie kam am Küchenschrank wieder zu sich. Die Mutter hielt ihr einen nassen Lappen ins Gesicht. Die Übelkeit war nicht schlimm. So etwas hatte sie schon früher erlebt. Sie nahm Mutters Hand und hielt sie fest. Sie spürte, daß viele Worte im Raum hingen, die keiner ausgesprochen hatte. Die Dunkelheit stand in dem offenen Fenster wie eine Wand. Es zog wohltuend. Kühl. Frisch.
Die Mutter war blaß, aber nicht ratlos. Es gab etwas für sie zu tun. Sie war schon mit schwierigeren Dingen fertig geworden als mit einer Ohnmacht.

Es war an dem Tag, als sie Henrik Toste abholten und ihn wegen Brandstiftung an Simon Bekkejordets Fischereibetrieb und den Fischerhütten ins Gefängnis überführten. Es war an dem Tag, als Tora zu Ingrid sagte, daß die Preiselbeeren oben am Veten sicher reif seien.
Da war kein Brand, weder in Simons Fischerhütten noch in der Dachstube von Bekkejordet, wohl aber an dem alten Küchenschrank, gegen den Tora sich lehnte. Rund um die Knöpfe an den Schranktüren sah man kein Farbe mehr. Denn die Mutter fand abgewaschene Farbe und nacktes Holz besser als alten Dreck.
Erst jetzt begriff Tora, was geschehen war. Es hatte die Wirklichkeit gesprengt. Eine halbe Stunde verging, bis sie endlich sprach. Ingrid blieb ganz ruhig und machte sich mit diesem und jenem zu schaffen.

Dreimal holte sie frisches, kaltes Wasser aus der Leitung und gab der Tochter zu trinken, ohne daß diese darum gebeten hatte.
So um sechs Uhr machte sie sich fertig für die Abendschicht in der Fischfabrik. Suchte mit aller Ruhe ihre Sachen zusammen. Die Stimme war wie immer, als sie Tora bat, so lange liegenzubleiben, bis sie zurückkäme. Und Tora nickte. Sie hatte Farbe bekommen. Aber Ingrid beunruhigte diese Farbe. Sie paßte gar nicht zu Tora. Vielleicht sollte sie doch den Doktor holen?
Ob sie in der Fabrik Bescheid sagte, daß sie heute abend eine Aushilfe für sie einsetzen solten? Aber nein. Nicht heute abend. Sie mußte da durch. Da half gar nichts. Tora mußte allein zurechtkommen. Sie war zäh.
»Haste etwa Fieber?«
»Fieber? Wieso das denn?« Toras Stimme war matt, aber wiederum auch nicht so, daß man auf eine ernstliche Erkrankung hätte schließen können.
»Nein, denn sonst bleib' ich lieber zu Hause.«
»Nein, ich hab' kein Fieber.«
Tora verstand.

Elisif, die unter dem Dach wohnte, hatte Sol mit einem Zettel zu Ingrid hinuntergeschickt. Darauf stand, daß Ingrid, falls sie Erbauung brauche, um sechs Uhr am gleichen Abend im Bethaus willkommen sei, das Knie zu beugen. Ingrid antwortete nicht. Und sie ging zur Abendschicht, für die sie eingeteilt war.
Unten in Vaeret beeilte sie sich so sehr, daß ihr der Schweiß ausbrach. Aber es gab keinen anderen Ort, nach dem sie sich weniger gesehnt hätte. Sie band sich die weiße Schürze um und das Kopftuch. Die Hände zitterten ein wenig, als sie sich an den Tisch mit den Schachteln und dem Cellophan setzte. Sowie die drei anderen Frauen auf ihrem Platz saßen, richteten sie ihre Augen auf Ingrid.
Dann kamen die Männer. Sie hatten auch Augen. Ingrid sah nicht auf. Wartete nur. Starrte herunter auf die Stahlplatte.
Das Gesicht war wie eine Maske.
Hätte sie aufgeschaut – hätte sie vielleicht den einen oder anderen Blick eingefangen, der weder feindlich noch schadenfroh war. Aber Ingrid saß wie in einer Kapsel.
Sie saß vornübergebeugt und wartete. Dann kam der Fisch.
Und sie legte ein unglaubliches Tempo vor und war ein Teufel. Bereits

in den ersten fünf Minuten fielen gereizte Worte, daß sie das Tempo herunterschrauben solle. Da saß eine Junge, Ungeübte, an Gretes Stelle. Anlaug. Aber Ingrid dachte: Soll sehn, wie sie klarkommt. Soll sich die Zähne ausbeißen. Soll lernen, sich nach den Gesetzen in Vaeret zu richten.

Nach fünf Stunden Schicht holte Ingrid zusammen mit den drei anderen ihren Mantel. Hansine schwankte ein wenig, als sie sich die Gummistiefel anzog. Sie war ganz blaß. »Biste krank?« fragte Anlaug. Ingrid merkte, daß Frieda sie schief ansah. Sie beeilte sich mit ihrer Schürze und drehte mit steifen Fingern den Deckel der Thermosflasche zu. Es lag etwas in der Luft.
»Nein, nicht grad krank. Nur müde.« Hansine lehnte sich gegen die Wand. Dann sah Ingrid, daß Tränen an den grauen Wangen herunterliefen. Es war, als ob sie aufwachte. Es bewegte sich etwas in ihr. Etwas, auf dem sie so lange herumgetrampelt war.
Sie hatte sehr wohl den kleinen, runden Bauch von Hansine gesehen. Vierter, fünfter Monat etwa. Hansine hatte schon drei Kinder. Sie waren dicht hintereinander gekommen. In der Fischfabrik arbeitete sie erst seit einem Jahr. Seit sie das Jüngste nicht mehr stillte. Ingrid erinnerte sich noch, daß sie in der ersten Zeit in den Fünf-Minuten-Pausen Milch abgepumpt hatte. Hansine weinte.
»Komm, ich fahr' dich auf'm Fahrrad nach Hause«, sagte Frieda, suchte Hansines Sachen zusammen und stopfte sie in das Netz.
Die harten Blicke trafen Ingrid in den Nacken. Sie spürte, wie sie brannten. Wollte sich umdrehen und sagen, daß sie tatsächlich das Tempo ganz unnötig so hochgeschraubt hatte. Wollte die Hand hinstrecken. Aber sie brachte es nicht fertig. Sie hatte nie richtig zu ihnen gehört. Drängte sich auch nicht auf. Wollte ihnen beweisen, daß sie außerhalb stehen konnte und trotzdem zurechtkam. Dann ging es ihr auf, daß man ihre kleine Gruppe leicht entzweien konnte. Das taten die, die am Ende an allen Dingen verdienten. Solche wie Dahl.
Sie klappten die Brieftaschen zu, wenn die Schiffe mit so und so viel Tonnen Fischfilets vom Kai ablegten. Es war richtig, was Grete predigte: Man arbeitete für einen Schietlohn, auch wenn man schuftete, bis man umfiel.
Das war der Grund, warum die Freundschaft nicht überlebte in dem engen, verräucherten Eßraum mit dem nüchternen Resopaltisch und dem brandfleckigen Metallaschenbecher, auf dem Bodö Aktienbraue-

rei stand. Das war der Grund, warum keine Zeit für ein freundliches Wort blieb, kein Raum für etwas anderes als die Hetzerei, um das Tempo zu halten! Nein, Ingrid, sagte ihr eine innere Stimme. Ging es denn heute abend darum? Bist du ehrlich? Ist es nicht so, daß du dich in deine eigene prächtige Verbitterung einschließt und es die anderen büßen läßt? Hättest du das Tempo nicht so hochgeschraubt, dann wäre der Fisch vielleicht in den Kühlraum gestellt und auf zwei Schichten verteilt worden, und Hansine wäre nach Hause gegangen, hätte ihre Wäsche gewaschen und hätte hinterher ihren Rücken ausruhen können.

Es war so unwichtig, daß sie das Tempo forcierte. So unwichtig...

Ingrid machte sich auf den Heimweg. Sie sah nicht zurück – wie es mit den drei anderen ging. Sie wußte, daß sie redeten. Mit leisen, rauhen Nachtstimmen, voll müder Ohnmacht. Ein einsilbiges Gespräch. Mit Seitenhieben darin. Härte. Heftiger Abneigung. Gegen sie, Ingrid. Aber sie würde gutes Geld in der Lohntüte haben. Sie konnte die Verantwortung für sich in diesem Monat übernehmen. Mit allem!

Sie würde Rakel den Kleiderstoff bezahlen, den sie damals in Breiland von ihr bekommen hatte.

Die Zahlen in Ottars Laden standen dicht wie ein Heringsschwarm unter ihrem Namen. Sie würde die Schulden bezahlen! Und sie würde noch genug übrig haben, um nach Bodö zu fahren und Henrik zu besuchen, wenn sie nicht in der Nacht, in der sie gezwungen war, unterwegs zu sein, irgendwo schlief.

Ingrid fühlte einen mächtigen Trotz in sich. Dadurch war sie imstande, hocherhobenen Hauptes über die Hügel zu gehen. Es kam ihr nicht in den Sinn, sich darüber zu wundern.

Sie ging schnell. Aber es machte ihr nichts aus. Sie war in ihrer eigenen Schale. Als sie zu Hause die Türklinke in die Hand nahm, war sie noch genauso blaß wie in der Frosterei, während sie die Schürze zusammenlegte.

Sie schaute bei Tora herein und wechselte ein paar Worte mit ihr.

»Ich bin... müde, ich leg' mich jetzt«, sagte sie schließlich. Vor allem, um zu einem Ende zu kommen.

Ingrid ging ins Zimmer zu dem großen, leeren Bett. Sie wußte nicht, ob sie etwas vermißte. Sie war wohl auch zu müde.

Dann zog sie die Gardinen vor und wusch sich mit kaltem Wasser. Um den schlimmsten Fischgeruch wegzukriegen. Glaubte, daß ihr das gelang.

Tora lag in der Kammer und wunderte sich, daß die Mutter kein warmes Wasser aus der Küche mitgenommen hatte. Eine schreckliche Angst um die Mutter überfiel sie. Sie schien heute abend jedoch keine Kräfte für die Angst zu haben. Das Herz drohte, wieder wie wild zu schlagen. Sie drehte sich zur Wand um, versuchte, die Astlöcher von der übrigen glatten Fläche zu trennen. Aber das hatte keinen Sinn.

2

Henrik bekam eine Gefängnisstrafe. Er wurde zweier Brandstiftungen an Simons Kai und den dazugehörigen Gebäuden für schuldig befunden. Die erste Brandstiftung wog schwerer, erzählte man sich. Es war bei den Vernehmungen herausgekommen, daß Henrik wußte, daß sich zu der fraglichen Zeit Menschen in den Fischerhütten befanden und schliefen. Insgesamt hätten sieben Männer den Tod finden können. Als bekannt wurde, daß Rakel für ihren Schwager bestes Zeugnis abgelegt hatte, nachdem es doch gerade Simon gewesen war, der ihn angezeigt hatte, wunderten sich die Leute sehr. Leise und augenzwinkernd unterhielten sie sich darüber.

Für mildernde Umstände war geltend gemacht worden, daß der Brandstifter an langandauernden Depressionen litt, die über einen längeren Zeitraum hinweg auch ausschlaggebend für den Alkoholmißbrauch waren. Und daß er unter Alkoholeinfluß gestanden hatte, als er das Verbrechen beging.

Die Leute auf der Insel murrten und wußten nichts von Henriks Depressionen. Entschuldigungen wurden immer gefunden, wenn es galt, den Abschaum der Menschheit zu retten. Depressionen! Henrik! Ein Narr und ein Schmarotzer. Das war er. Ein Parasit.

Die Männer standen in Ottars Laden und erinnerten sich daran, wie großspurig Henrik gewesen war, als die Rede darauf kam, daß Simon nach dem Brand in der Webstube saß und jammerte. Die Männer winkten verächtlich ab und bedankten sich für so etwas. Und es war, als ob Ingrid in ihren Augen wuchs, je mehr sie sich über den Faulenzer ausließen, über diesen Henrik – und seine Meriten. Die Geschichten waren lang und verwickelt und wurden in ihrer ganzen breiten Vielfältigkeit aus der Zeit ausgegraben, bevor Henrik und Ingrid zusammenkamen. Einige wußten auch zu berichten, daß es vor *der* Hei-

rat einen gewissen Wechsel gegeben habe. Ob es Simon und Ingrid waren, die zusammenhielten – oder Rakel und Henrik, darüber war man sich nicht einig. Aber ein Wechsel hatte stattgefunden!
Es konnte passieren, daß einer von ihnen ernstlich wütend auf einen anderen wurde, weil der etwas Falsches erzählte. Und die übrigen fuhren dazwischen, und der Vormittag ging vor lauter Diskutieren schnell herum. Über eines waren sich alle einig: Henrik war und blieb ein Taugenichts. Und keiner verstand, wie Ingrid es mit so einem aushielt. Denn was Recht war, mußte Recht bleiben. Auch wenn Ingrid ein Verhältnis mit einem Deutschen gehabt und sich ein Kind angeschafft hatte, so war sie jetzt doch eine ordentliche Frau.
Rakel war schlau. Gutes Zeugnis ablegen für diesen Herumtreiber. Depressionen! Ja, ja. Nur dem Simon seine Frau konnte mit so feinen Worten aufwarten.

Simon machte sich allerlei Gedanken und wußte nicht, daß er der große Held der Insel war. Er hatte den Eindruck, daß er den letzten Kredit für zu hohe Zinsen aufgenommen hatte. Außerdem war er bekümmert wegen Rakel. Sie war nicht in Ordnung. Er merkte es an vielen Kleinigkeiten. Sie lachte nicht mehr aus vollem Halse. War am liebsten allein. Ging kaum nach Vaeret hinunter. Entschuldigte sich damit, daß sie zu müde sei oder zuviel Arbeit habe.
Simon glaubte, daß es der Prozeß gegen Henrik war. Denn für Rakel war es ebensosehr ein Prozeß gegen Ingrid. Das schmerzte. Simon wußte von dem, was sich zwischen den beiden Frauen abgespielt hatte, nicht mehr, als was er selbst gesehen und gehört hatte. Das war nicht viel. Und Tora hatte er nicht mehr gesehen, seit er mit dem zitternden Mädchen im Arm in der Tobiashütte stand, nachdem er den Mann und sie gerettet hatte. Immer noch überkam ihn ein ganz sonderbar weiches Gefühl, wenn er daran dachte, wie fest sie sich an ihn geklammert hatte. Vielleicht lag es daran, daß er selbst keine Kinder hatte.
Es wäre besser gewesen, wenn die Frauen nicht in den Prozeß hineingezogen worden wären. Aber jetzt, wo das Ganze durchgestanden war, mußten sie es nehmen, wie es kam. Rakel hatte also doch recht gehabt, als sie einmal sagte: »Genauso sind die Leute. Daß sie einen Brand legen.«
So war jedenfalls Henrik. Die meisten waren nicht so. Trotzdem war es schlimm genug. Simon hätte gerne etwas für Ingrid und das Mäd-

chen getan. Aber immer stand er vor verschlossener Tür, wenn er mit Ingrid reden wollte.
Er konnte deutlich sehen, daß sie zu Hause war. Und da nützte es wenig, daß er keinerlei Schuld fühlte, weil er Henrik nicht geschont und die Anzeige nicht zurückgenommen hatte. Er konnte und wollte einen solchen Menschen nicht frei herumlaufen lassen.
In der Tiefe seines Herzens verachtete Simon solche Taten und distanzierte sich von ihnen. Er hatte keine Möglichkeit, sie zu verstehen. Der sonst so sanftmütige Simon war unnachgiebig gewesen. Die Wahrheit sollte an den Tag kommen.
Der Mann hatte sich das selbst zu verdanken. War er nicht mit einer großartigen Frau verheiratet? Konnte er sich nicht anständig benehmen wie andere Leute auch? War das Leben für Henrik so viel schwieriger als für andere? Henrik hatte an Simons Vorstellung gerüttelt, daß es dort, wo Simon war, keine böse Tat geben könne. So etwas existierte für Simon nur irgendwo in weiter Ferne.
Er hatte Rakel einen langen und wütenden Vortrag über diese Dinge gehalten. Nicht gemerkt, daß sie ungewöhnlich still blieb – für ihre Verhältnisse. Er hatte zum Schluß von ihr verlangt, daß sie ihm zustimmte. Aber sie hatte ihn nur angesehen und gesagt, daß es seine Sache sei, was er tue. Dann hatte sie in rasendem Tempo angefangen zu spülen.
Simon war mitten im Raum stehengeblieben. Es war ihm aufgegangen, daß Rakel nicht ganz einverstanden damit war, daß er den Schwager wegen Brandstiftung angezeigt hatte. Und er begriff nicht, daß sie verschiedener Meinung sein konnten. Hatte der Mann sich vielleicht nicht selbst für schuldig erklärt? Sogar mit einem Grinsen um den Mund – im Gerichtssaal! Während Simon und die Richter und der ganze Saal zuhörten. War der Mann nicht ganz abgebrüht gewesen, als er zugab, gewußt zu haben, daß in den Hütten sieben Männer lagen und schliefen? Er wurde aus Rakel nicht klug. Sie hatte ihre eigenen Gesetze und ihre eigene Gerechtigkeit.
Simon hatte den Kopf voll. Er war sich dessen nicht bewußt, daß er ein großer Held auf der Insel war. Daß er der stattliche und ehrgeizige Simon war, der sich in all seiner Majestät erhob und den Schwager ins Gefängnis schickte – weil der Gerechtigkeit genüge getan werden mußte. Er war so einzigartig in den Augen der Leute, daß sie für eine Zeitlang einen Gesprächsstoff hatten und der Herbst nicht so grau und kalt für sie wurde.

Er ging auf den neuen Kai und kontrollierte und kommandierte ein wenig. Vielleicht kam er in der nächsten Saison wieder voll in Gang. Die Männer hatten ein unbegrenztes Vertrauen, daß er das Unmögliche schaffte.

3

Es mußte richtig gewesen sein, wie sie gehandelt hatte. Mußte es sein! Außerdem hatte Onkel Simon ja begriffen, daß *er* den Brand gelegt hatte, auch wenn sie es ihm nicht gesagt hatte.
Scham? Warum schämte sie sich nicht, daß er im Gefängnis saß? So, wie ihrer Meinung nach, die Mutter es tat? War es, weil sie irgendwo einen Vater hatte? Tot und unter der Erde, bevor sie geboren wurde. Aber trotzdem. Oder empfand sie keine Scham, weil sie so froh war, daß sie sich in der Kammer sicher vor der Gefahr fühlen konnte? *Er* ging sie nichts an.
Tora schlenderte an Ottars neuem, großem Schaufenster vorbei. Er hatte seinen Laden erweitert. Die Straße mußte jetzt einen großen Bogen machen. Die Leute redeten darüber, daß Ottar so protzig geworden war und nur deshalb umgebaut hatte, damit er ein Schaufenster bekam und man seine Waren sehen konnte – und er hatte es so unpraktisch gemacht, daß die Straße einen Bogen machen mußte. Aber sie fanden es eigentlich ganz schön. Waren stolz auf das Fenster, als ob es ihr eigenes wäre. Ottar führte jetzt auch Kleider. Er hatte Baumwollpullover ausgestellt, mit einem hohen Kragen und einem Gürtel um die Taille. Die Pullver waren gestreift, »in delikaten Farben«, wie Ottar sagte.
Ja, und dann waren Teddyjacken eingetroffen. Auf beiden Seiten zu tragen. Ottar brachte seine Haare in Ordnung und drehte die Jacken um, so daß die rote Seite nach innen kam und die graue, flauschige nach außen. Er drückte die Knöpfe auch auf der verkehrten Seite wieder zu – und alles war ein Wunder.
Tora legte die Stirn an die Scheibe und starrte hinein. Wer eine solche Jacke haben könnte.
Sol und sie hatten es eines Tages gewagt, in den Laden zu gehen und eine Jacke anzuprobieren. Sie war wunderschön und warm und roch so gut.

Sol paßte sie nicht, und sie war froh darüber – denn dann brauche sie nicht länger daran zu denken, sagte sie. Aber Tora hatte die wasserblauen Augen gesehen. Sie waren unnatürlich groß gewesen. Ohne Grenzen.
Der plumpe Körper von Sol aus dem Tausendheim. Sie machte sich selbst darüber lustig. Dann ließen es die anderen sein. Alles, was sie mit Putzen verdiente, gab sie zu Hause ab. Tora wußte es, auch wenn Sol es nie erwähnte. Elisif, die eigentlich die Mutter hätte sein sollen, hatte genug damit zu tun, ihren Gott zu verehren, so daß alle Arbeit für Sol liegenblieb.
Tora glaubte, Sols Hand zu sehen, wie sie sich liebevoll mit der Teddyjacke dort drinnen in dem Schaufenster befaßte, so wie sie es an dem Nachmittag getan hatte, als sie anprobierten. Der kräftige, große Daumen wirkte seltsam deplaciert auf dem neuen Kleidungsstück.
Es war dieselbe Hand, die Tora unzählige Male bei der Arbeit gesehen hatte. Sie hatte abgeknabberte Bleistiftstummel festgehalten, wenn Sol mit ihren Aufgaben am Küchenschrank saß – und alle Stühle weggeschoben waren, damit die Kleinen nicht an ihr hochklettern konnten. Deutliche schwarze Ränder unter den Nägeln. Es kam nicht davon, daß Sol unsauber war. Aber bevor sie sich an die Aufgaben setzte, wischte sie meist noch den Boden auf. Um sie herum mußte es ordentlich sein, wenn sie ihre Schularbeiten machte. In dieser Beziehung ähnelt sie der Mama, dachte Tora.
Treppe putzen setzt sich unter die Nägel. Asche ausleeren. Setzt sich auch unter die Nägel. Kohle schaufeln. Heizen.
Alles setzt sich wie ein Trauerrand unter die Nägel von Arbeitshänden. Wie unermüdlich Sol auch an den Nägeln kaute, es waren doch immer Ränder da.
Sie waren noch intensiver rot geworden, die Hände – seitdem Sol die Schule abgeschlossen hatte und den ganzen Tag putzen ging.
Hellbraune Sommersprossen schmückten die Arme oberhalb der Handgelenke. Aber sie waren hier eigentlich fehl am Platz. Die Hände waren trocken und aufgesprungen. Runzelig und zerknittert auf der Oberseite, glatt wie bei vom Meer abgeschliffenen Steinen auf der Unterseite. Hie und da kleine Wunden und Schrammen. Nicht der Rede wert. Nicht groß genug, als daß man einen Lappen oder ein Pflaster hätte drauftun müssen. Sie waren einfach da ... Sol trug sie mit sich, wo sie auch hinging.
Und die Jacke paßte nicht. Weder zu dem Körper noch zu den Hän-

den. Tora fühlte plötzlich eine unerklärliche Zärtlichkeit für Mutters und für Sols Hände. Sie ähnelte dem Gefühl, das sie ab und zu hatte, wenn sie einen kleinen Fisch vom Haken losmachte und ein oder zwei Sekunden zögerte, ihn wieder ins Meer zu werfen, weil sie überlegte, ob er wohl zu sehr verletzt sei, um zu überleben. Und der Gedanke beschäftigte sie noch lange danach. Sie meinte den Fisch dort unten zu sehen. In Schräglage, mit unkontrollierten, kraftlosen Schwanzschlägen schwimmend. Sah, daß der Kieferknochen quer abgerissen war. Sah, daß ein Knochensplitter aus der grauen Fischhaut herausstak. Aber es war ein so kleiner Fisch – ein so kleiner Knochen. Dort waren so viele Fische im Meer. So viele Hände. So viele Wunden. Die größer waren.

Auf dem Heimweg ging Tora an der Hütte vorbei, in der Frits und Randi wohnten. Drinnen war alles dunkel. Da waren sie wohl nicht zu Hause.

Er war ihre Wunde, unter der Haut. Frits. Nicht so sehr, weil er taub war und nicht reden konnte. Eher, weil sie immer an die Gefahr dachte, wenn sie ihn sah. An dem Morgen, als sie unter dem Fischgestell von ihm fortgelaufen war, hatte sie ihn verloren. Weil er nicht wußte. Niemals wissen durfte, daß er der erste war, der sie angefaßt hatte, nachdem ... *er* ...

Später ging sie ungern in die Nähe des Kais und der Hütte, wo Frits wohnte. Den Sommer über hatte sie am Strand auf den Steinen gesessen und über die kleinen Inseln hinweggestarrt, während der feuchtkalte Wind sich ungebeten unter die schäbige Strickjacke geschlichen und ihr das Wasser aus den Augen getrieben hatte. Da war irgend etwas, wofür sie keinen Namen finden konnte.

Sie wußte nicht, was sie am meisten vermißte: Randi, die Bücher, die Musik – oder Frits.

Dann ließ sie es bleiben, darüber nachzudenken.

Es war etwas Fremdes in ihre Gedanken gekommen, soweit es ihn betraf. Es war eine Art gefühllose Erwartung. Den ganzen Sommer über hätte sie ihn gern getroffen. Und sie wollte es auch wieder nicht. Sie wollte zu ihm gehen. Dort sitzen mit der roten Decke über den Beinen und lesen. Wollte ihn anschauen – sein Gesicht erforschen, wenn er es nicht merkte. Aber gleichzeitig – wollte sie es nicht. Nun lag Mutters Schande wie ein Deckel über dem Ganzen. *Er* saß im Gefängnis. Tora konnte nicht mehr zu Frits gehen. Würde am liebsten nirgendwo mehr hingehen.

Trotzdem strich sie oft bei Frits vorbei, wenn sie allein war. In der letzten Zeit hatte es sich ergeben, daß sie immer allein war.
Nun war er zu seiner Taubstummenschule abgereist. Frits...
Er kam vor Weihnachten nicht nach Hause. Randi hatte Sol getroffen und nach Tora gefragt. Hatte ihr einen Gruß ausrichten lassen und Bescheid gesagt, daß sie doch herunterkommen solle, bevor Frits abreise. Es würde Kuchen geben – ein Fest. Aber das war an dem Donnerstag gewesen, an dem die Mutter mit dem Linienschiff allein von der Stadt zurückkam, und Tora konnte sich nicht entschließen, zu Frits und Randi zu gehen.
Später war da so viel, womit sie nicht fertig wurde. Kam gleichsam nicht von der Stelle. Drückte sich nur in Vaeret herum und nickte, wenn jemand grüßte. Tora wunderte sich, daß alle sie grüßten. Es ging ihr plötzlich auf, daß es wohl deswegen war, weil sie ihnen leid tat. Und die Ameisen fingen an, ihr über den Rücken und den Hals zu kriechen. Sie konnte glühend rot werden – auch wenn niemand sie ansah.
Und dann war da noch die Mutter. Sie schien es zu mißbilligen, daß Tora zu irgend jemandem ging. Und Tora konnte sich auch nicht vorstellen, nach Bekkejordet zu gehen.
Die Küchendecke, die sie für die Tante sticken sollte, war fertig geworden, während die Mutter auf Arbeit war, aber Tora hatte sie unter der Matratze versteckt und sich nicht aufraffen können, sie nach Bekkejordet zu bringen. Natürlich hätte sie es tun können, ohne daß die Mutter davon wußte. Aber es waren schon genug Wände zwischen ihnen.

Heute hatte die Mutter sie auf die Post geschickt, um zwei Postanweisungen zu holen, und als Tora zurückkam, hatte die Mutter sich gleich hingesetzt und die eine ausgefüllt. Sie fiel gleichsam über dem Tisch zusammen. Sie sah ganz grau aus. Gebeugt. Dann ging sie zum Ofen und warf die Postanweisung ins Feuer. Machte ein Gesicht, das deutlich jedwede Frage abwehrte. Darauf füllte sie das zweite Formular aus. Schnell, als ob sie Angst hätte, daß sie es sich anders überlegen könnte: »Für den Kleiderstoff. 32 Kr. An Rakel Bekkejordet.«
Und Tora ging damit zur Post und senkte den Kopf, als Turid hinter dem Schalter die Postanweisung um- und umdrehte und Tora komisch ansah, bevor sie den Stempel aufdrückte. Sie schien Tante Rakel für alle Zeiten auszustempeln.

Tora schlich davon. Es war schlimmer, als wenn sie bei Ottar Waren anschreiben lassen mußte oder beim Milchverkauf in dem Notizbuch quittieren. Ja, es war viel schlimmer. So, als ob die Leute in die Mutter und sie hineinsehen konnten. Durch Mantel und Kleid hindurchsehen konnten, daß sie schmutzige Wäsche anhatten.
Das Metall, das auf das Papier schlug. Der Stempel, der die Tante aus den Tagen herausschlug, die noch kommen würden.
Toras Schritte klangen hohl auf den Fliesen. Es wurde ihr klar, daß sie sich auf dem Weg nach draußen befand. Es roch nach Leim und Staub und Geld. Dicke, schmierige Bündel zwischen Turids Fingern. Nun lagen Mutters Zehnkronenscheine hinter den Gitterstäben. Und die zwei Kronenstücke waren kalt und tot und blank. In jedem Kronenstück ein Loch.
Als ob jemand Löcher in Tante Rakel gebohrt hätte. Als ob die Mutter es selbst getan hätte. Verstand sie das nicht?
Die Tür dröhnte hinter ihr. Sie hatte eine Scheibe, die von der Meeresgischt und vor lauter Dreck ganz blind war.
Tora schlenderte durch Vaeret und dachte hartnäckig daran, daß die Gefahr aus der Kammer herausgefegt war. Da fing die kleine Freude an zu wachsen. Tora überlegte angestrengt. Und Rakel und Simon und die Mama wurden dadurch zu Freunden.
Als sie nach Hause ging, war der Tag schön.
Es waren viele Spatzen in den Pfützen.
Im Hof stand ein rotes Fahrrad mit einem roten Netz und einer glänzenden Lenkstange.

4

Eines Nachmittags, als Sol und Tora zum Milchholen unterwegs waren, tauchten zwei Jungen aus Vaeret hinter ein paar Steinen auf. Sie hatten sich an der einzigen Stelle versteckt, wo es weder Häuser noch Menschen gab. Da konnte kein Fenster geöffnet werden, und keine Mutter konnte den Kopf herausstrecken und Partei ergreifen. Kein Zeuge, alle Möglichkeiten. Ole und Roy. Ole hatte wohl noch nicht die Niederlage in der Schule bei Gunn vergessen, auch wenn es schon lange her war.
Sie standen breitbeinig und mit den Händen in den Taschen da. Grin-

sten forsch. Besonders Ole. Fühlte sich bereits als Sieger. Keiner war da, der petzen konnte.
»Ist das nicht das Goldkind von der Deutschenmutter, das hier rumspaziert und mit der Milchkanne schlenkert, he? Wieviel Brände haste denn heut schon gelegt?«
Ole trippelte wie eine Dame vor Tora her. Sie hatte diese alten Sticheleien schon lange nicht mehr gehört. Sie taten weh. Sie hatte das Gefühl, als ob jemand einen Stein geworfen hätte. An den Kopf. Ins Gesicht. In die Augen. Aber sie kniff den Mund zusammen. Schwieg mit ihrem ganzen Ich.
»Halt's Maul, du Hund!« schrie Sol und ging auf ihn los.
»Was sagste, kommt vom Tausendheim und spielt sich hier auf, wie? Du dicke, fette Nudel. Wie steht's denn mit deiner Mutter, ist nach Hause gekommen und immer noch verrückt?«
Sol sah rot. Sie war ein erwachsenes, konfirmiertes Mädchen mit einem großen, heiligen Zorn. Sie ging mit erhobener Milchkanne auf den Bengel los. Ein Glück, daß die Kanne noch leer war. Sie schlug sie mit voller Wucht auf Oles Kopf, der einen halben Kopf kleiner war als sie. Tora guckte. Sie hatte Sol noch nie handgreiflich werden sehen, wie schlimm es auch gewesen sein mochte. Im Gegenteil, sie war es, die immer bei klarem Verstand blieb und zwischen die Streithähne ging, bevor die Nasen bluteten. Jetzt war sie wie ein wildgewordener Stier. Die kurzgeschnittenen Haare sträubten sich, ähnlich dem Bild von dem Igel, das im Schulflur hing. Sie hatte Schaumflöckchen in den Mundwinkeln.
Nachdem Ole sich von dem Erlebnis mit der Milchkanne soweit erholt hatte, daß er imstande war, die ganze Sache zu registrieren, erfaßte der Wahnsinn auch die Jungen.
Tora erkannte deutlich, daß es schiefgehen würde. Sie waren zu zweit gegen Sol. Starke Übermacht.
Tora rief, daß sie Schluß machen sollten, aber keiner hörte oder sah. Die Jungen hatten Sol jetzt auf dem Grusweg unter sich liegen. Der eine hielt ihre Arme, der andere saß auf ihrem Bauch und boxte sie in die Brüste, so daß sie jammerte.
Nachdem Ole mit diesem Teil der Arbeit fertig war, zog er den dünnen, kurzen Baumwollrock bis über Sols Schultern hinauf und zeigte dem Kameraden die ganze Herrlichkeit.
Tora, die währenddessen am Wegrand gestanden hatte, ohne Mut, irgend etwas zu unternehmen, befand sich plötzlich in einem roten Ne-

bel. Er umgab sie vollständig. Schreiend hob sie ihre Kanne hoch und prügelte drauflos.
Die Kanne war noch eine von der altmodischen, soliden Sorte. Unten mit einer harten Kante.
Dumpfes Stöhnen und rauhe Schluchzer. Tora vertraute darauf, daß die Jungen zuoberst lagen. Ging von einer einfachen Logik aus: je mehr Schläge, desto mehr Schaden. Je schneller sie schlug, desto mehr Schläge.
Sie hatte nicht geahnt, daß es ein so gutes Gefühl war, draufzuschlagen.
Da legte sich eine Hand auf ihre Schulter. Eine starke Faust übernahm das Kommando über die Kanne, und eine gebieterische Stimme sagte: »So, immer mit der Ruhe, immer mit der Ruhe. Und dann wollen wir mal sehen, ob noch jemand am Leben ist... Ist noch jemand am Leben, ja?«
Frits' Vater!
Aber er lächelte ein bißchen! Oder nicht? Er half den Jungen auf die Beine. Ole hatte eine üble Schnittwunde über dem einen Auge. Das andere war zugekleistert. Er weinte bitterlich und rauh. Rotz und Tränen landeten in Monsens Taschentuch.
Roy war es ein wenig besser ergangen. Sol hatte eine häßliche Schramme auf dem einen Knie. Aber der Sieg leuchtete ihr aus den Augen. Sie konnte noch nicht aufhören. Stellte Roy ein Bein, und er fiel der Länge nach hin, während er sich schon gerettet und sicher geglaubt hatte. Er landete auf der Nase. Die sah schlimm aus. Er wollte sich augenblicklich rächen, aber Monsen nahm den Schlingel fest in den Griff, und Sol schrie in blinder Wut:
»Komm nur, du Scheißkerl, komm nur, du Hund! Ich werd's dir geben, daß du nicht mehr im Zweifel bist, wer am meisten verrückt ist in Vaeret!! Komm nur, komm nur...« Sie schluchzte verbissen.
Die Jungen schlichen hinauf zu der Häusergruppe oben am Hang. Gingen wie geprügelte Hunde, langsam und bedripst.
Der Kampf war beendet. Monsen nahm die Mädchen mit nach Hause, alle Treppen hinauf und hinein in die Wohnung. Er verband die Wunden und brach mehrmals in Pfui-Rufe aus, als ihm die Geschichte erzählt wurde. Aber als Randi fragte, welche Schimpfwörter die Jungen gebraucht hätten, wurde es still. Trotzdem ergriff Monsen einseitig Partei für die Mädchen und sagte, daß die »Lümmel« bekommen hätten, was sie verdienten.

Tora hatte vergessen, daß sie hier bei Frits war. Bis er plötzlich in der Türöffnung stand. Er war in seine Taubstummenschule abgereist. Das wußte sie ja. Dennoch stand er da und starrte sie an.
Und da begriff sie, wie sehr sie ihn vermißt hatte. Daß sie ihn verletzt hatte. Daß der stumme Junge in vieler Hinsicht einsamer war als sie selbst. Sie wurde sich dessen bewußt, daß sie ihn gar nicht als richtigen Menschen angesehen hatte, weil er nicht sprechen konnte. Sie wollte ihn nie mehr verleugnen, die Gefahr sollte ihn nie mehr verjagen. Niemals. Frits war Frits. Und für sie war er viel mehr als nur Frits.
Sie sah es klar und deutlich. Weil er nicht da war. Weil eine große, schmerzliche Leere im Raum war.
Und der Nachmittag kletterte über die Fensterbank, das Fenster stand offen gegen den kühlen, nachdenklichen Herbst. Randi buk gelbe, duftende Pfannekuchen, auf die sie eine Menge Zucker streute. Frits' Vater bekam für Tora und Sol einen Namen. Er hieß Gunnar und spielte so schön Ziehharmonika, daß die undichte und nicht gestrichene Holzdecke sich hob. Und der blutige Verband auf Sols Knie, der so schlecht zu einem großen Mädchen paßte, das konfirmiert war (und vorhatte, am nächsten Samstag tanzen zu gehen, ob Elisif weinte oder nicht), dieser blutige Verband war Anlaß genug, daß sie die Geschichte von der Prügelei immer wieder erzählten.
Randi schlug die Hände zusammen und war ganz entsetzt, lachte und stubste sie an.
Tora machte es nichts aus, daß Sol dabei war. Sie kroch nach alter Gewohnheit auf Frits' Bett. Zog die Strickdecke über die Beine, obwohl es gut warm in dem Raum war.
Sie nahm Frits mit nach Berlin. Die Großmutter stand mit offenen Armen vor ihnen beiden. Die Farne waren saftig grün, und das Tor war auf. Und die Rosen...
»Frag einen, was die Liebe ist, und sie ist nichts anderes als ein Wind, der durch die Rosen säuselt...« Sie hatte das irgendwo gelesen. Es war zu schön, um wirklich zu sein.
Sie dachte daran, wie sie sich früher an jedem Mittwoch in der Welt gefühlt hatte. Da war sie kleiner – ganz klein gewesen, aber konnte schon lesen. Es mußte vor der Gefahr gewesen sein. (Daß sie so denken konnte! Genauso wie die Leute, wenn sie sagten: Vor dem Krieg...)
Also vor der Gefahr: Die Mutter kam jeden Mittwoch mit der Illu-

strierten »Hjemmet« nach Hause. Da gab es eine Bilderserie von einem kleinen Burschen, der Prikken hieß. Er war so klein, daß er Platz in einer Streichholzschachtel hatte. Und Tora mochte dieses Geschöpf schrecklich gern. Denn es gab nur diesen einen auf der ganzen Welt, der so klein war... Sie wollte ihn immer bei sich haben. Immer. Er war ein Teil der schönen Spannung, die man sich leisten konnte, wenn es Mittwoch war. Und sie fragte die Mutter einmal, als diese unten in der Waschküche mit den Armen tief im Seifenschaum stand – ob sie den Prikken nicht haben könne. Ob die Mutter nicht an »Hjemmet« schreiben und ihn für Tora bekommen könne. Sie bettelte und bat – obwohl sie wußte, daß sie sich genausogut den Mond hätte wünschen können. Sie fühlte bereits den leichten Druck in ihrer Hand. Sie fühlte ein Kitzeln auf der Haut vor lauter Zuneigung und Freude. Das mußte die Liebe sein. Wie ein warmer Wind? Oder Blumen? Berühren...

Sie hob die Hand und strich Frits schnell über die Wange. Schnell. Und er verstand und vergab ihr und trug ihr nichts nach. Er fragte nicht nach dem Warum. Dann glitt er fort.

Und Randi unterhielt sich mit Sol, die mit dem Rücken zu Tora saß, und Gunnar spielte Ziehharmonika. Es brauste und hob sich. Das ganze Haus hob sich.

Tora war erfüllt von Musik und Liebe für die ganze Welt. Sie hielt das Gefühl mit beiden Händen fest. Als ob sie tief innerlich wußte, daß es nicht von Dauer war.

Sol und Tora waren diesmal spät beim Milchverkauf mit ihren Kannen. Es gab nur noch Magermilch. Aber sie kicherten trotzdem, als sie die Deckel auf die Kannen drückten.

5

Der Morgenkaffee roch bitter und angebrannt. Tora hatte ihn überkochen lassen und wagte kaum, mit der Mutter zu reden.

Mutters Nerven waren bis zum Zerreißen gespannt, seit sie die Postanweisung geschrieben hatte. Tora wartete darauf, daß es vorübergehen würde. Sie hatte sich eine besonders große Geduld der Mutter gegenüber angewöhnt. Solange sie ihr nicht im Wege war oder versuchte, die Mutter zum Reden zu zwingen, ging es meist gut.

Sie hatten sich gerade hingesetzt, um den miserablen Kaffee zu trinken, als Rakel plötzlich wie ein kleines Meeresunwetter in der Tür stand. Sie war knallrot im Gesicht und hielt die Postanweisung in der rechten Hand. Als eine böse Drohung.
Ingrid sprang vom Stuhl auf und stand mit geschlossenem Mund und mit geschlossenen Augen da. Die Hände ballten sich unmerklich.

Rakel machte zwei Schritte in den Raum hinein, nachdem sie die Tür gut hinter sich geschlossen hatte. Sie sah nur Ingrid an.
Tora schien gar nicht anwesend zu sein. Sie war unsichtbar und verschmolz mit der Wachstuchdecke auf dem Tisch. Es war eine Abrechnung zwischen den beiden Frauen. Die Zeit kroch an Toras Rücken hinauf. Sie war binnen kurzem klatschnaß unter den Armen.
Tora hatte »herein« gesagt, als es geklopft hatte. Nun standen die zwei Frauen wie festgewurzelt. Keine sagte guten Morgen, keine machte eine Bemerkung über das Wetter. Es regnete draußen in Strömen. Keiner bot Rakel einen Stuhl an. Keiner äußerte sich zu dem durchnäßten Wollmantel und dem Kopftuch, das wie ein nasser Putzlappen um Rakels Kopf lag. Die Worte waren auf eine schlimme Weise von der Erde fortgeflogen. Es war so, wie wenn Frits nicht sagen konnte, was er meinte, und die Leute seine Zeichen nicht verstanden. Nein, dieses hier war etwas ganz anderes. Es vergiftete die Luft.
Im Takt tropfte es von Rakels Mantelsaum. Machte einen unregelmäßigen Kreis um sie. Sie war in dem Kreis. Sie war nicht außerhalb...
Alle drei waren in sich selbst eingeschlossen. Der Käse auf dem Tisch war schief abgehobelt, an dem einen Ende hatte er eine Erhöhung, das war wohl sie, Tora, gewesen, die...
Komisch, daß die Mutter nichts gesagt hatte.
Rakel stand.
Elisifs Kinder polterten die Treppe herunter, sie waren auf dem Weg zur Schule. Mit den Schuhen war es jetzt besser bestellt, seitdem Sol arbeitete. So polterten sie jeden Morgen alle zusammen herunter.
Das Kreppapier um die Blumenbüchsen auf dem Fensterbrett war verblaßt und hatte Ränder. Das Wasser war aus der Untertasse in das Papier gezogen. Es sah armselig aus. Das tat auch die emaillierte Schüssel, die im Ausguß lag. An drei Stellen war die Emaille abgeschlagen. Der Rand war schmutzig und verrostet.
Bei Tante Rakel hatten sie ein Steingutbecken in einem eigenem Raum neben der Küche, in dem man sich richtig waschen konnte.

Tora ergriff Partei, ohne es zu wissen, für die Mutter. Sie machte sich stark. Es war richtig, was die Mama getan hatte. Daß sie das Geld geschickt hatte. Sonst konnte sie das Kleid ja nicht anziehen. Jetzt nicht mehr. Und es war das einzige gute Kleid, das sie besaß.
Richtig! Warum kam Tante Rakel her und sah so böse aus? Sie waren arm, die Mutter und sie. Aber nicht so arm. Sie bezahlten ihre Schulden.

»Was soll das bedeuten – das hier?«
Rakels Stimme war ein heiseres Flüstern. In jedem Mundwinkel lag eine kleine Falte, die das Gesicht fremd und unfreundlich machte. Aber widerwillig mußte Tora zugeben, daß es so aussah, als ob Rakel weinte. Deshalb stand sie so da. War so.
Die Mutter stand nur da. Sie hatte die Augen geöffnet. Aber sah nach unten. Sah auf die Tischdecke. Auf die gelben und orangen Blumenmotive. Die Stiele gingen in Kreisen ineinander über. Hielten einander...
»Wozu ist das gut, Ingrid?«
Rakels Stimme krächzte noch einmal durch den Raum. Ebenso heiser und weit entfernt. Wie wenn man das Radio anmacht und nicht sauber auf den Sender einstellt.
Ingrid schien jetzt den Absprung zu wagen:
»Das schulde ich dir für den Stoff, den du... in Breiland gekauft hast.«
Es war nur geflüstert, trotzdem gab es ein Echo in den Ecken.
»Den Stoff hab' ich dir *geschenkt*, Ingrid. Du hast mir so oft mit so vielen Dingen geholfen... Ich hab' dir den geschenkt! Hör zu, was ich sage!! Und du schickst mir Geld... mit der Post! Ich glaub', du bist verrückt geworden. Wohnste in Amerika? Oder wohnste hier? Biste meine Schwester? Oder biste nicht meine Schwester? Hörst du?!«
Ingrid stand noch immer am Tisch. Sie hielt die Hände geballt und verbarg sie hinter der Tischplatte. Endlich sah sie auf.
Die Tränen liefen Rakel die Backen hinunter. Sie war feuerrot, und Schweiß und Regen perlten auf der Unterlippe. Perlen.
»Simon hat die Postanweisung vor mir versteckt. Er, als Mann, verstand... Aber du kapierst überhaupt nichts... ich fand sie trotzdem – heute morgen – an meinem 35. Geburtstag! Du, die du meine große Schwester die ganzen Jahre hindurch gewesen bist. Die mir immer geholfen hat, als wir klein waren. Du läßt den ganzen Schietkram

zwischen uns kommen. Du bist gewillt, alles kaputtzumachen, was ist. Und was haben wir dann, Ingrid? Kannste mir erzählen, was wir dann haben? Wohin sollen wir uns retten, wenn du es zuläßt, daß die Männer, die ihre Rechnung untereinander begleichen, das sichere Wissen zerstören: daß wir Schwestern sind?«
Es kam wie ein Schluchzen. Sie stand unverändert da, weder in ihrem Gesicht noch in ihrem Körper war eine Bewegung.
Die Tante weint, dachte Tora verwundert.
Es war wie damals bei dem Unwetter, auf der Ladeluke, da hatte sie die Mutter für sehr stark gehalten, weil Tante Rakel seekrank gewesen war, und es hatte die Mutter in ihren Augen noch viel größer gemacht, daß *sie* nicht seekrank gewesen war. Nur ruhig und stark. Aber diesmal wurde die Mutter nicht stark, weil die Tante schwach war. War es unbedingt notwendig, stark zu sein?
Wer war jetzt stark? War es die Mutter, die mit geballten Fäusten dastand und den Kleiderstoff bezahlt hatte, oder war es Tante Rakel, die mit rotem Gesicht und durchnäßtem Mantel dastand und weinte, so daß die anderen es sahen? Lag mehr Stärke darin, sich abseits zu halten und alles allein zu schaffen, oder lag mehr Stärke darin, zu kommen und daran zu erinnern, daß sie eigentlich Schwestern waren?
»Tora, du mußt in die Schule gehn – sonst kommste zu spät...«
Mutters Stimme klang hohl und ohnmächtig.
Heute war keiner stark...
Tora holte den Ranzen aus der Kammer. Sie mußte an Rakel vorbeigehen, um nach draußen zu kommen.
Ihr fiel ein, daß sie die Frühstücksbüchse auf dem Tisch vergessen hatte. Die hatte ein ziemlich mitgenommenes Motiv von Scheewittchen und den sieben Zwergen. Der kleinste Zwerg stand ganz hinten – nahe an der Kante – von ihm war fast nichts mehr übrig.
Ein Meer mußte Tora jetzt wieder überqueren.
Als sie zum zweiten Mal an Rakel vorbeiging, streckte diese einen Arm aus und hielt Tora an. Sie weinte noch immer. Zögernd streifte sie Toras Haar und Gesicht. Es war, als ob sie sie jetzt erst sah. Und als ob sie glaubte, etwas Unerlaubtes zu tun, wenn sie Tora anfaßte. Tora schaute schnell zur Mutter hin. Drehte den Kopf zum Tisch. Blitzschnell. Dann berührte sie Rakels Hand mit der ihren. Nur die Fingerspitzen trafen. Es währte nur eine Sekunde. Trotzdem hatten sie dieses gemeinsam, die Tante und Tora, daß sie etwas Unerlaubtes getan hatten. Sie hatten eine andere verraten. Einer anderen etwas weg-

genommen. Es schmerzte, aber gleichzeitig tat es auch gut, weil Tora mit ihrem ganzen Sein fühlte, daß da endlich jemand war, der Verständnis hatte, der Brücken bauen wollte. Ohne sich darum zu kümmern, was die Leute machten oder sagten oder bestimmten. Ungeachtet dessen, was geschah. Brücken zwischen ihnen, die zu guter Letzt aus eigener Kraft stark sein mußten. Stark genug!
Rakel wollte nicht allein dastehen und stark sein, wie die Mutter es wollte. Rakel wollte Menschen um sich haben, die sie gern hatte. Gegen all das Schlechte. Auch wenn es schwierig werden könnte, so daß man das eine Mal stark sein und ein anderes Mal weinen mußte. Menschen, die sie gern hatte? Ja. Aber wollte das die Mutter nicht auch? Hatte sie *ihn*... nicht gern? War das der Grund? War das der Grund für alles? Liebte die Mutter *ihn* mehr, als sie Rakel und Tora liebte?
Ja!
So mußte es sein.
Tora schlich hinaus und nahm den schwarzen Regenmantel, bei dem das unterste Knopfloch ausgerissen war. Sie hatte den Riß mit einem Pflaster zugeklebt. Aber es fiel jedesmal ab, wenn es naß wurde. Und naß wurde es ja.

Tora lieferte dem »Konfirmanden« ihr Aufsatzheft ab. Den Spitznamen hatte der neue, junge Lehrer von Almar bekommen. Er teilte seine Erziehertätigkeit und die Kinder mit Gunn. Almar schätze es gar nicht, daß er gekommen war und aus Oslo stammte und so eigenmächtig handelte. Almar hatte den Eindruck, daß er sich der verehrten Gunn-Lehrerin geradezu aufdrängte. Außerdem war er kein richtiger Mann. Farblos – und schmächtig, wie ein Konfirmand. Piepsstimme, bartlos.
Tora hatte einen Aufsatz über das Thema geschrieben, was sie werden wollte, wenn sie erwachsen war. 24 Zeilen hatte sie in einer ganzen Stunde zuwege gebracht. Der Tag war nicht irgendein Tag. Er hatte nichts, woran man sich festhalten konnte.
Tora ging erst spät am Nachmittag nach Hause, sie trödelte in Vaeret herum, bis sie sicher sein konnte, daß die Mutter in die Frosterei gegangen war.
Sie bummelte noch am Strand entlang und war schließlich ganz durchnäßt.
Als sie durch die zwei Eingangspfosten kam, die weder einen Zaun

noch ein Tor hatten, sah sie, daß die Lampen im Tausendheim bereits brannten.
In allen Treppenaufgängen roch es nach gebratenem Hering. Die Haustüren standen offen. Drei flatternde Türen im Regen. Geruch nach Hering und Kartoffeln. Da waren die Männer zu Hause. Der Hof war leer. Tora konnte sie alle drinnen im Haus sehen. Ihre Schatten. Vater und Mutter und Kinder. Oder einsame Gebeugte... In Toras Fenster war es dunkel.
Kein Heringsgeruch in der Küche. Aber noch Glut im Ofen und die Wände wohlig warm.
Vom Morgen keinerlei Spur mehr zu sehen.
Sie streifte die Kleider ab und zwang sich zu dem Gedanken, daß sie der glücklichste Mensch von der Welt war, der sich warmes Wasser machen konnte und sich in der Küche vor dem Ofen waschen. Den Nelkengeruch und alles, was schlimm war, entfernen. Es kam keiner. Die Gefahr war nicht da. Da bewältigte sie auch alles andere. Denn sie war Tora – allein mit sich.
Manche vergaßen, die Plane über ihre alten, halbmorschen Boote zu ziehen, andere vergaßen, mit dem Handrücken über den Mund zu fahren, wenn sie gegessen hatten, einige brachten es nicht fertig, ihr wahres Ich hinter dem Gesicht zu verbergen.
Tora war glücklich. Keiner sah sie. Sie saß über ihren Schulbüchern. In braunen Schutzumschlägen aus dem Einwickelpapier von Ottars Laden. Sie hatte das Papier mit Zeichnungen verschönert. Aber das Papier hatte Rillen, die nicht zu verheimlichen waren. Sie verliefen quer durch die Zeichnungen. Es sah aus, als ob man mit den Nägeln darübergekratzt hätte.
Sie hatte das Aufsatzheft vom »Konfirmanden« sofort zurückbekommen. Er hatte gesagt, daß er enttäuscht von ihr sei. Ja, sicher. Sie war auch enttäuscht.

Was wollte sie werden, wenn sie erwachsen war?
Sie würde wohl Treppen putzen, in die Frosterei gehen, auf Kinder aufpassen und Milch holen.
Nein! Sie würde Decken sticken, in einem Büro sitzen und einen Mann anlächeln, wenn sie zu Mittag aßen, was die Haushaltshilfe gekocht hatte. Dann würden sie sich mit einer Serviette den Mund abwischen und die ganze Zeit lächeln.
Nein! Sie wollte reich sein! Sie wollte hinaus in die Welt ziehen und

eine berühmte Schauspielerin oder Schriftstellerin werden. Königen und Königinnen begegnen und in einem großen Schloß wohnen oder in schönen Hotels, wo es Kronleuchter gab, die von Millionen von Kristallen funkelten. Sie wollte Flöte spielen, vor vollen Sälen mit gepolsterten Wänden und einem roten Licht über der Tür, wie sie es einmal im Kino gesehen hatte. Sie wollte das Klatschen hören, wenn noch die letzten Töne wie eine dünne Haut über den Menschen dort unten in der Dunkelheit lagen. Dann wollte sie lange Briefe und glitzernde Postkarten nach Hause schicken an Mutter, Onkel und Tante, an Gunn und Frits und Sol – und von allem erzählen. Und sie würde ihnen Schallplatten schicken, die sie eingespielt hatte.

Manchmal, wenn der Mond schien, würde sie alle Einladungen ablehnen und allein bleiben. Dann würde sie nur für sich selbst spielen. Oder ganz still dasitzen und Heimweh haben.

Sie wollte hohe Kerzen in goldenen Leuchtern haben, wie in der Kirche, und Sol würde ihr leid tun, weil sie es nie so gut haben würde wie – Tora, obwohl Sol es verdient hätte, sie, die so nett war.

Nur selten würde Tora nach Hause fahren. Die Leute sollten bei Ottar im Laden stehen und für Weihnachten einkaufen und sich fragen, ob Ingrids Tochter zu den Feiertagen wohl nach Hause komme. Und sie sollten darüber reden, wie glücklich Ingrid sei, daß ihre Tochter es so weit in der Welt gebracht hatte. Und sie sollten darüber reden, daß es wohl das beste gewesen sei, daß *er* im Gefängnis gestorben war.

Aber das alles konnte sie dem »Konfirmanden« nicht im Aufsatz schreiben.

Es zischte in dem Wasserkessel, den Tora warm hielt, bis die Mutter aus der Frosterei kam. Die Frikadellen von gestern lagen bereit. Die vier kalten Kartoffeln, die auch noch da waren, hatte sie in Würfel geschnitten. Die Pfanne stand mit einem Klacks Butter auf dem Küchenschrank und brauchte nur auf das mittlere Herdloch gestellt zu werden.

Sie hatte den Geruch schon in der Nase. Er war weder schlecht noch gut. Aber sie wollte der Mutter sagen, daß sie bereits gegessen habe. Sie wollte in ihrer Kammer bleiben und die Mutter allein lassen, wenn sie sich wusch und aß. Wollte sich abseits halten – damit die Mutter mit ihren Gedanken zur Ruhe kam. Nachher konnte sie den Tisch abräumen, wenn die Mutter sich auf der Couch ausruhte.

Heute wollte sie besonders nett sein, denn sie wußte nicht, was die

Mutter für ein Gesicht haben würde, wenn sie heimkam. Das wußte sie sonst immer. Die Mutter war immer die gleiche. Besonders jetzt, wo *er* fort war. Seit vielen Wochen war es nur ein Gesicht gewesen. Grau, aber wunderbar ruhig. Kein hartes Wort, kein Schatten, kein ängstliches Lauschen nach *seinen* Schritten auf der Treppe.
Aber heute hatte Rakel in der Küche gestanden und geweint.
Und es war nicht sicher, daß die Mutter heute die gleiche war. Vielleicht hatte sie ein ganz anderes Gesicht, als Tora sich vorstellen konnte. Vielleicht wurde alles noch viel schlimmer... Oder besser! Sie sah es im Geiste vor sich, wie Tante Rakel die Mutter dazu gebracht hatte, daß sie sich wieder vertrugen. Daß Tora und die Mutter wieder wie früher nach Bekkejordet gingen. Daß sie den Küchenläufer mitnehmen konnte... Sie hatte ihn gewaschen und gebügelt und ihn über das »Hjemmet« gerollt. Damit er schön glatt blieb. Aber der Mutter hatte sie ihn nicht gezeigt. Sie hatte ihn nur gewaschen und gebügelt, so vorsichtig wie möglich, weil sie Angst hatte, daß die Ränder zu sehr ausfransten. Die Tante würde wohl die schöne goldene Borte dransetzen. Sie hatte sie ihr gezeigt und gefragt, ob sie nicht gut passe, und Tora hatte ja gesagt. Das hätte noch gefehlt, daß sie den Läufer verdorben hätte – wo er so schön war.
»Was ich werden will, wenn ich erwachsen bin...«
Tora hatte den Auftrag bekommen, einen neuen, besseren Aufsatz zu schreiben. Sie sah auf die Uhr. Fünf Minuten nach sechs. Dann schrieb sie zwei Seiten, daß sie gerne in einem Büro arbeiten würde. Sie schrieb, daß sie sich ein Haus und ein Fahrrad kaufen würde. Erwähnte nichts von Flötespielen oder Kronleuchtern, von Bühne oder Glanz. Das wäre zu dumm. Der »Konfirmand« würde es nicht verstehen. Er würde nur wieder enttäuscht sein.
Sie schrieb den Aufsatz mit ihrer schönsten Schrift ein. Schrieb nicht schnell, damit sie genügend Zeit hatte, gründlich nachzudenken, damit jedes Wort richtig geschrieben wurde. Dann brauchte sie nichts zu verbessern.
Als sie fertig war, zeichnete sie eine schöne Dame auf die halbe Seite, die noch frei war, weil sie die Überschrift mit so großen Buchstaben geschrieben hatte, daß der Aufsatz mitten auf der Seite endete. Die Dame hatte eine schmale Taille und gelockte Haare. Der Rock war genau wie der, der in Ottars Fenster hing. Blau, mit einer glatten Passe und mehreren tiefen Falten. Die Schuhe hatten hohe Absätze und sahen verkehrt und blöd aus. Tora konnte keine Füße und keine Schuhe

zeichnen. Es war schwierig. Am besten ging es mit den Gesichtern. Sie zeichnete die Nasen und Stirnen und Münder von der Seite. Sie hatte die Bilder in den Zeitschriften studiert und herausgefunden, wie man es machen mußte.
Alle Damen, die sie zeichnete, waren schön. Sie wußte nicht warum. Denn sie sah fast nie eine schöne Dame. Jedenfalls nicht in Vaeret. Sie legte den Kopf zur Seite und stattete die Dame noch mit einer Handtasche aus. Speziell für den »Konfirmanden«! Sie würde die Zeichnung Sol zeigen. Da hatten sie was zu lachen.

Aber Sol war nicht da, als sie raufkam. War zusammen mit einem Mädchen aus Vaeret fortgegangen. Mit einer, die viel älter war als Tora.
Elisif sagte, daß es keine göttliche Fügung sei, daß sie sich draußen in der Dunkelheit herumtrieben, wo die Versuchungen überall lauerten – und sie ermahnte Tora zu einem sauberen Leben, und daß sie ihrer Mutter keine Sorgen und schlaflosen Nächte bereiten solle wie Sol.
Tora beeilte sich, mit ihrem Aufsatzheft unter dem Arm wieder nach unten zu kommen. Sie spürte, wie es von der offenen Haustür her zog, und sie hörte die Mutter die Treppe heraufkommen. Mit leichten, langsamen Schritten. Es waren Mutters Schritte.
Tora sah es sofort, als sie die Küche betrat: Das Gesicht war wie immer.
Die Mutter fragte, ob sie mit den Aufgaben fertig sei. Abwesend. Wie gewöhnlich.
Tora sagte: »Ja.« Wagte nicht, ihre Freude in das kleine Wort zu legen. Noch konnte alles mögliche passieren.
Dann fing sie an, das Essen zu wärmen, und die Mutter zog sich aus und hängte die Kleider auf.
Sie wusch sich mit warmem Wasser drinnen in der Stube. Mit warmem Wasser! Sie blieb ganz lange da drinnen.
Als sie herauskam, hatte sie glatte Wangen, und die Augenbrauen und -wimpern waren noch ganz feucht. Auch die Haare um das Gesicht. Sie hatte sich fein gemacht und einen sauberen Pullover angezogen und den alten guten Rock. Den sie als guten getragen hatte, bevor sie sich das Kleid nähte...
Tora hielt die Luft an.
»Ich hab' gedacht...«, Ingrid schnitt sich vorsichtig ein Stück von der Fischfrikadelle ab. »Ich hab' gedacht, wir könnten heut abend einen

Spaziergang nach Bekkejordet machen ... Es ist der 27., weißt du ... Die Tante hat Geburtstag ...«
Die Stimme kam von einem verletzten, aber geborgenen Seevogel.
Tora flog. Wurde kaum gewahr, was sie tat. Sie flog zum Tisch hin und warf sich in Ingrids Schoß, die Arme und Beine weit von sich gestreckt.
Der Teller mit den Frikadellen und den Bratkartoffeln rutschte über die Wachstuchdecke. Das Wasserglas fiel um. Tora merkte, wie es allmählich zwischen dem Pullover und dem Hosenbund naß wurde. Aber gleichzeitig merkte sie es auch nicht.
Ingrid setzte mit der einen Hand das Glas auf und strich mit der anderen Tora über den Rücken. Das Mädchen hatte einen ganz nassen Rücken. Es rieselte und tröpfelte auch in Ingrids Schoß. Aber sie blieb sitzen. Hatte etwas in ihrem Gesicht ... etwas Nacktes, Hilfloses. Niemand sah es.
Tora hatte den Kopf an Mutters Brust vergraben. Sie vernahm die seltsame Mischung von Fischgeruch und Seife. Den Geruch kannte sie von klein auf. Konnte sich auf einmal erinnern, daß sie früher auch schon so gesessen hatte. So gesessen, wenn die Mutter ihre Schürfwunden auswusch. Und das Weinen war leiser geworden. Oder wenn sie kein Geld hatten, um etwas Neues für Weihnachten zu kaufen.
Das letzte Mal hatte sie so gesessen, als sie Masern und Fieber gehabt hatte. Das war sicher lange her.

6

Rakel deckte im Wohnzimmer festlich den Tisch. Der schwere Messingleuchter mit sieben roten Kerzen thronte mitten auf der selbstgewebten Decke – und das beste Service hatte sie hervorgeholt.
Sie deckte für vier.
Simon hatte seinen blauen Anzug an und schenkte drei Gläser Schnaps ein, die er auf das blankgeputzte Silbertablett stellte. Er war gut erzogen – Simon. Die Tante, die sich seiner annahm, seit er als Baby bereits seine Mutter verloren hatte, war wohlhabend gewesen. Simon war trotzdem Simon. Und da sie ein wenig auf die Gäste warten mußten, ging er hinaus in die Küche und fragte, ob das mit dem Jackett unbedingt nötig sei. Es sei doch mitten in der Woche ...

»Ich werd' heut 35 Jahre!«
Rakel reckte sich und stemmte die Hände in die Seiten.
»Ich pfeif' auf einen Mann, der an einem solchen Tag nicht die Jacke anbehalten kann, auch wenn's mitten in der Woche ist.«
Simon ließ einen langen Pfiff ertönen und ging ins Wohnzimmer zurück. Er nahm einen gierigen Schluck aus einem Schnapsglas und füllte nach. Sonst war er vorsichtig mit Alkohol.
»Wie hat sie's aufgenommen – eigentlich?«
Er rief es zu Rakel in die Küche hinaus.
»Das hab' ich dir doch gesagt.«
»Du hast gesagt, daß sie kommen soll. Und daß sie versprochen hat zu kommen. Aber ihr habt doch noch mehr geredet...«
Rakel erschien in der Tür, während sie die Schürze auszog. Das kleine Gesicht war ernst, beinahe puppenhaft. Ganz verändert, seit er wegen der Jacke gefragt hatte.
Simon wurde niemals schlau aus Rakels verschiedenen Gesichtern und Reaktionen. Sie war wie ihre vollen Warenbäume, wenn sie schnell über den Fußboden ausgerollt wurden. Die Farben und die Muster wechelten so geschwind, daß man nicht folgen konnte. Er half ihr, so gut er konnte. Setzte vorsichtig rohe Muskelkraft ein. Im übrigen mischte er sich nicht in ihre Arbeit ein, wenn sie ihm nicht Bescheid sagte.
Aber jetzt *wollte* er sich einmischen. Glaubte, daß er erfahren müßte, wie Ingrid es aufgenommen hatte, damit er ihr an der Tür nicht wie ein Narr entgegenzutreten brauchte und nicht wußte, ob da Freunde oder Feinde kamen.
»Sie hat's wohl sehr schwer gehabt...«
Rakel setzte sich in den Schaukelstuhl, hinten bei dem alten, lackierten Klapptisch. Strich mit schmalen, behutsamen Händen über die Tischplatte. Glättete die Decke – immer wieder, ohne zu wissen, was sie tat.
»Ja, aber das hast du doch auch.«
»Für mich ist das nicht schlimm. Ich hab' doch dich...«
»Nun... das ist ja wahr... aber...Ja, hat sie nichts gesagt?«
»Wir haben geredet... Über vieles, Simon. Wir haben über alles geredet, worüber wir zehn Jahre nicht geredet haben – mindestens. Aber ich kann dir nicht alles sagen. Das mußte verstehn. Es bleibt zwischen uns... uns Frauen..., Simon. Sie hatte Angst, weil sie zwischen uns und Henrik gewählt hat. Sie glaubte, daß wir ihn nie mehr

sehn wollten. Sie war ja gezwungen, Partei zu ergreifen. Wir... Das mußte auch verstehen. Sie machte ja nur das, was sie mußte!«

»Würdest du dich mit deiner Schwester überworfen haben, wenn ich Henriks Haus angezündet hätte?« Er sah sie mutig an. Als ob die Frage, die Möglichkeit ihm erst jetzt gekommen wäre. »Würdest du zu einem Brandstifter halten, einem Kriminellen, einem Verbrecher? Ja, beim ersten Mal war's ein Wunder, daß niemand umgekommen ist! Ich hatt' ja Leute in der Hütte liegen. Würdest du mir verzeihen? Ich frag' ja nur!«

Rakel ließ ihre Augen über das viereckige Gesicht gleiten, über den sehnigen, elastischen Körper und die wilde Mähne.

Dann sagte sie, gar nicht ihrer sonstigen Art entsprechend, ungewöhnlich langsam: »Wenn Ingrid loyal gegenüber einem Mann ist, der so viele Jahre ihr so viel Böses angetan hat und den sie vielleicht nie richtig geliebt hat, dann fürcht' ich schon, daß es keine große Hoffnung für mich gegeben hätte, wenn du es gewesen wärst, der sich als Brandstifter versucht hätte.«

Simon sah sie an, als ob er seinen eigenen Ohren nicht traute. Dann zog er schnell die Jacke aus und hängte sie über eine Stuhllehne.

»Teufel noch eins! Ich meine: Das wär' zu viel. Ich hätt' deine dumme Nase nicht im Gefängnis sehn wollen, während ich dort saß. Hörst du! Ich hätt' dich nicht einmal flüchtig sehn wollen, damit du's nur weißt. Sollen die Weiber so sein? Soll eine ehrliche Frau sich verpflichtet fühlen, einem Verbrecher zur Seite zu stehn, wie? Hat das einen Sinn? Nein, Rakel! Ich muß dir sagen, daß du so was nicht äußern darfst. Du! Nein, da hättest du mir die Tür weisen müssen. Was soll aus der Welt und uns Männern werden, wenn ihr Weiber euch in alles findet, was wir tun, und ihr euch sogar unsretwegen mit den Geschwistern entzweit? Glaubste, daß es dann in der Welt noch eine Hoffnung gäbe? Was?«

Rakel erhob sich aus dem Schaukelstuhl.

»Ich scheiß' auf die Welt und die Männer. Jetzt geht es um Ingrid.« Aber die Stimme war voller Lachen, ganz Rakel. »Sei friedlich. Zieh die Jacke über und zünd wenigstens die Kerzen an, wenn du schon nichts anderes anzündest. Sie werden bald da sein.«

Simon kam zu ihr in den Flur hinaus. Er gab sich noch nicht geschlagen: »Du kannst das unmöglich meinen, was du gesagt hast?«

»Sei jetzt friedlich...« fauchte Rakel, während sie die Haustür öffnete. Aber er zog sich die Jacke nicht wieder an.

Tora hatte die Decke für den Küchenschrank mitgebracht. Sie lag draußen im Flur, damit niemand sie finden sollte, bevor Tora wieder gegangen war.
Ingrid schenkte Rakel einen Glaskrug mit einem Deckel drauf. Er war billig und alltäglich. Sie mußte ihn während der Essenspause gekauft haben. Tora sah, daß die Mutter sich schämte und glaubte, daß es allzuwenig wäre...
Sie sagte es auch. Stand unbeholfen an dem festlich gedeckten Tisch und entschuldigte sich, daß es so wenig war. Aber Rakel drückte sie beide an sich. Sie hatte glänzende Augen, und sie schüttelte energisch den Kopf.
Dann stellte sie den Glaskrug auf den Tisch zwischen das kostbare Geschirr, als ob es ein Kristallkrug wäre. Die Kerzen warfen Schatten auf den Krug. Er fing an zu leben, meinte Tora.
»Nein, wie fein du dich gemacht hast... Ich hätt' auch das gute Kleid anziehen sollen... ich hätt' es trotz allem tun sollen. Ich hab' nicht so weit gedacht...«
»Puh, es ist doch egal, was man anhat«, sagte Rakel mit auffallend hoher Stimme und sah auf Simons Jacke, die über der Stuhllehne hing. Er grinste breit zu den anderen, hinter Rakels Rücken.
»Sie will partout, daß ich mich lächerlich mach' und hier im Haus die Jacke anzieh', nur weil sie 35 wird. Und das auch noch mitten in der Woche. So 'n Unsinn!«
»Simon!«
Rakel drehte sich auf dem Absatz um und drohte ihm mit geballter Faust vor dem Gesicht.
Ingrid lächelte matt.
Tora setzte sich vorsichtig in einen der Sessel. Es ist genau wie früher, dachte sie. Genau wie früher. Wenn dieser Abend doch ewig dauern würde... Sie sah das ganze Leben voll solcher Abende vor sich. Saß in dem Sessel und placierte Frits und Gunn und Randi und Sol in den Sesseln rundum. Sie hörte die Mutter mit Rakel über harmlose, alltägliche Dinge sprechen. Sie sah, daß Onkel Simon die Schnapsgläser und das Limonadenglas von neuem füllte, während er Grimassen schnitt und Ingrids und Rakels Reden lautlos imitierte und Tora zublinzelte.
Und Tora blinzelte zurück.
Es erschienen Schatten von wunderbarer Sicherheit hinter dem Glimmerfenster im Kamin. Es war alles zusammen genau wie früher. Das

andere – das war nur ein nächtlicher Alptraum, ein schrecklicher nächtlicher Traum. Nur ein eingebildetes Geschehen. Und sie nahm all das Schöne mit nach Berlin. Sie schob ganz Bekkejordet und alle zusammen, auch die Katze, in das große weiße Haus der Großmutter hinein.
Rakel hatte Hammelbraten gemacht. Dazu gab es Preiselbeeren und Gemüse. Simon schnitt den Braten auf, und sie setzten sich zu Tisch. Ingrid hatte hoch oben auf jeder Wange einen kreisrunden roten Fleck. Sie wehrte ab, als Simon das Glas wieder füllen wollte. Aber er nötigte sie. Sie sah froh aus. Tora blickte sie lange an. Hörte dem Gespräch zu. Simon hörte meistens auch nur zu.
Gelegentlich konnte Tora merken, daß die Stimme der Tante sehr hoch und ein klein bißchen schrill war, als ob die Tante Angst hätte, daß Simon oder jemand anders irgend etwas Falsches sagen oder tun könnte.
Ja, Simon sprach übrigens nur einmal von dem Neubau. Aber Ingrid nickte und hörte ihm ruhig zu. Wischte sich mit der Serviette den Mund ab, bevor sie ihm antwortete, daß es wohl nötig gewesen sei. Tora hatte nicht gewagt, aufmerksam zu verfolgen, was da nötig gewesen sei.
Spät abends gingen sie im Mondschein nach Hause. Der Regen war vorbeigezogen. Alles war schön. Es war bitterkalt in den dünnen Damenstrümpfen. Aber Tora beachtete es kaum. Sie hakte sich bei der Mutter ein und hörte, daß es unter den Schuhen knirschte.
Über dem Moor stieg dünner, durchschimmernder Nebel langsam ziehend aus dem Nichts auf. Beinahe wie Märchenschleier.
Sie sprachen nicht miteinander. Gingen nur. Einmal gähnte Ingrid. Aber es war nicht das Gähnen, das Tora oft hörte, wenn die Mutter mutlos oder irritiert war oder am liebsten geweint hätte. Nein, es war ein gutes, müdes Gähnen.
Um den Mond hingen ein paar Wolken. Aber er tat so, als ob er sie fortjagte, sobald er hervorkam. Er schien jedenfalls während des ganzen Heimwegs.
Ohne es sich selbst erklären zu können – kam Tora plötzlich auf die Geschichte von der Weihnachtsnacht und dem Jesuskind und dem Stern. Er leuchtete den Hirten durch die Nacht bis hin zu dem Stall.
»Die Tante hat nur uns.«
Das fuhr ihr so heraus. Ein Gedanke gebar einen anderen Gedanken. Der Gedanke wurde ausgesprochen.

»Sie hat ja keine Kinder... meine ich«, fügte sie schnell hinzu.
Ingrid blieb einen Augenblick stehen und sah die Tochter an. Sie war groß geworden in diesem Herbst. Ingrid hatte es bisher gar nicht richtig bemerkt. Wirkte besonders groß und krumm im Mondschein. Es liegt ein sonderbares Licht über dem Kind – dachte Ingrid.
»Nein...«, sagte sie, »sie hat nur uns. Dich.«
Dann gingen sie weiter.
Der Wind wurde stärker, es sah so aus, als ob das schlechte Wetter vom Tage sich fortsetzen würde und nur ein Zwischenspiel eingelegt hätte – eine Atempause.
Das ganze Tausendheim war dunkel. Nur die zwei waren draußen und trieben sich in der Nacht herum, mitten in der Woche.
Sie schlichen die knarrende Treppe hinauf. Lächelten einander an und schnitten Grimassen, wenn sie unversehens auf eine besonders ächzende Stufe traten.
Als die Mutter im Bett lag, schlich Tora wieder in die Küche. Setzte sich ganz leise auf die Torfkiste, nachdem sie die Ofentür geöffnet hatte. Vorsichtig, vorsichtig.
Hielt die bloßen Füße gegen die Glut. Es lag eine ganze Welt von Schatten, Licht und Farben in der Feuerglut. Sie legten immer gut auf, bevor sie ins Bett gingen, dann konnten sie am nächsten Morgen mit der Glut anfeuern.
Sie hatte kein anderes Licht als den Mond, der durch die Fenster schien – und die offene Ofentür.
So sollten die Herbsttage sein! Trocken und voll Ofenwärme und Mondschein. Das Tuckern eines Bootes in der Bucht und sanfter Wind im Vogelbeerbaum. Die roten Büschel schlugen leise gegen das Fenster. Man sollte sie nicht sehen. Nur ganz still auf der Torfkiste sitzen und hören und wissen, daß die Beeren intensiver rot waren denn je. Der Abend sollte lang sein wie ein kostbarer Sommertag, mit dem Mondlicht von oben und der Dunkelheit von unten. Und trokken! Die Füße sollten nackt sein, man sollte das Gefühl haben, daß sie vom übrigen Körper getrennt waren – in der schwachen Wärme des Ofens. So!
Und die weiße Uhr sollte ticken. Am Tage hörte man sie nicht. Durch die Tage schlug sie sich nur aus Trotz. Aber jetzt war sie auf friedliche Laute gestimmt. Rund und schön tickte sie – und band alle Dinge zusammen, so wie es sich gehörte.

Die Insel hatte einen glasigen Schimmer bekommen. Das große Meereslicht lag kalt und entschleiernd über den dunkelgrünen, abgemähten Wiesen. Der Buschwald hielt mit aller Macht die gelben Blätter fest. Nässe und Nachtfrost hielten einander in eiskalter Umarmung. Grünschimmernd war das Meer, tagaus, tagein. Ohne eine einzige Schaumkrone. Ohne einen einzigen grauen Regenschauer. Der Himmel war das seltsamste. Hoch und hell – als ob es April wäre und die große Außenlampe den ganzen Tag brennen würde. Die Linie zwischen Meer und Himmel leuchtete bis weit in den Abend hinein. Es war, als ob der Herrgott in diesem Jahr den Herbst überspringen wollte.

Trotzdem machte das Schlachten die blutige Runde in den Höfen. Die Schafe hatten wochenlang das Grummet abgeknabbert. Jetzt mußten sie dran glauben. Der Schlachter war ein wohlgelittener Mann. Er hatte eine Frau und sechs Kinder in Sörbygda. Er aß und trank tüchtig. Aber es war meist gut mit dem Frischfleisch bestellt, wo er hinkam.

Rakel gewöhnte sich nie an diesen Teil der Schafzucht. Sie stand über dem dampfenden Blut und hätte sich am liebsten übergeben. Bekam Ablösung und ging hinein, um das Essen zu richten. Frische Fleischsuppe mit viel Kohl und Mohrrüben. Es dampfte überall, hatte Rakel das Gefühl. Eine Art roher Dampf. Auch wenn er warm war. Von Suppe und Blut und Blutklößchen und Blutpudding. Dampf aus dem Innersten und Gierigsten des Lebens. Urdampf. Mehrmals dachte sie, daß sie die zwei oder drei Tage, die es dauerte, nicht durchhalten würde. Aber sie schaffte es immer, die Rakel. Immer! Und im Dezember fing sie so allmählich an, sonntags Fleisch zu essen wie andere Leute auch. Aber vor und nach dem Schlachten war sie ein Brotesser. Sie kochte das Fleischgericht nur für die Arbeitsleute und Simon. Sie pflegte zu sagen, daß sie schon gegessen habe oder daß sie zu viel zu tun habe, um am Tisch sitzen zu können. Sie eilte raus und rein und war sehr beschäftigt. Es war außerordentlich gemütlich in Bekkejordet während des Schlachtens, das fanden alle, die dorthin kamen. Aber Rakel hatte weder Rast noch Ruh. Sie arbeitete wie ein ungestümer Südwestwind.

Nur Simon wußte Bescheid. Und er berührte sie mit seiner rauhen Hand, wenn er sie zufällig draußen oder drinnen traf. Es war ihm egal, ob es jemand sah. Er fuhr mit derselben Hand über sein Kinn.

Dann schimmerte es in seinen Augen. Von dem weichen, schönen Mund breitete sich etwas wie Zärtlichkeit aus. Das ganze Gesicht leuchtete, wenn er Rakel sah.
Rakel wußte, daß er wußte. Aber er verspottete sie nie deswegen. Es war eine Angelegenheit zwischen ihnen beiden.
Das Fasten machte Rakel gesprächig und aktiv. Und gut. Und Simons von der Arbeit ermüdeter Körper wurde an solchen Spätherbsttagen wieder ganz lebendig. Schmach über ihn, wenn er nichts taugte – da sie so wunderbar warm und wach war. Und das Licht brannte im Schlafzimmer von Bekkejordet. Keiner las im Bett, und es wurde wenig gesprochen. Rakel kompensierte ihren Hunger im Magen mit einem anderen Hunger, und sie wollte gerne sehen, was sie bekam. Nachher konnte sie noch lange wach liegen und dem fernen Rauschen des Wasserfalls, der vom Hesthammeren herabstürzte, lauschen und dem Atem des Mannes. Sie lag auf dem Rücken, die Arme und Beine in dem breiten Bett weit von sich gestreckt. Sie konnte plötzlich ein Gefühl von Unwirklichkeit haben. Die Sicherheit, die Sättigung waren nur eine Leihgabe. Dieses Gefühl mischte sich mit dem Rauschen dort draußen und wurde immer undeutlicher. Sie glaubte, daß sie nur in diesen Stunden ihre eigentliche Kraft noch einsetzen konnte. Die Arbeit ging ihr nicht mehr von der Hand. Sie lief nur hin und her mit irgend etwas in den Händen.
Es konnte passieren, daß sie morgens liegenblieb. Ohne die Energie aufzustehen. Zuerst hatte sie gemeint, daß die Schlachterei daran schuld sei. Aber es hatte ja schon im Spätsommer angefangen. Eine Müdigkeit, die sie sich nicht erklären konnte, ein Schwindelgefühl, das sie nicht verstand. Das alles nahm den Arbeitstagen die Farbe. Sie wollte eigentlich Simon gegenüber ein paar Worte fallen lassen. Statt dessen klammerte sie sich an ihn mit allem, was sie geben konnte. Auf diese Weise waren jedenfalls die Nächte schön.
Sie war nicht mehr beim Arzt gewesen seit dem unglückseligen Besuch, bei dem sie sich Klarheit darüber verschafft hatte, daß es nicht an ihr lag, daß sie keine Kinder bekam... Bis zu einem gewissen Grad war wohl ihre eigene Fruchtbarkeit in Verbindung mit Simons Mangel ein Grund dafür, daß ihr die Arbeit nicht mehr so leicht fiel. Die Müdigkeit. Die Übelkeit. Sie fürchtete auch, daß – wenn sie über ihre eigene Unpäßlichkeit sprach, dann *alles* ans Licht kommen müßte. Nein, sie wollte sehen, ob es nicht vorüberginge. Sie gab sich noch eine Woche. Dann würde sie den Doktor aufsuchen. Sie konnte jeder-

zeit nach Vaeret gehen, ohne daß sie Simon Bescheid zu sagen brauchte, was sie vorhatte.
Sie legte die Hand auf seine knochige Hüfte. Er registrierte die leichte Berührung, indem er im Schlaf näher zu ihr rückte. Sie reckte sich über ihn und löschte das Licht. In der Dunkelheit war er ihr ferner. Es half irgendwie nicht, daß sie ihn nahe bei sich fühlte. Es war nicht genug. Sie verstand sich selbst nicht mehr, vermochte dem morgigen Tag nicht entgegenzusehen.

Tora und Rakel saßen in Bekkejordet am Küchentisch und nähten Fleischrollen zu. Es roch nach Zwiebeln und Kräutern. Das Netzgarn und die Nadel glitten immer wieder aus Rakels Hand. Tora sah es mit Verwunderung. Sie sah, daß die Tante bleich und müde war und daß die Bewegungen auf einmal entrückt und passiv waren. Sie redete auch nicht so viel, wie sie es sonst tat.
Tora sah verstohlen auf, während sie weiternähte. Rakel spürte den Blick des Mädchens. Sah sich selbst mit Toras Augen. Sie erhob sich und fing an, hinten am Küchenschrank noch mehr Zwiebeln zu schneiden. Es schien heute alles sehr eilig zu sein. Als ob sie es nicht über sich brächte, mit Tora zu reden. Alles hing fest.
»Ich glaub', ich muß mich ein bißchen hinlegen. Ich bin so müd'. Es ist in letzter Zeit so viel gewesen. Abends wurde es spät und...«
Tora kam es seltsam vor, daß die Tante während der Arbeit auf der Couch lag. Aber sie nähte weiter. Schwieg und nähte. Sie saß mit dem Rücken zur Couch und hatte den Blick auf das Land und die Birkenallee. An der Wand tickte die Uhr. Der Ofen war gut warm. Die Finger arbeiteten schnell und leicht. Trotzdem war es kalt im Raum, weil die Tante so schweigsam war und, anstatt zu arbeiten, auf der Couch lag. Tora wollte sich nicht umdrehen und sehen, ob sie schlief. Sie hörte sie nicht atmen. Sie hatte das Gefühl, daß die Tante auf ihren Rücken schaute. Es war anstrengend und schwierig, die ganze Zeit an die Tante zu denken, so daß Tora sich schließlich erhob, um aufs Klo zu gehen. Erst wusch sie sich die Hände am Ausguß. Der Blick fiel auf Rakel. Sie war blaß! Sie lag mit geschlossenen Augen da. Es war etwas völlig Wehrloses an ihr. Tora schämte sich, daß sie es gesehen hatte, und schlich hinaus. Saß lange draußen in der Kälte und überlegte, daß heute alles anders war auf Bekkejordet.
Als sie wieder hereinkam, war Simon da. Rakel hatte angefangen, die Lake für die Rollen zu kochen. Simon lachte und erzählte vom Ge-

schäft und von Vaeret. Er kniff Tora in die Wange und strich Rakel über die Hüften. Aber es war, als ob irgend etwas in der Luft läge. Es war nichts Gutes.

Vier Tage später ging Rakel nach Vaeret. Saß und wartete, bis sie drankam beim Doktor.
Das Gespräch zog sich wie Sirup zwischen den Körpern auf den Stahlrohrstühlen.
Rakel fühlte sich todmüde, und sie hatte keine Idee, wie sich sich einem Mann verständlich machen sollte – auch wenn er ein Doktor war.

7

Sie hatte den guten Mantel an. Ingrid. Das heißt, den einzigen, in dem sie sich vor den Leuten blicken lassen konnte. Das blau- und grünkarierte Kopftuch war für diese Gelegenheit gewaschen und gebügelt worden. Sie hatte sich auch die Haare gewaschen, die nun für keinen glänzten. Unter der grellen Lampe am Kai sah das Gesicht kränklich und bläulich aus. Die Männer schielten zu ihr hinüber. Aber sie sagten nichts. Nickten nur, damit sie sich nicht ausgestoßen fühlen sollte.
Tora stand wie ein Schatten hinter der Mutter. Sie trug einen kleinen, braunen Pappkoffer, der leicht zu sein schien.
Dann legte der Küstendampfer am Kai an und spuckte eine Handvoll Leute auf die splittrigen, vom Wasser mitgenommenen Kaiplanken. Die Stimmen, die Kisten und Fässer kreischten behaglich über die Reling, und der schwarze Schiffsrumpf schaukelte still vor sich hin, während alles wie gewohnt ablief.
Der Tag war klar, das Meer ruhig, die Möwe gut gelaunt. Aber die Kälte biß. Der Verladekran jammerte böse, und man hörte von weitem das Knirschen der Füße auf dem Schnee.
Ingrid wollte in die Stadt, und alle wußten warum.

Als das Schiff die Landzunge umrundete, um in die Bucht hinauszufahren, und in der scharfen Kurve leicht schwankte, stand Tora am Strand und winkte. Aber es war niemand an Deck.
Und als das Schiff mit dem pechschwarzen Rumpf das Aussehen ver-

änderte und als grauschwarzes Gespenst in den Frostdunst hineinglitt und an der Tausendheimbrücke vorbei um die Landspitze herumfuhr, stand Tora mit erstarrten Händen und wehenden Zöpfen auf dem Hügel hinter dem Tausendheim. Dort lag die alte Fahnenstange am Boden und ließ sich von den Möwen vollkleckern, indes die Farbe abplatzte und das Moos wuchs.
Tora konnte nicht erkennen, ob sich jemand auf dem Deck aufhielt, der Abstand war zu groß.
Sie war so gerannt, daß sie ganz außer Atem war, aber die Kälte biß nicht mehr. Nur innerlich fror sie. Die Mutter hatte ihr zuerst nicht gesagt, was sie in der Stadt wollte. Sie hatte *seinen* Namen nicht erwähnt. Und Tora, die sah, daß die Mutter sich quälte, hatte stundenlang überlegt, wie sie ihr helfen könnte. Schließlich hatte sie gesagt:
»Wirst du Kleider für ihn mitnehmen?«
»Nein.«
»Aber vielleicht etwas Brot?«
»Nein.«
»Er bekommt wohl alles, was er braucht?«
»Ja. Gib acht, daß dir nichts passiert, wenn du auf der Abkürzung nach Bekkejordet über die Eisbuckel gehst...«
Auf diese Weise wußte die Mutter Bescheid, daß sie Bescheid wußte. Kein Wort wurde mehr über Ingrids Vorhaben in der Stadt gesprochen.
Sie wollte am dritten Tag zurückkommen. Schneller war es nicht zu machen. Es paßte gut, weil es in diesen Tagen keine Arbeit in der Frosterei gab.

Der Ofen in der leeren Küche war ausgebrannt. Es war ganz dunkel geworden. Die Geräusche im Haus waren ein gewisser Trost. Elisif kreischte da oben. Sowohl sie als auch die »Mannakörner« auf der Kommonde funktionierten wie in alten Tagen. Elisif hatte eine noch ebenso scharfe Stimme wie früher, aber sie selbst war nicht mehr so tüchtig. Sol war schweigsamer und tüchtiger denn je.
Tora suchte das Nötigste zusammen. Schulranzen und Kleider. Dann lief sie schnellfüßig und fröhlich den Weg hinauf nach Bekkejordet. Nur einmal – als Simons und Rakels Stimmen zu ihr in die Dachkammer mit dem weißen Bett drangen, überfiel sie eine Art Trauer für die Mutter. Die warmen, vertrauten Stimmen aus dem Schlafzimmer da unten waren wie ein Hohn. Auch für Tora.

Aber es wurde still. Die ganze Welt lag ruhig in der Nacht. Die Kälte knackte im Haus. Ein kleiner, mürrischer, schläfriger Laut.

8

Die Luft war zum Schneiden, es roch nach nassen Kleidern, sauren Fellstiefeln und Schweiß. Die harten Holzbänke waren gerammelt voll und noch mehr als das. Der eine oder andere versuchte mit wechselndem Glück, den Nachbarn wegzustoßen, um selbst etwas reichlicher Platz zu haben. Es gab Verwirrung, Unordnung und Schimpfkanonaden großen Stils.

Halbwüchsige Mädchen und Jungen saßen ganz hinten. Eng zusammengedrängt – endlich, und ohne daß ihnen jemand einen Vorwurf machen konnte, saßen sie so dicht, als ob sie auf der ganzen Bankreihe nur ein einziger Mensch wären. Sie hingen in einer mehr oder minder glücklichen Symbiose aufeinander, je nachdem, mit wem sie zusammengedrückt wurden.

»Mai aus Malö« hatte sie zwei Wochen lang von den Plakaten her angesehen. Jetzt dürsteten sie nach Sinnengenuß und Spannung. Aber der blasse Filmvorführer konnte den Apparat nicht in Gang bringen. Er behauptete, daß er auf dem Transport zu kalt geworden sei. Aber er bekam nur ein vielstimmiges »Uuuuuuuu« zur Antwort. Das bedeutete, daß ihn das Schlimmste erwartete, wenn es ihm nicht gelang, die Dame auf die Leinwand zu bannen.

Tora und Sol, Jörgen und einer von den Jungen aus Vaeret hörten den Spektakel hinter sich. Jörgen schneuzte sich in die Hand und machte anschließend Annäherungsversuche. Aber Sol hielt seine Hand hinten auf dem Rücken fest. Die vier hatten eine Stunde im Wind und im naßkalten Nebel gestanden, bevor sie eingelassen wurden, und hatten sich Plätze in der zweiten Reihe gesichert – genau in der Mitte.

Es war himmlisch. Sie widerstanden dem Druck von beiden Seiten mit zusammengebissenen Zähnen und auf dem Sitz festgeleimtem Hintern. Die Bank sackte gefährlich durch, weil die Stütze in der Mitte abgebrochen war. Aber sie regten sich nicht auf. Sie hatten die Ruhe weg. Die Bank hatte ja bisher gehalten. Jörgen und Sol saßen außen und drückten die beiden anderen zusammen.

Tora spürte den harten Jungenkörper gegen den ihren. Ein menschliches Gatter, das mit Kleidern umhüllt war. Sie war nie einem Menschen so nahe gewesen, soweit sie sich erinnern konnte. Nicht so!
»Verdammt, wie die da hinten sich verprügeln.«
Jörgen war sichtlich irritiert. Nicht zum wenigsten, weil er selbst gern dabei gewesen wäre.
Ein unerwarteter Ellbogen in die Seite hätte ihn beinahe auf den Boden befördert, und er bemühte sich wie ein Verrückter, wieder in voller Breite in die Bank hineinzurutschen. Die Rache lag in gefährlich greifbarer Nähe.
Es gluckerte und rann draußen vor den Fenstern. Die Eiskristalle lagen auf den Scheiben wie eine böse, eiskalte Warnung. Innen waren die Fenster beschlagen. Ab und zu lief es an den Scheiben herunter. Ein einzelner dicker Tropfen hie und da, der am Glas herunterstürzte und den Blick für die Welt da draußen freimachte.
Der Atem stand vor den erwartungsvollen Gesichtern wie Qualm, und die feuchte Luft ging durch Mark und Bein, ob man schon von vorher naß war oder nicht.
Sobald jemand durch die Eingangstür kam, stießen die frische, nasse Luft und der warme, feuchte Dampf aufeinander – zu einer jähzornig grauen Wolke. Sie machte ein paar Drehungen in der Türöffnung, bevor sie nach draußen in die Dunkelheit verschwand.
Endlich hörte man den Filmapparat surren. Kein Laut war mehr zu vernehmen, außer diesem Surren.
Friede und Eintracht und pustende, halboffene Münder. Das Bild auf der Leinwand sah aus wie fliegende Reiskörner. Dann sammelten sie sich gleichsam zu Feldern, ordneten sich wie durch ein Wunder von selbst. Jemand machte das Licht aus, und man war an einem anderen Ort. Der Traum flimmerte hernieder auf das graue, nasse, vielköpfige Tier. Der Traum von einer anderen Welt, wo alles einen Perlenschimmer hatte und wo Freude und Melancholie herrschten. Wo die wahre Liebe beim Namen genannt wurde und nicht nur eine lichtscheue Affäre war in irgendeinem Gebüsch zur Sommerszeit. In der dampfenden, feuchten Dunkelheit stand der Staub und zitterte nervös in dem Lichtkegel des Apparates.
Wenn der Filmvorführer zwischendurch einmal von seinem braunen Holzstuhl zu dem Apparat ging, knarrten seine Schuhe ein wenig. Die zunächst saßen, hörten es und fauchten leise und murrend: »Pst! Ruhe!« Es klang so, als ob ein Untier, ein Raubtier durch die Zähne

schnaubte, bevor es angriff. Sie wollten nicht gestört werden, sie sammelten sich und brauchten ihre volle Konzentration.
Tora vergaß, daß sie in dem ekelhaften Jugendhaus saß, in das die Mutter nie mehr einen Fuß gesetzt hatte seit damals... Sie vergaß alle Weihnachtsfeste und die 17.-Mai-Feiern, an denen sie nicht teilgenommen hatte, weil die Mutter sich immer krank fühlte, wenn in dem »Haus« etwas los war.
Das hier war besser, als Tagebücher auf dem Dachboden zu schreiben. Besser als alles! Es kribbelte leicht auf der Haut, ganz außen. So weit außen, daß sie Angst hatte, der Junge aus Vaeret würde es merken. Es begann dort, wofür es keine Namen gab, außer den häßlichen, die auf die Klowand geschrieben wurden, und breitete sich nach unten über die Schenkel aus. Zog sich so schön im Bauch zusammen. Ganz innen. Wo sie gar nicht wußte, was da war. Der Atem des Jungen aus Vaeret strich an ihrem Ohr vorbei, als er den Kopf ein wenig zur Seite drehte, weil jemand zur Tür ging. Es kitzelte, als ob sie eine Katze an die Halsgrube hielte. Hände und Körper waren völlig klamm.
Sie hatte Rakel gefragt, ob sie zum »Haus« ins Kino gehen dürfe. Eigentlich fühlte sie sich ganz ekelhaft, weil sie erleichtert darüber war, daß die Mutter fort war und sie sie nicht zu fragen brauchte. Rakel gab ihr das Geld fürs Kino, und Tora wußte, daß sie es der Mutter gegenüber nicht erwähnen würde. Sie hatten es nicht abgesprochen. Trotzdem wußte Tora, daß es so war.
»Mai aus Malö« bekam keine Briefe von ihrem Liebsten, der zur See fuhr, weil der Posthalter Mai selbst haben wollte und die Briefe versteckte. Tora wurde so zornig auf das große Gesicht des Posthalters da vorne, daß sie sich in den Arm kniff, und Sol packte den Jungen aus Vaeret am Arm, daß die ganze Bank wackelte, und sie waren glücklich und alles war so traurig.
Tora konnte irgendwo in der Dunkelheit einen winzig kleinen, unterdrückten Schluchzer hören. Und sie vernahm rundum ein heißes Keuchen in der schwülen, gespannten Stille. Nur der eine oder andere »Lümmel« scharrte mit den Stiefeln und fühlte sich in der Dunkelheit sicher.
Aber nachher, nach dem hellen Licht und dem Suchen nach Handschuhen und Mützen, nach dem Gedränge am Ausgang, da atmetete der Filmvorführer erleichtert auf und packte das Liebesabenteuer ein, während der eine selbstgedrehte Zigarette rauchte und sich überlegte, ob der Apparat am nächsten Ort auch wieder streiken würde. Er hatte

eine zerknitterte, abgewetzte Hose an. Sie war mit ihm die ganze Woche durch dick und dünn gegangen. Er hatte sie in den verschiedenen Unterkünften, mit denen er vorlieb nehmen mußte, unter das Laken gelegt. Trotzdem sah sie traurig aus und hatte unten herum Schmutzflecke. Jede Nacht an einem anderen Ort. Er tröpfelte einige Tropfen Romantik zwischen die Steine am Strand. Er ließ die Rosen im Nebel aufblühen. Selbst im dunkelsten Vorweihnachtswinter war es Sommer. Dort, wo er den Apparat in Tätigkeit setzte.

In einem Ort waren sie einmal auf ihn losgegangen, weil er den Apparat nicht in Gang brachte. Eine Gruppe halbwüchsigen Pöbels. Der Schweiß war ihm ausgebrochen, er hatte sich gewehrt, sogar versprochen, ihnen das Geld zurückzugeben. Aber sie wollten kein Geld – sie wollten Kino. Er hatte in dem modrigen Jugendhaus gestanden und gespürt, wie ihn der Schreck erfaßte. Denn die Tour mußte eingehalten werden, und der Apparat ging nicht.

Aber heute abend... Heute abend war er gegangen.

Der zerfurchte, schmächtige Mann richtete sich auf und legte »Mai aus Malö« ins Futteral. Es war ebenso verbraucht und verknittert wie er selbst. Obwohl er erst knapp 40 war. Aber er brachte dennoch große Geheimnisse, große Erwartungen in die Fjorde hinein. Brachte Schlösser und Parks, die Unsterblichkeit der Liebe und des Menschengeistes Irrgänge in deutlichem Schwarz/Weiß. Alles zusammen auf die abgenutzten Filme gebannt. Jede einzige kleine Szene genau abgemessen von hier bis dort, mit winzig kleinen Kerben an den Seiten. Kerben, die die Bewegung erst ermöglichten. Den ganzen Traum. Der die Seelen weit höher hob als irgendein Prophet oder Erweckungsprediger. Denn das Publikum war warmblütig und jung und mittelalterlich und alt – und jeder für sich hatte ein Meer von Träumen unter dem verwaschenen Hemd oder dem gestopften Pullover. Ein kleiner Schubs war alles, was sie brauchten, um durch die Perlenpforte zu schlüpfen. Und der Filmvorfüher gab ihnen Manna statt hartem Brot – und er gab ihnen der Erde Herrlichkeit statt gekochtem oder gebratenem Fisch mit Kartoffeln. Er vertauschte die nicht gestrichene Küchenecke und die Hausaufgaben, die Bottiche mit den geköderten Angel-Langleinen und die vereiterten Finger – mit dem Traumwein, von denen er ihnen reichlich zu trinken gab.

Sie trotteten in der Dunkelheit nach Hause – grüppchenweise. Zwei oder drei oder auch mehr. Nur der eine oder andere einsame Wolf

spielte die gleiche Rolle wie der verhaßte Posthalter in dem Film und ging allein, während er unnötigerweise seine Stiefel verschliß, indem er alle Steine wegschubste, die auf dem Weg lagen. Denn so ist die Gerechtigkeit hoch oben in den Fjorden im Norden wie auch sonst auf der Erde. Die Einsamkeit ist nie so groß wie dann, wenn der Mensch einen Traum gesehen hat.
Der Vorführmann blieb noch eine Weile mit seiner Pfeife sitzen, nachdem schon alles gepackt und startbereit war.
Dann erhob er sich. Langsam. Und schlich den Weg am Strand entlang zum Tausendheim und zur Tür der Kiosk-Jenny. Dort fand *er* den Traum, den er brauchte. Er bekam frisch gebratene Fischfrikadellen und Kaffee und saß in langen, weißen Unterhosen auf der Couch, weil Jenny den schlimmsten Schmutz von der Hose abrieb und sie dämpfte.
Für einige konnte der Himmel auch im Tausendheim sein.
Die letzten Gardinen wurden vorgezogen. Manch einer sandte einsame Signale hinaus in die Dunkelheit. Der Regen fiel auf Gerechte und Ungerechte und auf die zu Hause gebliebenen Schafe des Pfarrers. Sie standen dicht gedrängt bei ihrem Stall.
Es blinkte plötzlich in einigen Schafsaugen unter der grellen Außenlampe.

9

Tora blieb vor den Holzplanken stehen, die als Brücke vom Weg bis zu der Fischerhütte, in der Randi und Frits wohnten, gelegt waren. An der einen Seite war ein Geländer. Sie stützte sich darauf und erinnerte sich an den Sommer: Sie war an einem der Pfosten, die die Brücke hielten, hochgeklettert und hatte sich das ganze Stück vom Weg bis zur Hauswand an den Planken entlanggehangelt. Es war spannend gewesen, besonders in der Mitte, wo es zwei bis drei Meter in die Tiefe ging, hinunter in das steinige Ufer. Randi war am Fenster erschienen und hatte sie gebeten aufzuhören. Tora hatte sich geschämt, nicht weil sie etwas Gefährliches unternommen hatte, sondern weil es ihr aufging, daß sie eigentlich zu groß für so etwas war. Wenn die Mutter es gesehen hätte, würde sie gesagt haben: »... und du als Mädchen und so!«

Heute abend stand Tora am Geländer und konnte die Tiefe nicht sehen. Hielt sich mit beiden Händen gut fest, und die Füße standen sicher und eben auf der Brücke. Trotzdem sah sie nichts. Die Dunkelheit hatte alle Steine und alles andere verschluckt. Im Sommer hatte sie sich am hellichten Tag mit bloßen Händen entlanggehangelt. Sie hatte die spitzen Steine gesehen, den glitschigen Tang, Papier und Gerümpel, tief unten. Sie hatte aber keine Angst gehabt.
Nun war sie von dem Anblick verschont. Dennoch fühlte sie die Tiefe als etwas Unbehagliches.

Sie wußte nicht, warum sie zurückgeblieben war – hinter den anderen. Plötzlich hatte sie gemerkt, daß Sol mit dem Jungen aus Vaeret lieber allein gehen wollte. Tora hatte seinen harten Körper gegen den ihren gespürt – im Kino. Und eine feuchtkalte Welle von Abscheu brach über sie herein, als sie Sol und ihn sah. Es war ekelhaft, Zeuge von ihren Albernheiten und ihrem Gelächter zu werden. Sie gab vor, daß sie noch etwas für Rakel erledigen müsse, und eilte an der Wegkreuzung davon.

Sie wollte sich gerade losreißen und nach Hause trotten, als Randi in der Dunkelheit vor ihr auftauchte. Sie kam gleichsam aus dem Nichts.
»Ach, du bist's Tora!«
Ihre Stimme klang ruhig und erfreut. Nicht gespielt freundlich, wie manche jetzt mit ihr redeten.
Tora nickte. Sie standen in dem sparsamen Licht der Außenlampe, und große, nasse Schneeflocken fielen auf sie herab. Tora hatte Angst, daß Randi nicht gesehen hätte, daß sie nickte. Deshalb räusperte sie sich und sagte:
»Ich kam grad vorbei, da... Da bist du aufgetaucht...«
»Komm rein! Ich bin so allein, seit der Frits fort ist. Gunnar ist dauernd in der Fischfabrik, weißt du. Er hat so viel zu tun, seit der Bredesen so schlecht mit dem Rücken dran ist...«
Das letzte fügte sie nur flüsternd hinzu, als ob sie fürchtete, daß jemand hören könnte, wie froh sie war, daß Gunnar Überstunden machte, weil ein anderer krank war.
Sie nahm Tora in den Arm, wie sie es früher immer getan hatte. Es fiel Randi gar nicht schwer, andere Leute zu umarmen.
»Komm ein Weilchen rein!«

Sie wollte Tora mit sich die schräge Brücke hinaufziehen.
»Ich weiß nicht... Ich war auf'm Weg nach Bekkejordet. Ich hab' nichts davon gesagt, daß es spät werden könnte. Die Mama ist – ist in der Stadt. Ich wohn' so lange...«
»Einen Augenblick – nur? Ich will dich nicht aufhalten, das kannste dir doch denken.«
Tora zögerte so lange, daß Randi schließlich sagte:
»Nein, nein...«
Da hatte Tora plötzlich Angst vor der Dunkelheit und dem Alleinsein und sagte überstürzt:
»Ich komm' kurz rein.«

Der Raum empfing Tora mit seiner ganzen Gemütlichkeit. Es roch leicht nach gebratenem Fisch. Randi machte Licht über dem Tisch und neben dem Fenster. Dann setzte sie einen Topf mit Milch auf die elektrische Kochplatte.
»Nein, ihr habt ja einen elektrischen Herd!«
Tora mußte ihn anschauen. Er war ganz weiß. Beinahe unheimlich. Er hatte einen Backofen mit Ober- und Unterhitze, ein Wärmefach und drei Kochplatten obendrauf. Er war ein Wunder. Noch schöner als Tante Rakels Herd.
Randi zeigte und legte los. Sie war so freundlich und froh! Immer. Selbst wenn sie traurig war, strahlten die Augen. Aber heute abend *war* sie froh.
Es war schön, wieder hier zu sein.
Tora zog den Anorak aus und setzte sich ans Tischende. Sah zu, wie Randi Kakao kochte, mit ihrem Strickmantel an.
Tora brauchte nicht nach Frits zu fragen, denn Randi drehte sich immer wieder vom Herd um und erzählte, während sie Wasser, Zucker und Kakao in einer Tasse anrührte und das Ganze dann in die Milch goß.
Man wolle ihm helfen, damit er im nächsten Herbst weiter zur Schule gehen könne, denn er sei dann mit der Volksschule fertig und habe keinen Anspruch mehr. Sie meinten, er sei zu tüchtig, um im verborgenen zu bleiben. Es sei hier so leer geworden, seitdem er fort sei... Aber es sei ja gut, daß er rauskomme und etwas lerne. Etwas werde. Sie freue sich schon auf den Tag, an dem er einen Beruf habe. Er habe so beschützt gelebt – darin sei sie sich einig mit denen in der Schule. Ja, sie hätten direkt gesagt, daß sie den großen Jungen zu sehr behütet

habe. Damit würde sie nun Schluß machen... Sie hätten so recht in allem, was sie sagten, und sie wolle sich bessern. Aber wenn er den größten Teil des Jahres fort sei – dann vergesse sie, wie groß er sei – vergesse, daß er, auch wenn er nicht hören und sprechen könne, doch gut zurechtkomme. Sie habe es ja gesehen, als Frits mit Tora und den anderen Kindern zusammen gewesen sei. Trotzdem... sie verstehe es nicht... Frits bleibe einfach ihr Kind. Und sie sei so traurig gewesen, als sie begriffen habe, daß er nicht richtig hören könne. Habe sich geschworen, daß es ihm niemals an Liebe und Fürsorge fehlen solle. Und dann komme er ab und zu nach Hause und sei jedes Mal etwas verändert... und das sei grausam! Aber sie wolle sich zusammennehmen. Das sei sicher. Wenn er Weihnachten komme, seien sie zu Knutsen oben an der Straße in die erste Etage umgezogen. Und da würde er ein eigenes Zimmer bekommen. Und er solle sein Zimmer jeden Morgen und Abend selbst aufräumen. Ganz bestimmt solle er das. Sie würde sich an die Strickmaschine setzen, und er müsse es hinnehmen, daß sie so beschäftigt sei.
Tora begriff, daß Randi nicht viele hatte, mit denen sie reden konnte. Sie war immer noch eine Fremde in Vaeret. Sie gehörte bestimmt zu denen, die immer fremd blieben. Sie war anders. Sie kleidete sich anders. In selbstgestrickte Gewänder, die weder Mantel noch Jacke noch sonst was waren. Nur eine hübsche, ansprechende Anhäufung von Farben. Tora hatte gehört, daß die Frauen sagten, sie sei eine »Spezielle«. »Speziell« zu sein war ein Stempel. Es gab so vieles, was in Vaeret einen Stempel trug.
Randi hatte einen Spitznamen bekommen. Sie nannten sie »Strickbündel«. Beschuldigten sie, daß sie sich für belesen und klug hielt...
Sie war in ihrer Jugend in der Stadt in die Schule gegangen und hatte im übrigen nicht das geringste getan, dann hatte sie Gunnar geheiratet und schlechte Nerven bekommen, weil er zur See fuhr. Eine Frau mit schlechten Nerven war schlimmer als alles andere. Es war irgendwie unerträglich.
Die Dame sei so sonderbar, wie man nur sein könne, hatten sie mehr als einmal in Ottars Laden gesagt.
Tora kümmerte sich nicht um das Geschwätz. Sie hatte gemerkt, daß die Leute über alles der Reihe nach redeten. Es war nicht so gefährlich, was die Leute sagten, das hatte sie gelernt. Was die Leute *machten*, war viel schlimmer.

Tora spürte die Sicherheit in dem Raum. Verschlang gierig und hungrig die Brotscheiben, den Geruch und den Anblick des Raumes. Sie ließ Randi reden und nickte nur und hörte mit weit offenen Augen zu. Das Gesicht ihr zugewandt – die ganze Zeit. Als ob sie Angst hätte, daß alles verschwinden könnte, wenn sie sich nur einen Augenblick umdrehte.
»Denk' dir, ich bekomm' eine ganz große Küche für mich allein, wenn wir da raufziehn. Sie ist so groß. Das kannste dir nicht vorstellen. Die Strickmaschine hat Platz unterm Fenster. Oh, es wird schön! Du mußt kommen. Du mußt oft zu uns kommen, Tora!«
Sie schwieg einen Augenblick. Dann sagte sie schmerzlich:
»Der Frits glaubt, daß du wegen irgend etwas auf ihn böse bist... weil du nicht mehr gekommen bist. Aber ich hab' ihm gesagt, daß das wegen dem Brand ist. Ja, ich sag's dir grad heraus, Tora. Ich hab' ja verstanden, daß du genug mit dir selbst zu tun hattest. Das war ja eine Aufregung und ein Spektakel. Es hätt' dir erspart bleiben sollen. Kinder sollten vor so was bewahrt bleiben.«
Tora saß wie gelähmt. Die untere Gesichthälfte arbeitete nicht. War für nichts zu gebrauchen. War erstarrt. Und Randi sah ihr in die Augen, und Tora wagte nicht auszuweichen. Konnte nicht ausweichen. Sie sahen einander an. Tora fühlte, daß ihr Gesicht alle Farbe verlor. Sie erstickte fast.
Randi hatte in eine Eiterbeule gestochen. Sie lief aus. All das Ekelhafte. Denn Randi hatte von dem Brand gesprochen, als ob er ein alltägliches, bedauerliches Ereignis wäre, das zu regeln war und das man schon am nächsten Tag in Ordnung bringen konnte.
Und sie fuhr fort, darüber zu sprechen. Sagte, daß Henrik nicht der erste sei, der im Gefängnis gelandet sei. Tora solle es sich nicht zu Herzen nehmen. Sie solle sich sagen, daß sie nur für sich selbst verantwortlich sei und daß sie nichts mit dem Brand zu tun habe.
Tora hatte das Gefühl, daß Randi ein wahrhaftiger Engel war, fühlte es so intensiv, daß die Augen glänzten und die Zunge im Munde wuchs. Dann fiel das Ganze plötzlich wieder zusammen, denn Randi sagte: »Aber an etwas mußte denken! Du mußt ihn gut aufnehmen, wenn er wieder heimkommt. Er muß von neuem anfangen. Alle müssen neu anfangen, wenn sie ein Unrecht begangen haben. Es war natürlich sehr schlimm. Aber wir haben alle die Verantwortung füreinander. Es gibt so vieles in der Welt, was wir nicht würdig sind zu verstehen.«

Tora saß nur da.
Es war schön warm im Raum, die Brote waren gut, und Randi war eine Freundin. Trotzdem war Tora bei einer Fremden, die nichts wußte und nicht wissen durfte.
Randi und Mama!
Simon und Rakel!
Die ganze Welt würde sie – Tora – verdammen. »Du sollst ihn gut aufnehmen. Du sollst niemanden in Verruf bringen. Du sollst denen Gutes tun, die... du sollst deinen Vater und deine Mutter ehren... du sollst nicht lügen... *Du sollst ihn gut aufnehmen!*«
Die Mutter *sagte* nie etwas. Man konnte es ihr nur vom Gesicht ablesen. Randi sagte es. Gerade heraus. Direkt und heilig wie alle anderen Bibelworte, die sie in der Schule oder bei Elisif gelernt hatte. Aber konnte man mit ihnen *leben,* ohne zu lügen oder zu verschweigen?
Tora wußte nicht ein noch aus. War das alles von Leuten erfunden worden, die vor so etwas gefeit waren? Die nichts begriffen? Wußten die Menschen, die Gesetze und Vorschriften machten, wie gräßlich das alles war? Machten sie nur Gesetze für Dinge, von denen sie selbst nicht berührt wurden? War es so einfach?
Sie fühlte einen kleinen Trotz in sich. Aber sie vermochte ihn nicht in die Höhe zu treiben – so richtig.
Denn Randi war beinahe ein Engel. Und Tora saß mitten in Randis Augen.
So war es immer. Die Mutter war schweigsam und freudlos. Sie war so müde und ernst. Sie hatte gegen so vieles anzukämpfen.
Sie mußte geschont werden.
Mußten alle geschont werden? Gab es keinen, der...?
»Ich hab' noch was, das muß ich dir zeigen, Tora!« sagte Randi plötzlich und schlug die Hände zusammen. Die dichten, hellen Augenwimpern flatterten und warfen Schatten auf die Wangen.
»Du meine Güte! Wie konnt' ich das vergessen! Ich bin doch so stolz darauf.«
»Was ist es denn?«
Tora war gespannt und froh – daß von etwas anderem die Rede war.
»Nun kannste raten. Das rätste nie!«
»Ich will's versuchen.«
Tora gab sich dem neuen munteren Spiel hin. Nur mit Randi konnte sie solche Wortspiele und solchen Unsinn machen, ohne daß sie daran zu denken brauchte, daß sie erwachsen war. Nicht einmal mit Tante

Rakel konnte sie so gut spielen und Unsinn treiben. Randi war eine große, erwachsene Dame, aber das vergaßen sie alle beide. Vergaßen es die ganze Zeit. Es sah so aus, als ob Randi glaubte, daß sie ein kleines Mädchen sei.

»Ha – wenn du das rätst, dann biste gut!«

Randi blinzelte verschmitzt.

»Aber ich werd' dir helfen. Es ist etwas, was sich alle wünschen. Ich hab's bekommen.«

»Alle wünschen es sich...«, wiederholte Tora und schaute gleichsam in sich hinein.

»Na ja, nicht alle. Nicht die Männer, die kommen auch ohne das aus, denn sie haben ja uns«, lachte Randi.

Tora wurde noch verwirrter.

»Dann muß es was sein, was du anziehen kannst oder womit du dich schön machst?«

»Nee, du.«

»Ist es was, was du für die Strickmaschine brauchen kannst?«

»Wünschen sich *alle* etwas für die Strickmaschine, du Dummerchen?«

»Neee, dann muß es... laß mich mal überlegen... Du hast mir den elektrischen Herd gezeigt...«

»Es brennt, es brennt!« schrie Randi entzückt.

Aber Tora gab auf. Und Randi zog sie mit sich hinunter in den feuchten Keller, wo sie einen Raum neben der Köderstube hatten. Es roch streng nach Fischabfällen und Schimmel dort unten, obwohl der Raum abgespritzt und aufgeräumt war. In der einen Ecke stand eine Art Tonne. Sie stand auf zwei soliden Klötzen. Dickbauchig und breit. Sie ähnelte einer Wassertonne – in der Art wie Almar sie besaß und die er immer noch aus der Quelle hinter dem Haus auffüllte, weil er im Haus keine Wasserleitung hatte. Obenauf lag die gleiche Art Deckel.

Tora ging näher und schaute sich die Tonne an. Nun sah sie ein Kabel mit einem Stecker und einem Schlauch, der ganz unten befestigt war.

»Was ist das denn?«

Randi lächelte. Dann sagte sie mit Stolz in der Stimme:

»Das ist der Gunnar... Er ist ein Genie mit Maschinen und Schrauben und so was. Er hat mir eine *Waschmaschine* gemacht.«

»Eine Waschmaschine!«

Tora guckte. Randi hob den Deckel hoch und zeigte ihr eine Art Schaufelrad – oder Propeller unten am Boden. Es war alles deutlich selbst geschweißt. Aber blankgeputzt und schön, ohne eine Spur von harten, scharfen Kanten.
»Der Gunnar *ist* ein Genie! Der Dahl kann sich glücklich preisen, daß er einen solchen Chef für die Maschinen hat.«
Tora vergaß zu antworten. Sie steckte den Kopf tief in die Tonne hinein und sah sich alles genau an. So was! Randi hatte eine Waschmaschine bekommen! Tora kannte keinen in Vaeret oder jenseits der Moore, der eine besaß. Sie hatte natürlich schon davon gehört. Wußte, daß man Waschmaschinen kaufen konnte. Aber sie waren fürchterlich teuer und gänzlich unnötig und unterstützten nur das Faulenzerleben der reichen Leute. Und die Pfarrersfrau – hatte ja die Kopftuch-Johanna – sie brauchte also auch keine. Und jetzt hatte Gunnar eine für Randi gemacht!
»Du mußt mir zeigen, wie das geht«, sagte Tora schnell.
Und Randi steckte den Stecker ein. Dann schraubte sie den Schlauch an dem Wasserkran fest und drehte ihn auf. Nicht viel – aber so, daß das Wasser bis über die Schaufel stieg. Randi knipste einen schwarzen Schalter an, den Tora vorher nicht bemerkt hatte, und setzte ein Gespritze und Gepolter sondergleichen in Gang. Schnell warf sie den Deckel auf die Tonne und ließ die Maschine eine Weile laufen und dröhnen. Tora war überwältigt.
»Toll! Hat Gunnar das wirklich gemacht?«
Randi nickte strahlend.
»Aber die Mama sagt, daß das mit den Waschmaschinen Unsinn ist, denn sie mache die ganze Wäsche kaputt und wasche nicht sauber. Ist das wahr?«
»Keineswegs. Jedenfalls nicht die, die Gunnar gemacht hat. Die Bettbezüge und die Laken... die werden wie Neuschnee. Sie kann auch kochen. Unten drin ist ein Heizelement.«
»Heizelement?«
Tora mußte den Deckel noch einmal lüften und hineingucken. Sie bekam einen Spritzer auf die Nase, aber sie merkte es kaum.
Randi konnte wirklich froh sein, daß sie so etwas hatte. Sie brauchte nicht in der feuchten Waschküche vom Tausendheim zu stehen, die nur dort einen Betonboden hatte, wo die Waschzuber standen und wo der Ausguß war. Das übrige war Lehmboden, und es war feucht und kalt in dem Keller.

Im Winter war dort nicht gut sein. Ingrid pflegte die Wäsche oben in der Wohnung zu kochen. Und Tora spülte sie unten im Keller aus. Sie spürte es im Körper, wenn sie nur daran dachte, wie eiskalt solche Nachmittage waren. Man wurde erst am nächsten Tag wieder richtig warm.

Im Sommer war es nicht so schlimm. Da nahmen sie Kaffee und Brote mit und zogen zum Fluß, die große Wäsche in einem Schubkarren oder auf dem Gepäckträger vom Fahrrad. Dann machten sie Feuer in den selbstgemauerten Feuerstellen und setzten die Waschkessel darauf. Wer zuerst kam, hatte die beste Feuerstelle. So war es üblich. Und darüber machten sie nur Witze. Es waren immer viele zusammen, und es war gemütlich. Sie gingen auch nur an Schönwettertagen dorthin. Die Kinder wateten in der Flußmündung, bis die Wäsche kochte. Sie bekamen Kuchen und Brote aus fremden Essensbüchsen und hörten zu, wie die Frauen sich unterhielten. Später halfen sie beim Spülen der Wäsche und wurden ausgeschimpft, wenn sie schluderten.

Aber das ... das mußte ja der Himmel auf Erden sein!

Ach, wenn die Mutter und sie auch so eine Waschmaschine hätten! Da würden die Frauen im Tausendheim aber Stielaugen machen.

Als ob Randi ihre Gedanken lesen könnte, sagte sie mit einem verlegenen Lächeln:

»Du darfst zu niemand etwas davon sagen ...«

»Warum nicht?«

»Ich will nicht, daß die Leute sagen, ich sei faul und eingebildet ... Sie reden schon genug.«

Tora nickte. Sie verstand.

»Darf ich's der Mama sagen?«

»Ja, sie gehört wohl nicht zu denen, die von Haus zu Haus ziehn, wie ich mir denken kann.«

Randi sagte es lächelnd. Aber es gab Tora einen Stich.

Wußten *alle*, daß die Mutter seit dem Brand beinahe menschenscheu geworden war? Redeten die Leute *so* viel, daß es sogar Randi erfahren hatte?

Tora brach dann doch ihr Versprechen und erzählte Rakel alles, als sie abends am Küchentisch saßen. In dem Außenblick, da die ersten Worten gesagt waren, überfiel sie die Scham. Trotzdem mußte sie weitererzählen.

Rakel hörte mit großen Augen zu, und Tora erklärte und zeichnete hinten in ihrer Kladde, damit Rakel das Ganze deutlich vor sich sehen sollte.
Der Abend war so schön. Es war, als ob er sich auf sie, Tora, konzentrierte – sie nach vorne schob und sie zu etwas Großem machte. Rakel lauschte und lauschte. Tora erzählte. So lange, bis es Zeit war, schlafen zu gehen.
Da überfiel sie wieder die Scham. Weil sie nicht vermocht hatte zu schweigen. Weil die Mutter zu Besuch in einem Gefängnis war.

Am nächsten Morgen platzte sie damit heraus, daß Rakel zu niemand etwas über die Waschmaschine sagen sollte.
Und Rakel lächelte nicht einmal. Todernst gelobte sie hoch und heilig, daß es ein Geheimnis bleiben würde, warum die Bettbezüge bei den Monsens so weiß wie Schnee waren.

10

Tora bekam nicht viele Briefe.
Insgesamt waren es überhaupt nicht viele Briefe, die zu den Tausendheimtüren hereinkamen. Es gab dort auch nicht viele Menschen, die sich die Mühe machten, Briefe zur Post zu tragen. Die Worte waren einfach, und man sprach miteinander – oder man schwieg und das war vieldeutig.
Wenn die Leute ruhig und nicht im Affekt waren, sagten sie gerade so viel, wie sie verantworten konnten – nicht mehr und nicht weniger. Der Rest wurde verschwiegen, bis die Gedanken ihn verdrängt hatten – oder der Mensch sich durch die Worte hindurchgekämpft hatte – schweigend. Jeder für sich.
Eines Tages fand Tora einen weißen Briefumschlag auf dem Küchenschrank.
Die Mutter war zur Nachmittagsschicht gegangen. Das Haus lag träge in der Mittagsruhe da, weil Tora auf dem Schulweg getrödelt hatte. War bei Jenny im Kiosk gewesen und hatte die neuen Illustrierten durchgeblättert. Jenny schimpfte nie mit Tora, weil sie die Zeitschriften nicht kaufte, die sie angesehen hatte. Alle anderen aber schmiß sie raus. Tora hatte lange gebraucht, bis sie sich Einlaß in dem

kleinen Kiosk an der Wegkreuzung verschafft hatte. Sie holte für Jenny Waren aus der Expedition. Zog sowohl die Packen mit den Illustrierten als auch Jennys Kind im Handwagen die Hügel hinauf. Eigentlich liebte Tora den kleinen Rotzjungen nicht. Aber sie ließ es sich nicht anmerken. Sie behandelte das Kind mit der gleichen freundlichen Vorsicht wie die Illustriertenbündel.
Tora wußte nicht, ob sie vor dem Umschlag Angst haben sollte. Sie hatte das Gefühl, daß da etwas nicht stimmte.
Name und Adresse standen feierlich auf dem weißen Papier. Einmal hatte sie einen Brieffreund gehabt. Einen, den Randi von ihrem Heimatort her kannte. Aber Ingrid hatte gemeint, daß das viele Porto eine unnötige Ausgabe sei. Sie wurde so trübsinnig – selbst wegen der kleinsten Ausgabe. Tora hatte immer seltener geschrieben.
Dies hier war eine fremde Schrift. Aber doch bekannt. Der Stempel war unleserlich. Der Brief hatte eine norwegische Briefmarke. Das war das erste gewesen, was sie festgestellt hatte.
Manchmal war sie völlig sicher, daß ihr die Großmutter eines schönen Tages schreiben würde.
Sie sah sie vor sich, mit dem geraden Rücken und dem großen, grauen Knoten im Nacken. Knöpfschuhe. Wie die feinen Damen sie in den Märchen oder auf den Bildern in den Illustrierten trugen. Die Haut über den Wangen war ganz glatt.
Aber dieser Brief kam nicht aus Berlin.
Er verursachte trotzdem ein wohliges Kribbeln unter der Haut. Es fing irgendwo am Hals an. Zog sich über den ganzen Körper, so daß sie lächeln mußte, obwohl sie mutterseelenallein war. Stand auf einem Fuß und rieb den anderen an der Ofenkante, weil sie ein Loch in dem einen Stiefel hatte und der Fuß naß geworden war. Aber sie empfand es als nichts Besonderes. Sie rieb einfach, weil sie es immer tat, wenn sie nasse oder kalte Füße hatte.

Der Brief war von Frits.
Sie nahm ihn mit zum Fenster.
Frits erzählte von der Schule und den Lehrern. Daß er die ersten Abende geweint hatte, als er dorthin kam.
Tora hörte Randis Stimme, während sie las.
Und Frits wuchs aus dem Brief heraus. Vor ihren Augen. Sie dichtete ihn um zu einem unglücklichen Helden, sie bildete sich ein, daß sie alles verstand, was er ihr zu übermitteln versuchte mit seiner eckigen

Schreibschrift und den knappen, nüchternen Sätzen. Sie ahnte vage, was ein solcher Brief einen wie Frits kostete.

Unten in der Ecke war ein großer Tintenklecks, und Tora konnte sehen, daß er dort ein Herz zu zeichnen versucht hatte. Gott segne ihn...

Sie nahm den großen, roten Buntstift, den sie benutzte, wenn sie für den »Konfirmanden« Karten zeichnen mußte, und zog das Herz nach. Der Tintenfleck floß in seiner getrockneten Unförmigkeit darüber, das war allerdings schon passiert, lange bevor sie etwas ahnte. Aber nun war da eine kräftige rote Linie, die durch den blauen Tintenfleck hindurch ganz deutlich anzeigte, wie das Herz hätte sein sollen.

Tora war so froh. Ganz ausgelassen. Es war ein unbekanntes Gefühl, das sie nicht zügeln konnte. Alles – die ganze Welt bekam eine schöne Farbe. Sie lag grauschimmernd und närrisch dort draußen. Das Meer und der Mond strahlten, und Vaeret lachte in seiner ganzen Armut. Behaglich und verwischt und weich. Große Wolkenballen kamen herangerollt. Der Nachmittag begann seine Geräusche herauszuschleudern. Die Rufe vom Hof und später von dem Gelände rund um das Haus. Aber sie setzten sich nicht in ihr fest, zogen sie nicht hinaus auf die Straße wie sonst.

Tora saß in Gedanken versunken. Die anderen, die so einfältig und klein waren, taten ihr direkt ein bißchen leid.

Mit einem Mal war alles dort draußen ein überwundenes Stadium – über das sie sich hoch erhaben fühlte. Nein, sie hatte wichtigere Dinge zu tun. Einen Brief zu schreiben.

Nas-Eldar fuhr die letzte Kohle für den Winterbrand ringsum in die weißen und blauen und roten Häuser. Es gab viele Bestellungen und viel Arbeit. Und es gab nur einen Lastwagen, den ausgenommen, den Dahl für seine Fischfabrik und die Frosterei besaß. Eldar hatte keinen Konkurrenten und nahm sich Zeit.

Die Leute fluchten nicht wenig, wenn er nicht einmal seinen Kautabak von der einen Seite auf die andere schob, um Bescheid zu sagen, daß er keine Zeit hatte, sondern nur die rechte Autotür wieder zuknallte und hinüberrutschte auf den linken Sitz, weil man die Tür zum Fahrersitz von außen nicht öffnen konnte.

»Das ist die Gicht«, grinste er mit seinem Gesicht voll bläulicher, einen Tag alter Bartstoppeln. »Im Herbst und in der Winterkälte ist er immer so!«

Er – war der Lastwagen, der nach der Meinung des Alten die feinsten Gefühle auf der ganzen Insel hatte.

Nas-Eldar kam, wenn er *kam* – da konnte man sich drauf verlassen.
Eldars Auto fuhr Leichen und Brautleute. Er schmückte die Seitenteile mit Kreppapierstreifen und norwegischen Fähnchen und Laub, falls er Zeit dafür fand. Wenn er schlechte Laune hatte, dann stieß er zwischen den Zähnen hervor: »Könnt selber schmücken!«
Er fuhr geschlachtete Schafe, Kohlen, Trockenfisch und Guano – ohne Schmuck. Er fuhr arme Leute – und feine Leute im Mantel.
Eldars Auto war überall und nirgends aufzutreiben. Da half kein Betteln oder Drohen.
Aber Tora hatte keinen Bedarf an Lastwagen. Merkte nicht, daß die Kohle im Ofen ausbrannte. Trotzdem hörte sie den Krach da draußen und verstand mit einem kleinen, unwesentlichen und irdischen Teil ihrer selbst – was da los war.
Lange schaute sie angestrengt auf ihre eigenen Buchstaben. Da entdeckte sie die Schatten. Die Dämmerung kam aus allen Ecken gekrochen. Stand schon im Küchenfenster und war da.
Sie machte die Deckenlampe an. Es flutete mächtig und hell auf sie hernieder und warf ihren Schatten an die Wand.
Aber sie sah jetzt.
Sie erzählte und dichtete. Viele Dinge brachen aus ihr heraus, die sie ihm nie hatte begreiflich machen können, während sie einander nahe waren und zusammen spielten oder auf dem Bett mit der Strickdecke saßen. Sie erwähnte vorsichtig, daß sie den ganzen Sommer über mit allen möglichen Dingen sehr beschäftigt gewesen war ... Und während sie schrieb, begann ihr Körper zu schweben. Das Leben wurde so leicht.
Toras magere Hand suchte drinnen in der Stube in Ingrids Schublade herum, bis sie fand, was sie suchte: die kleine graue Schachtel mit dem Kleingeld für unvorhergesehene Fälle. Sie zählte das Geld für das Porto genau ab und tilgte alle Spuren.
Sie empfand keinerlei Reue. Zog nur den schwarzen Regenmantel über und sprang in die nicht mehr wasserdichten Stiefel. Sie hatte die Strümpfe nicht gewechselt, und das war gut. Es quatschte noch dort unten im linken Stiefel.
Turid am Postschalter hielt den Brief einen Augenblick in der Hand. Wog ihn gedankenvoll hin und her.
Dann legte sie ihn energisch auf die abgegriffene Holzplatte auf Toras Seite von der Schranke zurück und sagte: »Zu schwer. Zu wenig Porto.«

Tora war ein nasser und geprügelter Hund, der sich zur Tür hinausschlich.
Aber auf der Treppe richtete sie sich auf, eilte über die Hügel und an den Mooren entlang zum Tausendheim.
Sie zögerte nicht. Sondern wiederholte die Aktion mit der Geldschachtel. Diesmal nahm sie so viel, daß sie sicher sein konnte, daß es reichte.
Dann raste sie die Treppen hinunter, die Wege entlang, die Hügel hinunter und hinein zu Turid am Schalter.
Wie ein Esel. Sie hatte Runzeln zwischen den Augenbrauen. Der Kopf war auf eine seltsam störrische Weise gebeugt, das Maul dicht an der Halsgrube – als ob sie versuchte, sich selbst voranzutreiben.
Turid leckte an der Briefmarke und stempelte sie dann ab.
Tora ging hinaus in den Regen.
Sie blieb einen Augenblick auf der Teppe stehen und wartete, daß der Schweiß längs des Rückgrats sich beruhigte. Fischerboote kamen herein. Sie tuckerten wie Herzen. Wie ihr Herz. Da war kein Unterschied. Tuck-tuck-tuck. Im Takt. Ganz selbstverständlich. Lebendig. Trieb sich selbst voran mit einer eigenen Maschine.

11

Eines Tages schnappte Sol große Neuigkeiten in Ottars Laden auf. Nach Neujahr sollte ein Handelsschulkurs beginnen.
Da wollte sie hingegen! Mit der Mutter wollte sie nicht darüber sprechen. Einfach hingehen.
Sol hatte die Erfahrung gemacht, daß man sehr schnell Geld verdienen konnte. Sie hatte es unter der Matratze. Dort lag es sicher. Denn Elisif gehörte nicht zu denen, die die Matratzen zu unpassender Zeit herausrissen, um sie zu lüften. Sol wußte, daß sie die Summe noch beträchtlich vermehren konnte. Alles Geld, das sie fürs Putzen bei Ottar und fürs Packen in der Fischfabrik bekam, gab sie zu Hause ab. Sie sortierte jeden Monat die Rechnungen aus, mit denen es am meisten eilte. Dann traf sie eine Auswahl, und zusammen mit Vaters Geld reichte es für das Allernotwendigste. Aber immer wieder gab es irgendwelche Löcher. Torstein quetschte ein paar Tränen heraus wegen ihrer Zuschüsse und sagte, daß sie ein prima Mädchen sei. Er

hätte sagen können, daß bald bessere Zeiten kämen und daß sie dann etwas von dem behalten solle, was sie im nächsten Monat verdiene. Aber das sagte er nicht. Torstein sagte nichts, woran er nicht glaubte. Deshalb war er ein so wortkarger Mann.

Es fing an einem ganz gewöhnlichen Tag nach Ladenschluß an. Sol war draußen im Lager auf die Leiter gestiegen, um ein paar Kartons an ihren Platz zu schieben, weil sie Angst hatte, daß sie ihr auf den Kopf fallen würden. Sie sah, daß Ottar neben der Leiter stand, aber nahm keine Notiz von ihm. Nicht eher, als bis sie seine Hand an ihrer Wade spürte. Sie erstarrte da oben. Mehr vor Erstaunen als aus Abscheu. Er war bestimmt schon über dreißig. Faßte es als eine Ermutigung auf, daß sie stehen blieb. Die Hand bewegte sich erst zögernd. Dann hatte sie ihr Knie erreicht, kam aber nicht weiter, weil sie einfach nicht weiter reichte. Es war keineswegs unangenehm. Sol begriff. Da gab es ferne Dinge, an die sie sich erinnerte. Dinge, die in den Treppenaufgängen halbwegs bis zu ihr gedrungen waren. Dinge über Ottar. Dinge über Männer.

Sol stieg vorsichtig eine Stufe tiefer auf der Leiter. Aus Neugierde zuerst. Es war aber auch nicht unangenehm. Sie sah ihn nicht und spürte auch nicht seinen Atem. Spürte nur seine Hand. Sie verschaffte ihm mehr Platz, indem sie das eine Bein eine Stufe höher stellte. Hörte, wie er keuchte, trotzdem ging der Mann sie nichts an.

Sie fühlte sich nicht bedroht. Sie hätte von der Leiter heruntersteigen, sich umdrehen und ihn auslachen können. Sie hätte ihm sogar drohen können. Ja! Denn davor hatte er Angst. Er hatte eine Todesangst.

Und Sol stieg mehrmals in der Woche nach Ladenschluß in dem dunklen Lager auf die Leiter. Manchmal wünschte sie, er wäre mit seinem Betasten schnell fertig, denn sie wußte, daß zu Hause die Wäsche auf sie wartete.

Aber manchmal stand sie auch auf der Leiter und fand es sehr schön, daß jemand sie mit so behutsamen Händen anfaßte. Da war sie beinahe enttäuscht, wenn sie an seinem Atem hörte, daß das Ganze vorüber war und sie herunterklettern konnte.

Er sah sie nicht an, wenn er ihr das Geld gab. Sie bekam alles zusammen in einem Umschlag. Mehr als doppelt so viel, als sie eigentlich hätte haben sollen. Ottar war nett... Sie ging über die Hügel bis hinauf auf die Höhe und wieder hinunter zum Tausendheim mit einem neuentbrannten, aber unausgegorenen Willen in sich – während sie an das Geld dachte und daran, wie nett Ottar war. Sie hatte nicht geknickst, als sie das Geld entgegennahm. Sie war ja jetzt erwachsen. War sich dessen bewußt, daß sie Selbstvertrauen haben konnte. Sie wußte etwas über Ottar. Das machte sie älter als ihn. Davon kam er niemals los. Und Ottar wußte das. Er brachte seine Haare in Ordnung und begab sich nach Ladenschluß in das dunkle Lager. Er war ein Mann, der seine einsamen, verborgenen Wege ging, und er hatte genügend Geld, um seine Spuren zu verwischen.

Eines Abends wurde Sol sich dennoch klar darüber, daß er sie von der Leiter herunter haben wollte. Er hatte auf dem Boden eine Art Lager aus zusammengefalteten Kartons gemacht. Er versuchte, sie in der Dunkelheit auszuziehen, ohne ein Wort zu sagen. Aber Sol zeigte seinen Händen den richtigen Platz und flüsterte, daß das genüge. Sie war verlegen. Es hätte sich eigentlich erübrigen sollen, daß sie ihn mit Worten zurechtwies, aber es war nötig. Er krümmte sich wie ein Hund. Sie fühlte es mehr, als daß sie es sah. Die Hände waren unsicher. Am nächsten Freitag lagen wieder doppelt so viele Zehnkronenscheine in dem Umschlag, als ihr rechtmäßig zustanden.
Es wurde Routine mit dem Rendezvous auf der Leiter. Sol begriff nicht, daß er der Sache nicht überdrüssig wurde. Nach ein paar Wochen bekam er sie endlich herunter auf die Pappschachteln. Sie grauste sich vor dem, was nun kommen würde. Aber er legte seinen Kittel über ihr Gesicht und arbeitete dann dort unten zwischen ihren soliden Beinen mit kalten Händen und einer Taschenlampe.
Sol nahm es mit Ruhe hin. Es war absolut auszuhalten. Sie erforschte sein Verhaltensmuster, während er sie erforschte. Meist lag sie nur da und dachte an die Handelsschule.
Jedesmal, wenn sie die Beine oder Hüften bewegte, schnappte er nach Luft und wurde noch eifriger. Sie wurde in gewisser Weise von der gleichen Erregung ergriffen. Es war, als ob sie in einen bestimmten Rhythmus käme. Visionen stiegen ihr zu Kopf. Ehe sie wußte, wie ihr geschah, begann sie zu wünschen, daß wirklich etwas geschah. Aber da war nur ein zitternder Lichtstrahl und sein Keuchen.
Von dem ersten Tag abgesehen, wurde kein Wort auf den Pappkartons gesprochen. Gelegentlich wollte er sie von hinten sehen, während sie auf allen vieren stand, mit dem Gesicht gegen die Tür zum Laden. Es sickerte immer etwas Licht durch einen dünnen Spalt an der Türschwelle herein. Immer.

Sol hörte Mutters frommen Gesang bereits von weitem. Sie nahm den Bruder an der Hand und zog ihn am Haarschopf. Er war angesprungen gekommen, als er sie an der Toreinfahrt gesehen hatte. Der Junge blickte sie mit strahlenden Augen an und blieb ganz gehorsam stehen, als sie ihm den Rotz abwischte. Dann ging es die Treppen hinauf.

Irgendwo im Haus zapfte jemand Wasser. Es rieselte hohl durch die alten Rohre, das Rieseln pflanzte sich im Gebälk fort, fand sein eigenes Lied. Es war verschieden von Raum zu Raum, von Etage zu Etage. Begann vielleicht zeitig am Morgen mit einem Rinnen, artete tagsüber aus, und rauschte lustig um die Mittagszeit. Das träge Nachrauschen, wenn gespült wurde, verriet, daß Mittagsruhe herrschte. Bei Elisif rauschte es an den Tagen, an denen Sol bei Ottar putzte, nicht, bevor Sol nach Hause kam. Elisif *wollte* die Arbeit wohl tun, aber es wurde trotzdem nichts daraus. Die Kopftuch-Johanna meinte, es sei eine Sünd und Schande, daß Elisif nichts anderes mache als beten. Sie murmelte es im Treppenhaus und flüsterte es über die Kaffeetasse zu Ingrid und den anderen Frauen, wenn sie bei ihnen saß, um eine Tasse Zucker zu leihen.

Ingrid hatte so wenig zu sagen. Sie hatte sich eine lauschende Abwesenheit angewöhnt. Sie hörte zu, nickte und dachte an alles, was sie noch tun mußte, ehe sie in die Fischfabrik oder zum Putzen ging. Aber sie lächelte. Das war wichtig. Die Leute glaubten, daß man zuhörte, wenn man nur nickte und lächelte.

»Das Mädchen schuftet wie ein Pferd!« schnaubte die Kopftuch-Johanna und schüttelte sich. Sie tat sich einen Haufen Zucker in den Kaffee. Saß unter Elisifs frommem Gesang und hatte den größten Ekel vor ihrer Gottesfürchtigkeit.

»Das Mädchen rackert sich ab, und die Mutter rennt zum Missionsschiff! Er quillt über von Dreck und Fischabfällen. Alles bleibt liegen, bis Sol heimkommt. Ich hör' das Gepolter da oben, wenn sie ihren Mantel aufgehängt hat. Und Elisif singt ›Drüben an dem Fluß‹. So ein Blödsinn!«

Sie knotete die Enden des grellbunten Kopftuches noch fester, so daß die Adern auf der Stirn in dem bläulichen Gesicht anschwollen.

Ingrid war müde. Sie vergaß zu nicken. »Ja, was meinst *du*? Du bist doch auch da oben und siehst es.«

Johanna nahm noch zwei Stücke Zucker, aber da sie eigentlich satt war, ließ sie sie wie zufällig in die Schürzentasche gleiten.

»Ja, ich will ja nicht über die Leute reden. Aber so was kann doch nicht Gottes Wille sein, wie?«
Nein, das glaubte Ingrid auch nicht. Aber es war wohl nicht immer so einfach...
»Die Elisif ist ja auch krank«, fügte sie hinzu.
»Pah, krank. Ja, ja! Haste schon mal gehört, daß kranke Leute den Weg runter zum Missionsschiff rennen und auf den Knien liegen und Zeugnis ablegen, bis sie Holzsplitter in die Knie kriegen, was? Nein, das will ich dir sagen, Ingrid, diese Närrin ist nicht mehr krank als ich. Und mir geht's gut!«
Indessen stiegen Elisifs Gebete herzlich und aufrichtig aus der engen Dachstube über ihnen empor. Sie betete für sie alle.

»Haste die Kartoffeln gewaschen?« rief Sol, als sie ihren Mantel aufhängte.
»Nein, ich hatte keine Zeit«, antwortete Elisif. »Der Herr war heute so gut. Er war mir so nah. Ich sprach mit ihm in aller Unschuld. Er hörte mir zu!«
»Worüber habt ihr denn geredet?« fragte Sol. Sie hatte diese Art Gespräche gelernt. Es ging ihr weniger auf die Nerven mitzumachen, als sich Bergpredigten anzuhören.
»Wir redeten über weltliche Dinge. Ich betete für die armen Koreakinder. Die sind ja zu Tausenden in die Flucht getrieben. Ich betete wegen deines verstockten Herzens, Sol! Ich betete wegen der verstockten Herzen der ganzen Jugend in dieser Welt. Er war so gütig, er sagte, daß er all denen ihre Sünden vergeben werde, die sich heute bekehren. Hörste, Sol? Ist das nicht wunderbar?«
»Ja Mama, das ist schön. Du wirst sehn, es wird noch alles gut.«
Sol steckte dem kleinen Bruder eine Scheibe Brot zu und deckte für sie alle den Tisch. Sie waren nur acht. Die Leute sagten, man habe mit Elisif im Krankenhaus etwas gemacht. Jedenfalls kamen keine Kinder mehr. Torstein war nicht zu Hause. Er hatte angefangen, Netze zu flicken. Hatte einen festen Verdienst. Das merkte man schon.
Sol glaubte nicht, daß die Mutter alles begriff. Elisif schien keine Vorstellung davon zu haben, daß sie einkaufen mußten und bezahlen und Kleider haben mußten. Sol hatte nicht die Kraft, um herauszufinden, wie schlimm es eigentlich um die Mutter stand. Sie sah nach vorn. Bis Weihnachten. Die Handelsschule begann gleich nach Neujahr. Bis dahin würde sie genug haben für das Schulgeld und alles, was sie

brauchte. Sie würde in der Fischfabrik Schluß machen. Ihr wurde schon schlecht, wenn sie nur an die grauen Weibsleute und an die Packhalle dachte. Der Vater mußte mit den Geldproblemen allein fertig werden. Sie würde sich der vernachlässigten Kleinen annehmen und zu Hause bleiben. Und sie würde lernen. Und bei Ottar putzen. Aber einmal würde sie davon loskommen.
Inzwischen hatte Elisif ihre Gebete beendet und die Bibel von der Kommode genommen. Sie strich liebevoll über die abgegriffenen, weichen Ecken des Einbandes. Er lag wie ein schützender Schild über den weichen Goldrändern. Sie strich über das Kreuz auf der Vorderseite und streckte den runden, runzlichen Hals vor. Dann lächelte sie. Sie fühlte, wie durch ihre Finger die Kraft von außen in sie hineinströmte. Das Gesicht leuchtete einen Augenblick auf. Sie hatte den Blick gegen die fleckige Decke gerichtet. Aber es war nicht die schmutzigweiße Farbe, die sie sah. Ihr Blick drang durch die miserable Decke hindurch zu Herrlichkeit und Freude empor. Sie feuchtete die Lippen an und öffnete den Mund zu einem Lobgesang. Er erklang laut und ungezwungen und schlicht. Elisif war für mehrere Stunden mit ihrem Gott allein. Hörte ab und zu den Jüngsten unter dem Fenster wimmern. Aber sie war nicht imstande zu verstehen, daß das etwas war, was sie anging. Hatten nicht auch die Jünger alles verlassen, um Ihm zu folgen?
»Jesus«, flüsterte sie und sah zur Decke hinauf.
Elisif zog die Tageslosung aus der Glasschale auf der Kommode, während die Kartoffeln auf dem Herd blubberten.
3. Buch Moses 21.21.: »Wer nun unter Aarons, des Priesters, Nachkommen einen Fehler an sich hat, der soll nicht herzutreten, zu opfern die Feueropfer des Herrn; denn er hat einen Fehler. Darum soll er sich nicht nahen, um die Speise seines Gottes zu opfern.«
3. Buch Moses 21.14.: »Keine Witwe oder Verstoßene oder Entehrte oder Hure, sondern eine Jungfrau soll er zur Frau nehmen.«
Sie flüsterte die Worte über den gefalteten Händen. Das strähnige Haar war gescheitelt und stramm nach hinten gekämmt und endete im Nacken in einem borstigen Knoten. An der Strickjacke fehlten mehrere Knöpfe. Die Bibel lag aufgeschlagen vor ihr auf dem Tisch. Und das Gesicht strahlte vor Freude. Die hauchdünnen, goldumrandeten Bibelseiten vibrierten unmerklich unter ihrem Atem. Die Augenlider zitterten leicht, als sie die Augen schloß und flüsterte: »Der Herr sei gelobt in alle Ewigkeit, Amen.«

Sol ließ die Hand mit dem Messer einen Augenblick sinken, als sie Mutters Stimme drinnen im Zimmer vernahm. Dann schnitt sie schnell und ungeduldig weiter. Und das rotbraune Fleisch mit weißen Feldern darin fügte sich willig in Würfel unter ihrem Willen.

12

Die Männer standen in Ottars Laden und hatten Weihnachtsvorbereitungen zu treffen. Sprachen allwissend und friedlich über die Hydrogenbombenversuche im Stillen Ozean. Die USA kämpften darum, die Führung zu behalten. Aber die Russen zögen wohl nach, meinten einige. Einar wußte zu berichten, daß noch über 100000 Deutsche in russischen Gefangenenlagern seien. Seine Stimme fuhr wie eine Drohung in den allgemeinen Frieden.

»Ach was, die lügen doch alle zusammen, damit die Leute die Zeitungen kaufen«, meinte Almar. Er erhob sich und bezahlte, was er bekommen hatte.

»Nein, Mann, das will ich dir nur sagen, das machen sie nicht«, antwortete Einar schroff und sah Almar verächtlich an. »Die, welche die Macht haben in der Welt, kennen doch nur eins, daß sie nämlich das Teufelszeug loswerden. Das ist die Wahrheit. Sie sind falsch wie Judas. Sieh dir die Russen an: Sie drohen mit dem Atomkrieg und beschwören den Geist von Genf.«

Die Männer rückten von ihm ab. Sie hatten nicht sehr viel im Sinn mit dem Geist von Genf. Aber es war wohl etwas dran. Der Einar war gar nicht so dumm. Das hatte er schon früher bewiesen, auch wenn Ottar beliebte, ihn wie einen Dummkopf zu behandeln. Und Einar war in Fahrt gekommen, hieb seine Mütze mehrmals auf den Ladentisch und ließ sich darüber aus, daß die Amerikaner bereit seien, eventuelle Angriffe vom Ostblock mit einer schwimmenden Atombombenflotte zu vergelten! Augenblicklich! Es wurde still um ihn herum.

Einar schleuderte sein Wissen über viele Dinge ihnen direkt ins Gesicht. Das saß dann. Wie ein wohlgezielter Qualster im Spucknapf. Er brachte die Männer dazu, sich wegen anderer Dinge an ihn zu erinnern als wegen des Gerüchts, das der neue Pfarrer in die Welt gesetzt hatte. Daß Einar ein Dieb sei, den man nicht in Dienst nehmen könne.

Ottar machte nicht viele Worte an diesem Nachmittag. Seine Haare waren in Ordnung, und er hatte ein sauberes Hemd an. Es war Freitag, kurz vor Ladenschluß. Er packte die Waren in Tüten und Schachteln und stapelte sie auf dem Ladentisch auf. Da die Männer nicht gingen, fing er an, die Namen von denen aufzurufen, deren Waren er fertig eingepackt hatte. Er war nervös und geschäftig. Das irritierte die Männer allmählich.
»Was drängelste denn? Du lebst ja schließlich von uns.«
Håkon war mit seiner spitzen Zunge vorneweg.
»Hier soll geputzt werden. Die Sol hat heut viel zu putzen.«
Ottar versuchte vergeblich, sich Respekt zu verschaffen.
Die Männer hatten das Einar-Joch abgeworfen und waren bereits mitten in einer Erörterung über den Kabeljau bei Senja und den Vesterålen und waren nicht von der Stelle zu bewegen. Sie diskutierten die Garantieordnung für die Fischer in einer Fangbeteiligungsgemeinschaft, während der Pfeifenrauch sich undurchdringlich unter die Decke legte. Sie redeten lang und breit über den Heumangel und den verdammt kalten Sommer, der schuld daran war, daß »die Mandelkartoffeln in diesem Jahr ganz flach sind, weil sie nur drei Zentimeter lockere Erde über dem gefrorenen Boden hatten«.
Ottar sah keine Möglichkeit, ihren Redefluß zu stoppen. Er trat von einem Bein aufs andere. Rasselte mit den Schlüsseln. Machte sich im Lager zu schaffen und nickte Sol zu, die mit Schwung den Boden fegte.
Er seufzte und sah geistesabwesend auf die Regale, während er verlauten ließ, daß sie einfach anfangen solle, den Laden zu putzen. Er nannte keinen Grund. Das war auch nicht nötig. Es sollte volles Vertrauen zwischen ihnen herrschen. Sol wußte, daß es Ottar nie einfallen würde, sie in das kalte Lager zu bitten, um sie zu betatschen, ehe sie nicht mit der Arbeit fertig war.
Sie stellte den Besen weg und füllte gehorsam den Putzeimer. Wußte, daß sie am ersten Montag nach Neujahr abends in die Handelsschule gehen würde. Sie hatte in der Fischfabrik gekündigt. Das Geld, das sie hatte, reichte gut für das Schulgeld und die Bücher. Ottar hatte ihr versprochen, daß sie weiter bei ihm putzen könne, abends, wenn sie mit der Schule fertig sei. Die Entscheidung war schnell gefallen. Kostete sie nicht viel in Anbetracht dessen, was sie dafür erhielt. Sie hatte die Bedingungen für sie beide vorgeschlagen. Von Worten Gebrauch gemacht. Er hatte ausgesehen, als ob er im Begriff war zu er-

sticken. Sie hatte am gleichen Abend »den Lohn« bekommen. Es war eine seltsame Vorstellung gewesen. Sol kannte zum Teil die menschliche Unzulänglichkeit. Und sie nahm des erwachsenen Mannes Erbärmlichkeit mit einem dankbaren Herzen und einem unerfahrenen und neugierigen Gemüt hin. Nun wußte sie so viel, und das gab ihr Macht.

Sol merkte, daß sie Ottar nur anzusehen brauchte, dann fiel er gleichsam vor ihren Augen zusammen. Er folgte ihr mehr und mehr wie ein Schatten. Er half ihr, wenn sie fegte, indem er Tonnen und Kisten für sie wegrückte. Sie verstand es und verstand es auch wieder nicht. Sie sah, daß er sich eine neue Joppe und eine neue Hose angeschafft hatte. Er trug sie beide werktags!

Sol sammelte Erfahrungen und beobachtete menschliches Verhalten, ohne daß sie sich dessen bewußt war. Wenn ihre Arme und Beine sich langsam, aber stetig bei irgendeiner Arbeit bewegten, registrierte sie Ottars Theaterspiel – und daß es alles ihr zu Ehren geschah.

Sie sah der Zukunft heiter entgegen.

Sie wollte es sich erlauben, in den Weihnachtstagen tanzen zu gehen. Konnte sich unten bei Tora umziehen, so daß die Mutter nichts merkte. Dann würde sie vorm Spiegel stehen und wie zufällig ein paar Worte darüber fallenlassen, daß sie an der Handelsschule anfangen wolle. Sie, die eine »Verrückte« zur Mutter hatte, einen Trottel zum Vater, im Tausendheim wohnte und putzen gehen mußte, anstatt weiter die Schule zu besuchen. Was waren ein lumpiges 8. Schuljahr gegen eine Handelsschule.

Sol fing unbekümmert an, zwischen den Beinen der Männer den Boden zu putzen.

Erst machten sie widerwillig Platz und redeten unaufhörlich von ihren Angelegenheiten, aber dann zogen sie sich zur Tür zurück und ließen das Elisif-Mädchen in Ruhe wirken. Sie fraß sich immer wieder und geschickt mit dem langstieligen Schrubber zwischen ihren Beinen durch. Sagte nichts. Ließ nur den grauen Putzlumpen über schwarze und braune Fellgamaschen lecken, wenn sie nicht schnell genug auswichen. Es sah beinahe so aus, als ob die Männer sich von einem Feldzug zurückzögen. Die Übermacht war zu groß. Und das Schlimmste, was ihnen passieren konnte, war, daß der Putzlumpen über die Gamaschen fuhr. Das genügte für Niederlage und Verlust. Und bevor sie wußten, wie ihnen geschah, standen sie draußen in dem eiskalten Wind und hörten, wie Ottar zuschloß.

»Zum Teufel, was für'n Tempo«, knurrte Håkon und griff im Dunkeln nach der Lenkstange.
»Ich möcht' nur wissen, warum der's so eilig hat. Das war doch sonst nicht so. Und wie er sich aufgeputzt hat! Vielleicht geht er irgendwo auf Freiersfüßen.«

Sol trocknete die roten Hände an ihrer Schürze ab und war bereit, die Regale im Lager aufzuräumen. Sie war es nun gewohnt. Sie dachte an andere Dinge, während sie auf der Leiter stand. Es war ein Teil des Jobs, um den sie sich nicht mehr zu kümmern brauchte, als daß sie ihn über sich ergehen ließ. Ottar war heute schnell. Es mußte daran liegen, daß die Prozedur sich hinausgezögert hatte, weil die Männer absolut nicht gehen wollten. Seine Spannung hatte die Vorarbeit für sie geleistet. Er wurde schnell fertig.
Einmal – kurz bevor er anfing nach Luft zu schnappen, hörte sie seine alte Mutter von oben aus dem »Privaten« rufen. Eine nadelspitze Altfrauenstimme. Vor Schreck stöhnte er gleich zweimal.
Sol ertappte sich dabei, daß ihr der Mann leid tat. Es stimmte wohl nicht alles bei ihm. Er machte es immer hinter ihrem Rücken, oder nachdem er etwas über ihren Kopf gelegt hatte. Als ob er es nicht aushielte, daß sie ihn *sah*... obwohl er stets das Licht ausknipste, ehe er sich zu der Leiter tastete, auf der sie stand.

Als sie gehen wollte, kam er angerannt mit einer Tüte, die er ihr in die Hand drückte. Dann war er weg. Sie konnte nicht einmal fragen oder sich bedanken. So tastete sie sich durch den Lagerraum und zur Hintertür hinaus. Draußen stellte sie sich unter die Lampe am Kai und schaute in die große Papiertüte. Sirupkuchen, Dauerwurst, Speck und Eier. Schokolade.
Es kam ein frischer Wind vom Meer her. Die Wellen sprangen zwischen den Kaipfosten hindurch und schäumten gegen die Felsen dort unten. Über ihr stand ein eiskalter Mond und glotzte, während die Wolken in rasender Eile vorbeizogen. Es stank von der nahegelegenen Trankocherei. Plötzlich ging irgend etwas für Sol in die Brüche. Es riß langsam und tief in ihr drin. Tat schrecklich weh. War häßlich mit sich herumzutragen.
Sie beugte den Kopf über die Tüte und weinte. Ohne einen vernünftigen Grund. Sie hatte ja alles, was sie brauchte...
Ottars Stolz, »die Weihnachtsstraße« –, 24 rote Glühbirnen, in ziem-

licher Höhe über die Straße gespannt, vom Laden bis zu einem grauschimmernden Laternenpfahl – baumelte hilflos im Wind. Sol hob den Kopf und starrte sie einen Augenblick an.
Dann ging sie mit langsamen, festen Schritten nach Hause.

13

Weihnachten war auch dieses Jahr auf die Insel gekommen. Wie ein langhaariges, warmes Tier, mit leuchtenden Augen, mitten zwischen die Häusergruppen, die aussahen, als ob sie von Skorbut und Ruß heimgesucht worden wären.
Man hatte es sich so schön wie möglich gemacht. Es wurde mit Maßen getrunken. Ein paar Schlägereien und ein zufälliger Brand in Vaeret. Der Brand wurde gelöscht, und der Ordnungsdienst im Jugendhaus hatte das Seine getan.
Der Pfarrer hatte das Seine getan. Dahl hatte sich freigenommen. Die Frauen hatten das Ihrige getan. Die Männer hatten ihre Pfeifen angezündet.
Das neue Jahr sei ein gesegnetes, meinte Elisif. Keiner fragte sie näher darüber aus. Alle hatten genug mit ihren Schwierigkeiten zu tun, als der Werktag wieder morgens um sechs Uhr an der Bettkante stand und so einen armen Kerl verschluckte.
Dann polterte es allmählich in der Küche und auf den Treppen. Manch einer stand auf, und viele folgten nach. Aber Weihnachten lag ihnen noch wie Blei in den Gliedern. Verzögerte die Arbeit bei Dahl. Simons Leute waren träge und schlapp. Ottars Laden blieb die ganze Woche leer. Die Menschen hatten sich Weihnachten verausgabt. Sie hatten nichts mehr.
Mit einem Nordländer, der Weihnachten feiert, wenn auch maßvoll, ist nicht zu spaßen, nachher. Der Wintermensch blutet die Angst und die Kälte heraus und hat darin Übung seit heidnischen Zeiten. Aber nachher muß er wieder mit Gewalt ins Leben gebracht werden. Zur Haustür hinausgekippt werden, so daß er friert und anfängt, die Arme übereinander zu schlagen. Dann läuft er gewöhnlich wieder zuverlässig wie eine Maschine. Die Kirche war am Weihnachtsabend voll gewesen. Feuchter Dampf stieg aus den Kleidern auf und sank wieder herunter, und die Glorie des Erlösers hing um jede einzelne Kerze des

Kornleuchters. Schrille, dünne Winterstimmen hatten unten in Wolljacken und Kopftüchern leise vor sich hin geklagt.
Aber Elisif wartete zu Hause auf den Erlöser. Sie hatte für einen mehr gedeckt. Da sie Sol niemals dazu brachte, hatte sie eben selbst gedeckt.
»Einen mehr? Nein, Mama, das mußt du selbst machen«, antwortete Sol freundlich, aber bestimmt.
Und Elisif hatte gedeckt und gesungen, und das ganze graue Gesicht wurde warm und hell und strahlte eine solche Freude aus, daß man sich nur wundern konnte. Die Grütze war auf den Tisch gekommen. Torstein hatte sanft für Ordnung und Tischsitten gesorgt. Die Kinder beruhigten sich. Zaghaft las er die Weihnachtsgeschichte mit monotoner, stotternder Stimme vor – weil Elisif ihm befohlen hatte, sein Haus zu bestellen. Er hatte kein anderes Verhältnis zu dem Göttlichen als nur durch seine Frau. Aber das war ernst genug. Torstein war keiner von denen, der den Leuten zur Unzeit auf die Füße trat. Weder den irdischen noch den himmlischen. Er war der friedfertigste Mann im Tausendheim. Er wußte es selbst und schämte sich deswegen sehr. Trotzdem versuchte er nie, seiner eigenen Natur Gewalt anzutun.

Ingrid und Tora hatten Weihnachten bei sich gefeiert. Tora hatte sich danach gesehnt, daß die Mutter sagen würde, sie habe die Einladung von Rakel angenommen. Weihnachten feiern in Bekkejordet! Aber Ingrid sagte nichts. Sie hatte ihre Vorbereitungen getroffen wie üblich.
Tora hatte sich geschämt. Aber daran war sie gewöhnt. Am schlimmsten biß die Enttäuschung, salzig und schmerzhaft, als sie am Kammerfenster stand, nachdem der Abend vorbei war und es nichts mehr zu hoffen gab.
Später war das Bild von Mutters fernem, ernstem Gesicht gekommen und gegangen, als sie versuchte zu schlafen. Aber Tante Rakels Lachen fuhr störend aus den Ecken, und man konnte es nicht vergessen. In Bekkejordet aßen sie am Weihnachtsabend Fleisch. In Bekkejordet wurde bei Tisch gelacht und aus hohen grünen Gläsern mit Stiel getrunken.
Simon hatte wohl seine gute Jacke an und rauchte seine Zigarren, während sich das helle Haar in der Stirn kräuselte, weil kleine, feine Schweißtropfen am Haaransatz hervortrieben. Die Räume in Bekkejordet waren warm und gesättigt vom Weihrauch.

Daran hatte Tora gedacht.
Und auf einmal war sie dort gewesen. Der Onkel hatte sie gegen die Decke gehoben.

14

Tora lag auf dem Grund einer tiefen, geplosterten Mulde. Genau passend für ihren Körper. Sie lag ausgestreckt, die Hände gelöst an den Seiten. Der Sturm war ein weiches Bett von Tönen. Sie ließ den ganzen Körper in den Windgeräuschen ruhen. Das schwere Brausen glitt langsam in ihr Bewußtsein, als ob es ein Teil ihrer selbst wäre. Es dämmerte ihr, daß sie einmal eine behütete Nacht in einem großen Hotelbett in Breiland verbracht hatte. Zwischen Mama und Tante Rakel. Bei Sturm. Während der Schnee das Fenster zudeckte und der Schatten des Fensterkreuzes ruhig auf dem Fußboden lag.
Es war, als ob der Körper aufhörte zu existieren. Als ob die Dinge keine Grenzen mehr hätten. Es gab keine Grenzen mehr zwischen ihrer Haut und dem, was außerhalb war. Ein seltsam schwereloser Zustand in einer gepolsterten Hülle. Weich, wohlig. Eine Sicherheit, die in allem war, was sie kannte, hatte tiefe Wurzeln in ihr selbst. Und sie wurde so stark, daß sie sich entschloß, lange wach zu bleiben und alle Probleme zu lösen, die sie gewöhnlich nicht bewältigte. Trotzdem wurde nichts daraus. Sie wußte, daß es vergeblich war. Der Morgen würde kommen ...
Sie wollte nur liegenbleiben und auf den Sturm lauschen. Ein Gedanke sein, der sich selbst genügte.

Gegenüber dem, was noch kommen sollte, waren die ersten Sturmstöße nicht mehr als ein Hauch.
Der Südwest trieb schon bald mit einigen leeren Tonnen unten an der Tausendheimbrücke sein zerstörerisches Spiel. Die Wellen klatschten böse gegen die Mole, und der Wind wütete auf dem Veten und dem Hesthammeren in jähen, wilden Stößen. War überall anwesend mit unberechenbaren, unsanften Liebkosungen.
Um drei Uhr nachts mischte sich ein mollgestimmtes, gewaltsames Brausen in die Windböen. Die Menschen warfen sich unter den körperwarmen Bettdecken hin und her. Wer so glücklich war, einen Rük-

ken neben sich zu haben, an den er sich schmiegen konnte, tat es. Andere lagen im Halbschlaf und hörten, wie der Wind sich beträchtlich verstärkte. Alles, was nicht niet- und nagelfest war, bekam Leben. Er klirrte und kratzte, mahlte und krachte. Die Geräusche steigerten sich zu einer drohenden Warnung. Zu einem mehrstimmigen Chor, der zusammenfloß mit dem Alptraum und dem Schlaf – und dem ewig schäumenden Meer.

Einar war als erster von dem Unwetter betroffen. Das Dachfenster sprang auf. Er bekam einen nassen Schwall direkt ins Bett. Der Wind fing sich in dem Haufen Zeitungspapier neben dem Ofen und peitschte die Zeitungen auf die Feuerstelle, und die Glut stand funkensprühend im Raum. Einar bekam einen mächtigen Schreck. Er sauste aus dem Bett und knallte die Ofentür zu, die von dem Luftdruck aufgegangen war.

»Er will's mir wohl zeigen!« fluchte er zitternd und kletterte auf einen Stuhl, um das Fenster zu retten. Eiskalter Regen stürzte auf ihn hernieder. Eiskalter Januarwind. Die Bosheit des Universums. Er kniff die Augen zusammen und tastete nach dem Fensterhaken. Er war weg! Das Fenster war weg!

Einar sah sich ratlos im Zimmer um. Dann sprang er vom Stuhl und fand den Hammer in der Küchenschublade. Auch Nägel. Mit einem einzigen Ruck riß er den Deckel von der Torfkiste los, daß die Schrauben und Scharniere nur so spritzten. Er bugsierte den Deckel auf seine Schulter und drückte dagegen. Wackelnd und fluchend und mit den Nägeln im Mund hämmerte er drauflos, um die Aussicht in den Himmel zu beenden.

Das Haus fing auf einmal an zu lauschen. Ohren und Augen strengten sich in der Dunkelheit, im Sturm an.

Torstein kam angeschlichen, um zu sehen, was los war. Als er die Tür zur Dachstube öffnete, wurde der Druck zu groß. Der Druck von oben. Irgend jemand hatte am Abend vorher versäumt, die Haustür ordentlich zu schließen. Alle Türen flogen wie auf Kommando auf. Ein Dämon zerrte Loses und Festes mit sich und tobte damit durch das nächtliche Haus. Keine Gnade. Die Türklinke wurde Torstein aus seiner soliden Arbeitshand gerissen, und die Tür schlug hinter ihm gegen die Wand.

Die beiden Nägel, die Einar eingeschlagen hatte – und die ihn hatten glauben lassen, daß der Sieg in Reichweite läge –, bogen sich wie Strohhalme, so daß ihm der Torfkastendeckel auf den Kopf fiel. Es

klang hohl und bösartig. So klang auch sein Stöhnen, als er auf dem Fußboden landete und der Hammer hinter ihm wie ein Echo einen dumpfen Schlag tat.
»Mach die Tür zu, du Rindvieh!« brüllte Einar, und das Blut sickerte über seine Stirn.
Torstein brauchte seinen ganzen schmächtigen Körper, um die Tür wieder zu schließen. Endlich gelang es ihm. Er half mit, den Deckel an der Dachluke zu befestigen. Draußen waren alle bösen Mächte losgelassen. Töne, Licht, Wasser, Wind. Alles! Der Mensch war weniger als eine Ameise.
Es tröpfelte auf das klatschnasse Bett, auch nachdem das Fenster gut abgedichtet war. Es rieselte gleichmäßig an der schrägen Decke und an der Wand herunter. Aber der Wind war ausgesperrt, sofern man nicht den kalten Luftzug mitrechnete, der am Boden entlangleckte. Einar war Zug gewohnt. Aber der hier war von der schlimmsten Sorte. Die Waschschüssel genügte auch nicht mehr, die er sonst unterstellte, wenn es regnete. Der rostige Kreis auf dem Fußboden zeigte ihm den Platz gratis an. Er holte die Waschbütte vom Flur herein und stellte sie einstweilen unter. Dann ließ er sich von Torstein zu einem Unwetterkaffee einladen.

Die Stimmen durchbrachen die Stille im Haus. Die Menschen schielten ängstlich zu den Fenstern, die sich mit unglaublicher Zähigkeit nach innen drückten. Aber wie lange noch? Die Männer unterhielten sich in dem kalten Flur darüber, ob für den Schornstein an der Südseite Gefahr bestünde. Wackelig war er eigentlich schon lange. Die Menschen scharten sich zusammen und strichen den Schlaf aus den graublauen Gesichtern. Es waren viele und tiefe Schlaffurchen da. Die täglichen Kümmernisse, die endlose, graue, tägliche Schinderei und die pechschwarzen Ängste schienen sich auf sie herabzusenken, während sie schliefen. Es bedurfte kalten Wassers, damit das Gesicht den vorherigen Tag und die Nacht abhäutete und ein neuer Tag anfangen konnte. Aber niemand dachte jetzt in einer solchen Nacht an kaltes Wasser, um seine Angst und seine Sorgen zu verbergen. Alle gingen rastlos hin und her, ohne einen Gedanken daran zu verschwenden, wie sie aussahen.
Einar machte sich auf den Weg nach oben, um seine Hose zu holen. Er zog sogar den Pullover an. Aber das tat er vor allem wegen der Wärme und nicht wegen des Aussehens. Er hatte immer noch Angst vor Eli-

sifs Mundwerk, seit sie ihn damals aus dem Frauenklo vertrieben hatte, als er gerade im Tausendheim eingezogen war. Aber in dieser Nacht saß eine andere Angst in ihm. Eine Angst, die sie alle gemeinsam hatten. Es hatte damit zu tun, daß die alten Götter zornig waren und Dach und Wände um sie herum züchtigten.

Tora und Ingrid standen mitten in der Küche und starrten einander an. Sie wußten beide nicht, wie sie dahin gekommen waren. Sie hatten das Geräusch von berstendem Glas gehört, irgend etwas, was gegen das Dach klapperte, schwere Schritte durch das knackende Haus. Und als die Türen sich öffneten und der Wind in den Fluren reinen Tisch machte, waren sie plötzlich draußen in der Küche, und die Nachthemden standen wie Segel um sie. Ingrid nahm blitzschnell den Schlüssel von der Wand und preßte den Körper gegen die Tür, während sie zuschloß. Sie ließ den Blick von einem Fenster zum anderen wandern. Regen und Wind wetteiferten, um bei ihnen einzudringen. Allein das Geräusch war unbehaglich genug. Und Ingrid erfaßte mit einem Blick, was da im Gange war. Sie wußte, daß die Fenster nie erneuert worden waren. Sie hatte das Wasser, das durch die Fenster drang, schon bei besserem Wetter aufgewischt als bei diesem. Sie hörte, wie das alte, undichte Holzhaus mit demütigem Knirschen bei jeder Attake nachgab.
»Zieh dich an und steh nicht da rum und frier!« sagte sie ungehalten. »Ich muß versuchen, die Haustür zu schließen.«
Tora hörte die Unsicherheit in dem gebieterischen Ton. Dann wurde alles weiß um sie herum. Der Blitz war überirdisch. Tora stand mit bloßen Füßen da und zitterte. Sie fühlte, wie sie allmählich eine Gänsehaut bekam. Zuletzt im Nacken und auf der Kopfhaut. Als ob der ganze Raum aufgeladen wäre. Tora hatte das Gefühl, daß sie jedes einzelne Kopfhaar spürte.
Plötzlich war sie nicht Tora. Sie war nichts. Und alles! Eins mit der tosenden und geifernden Natur dort draußen. Das Licht! Wo hatte sie so ein Licht schon erlebt? Befand es sich hinter etwas, von dem sie nichts wußte? Etwas, woran sie sich nicht erinnern konnte?
Und es kam ihr so vor, als umgebe die Ewigkeit sie von allen Seiten. Wollte ihr etwas zeigen, wollte etwas entschleiern, was niemand vorher verstanden hatte. Sie ging wie ein Schlafwandler zum Fenster.
»Geh nicht so nah ans Fenster!« warnte die Mutter. Sie war jetzt ruhig geworden.

Ingrid hatte eine ganz alltägliche Ruhe in solchen Situationen. Situationen, die keine Worte, sondern Handeln erforderten. Und es irritierte sie, daß Tora nicht von selber begriff, daß sie sich vom Fenster fernhalten mußte.
Ein neuer Blitz. Der Hesthammeren stand leuchtend und weiß in seiner eigenen Welt dort draußen. Er schien vor Toras Augen zu wachsen. Sie bekam eine unbändige Lust, dort oben zu sein. Eine solche Lust bekam sie auch, wenn sie einen Regenbogen sah. In dem Licht sein! In den Farben sein! Da wurde alles andere unwesentlich. Alle Dinge, die existierten, alles, was mit dem Körper geschah, alle Vorhaben – hatten keine Bedeutung mehr. Es gab nur einen unendlich großen Gedanken und ein mächtiges, blendendes Licht.
Die Fensterscheiben standen wie schwere, dunkle Seide in ihren Rahmen. Eine Fläche, gegen die das Licht sprang, wenn es kam. Und es kam! Nicht als Stern oder Mond oder Rakete. Aber als riesige, anstürmende, weiße Wand. Eine Wand von unbeugsamem Willen.
Da wußte sie es. Der Brand. Der Brand... Das Licht! Aber dieses hier flackerte nicht und war nicht gelb. Und *er* war im Gefängnis. War in seiner eigenen Schande. Sie – Tora – stand in einem anderen Licht. *Er* konnte es nicht zerstören. Nie!
Sie ging in die Kammer und suchte sich ihre Kleider zusammen. Die Elisif-Kinder lärmten, und die Erwachsenen redeten in den Fluren. Viele gingen hinunter auf die Veranda und schlossen gewaltsam die Außentür. Sie mußten eigentlich hinaus, um nach allem zu sehen, was nicht fest verankert war. Boote und Netze bergen, einige lumpige Wäschestücke von der Leine. Aber wie hinauskommen, wenn die blöden Kerle, die das Haus gebaut hatten, die Türen so angebracht hatten, daß sie sich nur gegen den Südwest öffnen ließen? Da ging wohl die ganze Pracht flöten, bestimmt.
»Pst, sagt so was nicht!« warnten die Frauen und zogen die Kinder in die Küchenecken. Sie heizten vorsichtig. Die Funken stoben drinnen und draußen. Man konnte nie wissen. Auf dem Flur im Obergeschoß bei Einar hatte der kleine, gesprungene Bootsofen einen Schock bekommen. Er rauchte wie ein mit Tang zugedecktes Johannisfeuer. Sie mußten die Glut löschen und es drauf ankommen lassen.
Die Zeit verging, während sie lauschten, wie ein Dachstein nach dem anderen die Freiheit ausprobierte und herunterfiel.
Die Männer gelangten durch die Kellertür nach draußen. Sie hielten einander fest, als sie über den Hof gingen.

»Der Teufel ist heut nacht nicht gut gelaunt«, meinte Einar und wischte den Regen aus seinen in der Nacht gewachsenen Bartstoppeln.
Elisif dankte Gott, daß das Haus noch stand, als der Schornstein im Südwesten in Trümmer ging. Ziegel und Mauerwerk. Hart und gnadenlos gegen den matschigen Hang. Eine Unmenge von Funken und blauem Licht. Die Frauen verließen den Teil des Tausendheimes und zogen in den anderen, dem Wind abgewandten Teil. Infolgedessen waren sehr viele Menschen in dem Treppenaufgang von Ingrid und Elisif. Die kleinen Kinder quengelten. Die Frauen wehrten sich mit Kaffee, bislang versteckten Weihnachtsplätzchen und leisem, sinnlosem Geschwätz. Die Panik war vorüber. Die Räume vibrierten in sonderbarer, ohnmächtiger Gemeinschaft.
Sie waren stundenlang zusammen – ohne daß ein böses Wort fiel oder alte Streitereien erwähnt wurden.
Und es waren Menschen, die sich am Abend vorher gesträubt hätten, dem Nachbarn Kaffee zu leihen.
Elisif konnte in Ruhe beten. Die anderen preßten die Hände zusammen, schwiegen und dachten an ihre Angelegenheiten, während sie betete. Inzwischen kamen die Windstöße so heftig und bedrohlich, daß die Menschen im Raum sich bogen wie das Rohr im Wind, ohne daß sie sich dessen bewußt waren.
Die Kinder und Frauen vom südlichen Aufgang und vom Verandaaufgang waren bei Gunda im Erdgeschoß versammelt. Sie hatte am meisten Platz. Die Kiosk-Jenny mit ihrem Kind war auch da. Es war zu unheimlich, sich jetzt oben im Dachgeschoß aufzuhalten. Alle warteten darauf, daß der Strom ausfallen würde. Die Kopftuch-Johanna war direkt verärgert, daß es nicht schnell genug ging, damit ein armer Mensch wußte, wo er dran war.
Alle waren friedlich in einer solchen Nacht. Man konnte nie wissen, welcher Art Hilfe man noch brauchte, bevor der Morgen kam. Mit dem Unfrieden war dort, wo der Herrgott lenkte, Schluß, da hielten die Leute Frieden.
Sie riefen Ingrid, daß sie herunterkommen solle. Aber Tora zögerte. Sie konnte plötzlich nicht mit so vielen Menschen da unten in Gundas Küche zusammensein. Mußte hinaus. In dem weißen Licht sein, wenn es wiederkam. Alles andere wurde unwesentlich. Sie fühlte sich frei. Lebendig! Warm! »Ich komm', wenn ich meine Pantoffeln gefunden hab'«, rief sie fröhlich.

Ingrid bat sie, sich zu beeilen, und ging langsam hinunter zu den anderen.
Tora schlich hinaus in den Flur und nahm die Stiefel und den alten schwarzen Regenmantel.
Das Licht und das Abenteuer! Die waren dort draußen. Es zog sie dorthin. Sie hatte keinen Gedanken für etwas anderes. Ihre Geheimnisse lagen dort draußen und warteten. Nur auf sie.
Tora hatte nicht geahnt, daß es so schwierig sein könnte, aufrecht zu stehen. Sie hielt sich an der Mauer und an der moosbewachsenen Kellertreppe fest. Lag auf allen vieren und lauschte. Es war, als ob sie in einer mächtigen Orgel säße. Sie kroch hinauf und um die Hausecke. Hörte, daß das Unwetter draußen in der Bucht einen gewaltigen, hohlen Klang hatte. Auf die Vorderseite des Hauses wagte sie sich nicht. Sie schlich am Bretterzaun entlang. Klammerte die Finger eisern um die morschen Latten und schluckte den Regen, der sie wie Pfeile ins Gesicht traf. Sie sah zuerst nichts. Wußte nur die Richtung zum Kai. Wandte sich aus alter Gewohnheit dorthin. Das Meer. Das Licht! Da war es. Sie hatte das Gefühl, als ob es das Leben gälte, daß sie zum Kai kam und alles zusammen sehen konnte, wenn das weiße Licht aufleuchtete. Sie spürte die wahnsinnige Anstrengung, obwohl es ganz langsam voranging. Der fade Geschmack des Regens mischte sich mit Salz. Salz von der Meeresbrandung, vom Schweiß und von den Tränen. Sie blieb eine Weile stehen und wartete die Windböen ab und merkte, daß die Füße sie nicht mehr zu tragen brauchten.
Sie flog! Sie hielt sich am Zaun des Tausendheims fest, um nicht wegzufliegen! Ob sie es darauf ankommen ließ? War das der Sinn? Das Geheimnis? Lag es darin, daß sie heute nacht von allem wegflog?
»Lieber Gott – richt es so ein, daß ich's wage, denn ich will. Ich will!« schrie sie in das Unwetter hinein und ließ den Zaun los. Der Regenmantel wurde ihr über den Kopf gezerrt. Sie merkte, daß sie die Füße rennen ließ, aber es war ganz unnötig. Sie war ein junger Kormoran auf dem Flug in die Welt hinaus. Einsam mit allen seinen großen Träumen, die wie Federn um ihn stoben. Dicht, dicht. Das Tempo wurde immer schneller. Es war eine ziemlich unsanfte Beförderung zum Strand.
Das Licht kam in dem Augenblick, als sie gegen die Wand der Trankocherei geschleudert wurde. Die Augen explodierten im Licht. Wurden gesprengt. Sie war für mehrere Minuten blind.
Dann kam es wieder. Das Licht! Und sie war mitten drin. Wie ein

Wunder. Sie war nicht Tora. Sie war ein flatternder Gedanke zwischen Himmel und Meer und Erde.
Das Tausendheim war tot. Der Strom war ausgefallen. Aber das scharfe weiße Licht hob sie empor aus dem Elend. Sie brauchte nichts. Sie flog! Schnappte ab und zu nach der Luft, die aus ihr herausgepreßt wurde.
Dann sah sie die riesige Welle! Wie eine schwarze Felswand mit einem weißen Rand. Sie spürte die Erde unter sich dröhnen. Die Welle kam näher und näher. Tora sah, wie sie sich über den Kai hob. Sie *sah* es! Und dennoch war es ganz unvorstellbar. Die Welle kam und kam und kam. Die Zeit stand still.
Immer würde sie das gewaltige Brausen der riesigen Welle hören, die den alten Kai in zwei Teile spaltete und Landungsbrücke und Kran und Fischgestelle samt Fischen mit sich riß. Es quietschte wie in einer großen Geige, als die Vertäuung von Almars Boot dran glauben mußte. Ein merkwürdiges, bösartiges Geräusch.
Sie hätte lachen können. Und sie war mitten drin. Und sie war nicht mehr Tora. Sie klammerte sich am Geländer fest, obwohl sie nicht daran dachte, daß sie sich hätte in Sicherheit bringen sollen. Und das Licht stand über der ganzen Welt. Paßte auf sie auf. Sie war darin. Unangreifbar. Unverwundbar.
Sie krallte sich fest und sah eine neue Welle herankommen. Da war das Licht plötzlich fort, und sie spürte den Atem des Wellenrachens dort in der Dunkelheit.
Aber das Licht sollte kommen! Jetzt!
Es kam nicht. Das Licht war fort. Sie hörte die Männer rufen. Aber sie konnte sie nicht sehen. Die Geräusche waren so unwirklich. Meer und Wind und alle losen Gegenstände bildeten einen unsauberen, hysterischen Chor, der stieg und fiel und die menschlichen Stimmen ertränkte, so daß man sie nur ahnen konnte.
Ein vieltöniges Dröhnen von der Bucht her. Motoren. Tora sah nicht alle Boote, aber sie konnte undeutlich die Mastspitzen erkennen. Sie tauchten ganz willkürlich in unregelmäßigem Rhythmus aus dem Schaum auf.

Einige Boote hatten den Bug in den Wind stellen können. Zwei trieben hilflos gegen die Ufersteine.
Motor und Manneskraft. Kampf. Weg von den Felsen, an denen das Boot zerschellen konnte. Hinaus in die Bucht. Sich dort halten, mit

dem Bug gegen das Seegespenst. Den Kurs von dem Todesritt weghalten. So, ja. Es mochten wohl fünf bis sechs Kutter insgesamt sein. Wie lange konnten sie sich halten, wie lange reichte der Treibstoff, wie lange hielten Körper und Sinne aus? Die Männer an Land standen zur Rettung bereit. Es wäre ein Wunder, wenn nicht einige Boote in die Gewalt der Ufersteine gerieten. Retten, ja. Aber wie? Sie holten Bojen und Taue. Einige gaben Anweisungen, die keiner mitbekam. Und der Sturm? Wie lange würde es dauern?
Ängstlich suchende Scheinwerfer und nicht weit reichende Laternen strichen über die Wassermassen und das verheerte Land. Sich selbst überlassen kämpften sie, Mann und Boot. Das Meer war auf die Dauer keine Rettung. Zu landen versuchen wäre der reine Selbstmord. Es blieb nichts anderes übrig, als sich draußen über Wasser zu halten. Die Zeit und die Maschinen arbeiten zu lassen. Die Hände fest am Steuerrad. Den Landstreifen nicht aus den Augen zu verlieren, wo einer zu sehen war. Auszuharren. Die Nordsüdrichtung zu wissen. Auf der Stelle zu bleiben, mit auf vollen Touren laufenden Motoren.

Die Männer johlten und schrien, aber Tora verstand die Worte nicht. Sie saß da mit verfrorenen, sich festkrallenden Fingern und begriff allmählich. Traum? Es war kein Traum. Es war schreckliche Wirklichkeit. Almars Boot, das dort draußen zu Kleinholz gemacht wurde. Die Wellen, die über den Kai stürzten. Die Männer in den Kuttern. Alles war abscheulich und nicht zu fassen. Eine heftige, naßkalte Angst überfiel sie. Von dem Licht hatte sie nichts mehr gesehen. Die große Dunkelheit hatte alles weggenommen. Das einzige, was es an Licht gab, waren die einsamen, schiffbrüchigen Lichter der Boote dort draußen und ein mächtiger Riß im dunklen Himmel.
Tora legte sich flach auf den Boden und konzentrierte sich darauf, sich am Geländer festzuhalten. Da hörte sie plötzlich ein merkwürdiges Geräusch. Sie sah nach oben, als es gerade über ihr war. Sie erkannte undeutlich einen flatternden, schimmernden Rochen, der dahinflog – einen Bogen über dem überschwemmten Kai machte und sich auf der Hüttenwand niederließ, die da draußen schaukelte. »Doi-joi-oj« hatte der Rochen geschrien und drohend geblinzelt, als er aus dem Nichts kam und rasend schnell über Tora hinwegfegte.
Vor Entsetzen fing Tora an zu zittern. Sie wußte nicht, wie ihr geschah, bis es vorüber war.
Als sie an der Wand entlangkroch und auf demselben Weg zurück

wollte, den sie gekommen war, fühlte sie immer wieder nasse, glitschige Gegenstände an sich vorbeistreichen. An einer Stelle mußte sie den Weg zu der alten Steinmole überqueren und zwei Schritte gehen, ohne daß sie sich an etwas festhalten konnte. Sie wartete die Windböen ab und schaffte es dann gerade. Aber der schwarze Regenmantel fiel dem Sturm zum Opfer. Sie sah ihn einige Meter über die Mole fliegen. Dann war er spurlos verschwunden. Er war, als ob ihr jemand mit einem gewaltsamen Handgriff den Mantel abgestreift hätte.
Der Scheinwerfer von einem der Kutter fuhr ganz kurz über sie hin, und sie sah, daß sie voller Tang war. Das war nicht in Ordnung. Gott war verrückt geworden. Tang flog wie die Vögel in der Luft herum!
Tora kroch auf allen vieren am Zaun entlang. Sie sah, wie das Fahrrad von der Kiosk-Jenny gegen das Nebenhaus stieß und in die Luft gehen wollte. Da kam ein Windstoß und nahm es in einer anderen Richtung mit. Es flog mit dem Gepäckträger voraus über die Wiese. Schräg und in rasender Eile brauste es in die Dunkelheit hinein.

Tora wagte nicht hinaufzugehen, so wie sie aussah. Sie blieb auf der untersten Stufe vom Kellereingang sitzen. Wartete auf das große Licht. Dachte an den Riesenrochen, der sie hatte mit hinausnehmen wollen. Dachte an Almars Boot. Wo war wohl das Geschirrtuch, das er von Tante Rakel bekommen hatte? Flog es aufs Meer hinaus oder schwamm es irgendwo in dem Wrack herum? Sie konnte von dem Gedanken an das Küchentuch kaum loskommen.
Die Füße waren unter ihr eingeschlafen. Sie war durchnäßt und kalt. Aber sie wartete verzweifelt auf das Licht. Nur noch einmal!
Tora schrie auf, als sie etwas Weiches, Warmes auf ihrer Hand fühlte. Sie war so sehr unterkühlt, daß sie Wärme und Leben als etwas Bedrohliches empfand. Es miaute kläglich. War naß und zerzaust wie sie selbst. Aber die Katze war entschieden wärmer. Tora nahm sie auf den Schoß und wärmte ihre Hände an dem weichen Fell. Nach einer Weile merkte sie, daß es nützte. Ein verrückter Gedanke kam ihr: Wo waren alle Krähen und die kleinen Vögel bei einem solchen Wetter? Woran klammerten sie sich?
Endlich hörte sie ein paar Männer. Sie hatte aufgeregte Stimmen. Tora wollte nicht gefunden werden und machte vorsichtig die Kellertür auf und schob sich hinein. Im Keller war es absolut dunkel. Sie stieß dauernd gegen etwas an. Hatte nur eine Hand frei, mit der anderen hielt sie die Katze. *Er* hatte auch nur einen Arm...

Als sie die Kellertreppe nach oben fand, merkte sie, wie müde sie war. Durch und durch kalt. Das Licht hatte sie verlassen. Hier war kalte, dunkle Wirklichkeit. Warm war nur eine Katze. Tora bewegte sich mühsam die Treppe hinauf. Mama hatte sicher Angst und ist böse, dachte sie vage.
Der Riesenrochen hatte ihren Traum verscheucht. Er stand fest auf der Hüttenwand, die sich draußen in der Bucht hob und senkte.

15

Am nächsten Tag um die Mittagszeit kehrte wieder Ruhe auf der Insel ein. Inzwischen gab es auch so viel Licht, daß die Leute, die es wagten, sich die »Kriegsverwüstungen« ansehen konnten. Und sie glaubten es nicht. Schielten auf eine Welt, in der das Unterste zuoberst gekehrt war. Es wurde nicht viel gesprochen. Einige Frauen weinten ganz offenkundig. Die Kinder hielten sich erschrocken im Hintergrund.
Daß Präsident Eisenhower nach seiner Krankheit wieder die volle Arbeit im Weißen Haus aufgenommen hatte und daß der Atlantikpakt sich in Auflösung befand, hatte nichts mit der Wirklichkeit zu tun. Das waren Bagatellen. Die Zeitungen kamen an diesem Tage nicht. Und keinem fiel es ein, die Nachrichten im Radio zu hören.
Die Fischgestelle und die Fischerhütten von Dahls Betrieb hatten sich in der Orkannacht hinaus in den Fjord begeben. Keiner sah mehr etwas von den Gestellen und den Fischen. Die Kutter waren weit vom Land entfernt gewesen und davongekommen, bis auf einen armen Kerl, der zu wenig Treibstoff gehabt hatte, um den Motor in Gang zu halten. Der Mann hatte sich wie durch ein Wunder gerettet, als das Boot zerschellte.
Es war ein Glück, daß es mitten in der Woche war, so daß die Männer sich in den Fischerhütten aufgehalten hatten und noch rechtzeitig an Bord gehen konnten. Aber keiner hatte geglaubt, daß es ein so verheerender Sturm werden würde. Die Trankocherei am Tausendheimkai hatte ihre soliden Grundmauern verlassen und sich auf den Weg gemacht.
Tora sah das verbogene Geländer, an das sie sich geklammert hatte. Es hatte also einen Sinn gehabt, daß das Licht nicht mehr kam. Wenn die Welt nicht so dunkel und scheußlich gewesen wäre, dann wäre sie

dort liegen geblieben, bis es passierte. Es war ein seltsamer Gedanke. Wäre nicht der Rochen gekommen und hätte sie aus ihrem Traum verjagt, dann wäre sie wohl mitsamt der Trankocherei im Meer verschwunden.
Der Rochen erwies sich als das Blechschild von Jennys Kiosk, »Petterröes Mischung« stand darauf. Es war durch das Unwetter gestürmt und hatte sich wie eine Axt in der ins Meer gespülten Fischerhütte festgesetzt. Es sah gar nicht so furchterregend aus, wie es so an der Wand stak. Aber der Mann mit der Pfeife war schrecklich malträtiert. Wie eine Ziehharmonika in schlechtem Zustand.
In der Salzerei bei Dahl lagen drei große Steine mitten auf dem Fußboden. Es bedurfte zweier kräftiger Männer, um sie herauszutragen. Die Steine hatten den Weg durch die Wand genommen. Die Natur finde ihre eigenen Wege und hebe Lasten nicht mit der Winde, meinte Einar und schüttelte den Kopf.
Auch er hatte an diesem Vormittag nicht auf Neuigkeiten gewartet. *Alle* waren am Hafen und längs der vergewaltigten Strände. Die Augen hatten sich noch nicht an den Anblick gewöhnt. Es fehlte noch viel, bis man erfaßte, daß die Natur, der Teufel und Gott derart miteinander in Streit geraten konnten, daß es nachher auf der armen Erde so aussah.

Unwetter.
Wer hatte sich nicht schon ein- oder zweimal im Jahr geduckt und um Gnade für seine Sünden gebetet und auf den Wind gehorcht, der da draußen riß und zerrte und Verwüstungen anrichtete? Nicht das bösartige Poltern um die Hausecken gehört und den begehrlichen Druck auf die Fenster, wenn der Südwest den Leuten zeigte, wem Macht und Ehre gebührte? Wer hatte nicht schon ein oder zwei Haustüren fest verschlossen – oder war barfuß in die Stiefel gesprungen, um nach den verdammten, machtlosen Ruderbooten zu sehen, die nie auf den Gedanken kamen, sich selbst in Sicherheit zu bringen? Wer war nicht schon einem oder mehreren Kindern auf dem Schulweg gefolgt, wenn die weißen Stürme den Leuten den Atem benahmen und Weg und Steg begruben? Wer hatte nicht den Kragen hochgeschlagen und sich die Ohren zugehalten? Wer hatte nicht schon die sonderbare eiskalte Einsamkeit erlebt, wenn er bei starkem Wind draußen auf dem Meer war? Wer wußte nicht, daß alles geschehen konnte?
Und dennoch. Wenn alles geschah – dann war es so unfaßbar, daß Eli-

sif nicht mehr beten konnte und Einar mühsam in seinen grauweißen Unterhosen von der Verandadachstube herunterstieg und die scheue Katze der Kopftuch-Johanna zu einer der Kleinsten in dieser Welt in einem Kellereingang kroch. Und die Möwen? Die Möwen hatte man seit 24 Stunden nicht mehr gehört.

Simon stand bis zu den Knien in der neuen Hochwasserlinie. Er verschaffte sich einen Überblick. Er trug keine Kopfbedeckung, der schöne, weiche Mund war halboffen. Die eckigen Schultern richteten sich auf und fielen mehrmals wieder zusammen. Es wirkte so, als ob der Mann sich aufblies, aber nach einer Weile zu atmen vergaß. Die Arme hingen gerade herunter. Die schlanken, langen Finger waren gut in den Fäusten versteckt.

Ein eben erst gekaufter Kutter lag gestern noch in der Vertäuung. Heute schwamm da nur noch der Vordersteven und tunkte in die ruhige, aber gewaltige Dünung. Den Rest des Boots hatte niemand gesehen. Es erwartete auch niemand, daß Dahls Fischgestelle mit den Fischen sich wieder einfinden würden.

Dahls neue Fahnenstange, die er am ersten Weihnachtstag morgens feierlich eingeweiht hatte, um die Allgemeinheit damit zu erfreuen, stand wie ein geknickter Zaunpfahl im Garten. Die Frau des Hauses ging ein und aus und redete mit allen Leuten über dieses Unglück. Aber die Leute beachteten Frau Dahl an einem solchen Tag nicht. Und sie konnte es nicht fassen, bis sie sich den taillierten Mantel und die hohen Schaftstiefel anzog und der Volksmenge hinunter nach Vaeret folgte. Da wurde Frau Dahl blaß. Und sie erwähnte die Fahnenstange mit keinem einzigen Wort mehr. Denn Dahls Betrieb lag skalpiert und rasiert vor ihr, und Dahl war wachsbleich und sah die Leute mit irren Augen an. Das Dach des großen Gebäudes war weggerissen und schwamm in der Bucht. Das tat der älteste Teil des Kais übrigens auch. Schwamm wie ein seltsam überlebtes Gespenst dort draußen zusammen mit Fässern, Brettern, Treibgut und Fischkisten. Ein unglaublicher Anblick. Die Mädchen hatten die Köderhütte vor Weihnachten mit einer alten Gardine geschmückt, um es etwas gemütlicher zu machen, wenn sie da saßen und Köder auffädelten und kalte Füße hatten. Die zerfransten Reste hingen aus dem blinden Fensterauge und wußten sich nicht zu helfen. Flatterten jämmerlich und waren zu nichts mehr nütze.

Die Möwen fanden schnell heraus, daß die neue Schäre in der Bucht

ein Segen war – und nahmen sie in Besitz, ohne an die Menschen an Land auch nur einen Gedanken zu verschwenden. Sie flogen kleine Runden und setzten sich mit Besitzermiene und voller Zufriedenheit auf das Dach, auf die Fensterbänke und auf die Treppen. Sie kreischten und schissen und waren lustig. Und keiner jagte sie weg.
Das Dach des Dahlschen Betriebs lag wie ein Floß dort draußen in seiner ganzen elenden Freiheit.
Aus der oberen Etage waren die Einrichtung und lose Gegenstände fortgeblasen worden, wie man wohl zu Recht annehmen konnte. Dahl hatte die Räume vermietet. Es war eine Extraeinnahme in der Saison.

Simon stand in der neuen Hochwasserlinie. Er hatte da nun lange genug gestanden, so daß die Männer meinten, es sei an der Zeit, daß er heraufkomme und ihnen Anweisungen gebe, wo sie am besten anfangen sollten.
Anfangen? Mit was? Anfangen aufzuräumen nach der Raserei, die sie in Gottes Namen heimgesucht hatte. Und was war am wichtigsten? Wo sollte man zuerst Hand anlegen? Sollte man zu dem armen, hochmütigen Dahl-Teufel gehen und ihm Hilfe anbieten – oder sollte man zuerst an sich denken und eine kalte Freude darüber empfinden, daß es einem selbst diesmal nicht am schlimmsten ergangen war?

Da bog ein schwarzes Fahrrad mit hoher Geschwindigkeit um Simons neuen Betrieb. Von dem Fahrrad – das an der äußersten Kaikante mit einem inbrünstigen Gekreisch anhielt – stieg ein Weibsstück in blauem Regenmantel und mit üppigem, windzerzaustem rotem Haar ohne Kopftuch ab.
Rakel beugte sich atemlos über die Lenkstange und rief in die Runde: »Ist jemand tot?«
Es war, als ob der schlafähnliche, dumpfe Zustand plötzlich barst. Die Männer wandten ihr Gesicht zögernd vom Meer ab, von dem grotesken, aufgewühlten Hochwasser, wo Tang und Fische und Bretter und alle möglichen kleinen Dinge, von denen niemand den Heimatort kannte – in dem flauen Wind zitterten. Sie drehten widerwillig die schweren grauen Gesichter zum Land hin. Und die Münder öffneten sich langsam wie auf Kommando. Ein Heer von halboffenen Mündern und hängenden Armen. Ein Heer männlicher Ohnmacht. Sie drehten sich zum Land hin und sahen, daß da eine Frau mit einem al-

ten schwarzen Fahrrad an der Kaikante stand und schrie: »Ist jemand tot? Antwortet!«
»Nicht, daß wir wüßten«, sagte einer.
»Habt ihr das noch nicht rausgefunden, ihr Trottel!« schrie Rakel und warf das Fahrrad auf den Kai.
»Wohnte jemand im Betrieb beim Dahl?«
»Nein.«

Aber es war plötzlich Leben in den Fäusten. In den Stiefeln. In dem Ölzeug. Die Kleinen, die Mittelgroßen, die großen Ungelenkigen, die Ruhigen und die Flinken, die, die sich leiten ließen, und die, die das Kommando übernahmen, ohne darüber nachzudenken. Alle. Setzten sich allmählich in Bewegung.
Und das ist das Verwunderliche bei diesem Menschenschlag, der mit Tragödien und Wettergöttern und Stürmen und Hochwasser im Nakken tagtäglich lebt. Sie behalten die Ruhe, wenn die Tragödie sie trifft. Behalten sie. Bis etwas Unerwartetes geschieht. Etwas, worüber man eigentlich grinsen müßte – wie zum Beispiel über eine Frau an der äußersten Kaikante. Das bringt sie in Bewegung. Bringt sie dazu, den Gedanken begierig aufzugreifen: Es hätte viel schlimmer kommen können! Und jetzt sind sie gerettet. Gerettet vor sich selbst. Vor der infamen Freude, daß es Dahl diesmal schlimmer getroffen hat als jeden anderen und daß es wichtiger ist, das eigene beschädigte Heim zuerst in Ordnung zu bringen. Sie sehen, wie unwesentlich es ist, daß da ein neuer Steven ohne das restliche Boot schwimmt. Sie vergessen den grotesken Anblick von einem ins Meer geschwemmten Kai mit Köderhütte und Außenklo darauf. Vergessen! Um systematisch in Gang zu kommen und nachzuforschen, ob jemand ums Leben gekommen ist.

Da machte ein kleiner Junge den Mund auf und kam mit der entscheidenden Frage: »Wo ist denn die Hütte vom Almar aus Hestvika?«
Und noch einmal drehten die Männer den Kopf. Sie hatten keine Zeit, sich zu schämen, daß sie Almar in der Menge nicht vermißt hatten und daß ihre Augen nicht registriert hatten, daß die kleine Hütte verschwunden war. Sie hatten wohl gesehen, daß sein Kutter nur noch aus einem Steven bestand. Das war schlimm genug. Es war also nicht nur Dahl, der in Sodom büßen mußte.
Und es erklangen kurze, heisere Befehle. Zielbewußt setzte sich eine kleine Gruppe in großer Eile in Bewegung und löste sich bald auf.

Nas-Eldars Lastwagen hustete das Unwetter aus dem Kühler und kam in Gang. Ein Beiboot fuhr übers Meer und in die Buch hinein.

Almars Hütte war in der Nacht umgezogen.
Fünfmal drei Meter – plus Vorbau hatten die festen Grundmauern verlassen und sich mit einem unberechenbaren Verführer, der Gewalt angewendet hatte, in die Welt hinaus begeben. Da mußte es kommen, wie es kam. Ja, es hätte noch schlimmer kommen können. Almars Haus wurde Wand an Wand neben seinen Bootsschuppen gesetzt. Er hatte niemals vorgehabt, dort unten an dem steinigen Strand zu wohnen. Aber nun mußte er zugeben, daß die Hütte wohl ins Meer entfleucht wäre, wenn nicht der elende alte Bootsschuppen sie aufgehalten hätte. Und Almar wäre mitgegangen.
Denn er hatte in der Hütte gesessen und versucht, auf der zu Tode erschrockenen Herdflamme Kaffee zu kochen, als der Sturm Haus und Mann überwältigte. Sie 60 Meter durch die Luft beförderte. Zwei Telefonstangen mitnahm, nur um der menschlichen Torheit und Technik ein vernichtendes Beispiel zu geben.
Die Hütte war ziemlich unsanft abgesetzt worden. Almar wußte nicht mehr genau, wie das Ganze vor sich gegangen war. Aber er wärmte die Geschichte von den Telefonstangen immer wieder auf, die wie Streichhölzer vor seinem Haus umgeknickt waren. Und er erinnerte sich später an den überirdischen Klang, als die Drähte rissen. Es war ein scheußlicher Harfenchor gewesen.
Er blutete nicht wenig unter seiner Pelzmütze. Und die Männer dachten im stillen, daß es durchaus nützlich sein konnte, innerhalb der vier Wände eine Mütze aufzuhaben. Nas-Eldar wollte den Almar mit seinem verletzten Schädel zum Doktor bringen, aber Almar lebte richtig auf, als er mitten in seinem Unglück so viel Besuch bekam, und wollte die Aufräumungsarbeiten selbst leiten. Er gab sogar zu, daß er wohl eine Zeitlang »weg gewesen« war. Da war einiges, an das er sich nicht deutlich erinnern konnte. Und einen Augenblick ließ er die vernarbten Hände, in die sich Sonne und Öl schwarz eingefressen hatten, unschlüssig hängen. Denn Almar war nie zuvor ohnmächtig gewesen.
Im Gartenzaun hatte sich eine schwarze Hose verfangen. Ein Kronenstück und zwei Zehnörestücke befanden sich in der Tasche. Da begriff Almar, daß dies sicher das einzige war, was er besaß. Und noch hatte ihm niemand etwas von dem Kutter erzählt.

Die Bergung von Booten und Kai, von Haus und Bootsschuppen, von Netzen und Ausrüstung ging in einer Unmenge von Schweiß, durchnäßten Kleidern, brennenden, tatkräftigen Händen und kurzen Kommandorufen vor sich. Zwölf Stunden ohne Essen.
Simon konnte sich erinnern, daß er seine Stiefel zweimal ausgekippt hatte. Aber Almar mußten sie auf die Couch im nächsten Hof legen.
Allein den Dahl-Kai an Land zu schleppen war eine Heidenarbeit. Der größte Kutter in der Bucht – Simons ganzer Stolz – meisterte dennoch die Schwierigkeiten. »Öyfisk« erwies sich als sehr nützlich.
Er hatte sich auch in der Sturmnacht gut gehalten. Einer von den Kuttern war auf Grund gelaufen. Es bestand Hoffnung, ihn zu reparieren, auch wenn er üble Schäden am Ruder und am Schiffsrumpf aufwies.
Stundenlang hatte man die Mole nicht sehen können. Und das 35 Fuß lange Boot stand jetzt hoch und trocken auf dem Land, nachdem das Hochwasser sich zurückgezogen hatte. Volle Ölfässer lagen verstreut über der Mole, zusammen mit allem anderen, was nicht niet- und nagelfest war.
Es sehe aus, als ob ein besoffener Troll Amok gelaufen sei, äußerte einer der Männer – während er ein Ölfaß rollte, so daß ihm der Schweiß durch die Jacke drang. Er hatte wohl das weihnachtliche Feiern und ähnliches noch in frischer Erinnerung.
Sonst wurde nicht viel gesprochen. Sturheit und Arbeitsfäuste. Von einem kleinen Fischerdorf auf der Insel bekam man Neuigkeiten zu hören – daß die Schafe und Kühe im Hauskeller und im Mistkeller standen, weil der Stall in der Orkannacht ins Meer gespült worden war. Als Teile der Insel wieder Strom bekamen, hörten die Leute im Radio, was sie erlebt hatten. Eine schnarrende, geschäftsmäßige Stimme erzählte, daß die Menschen auf der Insel am Ende seien und Hilfe brauchten.
Aber sie sagte nicht, daß Almar mit einer blutgetränkten Pelzmütze in einem Zimmer auf der Couch lag und von der Hose und dem Kleingeld redete und von dem Steven, der nur noch lose zusammenhielt, während das restliche Boot nicht aufzutreiben war, um wenigstens Anfeuerholz daraus zu machen. Dagegen sagten sie etwas über sein Haus. Daß es mit den Küchenhockern und den Fußbodenbrettern nach oben liege und mit dem Schornstein zerschmettert darunter. Und daß die Grundmauern nie so einsam und unbedeckt gewesen seien, seit sie in den 30er Jahren neu aufgemauert worden waren.
In die Telefonzentrale kam die Anfrage, ob sie Wolldecken und

warme Sachen für die Bewohner der Insel brauchten. Da platzte dem Josef von der Zentrale in Vaeret, der sonst nie etwas anderes als: »Hallo, hallo!«, »Gespräch beendet?« in seinem nasalen Telefondialekt sagte, der Kragen. Er steckte den Stecker von einem Loch ins andere und sagte mit mühsam unterdrücktem Zorn:
»Wir halten uns warm, weil wir so hart arbeiten, daß wir nicht mal Zeit zum Essen haben. Wir brauchen also – weder Lebensmittel noch Kleider. Aber wenn ihr da auf'm Festland einigen Grips im Kopf habt, dann schickt uns Boote und Arbeitskräfte und etwas zum Hochwinden und Transportieren von Häusern und Schafen und Treibholz und Aborten. Dann kriegen wir alles wieder auf seinen Platz, was hier draußen so rumliegt. Außerdem brauchen wir Futter für die Tiere im Innern der Insel. Denn der Herrgott hat alles zurückgeholt, was er gegeben hat, und die Schafe und die Kühe stehn auf einigen Höfen im Mistkeller und brüllen und reißen das Maul auf nach Heu. Wenn ihr also ein paar Heuballen in Breiland habt vorbeifliegen sehn, dann schickt sie per Nachnahme hierher. Die Wolldecken sind uns völlig wurscht. Wir können sowieso die nächsten vierzehn Tage nicht schlafen. Wir haben gerade den Dahl-Kai vertäut und haben ein Haus aufgespürt und festgestellt, daß alle am Leben sind, bis auf einen Hund, der im Futtergang von einem Stall eingesperrt war, und der Stall landete im Meer. So jubeln wir und arbeiten.«

Es stand in der Zeitung, daß die Springflut bei der Insel vier Meter über normal gewesen war. Und Ottar hatte am eigenen Leibe erfahren, daß das stimmte. Denn alle Mehlsäcke im Lager hatten im Salzwasser geschwommen, und die Heringsleichen waren aus dem Faß herausgekommen und lagen mit dem Bauch nach oben, als er am Morgen das Lager betrat. Ottar ärgerte sich über alles, was in der Zeitung stand. Das machte das Ganze so verdammt *wahr*.
Er konnte die Tür zum Lager nicht einfach zumachen und so tun, als ob das Unglück mit den Waren nicht passiert wäre. Denn es hatte in der Zeitung gestanden!
Der ruhige Ottar bekam ein ganz mürrisches Gesicht. Er schloß nicht einmal den Laden zu, als er sich das Ölzeug und die hohen Stiefel anzog, um sich mit den anderen zusammen ans Aufräumen zu begeben. Brachte es sogar fertig, nicht bei sich anzufangen. Er war fürchterlich böse, der Ottar. Denn er hatte sich nicht versichert. Da war nichts zu holen. Die Bücher auf dem Ladentisch konnten dort mit ihren Zahlen

in der tiefsten Dunkelheit liegen, denn er wußte, daß die Insel schweren Zeiten entgegenging. Er würde vielleicht nicht einmal die trockenen Waren verkaufen können. Die Schulden würden ihm jede Nacht Alpträume verursachen. Die Zahlungen würden ihn schon am 20. jeden Monats im voraus wie Kotze im Gesicht hängen. Die Welt war kein guter Aufenthaltsort.
Das hatte er auch gesehen. Die Pappschachteln in der Ecke. Die wunderbaren Pappschachteln mit der schwarzen Lotsenjacke von seinem seligen Vater und darauf die Wolldecke, fein säuberlich zusammengelegt... Er hatte das Gefühl, daß die Mächte in das durchnäßte Lager eingeschlagen hatten. Gute oder böse Mächte? Wie dem auch sei! Sie hatten ihn für irgend etwas bestraft. Ottar fühlte eine gewisse Angst vor der Dunkelheit, als er die durchnäßten Pappkartons entfernte und die Lotsenjacke von T. H. Larsen auf einem rostigen Nagel im Lager aufhängte. Sollte sie da hängen! Bis sie trocken war. Mitten durch die Dunkelheitsangst spürte er einen Kniff im Nacken. Einen Kniff, dessen sich der Kaufmann T. H. Larsen in der Blüte seiner Jahre bediente, wenn er sein Haus züchtigte.
Ottar war ein denkender Mensch. Da war er auch stolz drauf. Er verließ seinen Kramladen, offen für den Abschaum der Menschheit und die Diebe, und ließ die Salzheringe im Matsch liegen, während er auf die Straße und an den Strand ging, um den Leuten ihr Hab und Gut bergen zu helfen. Da war seine Buße für das Papplager drinnen im Lagerraum...
Am anderen Tag fragte ihn jemand, wie es denn bei ihm aussehe, das Lager liege doch am Kai. Und Ottar nahm die Mütze ab und strich mit der Hand über den dünnen Scheitel und antwortete, daß es noch schwimmen würde – dort auch. Und als die Männer ihm beim Aufräumen halfen und die Frauen überall wuschen und putzten nach dieser Sturmflut, fühlte Ottar sich geläutert und seiner Sünden ledig. Er hatte sein Haus verlassen, hatte Buße getan, und er hatte bereits etliche für einen Kredit notiert. Er konnte eben nicht aus seiner Haut.
Außerdem war da schon wieder ein schöner Gedanke aus der alten, sündigen Zeit. Er hatte gesehen, daß Sol gründlich und ausgiebig mit den anderen Frauen zusammen saubergemacht hatte. Und sie hatte es getan, ohne daß er sie darum gebeten hatte. Er konnte nichts dafür. Das verdorbene Mehl war eigentlich nur eine Bagatelle. Er gab der kreischenden Mutter ein paar gute Worte und hatte seinen Frieden mit sich selbst. Und ganz hinten im Lager hing die Lotsenjacke und

trocknete, ohne daß sich jemand darum gekümmert hätte. Er hatte übrigens ein Plaid dort unten hingelegt, und die Mutter würde es sicher nicht merken, daß er es fortgenommen hatte.
So gehen Unwetter mit den Menschen um. Und das neue Jahr hatte es in sich gehabt. Bald war die Orkannacht eine Geschichte, die man hervorholen konnte. Unverbraucht und neu. Jederzeit. Sie bekam immer noch mehr Farben von dem, der sie gerade erzählte. Man konnte sich im Februar darüber wundern, daß es wirklich möglich gewesen war, im Januar, mitten in der Nacht, so viele übernatürliche Kräfte in Bewegung gesehen zu haben. Denn im Januar war es ja dunkler gewesen als jetzt im Februar. Aber keiner äußerte seine Zweifel. Im Gegenteil – sie malten die Geschichte mit vielen Varianten aus. Die vier Kühe, die im Innern der Insel auf dem Zementboden angekettet gestanden hatten, wurden zu acht Kühen – ohne daß jemand das kontrollieren wollte.
Aber wer sich draußen aufgehalten hatte, als es am allerschlimmsten war, dem saß noch die eiskalte Angst unter der Haut. Er gab nicht so an wie diejenigen, die alles vom Fenster aus gesehen hatten. Man mußte sich übrigens wundern, daß sie so große und breite Fenster hatten, daß sie das alles hatten sehen können – so ohne weiteres. Aber keiner äußerte Zweifel. Und die Geschichten wurden immer zahlreicher und weitschweifiger. Sie flossen wie reißende Bäche dahin und waren nicht aufzuhalten.
Das Ganze war für die Insel eine Warnung vor dem Jüngsten Gericht gewesen. Die Mole stundenlang unter Wasser. Die Mole! Die wie ein brütender Fels rund um die Boote und Gebäude gelegen hatte, so daß die Menschen sicher vor allem Ungemach schlafen konnten.
Das hatten sie also erlebt. Die Mole hatte aufgeben müssen. Durch das tobende Wasser und den Fallwind hatte die Bucht einen unwahrscheinlichen Strudel gebildet. Es war wohl ein Vorgeschmack auf das Jüngste Gericht. Im Leuchtturm hatte das Licht versagt. Es dauerte eine Woche, bis die Leute es wieder blinken sahen. Das allein war schon ungemütlich genug gewesen.

Elisif dachte sich ihr Teil:
Wer auf der Insel hatte so gesündigt, daß Gott sie alle in diese Verdammnis und Zerstörung warf? Wer hatte den Herrn so herausgefordert, daß er seine Strafe auf Sodom schleuderte? Sie betete inbrünstig für diese Sünder und wartete jeden Tag auf eine Botschaft von Gott,

daß die Gerechten fliehen sollten, weil *ER* die ganze Insel vernichten müsse. Aber die Botschaft kam nicht, obwohl Elisif sich zwang, nachts wach zu bleiben, damit der Herr sie bereit finden sollte. Sie versuchte sich vorzustellen, wer als Salzsäule auf dem Veten stehen würde, weil er es nicht unterlassen konnte, zurückzuschauen. Und sie tippte auf die, die am meisten besaßen. An Gut und Geld. Sie sah Frau Dahl und die Pfarrersfrau – erstarrt und tot dort oben auf dem Gipfel.
Aber die Botschaft kam nicht. Und Elisif verkündete allen im Tausendheim, daß sie ganz beruhigt sein könnten, denn der Herr habe sie verschont.

Tora war im Grenzenlosen gewesen. Wußte, daß der Tod ihr nachgestellt hatte. Sie verstand wenig von dem Rätsel. Dem großen, zufälligen Rätsel. Wer wurde geholt, wer wurde geschont? Und sie war beinahe traurig, als das Schild mit »Petterröes Mischung« entfernt und in der Bucht versenkt wurde, weil kein Staat mehr damit zu machen war. Sie trauerte auch um den »Riesenrochen«. Denn durch ihn hatte sie Dinge gefühlt, die sie nie zuvor gefühlt hatte. Sie hatte die äußerste Grenze in sich gefühlt. Die Grenze zog sie an und machte ihr doch angst. Obwohl Angst? Nein, die Grenze hatte nichts mit der Gefahr zu tun.
Der Tod. Er würde kommen. Einmal. Für alle.
Sie hatte *ihn* nicht ertrinken lassen. Nein. Aber einmal war auch er dran. Er konnte morgen schon dran sein. Und er mußte da allein hindurch. Er konnte niemals in ihren Tod eindringen. Niemals! Sie gehörte sich selbst im Tod. Sie würde das nie einem anderen erklären können, aber es war so.
Sie hatte einen hartnäckigen Willen, der es für sie entschied: *Er* war alt. Er würde zuerst sterben.
Bei diesem Gedanken bekam sie Lust, zur Kiosk-Jenny hinunterzulaufen und sie zu fragen, ob sie Hilfe brauche – oder es der Mutter besonders gemütlich zu machen, wenn sie von der Arbeit kam. Der Gedanke ließ die unansehnlichen Winterblumen auf dem Fensterbrett schön und leuchtend grün werden.
Und die Möwen lachten da draußen. Ein durchdringendes, schwatzendes Lachen, das erzählte, daß das Unwetter vorüber war.

16

Vom Wind zerzauste, kleine Journalisten kamen mit dem Linienschiff auf die Insel, sobald für Mensch und Tier wieder schönes, ruhiges Wetter herrschte.
Sie schrieben von Almars Haus, das mit dem Rock nach oben dalag und die Eingeweide vor aller Welt ausgebreitet hatte. Das heißt, das schrieben sie natürlich nicht. Sie machten ein Bild von der niederträchtigen Gewalttat der Wettergötter und setzten darunter: »Dämonisches Unwetter über der Insel. Wellblechplatten sausten wie todbringende Projektile durch die Luft. Telefonmasten brachen wie Streichhölzer. Aber die Leute bauen wieder auf.«

O ja. Sie hielten Almar an, als er angefahren kam, Pfarrers Stute vor den Langschlitten gespannt.
Rot und durchgefroren stand er da. Mit gespreizten Beinen. Er hatte das Wesentliche aufgeladen. Der Kaffeekessel thronte ganz oben. Gleich Einar von der Dachstube hatte er keine Schwierigkeiten, den Spreu vom Weizen zu trennen, wenn er aufbrechen mußte und seine irdischen Güter verlassen. Aber er hing auf eine andere Weise an ihnen als Einar. Hing daran mit ganzem Herzen und konnte sich trotzdem von ihnen lösen – wenn es sein mußte. Keiner zog um mit kaputten Hockern und zerbrochenen Tassen. Selbst wenn er im Tausendheim wohnen sollte. Almar sollte nämlich in die kleine Stube von der Kopftuch-Johanna ziehen. Er fand sich damit ab.
Er hätte es lieber gesehen, wenn er den kleinen Raum in der Schule bekommen hätte. Neben der wunderbaren Lehrerin. Mitten in seinem Elend hatte er davon geträumt und hatte seine Pelzmütze abgenommen, damit sie seinen bandagierten Schädel sehen konnte. Er würde ihr beweisen, daß sie stimmten – alle die Geschichten, die von Almar in Hestvika umgingen, sie sollte sehen, daß Almar ein Mann war, der einen blutigen Kopf hatte und dennoch denken konnte. Er würde sich ein neues Boot beschaffen. Dann konnte mit dem Haus sein, was wollte. Aber das Boot! O ja. Er würde ihr im Juni Seelachs bringen – bevor sie nach Süden fuhr.
Verfroren und breitbeinig stand er auf seinem Schlitten und konnte sich wohl jederzeit unterhalten – mit dem erbärmlichen Zeitungsmenschen, der ein paar Worte in der Zeitung schreiben wollte. Denn Gunn las Zeitung. Bekam sie mit der Post.

»Es ist abscheulich mit all dem Elend«, konnte sie sagen.
Und Almar legte den Kopf zur Seite und war der gleichen Meinung. Er nickte ihr zu und versuchte unterdessen einen Gedanken zu fassen, was er dazu sagen sollte. Es endete damit, daß er ein oder zwei Worte fand.
Und jetzt hatte er den Sturm. Almar war das Elend persönlich, das war klar. Hatte er nicht eine Schnittwunde am Kopf und trug die Pelzmütze nicht deutliche Spuren von dem Ganzen? War er nicht ein Unglücksrabe, über den alle sprachen? Ja. Und nun sollte er in die Zeitung kommen.
Seine mächtigen Arbeitshände steckten in Fausthandschuhen, und er stand mitten zwischen den wackligen Pappschachteln ganz sicher auf der Fuhre.
Der Zeitungsmensch sprach ihn mit Sie an, obwohl Almar von der Insel stammte und heute ins Tausendheim umzog.
»Es ist schlimm bei Ihnen?« sagte der Journalist ernst. Und hatte den Bleistift gezückt. Das letztere beunruhigte Almar ein wenig. Aber er wahrte sein Gesicht.
»O ja.«
»Sind Sie versichert?«
»Nein. Ich hatt' genug mit dem Darlehen. Man bekommt nichts umsonst.«
»Aber das Haus kann doch wieder aufgebaut werden?«
»Es ist mir lieber, ich hab' wieder ein Boot.«
»Ja, Sie haben Ihr Boot also auch verloren?«
»Ja.«
»Dann geben Sie also dem Boot die Priorität vor dem Haus?«
»Was?«
Almar stockte und räusperte sich. Er begriff nicht. Der Zeitungskerl gebrauchte Worte, die ganz unverständlich waren.
»Da sehen Sie also schwarz in die Zukunft?« fragte der kleine Graue zu dem Mann im Schlitten hinauf.
»Wer hat das gesagt?«
»Ich dachte, daß ...«
»Das geht nicht, nur dasitzen und denken!«
Das letzte hatte Almar gesagt. Und er wußte nicht, daß er einen kleinen Journalisten ganz schön zurechtgewiesen hatte.
»Aber du bekommst doch geholfen?« fragte der Journalist und vergaß sich und sagte du.

»Nee – da kann ich nicht dran denken. Ich betreib' den Fischfang nur im kleinen und nur für mich selbst. Ich hab' ein Zimmer im Tausendheim bekommen, das große Haus da unten am Strand. Ich hab' ein Dach überm Kopf.«
»Bist du nicht verbittert?«
»Verbittert? Nee. Ich bin gesund. Wenn die, die 's Geld verteilen, meinen, daß ich nicht genug Fischfang betreib', dann sollen sie's sein lassen.«
Almar schnalzte, um das Pferd anzutreiben und ohne sich darum zu kümmern, ob der Zeitungsmensch fertig war. Der Mann rannte ihm ein Stück nach und fragte, ob er ein Bild machen könne. Von dem Unglückshaus?
Was sollte da wohl Aufregendes dran sein? An dem Bild von einem abrasierten Haus? Nein, da hätte er lieber ein Bild von dem Haus in seinen besten Tagen machen sollen. Frisch gestrichen und gepflegt und mit neuen Fenstern in der Küche und im Vorbau.
Aber als er das Pferd zum Tausendheim hinunterjagte, fuhr er sich mit dem Fausthandschuh über die Stirn. Es war heute so sonderbar leer unter dem Himmel. Es stimmte also: daß er nichts mehr besaß. Almar fuhr mit dem Handschuh noch einmal über die Augen. Den Tropfen an der Nase nahm er in einem mit. Es war so verdammt kalt heute.

Die Leute sagten, daß das Unwetter eine Warnung für die Vergänglichkeit aller Dinge gewesen sei. Und es wurde vielleicht ein besonderes Gewicht darauf gelegt, weil es Dahl diesmal am empfindlichsten getroffen hatte. Es war schon seltsam – man konnte sich dergleichen erlauben, wenn es um Dahl ging. Da war es mit dem armen Almar anders. Seit dem Unwetter war nicht mehr viel mit ihm los. Das mit dem Boot war nicht wiedergutzumachen. Es kam vor, daß er ein wenig naß im Gesicht war, wenn er den Steven zerschlagen und einsam an der Ankerkette hängen sah.
»Das ist die verdammte Schäre. Ich hab' schon immer gesagt, daß noch ein Unglück passiert mit so 'ner Schäre mitten im Hafen!«
Und die Männer wandten sich ab.
In der Zeitung und im Radio wurde das Wort Katastrophe gebraucht. Katastrophe! Die Leute auf der Insel benutzten solche Worte nicht. Aus gutem Grund. Welche Worte sollte man benutzen, wenn in einer solchen Situation der Wind einmal von Westen kam? Die Schätzung

der Unwetterschäden im Distrikt wurde genannt. Eine vielstellige Zahl. Vier Millionen.
Kronen? Ja, ja. Manche rechneten in Kronen. Das war am einfachsten. Ja, je weiter weg einer mit seinem Hab und Gut war, desto einfacher war es, von Kronen zu reden.
Der Naturkatastrophenfond? Wer war das? Von dort komme Geld, wurde gesagt. ACH? UND DANN WÜRDE ALLES GUT?
Almar verstand viel, aber daß sich jemand finden sollte, der ihm Geld gab, das konnte er nicht glauben. Es half nicht viel, daß im Buch der Bücher stand, daß der Glaube Berge versetzen könne. Almars Glaube war nicht sehr stark. Und natürlich bekam er nichts. Denn das Boot wurde nur auf Hobbybasis benutzt. Hobbybasis? Ja, tatsächlich! Hochschwangere Frauen und abgehauene Finger, schmerzende Zähne und Leute, die weit fortreisen wollten!
Alle waren mit Almars Boot gefahren. Und das Wort *Hobby* sollte der Teufel holen. Denn das Boot war nicht mehr. Und die Kinder mußten jetzt auf die Welt kommen, die Nabelschnur mehrmals um den Hals gewickelt und mit vielem Schreien, ohne daß Almar sie erlösen konnte. Denn das Boot, das ein Hobby war, weil Almar sich im Sommer damit eine Portion Fische fing – war nicht mehr. Und sein Haus schaukelte noch auf und ab. Er hatte es vertäut. Er wollte es als Anfeuerholz und zum Verschalen verkaufen.

Das Finanzministerium und das Landwirtschaftsministerium und das Wirtschaftsministerium – mit Ministerrat und dergleichen – saßen in Oslo und redeten über Kronen. Dieser Himmelskörper: der Naturkatastrophenfonds hatte sein Geld für Katastrophen bereits aufgebraucht. Lange vor dem Unwetter.
Und um ganz sicherzugehen, es gab 4600 Arbeitslose in Nordnorwegen, so daß reichlich freie Arbeitskräfte vorhanden waren, um einen oder zwei Kutter zu bauen. Es gab massenweise kleine Birken und Weiden, Äxte und Sägen und andere Werkzeuge, die der Wind und das Meer nicht erwischt hatten. So würde man schon zurechtkommen.
Die Männer grinsten ein wenig drinnen in Ottars Laden. Dieses dumme Lächeln war von einer ganz besonderen Art. Man mußte sich darin auskennen, um die totale Verachtung zu verstehen, die totale Depression und die Verbitterung, die es umfaßte.
Beschäftigung! ZWEI UND EINE HALBE MILLION. Kronen? Viel-

leicht... Dieses *Vielleicht* war der Strick, mit dem sie das verzweifelte, verwundete Tier dort oben im Norden anbanden.
Die Erde war ein unbegreiflicher Himmelskörper.
Das Rote Kreuz. Kirchliche Nothilfe.
Neue Atombombenversuche im Stillen Ozean.
Der Atlantikpakt in Auflösung.
Grace Kelly läßt Fürst Rainier Herr in seinem Schloß sein.
Almar vertäut eine Hütte gut am Strand, mit dem Dachfirst zuunterst.
Die Russen geben. Die Russen erinnern sich an die Menschen im Norden. 50000 Rubel aus der Sowjetunion. Und manch einer erinnert sich an die Russen als das große, starke Tier, das mit der vertrauenerweckenden Tatze kam, als die Samtpfoten des Westens zu weich wurden.
Die Schweden hatten auch einen Platz in ihrem Herzen für die Nordnorweger: 50–60 Tonnen Heu wurden über Narvik verfrachtet.

Dann strömten die Heringsschwärme langsam herbei.
Die Leute kamen allein zurecht. Die Fischer von den Vesteralen hatten bereits Ende Januar doppelt so viel gefangen wie im Vorjahr in der ganzen Saison.
Dahl kam wieder auf die Beine, er betrieb ja gewiß kein Hobby, der Bursche. Ein neues Dach wurde aufgesetzt und der Kai solide und gut am Berg verankert. Die Männer arbeiteten Tag und Nacht. Die Frauen waren es gewohnt, um diese Jahreszeit allein zu Hause zu sein. Und der Staat hatte Dahl einen Zuschuß gegeben, Dahl konnte zahlen. Schnell vergaßen sie Almar und sein Boot. Ja, er vergaß sich selbst... Stand meist in Ottars Laden und drehte das Taschenfutter um. Gewiß, er heizte noch tagein, tagaus die Schule, außer an den Sonn- und Feiertagen. Aber sonst war wenig mit ihm los.
Ein Gedanke hatte sich in seinem Kopf festgesetzt. Er schien zu wissen, daß es nicht klappen würde, wenn er jemanden einweihte.
DYNAMIT. Almar hatte sich vorgenommen, die Schäre zu sprengen.

Die Männer, die unten im Dahlschen Betrieb die Köder auffädelten, saßen bei Kerzenschein und arbeiteten mit Hochdruck. Die elektrischen Leitungen waren zerfetzt. Und es fehlten erfahrene Elektriker. Dahl mußte diesmal teuer bezahlen.
Simons fröhliche Stimme und sein lautes Lachen machten dagegen

die Arbeit an dem Neubau zu einem Fest. Die Gelegenheitsarbeiter von Dahl kamen abends herüber, um noch ein wenig bei Simon zu arbeiten, weil sie bei Dahl nicht genug verdienten.
Simon hatte Erfolg. Endlich. Er beteiligte sich nicht an den Streitereien, was für den künftigen Fischfang am besten sei: Handangel oder Nylonnetz. Einige der Angelleute gingen von dem »Hamarpilk« und dem »Svenskpilk« zu der guten alten Wurfangel über, und 75 Öre wurden als Mindestpreis für dieses Jahr angedeutet.
Die Fischer mit den Nylonnetzen wurden auf der Insel schief angesehen. Simons Leute betrieben den Fischfang mit Nylon. Aber Simon schaffte es, den Mund zu halten, wenn die anderen loslegten.
Er brachte den Betrieb nach dem Wiederaufbau in Gang. Und er hatte für seine Leute die modernste Unterbringung im ganzen Distrikt. Er steckte manchmal die Hände in die Tasche und stellte sich ans Fenster des neuen Büros und dachte nach, der Simon.
Platz für 50 Mann. Er hatte die schmutzige Köderei aus dem Aufenthaltsraum der Männer herausgenommen. Er hatte großzügig gebaut. Einen eigenen Schlafraum für jede Bootsmannschaft und einen eigenen Schrank für jeden Mann. Waschraum! Den Aufgang hatte er von dem Köderraum im Erdgeschoß abgetrennt. Dagegen gab es eine große gemeinsame Küche für alle Mannschaften. Die Männer murrten darüber. Aber hauptsächlich, weil sie es nicht gewohnt waren.
Und Simon hatte Elektriker! Das war Dahl, der auf sie wartete. Denn bei Dahl saßen die Leute bei Kerzenlicht und Petroleumfunzeln in der altmodischen, zugigen Köderhütte, die sie aus der Bucht geborgen und an den Kai geschleppt hatten, und füllten die Bottiche mit den geköderten Angelleinen.
Die Leute hörten von dem Luxus, von dem fließenden warmen Wasser in Simons Betrieb, und sie lauerten auf eine Möglichkeit, sich bei Simon einzuschleichen und den Chef zu wechseln.
So dachten die müden Schädel über den Köderbottichen bei Dahl. So kam der goldene Teufel des Neides in einfältige, arbeitssame Seelen und machte sie weniger geeignet für das Jenseits.
Und so wurde Simon wieder sicher. Er konnte abends mit dem Fahrrad nach Hause fahren und seine Sicherheit wie warme Wolldecken in Rakels Schoß abladen.

17

Das Tröpfeln vom Dach hatte sich aufgehängt. War vereist und stagnierte. Eine kristallklare Formation über der Klotür. Sie spielte ins Grünliche, wenn man sie am frühen Nachmittag sah und das Meereslicht sich darin widerspiegelte.
Tora hob den Blick, und die Augen fingen durch das kleine Guckloch den Eiszapfen über der Tür ein. Der weiße Gardinenfetzen war mit einem gelben Nahtband zur Seite gebunden. Sowohl die Gardine als auch das Band schienen zu verraten, daß es ein schwieriger Winter gewesen war. Die fleckigen Ränder des Bandes hingen schlaff herunter und sahen aus, als ob sie alles in dieser Welt aufgegeben hätten. Aber draußen hing also der Eiszapfen. Glitzernd. Von Licht. Von Farben. Man konnte sehen, daß er ganz uneben war. Daß er anfing, kleiner zu werden. Darin lag eine Hoffnung. Er roch förmlich nach Wärme, obwohl er unweigerlich ein Eiszapfen war.
Die Gardine kam in den Schatten. Sie existierte gleichsam nicht mehr. Im Winter konnte man die Lampe im Hof durch die Gardine hindurch sehen. Alle Flecken blieben im Dämmerlicht verborgen. Aber nun war ihre Glanzzeit vorüber. Nichts sollte so bleiben, wie es gewesen war.

Sol saß auf dem anderen Loch. Sie sprach von der Handelsschule. Es lag zur Zeit etwas Fremdes und Erregendes über Sol. Eine Reife, die Tora sowohl fürchtete als daß sie sich auch nach ihr sehnte. Sie hörte zu, während sie den Eiszapfen da draußen betrachtete. Sie konnte deutlich sehen, daß das Licht ständig intensiver wurde. Es war eine magische Stärke darin. Es verzehrte alles und machte gleichzeitig alles deutlicher.
»Man muß viel tun, aber es ist schön. Viele Alte gehn auch hin.«
Sol war fertig. Sie brachte ihre Kleider in Ordnung und setzte den Deckel auf das Loch. Dann ließ sie sich in der Ecke nieder, als ob es ein gewöhnlicher Küchenstuhl wäre, schnappte sich eine acht Tage alte Zeitung und wartete. Tora hatte plötzlich den Eindruck, daß ihr diese neue Sol ganz fremd geworden war. Vielleicht lag es an der neuen Strickjacke und dem neuen karierten Rock, den sie sonntags trug. Tora wunderte sich, daß Sol sich so feine Sachen kaufte. Es war unnatürlich, daß jemand von Elisifs Dachwohnung in einem Plisseerock heruntergerannt kam.

Aber als sie Sols glühendes Gesicht sah, während sie von der phantastischen HANDELSSCHULE erzählte, gab Tora ganz freiwillig zu, daß sie ein kleinlicher Mensch war, der Sol nicht einmal einen lumpigen Plisseerock gönnte. Sol war ja erwachsen und konfirmiert und kam jeden Samstag zu Tora und Ingrid herunter, um sich umzuziehen und tanzen zu gehen, in direktem Widerspruch zu dem, was Elisif über Erbauung und Selbstzucht anbefahl.

Alles das bedeutete, daß Tora sich damit abfinden mußte, daß Sol vor ihr erwachsen war. Und so sollte es ja auch sein.

Aber man war nun einmal daran gewöhnt, daß oben bei Sol das Geschirr auf zwei Hockern abgewaschen und die Aufgaben am Küchenschrank gemacht wurden. Es gab ein Gesetz in Vaeret: Alles sollte bleiben, wie es war. Plötzliche Veränderungen waren schlecht. Die Leute liebten keine Veränderungen. Tora begriff, daß sie das mit den Inselbewohnern gemeinsam hatte. Sie mochte auch keine Veränderungen, die ihre eigene Situation nur schlimmer machten, als sie war. Sie begriff, daß die Trostlosigkeit und die Hilflosigkeit der anderen eine gewisse Sicherheit für einen selbst bedeuteten. Es machte die eigene Mühsal viel wertvoller, wenn die der Nachbarn größer war.

Und Tora schämte sich über sich selbst, machte sich auch fertig und guckte auf die Zeitungsseiten, die Sol aufgeblättert hatte. Genau wie in alten Tagen.

Die Kälte war nicht zu übersehen. Sie lag in den Ritzen des alten Holzfußbodens. Aber man brauchte nur den Blick hinauf zu dem Guckloch zu heben und den Deckel hinter sich auf das Loch zu werfen. Da war diese Welt nicht mehr sichtbar. So konnte man seine schäbigen Gedanken auch einfach aussperren. Sie hatten nichts mit dem leuchtenden, tropfenden Eiszapfen zu tun. Sie waren nur etwas, was jeder einzelne Mensch sich selbst verzeihen mußte. Vor aller Welt verbergen.

Sol las laut aus der Zeitung vor, daß die Tagescreme »*Tokalon*« eine häßliche Frau im Verlauf weniger Tage schön machen sollte. Der Preis betrug 2 Kronen und 90 Öre für eine große Tube! Sol ließ ein paar Worte darüber fallen, daß Ottar diese Creme führte. Und die Worte kamen sehr vielsagend. Tora wunderte sich. Es war etwas Mystisches über Sol. In gewisser Weise etwas Leeres, sehr Einsames. Aber andererseits war es wie ein Ruf; etwas, worauf sie – Tora – lauschen mußte, ob es auch ihr galt. Sollte sie dem Ruf folgen?

Zwischen den alltäglichen Zuschriften, daß Ostern nicht entscheidend sei für das Ende der Lofotfischerei, und den schroffen Angriffen von Jens Steffensens – dem Abgeordneten im Storting – daß die Leute Ostern als ein Nein zum Fischfang betrachteten – stand eine eingerahmte Notiz:

ANNONCE:

»EWIGE BEGIERDE« von N. T. Lord

Liebesszenen, junge Frau, mehrere Männer.

Casanovas Abenteuer und der Decamerone sind dagegen eine Kinderlektürc.

Nicht nur ein Mann, aber EINE FRAU.

Elegant gebunden, 357 Seiten, 16,00 Kronen zuzüglich 2,00 Kronen Porto.

Tora sah Sol an. Ein schneller, schräger Blick. Wollte sehen, ob sie *sah*.

Und Sol sah.

Tora seufzte. Für ein paar Sekunden hatte sie die Freundin zurückbekommen.

Sol grinste sogar. Tora wurde mutig. Sie zeigte auf die Annonce und den Kupon darunter und sagte so nebenbei:

»Glaubste, daß jemand solche Bücher bestellt?«

»Ja, das ist doch klar.«

»Du... was meinen die... mit DECAMERONE?«

»Weiß ich nicht. Das ist wohl so 'n unanständiges Buch.«

Tora lächelte, ohne den Mund zu verziehen. Es kam ein unendliches, großes Lächeln aus ihr heraus. Es war so voller Lachen, daß sie alles andere vergaß. Den Eiszapfen. Das fieberkranke Sonnenlicht da draußen.

Denn mitten an einem Sonntagvormittag, mitten in dem karierten Plisseerock, mitten in der Handelsschule und allem Geschwätz über Debet und Kredit, mitten in all dem, worüber Sol nicht mehr mit Tora sprach – gab es doch Dinge, über die Sol auch nicht Bescheid wußte.

Und als es mit drei harten, ärgerlichen Schlägen an die Klotür klopfte – da hielten sie sich die Hand vor den Mund und erstickten das Lachen, während sie sich fertig machten.

Gemeinsam schlichen sie sich auf der vereisten, glatten Treppe an der Kopftuch-Johanna vorbei, liefen über den Hof und konnten sich das Lachen kaum verkneifen, bis sie endlich befreit in dem Verandaeingang standen.

Das Licht war so schön an diesem Tag. Es kam kühl und klar und freundlich durch alle Ritzen und Fenster.
Der Traum, von der Insel wegzukommen, wurde breit und mächtig wie der Fluß, der vom Hesthammeren herunterkam und mit gewaltiger Kraft sich in die Bucht ergoß. Breit und herrlich floß er durch alle Moore und durch Wald und Wiesen und Felder.
Aber zuvor gluckerte es und brach auf in den kleinen Bächen oben am Hesthammeren, und es war ein großer Lärm da oben zu hören, wenn man in der Nähe war. Eine unaufhaltsame Kraft. Eine Sturheit, gegen die niemand etwas ausrichten konnte, denn sie floß tagein, tagaus und nahm nie ein Ende.
Das war Toras Traum.
Wenn Sol ihr von der Handelsschule erzählte, bekam Toras Traum viele neue Anregungen. Sie tauchten auf, wenn sie in der Kammer lag und schlafen wollte, sie drängten sich vor, wenn sie aus der Schule oder von Vaeret kam. Sie besaß sie als ein süßes Geheimnis. Immer. Genauso frisch und unberührt wie die wilden Erdbeeren im Sommer. Sie sammelte alle guten Gedanken und hängte sie an einem langen und kräftigen Strohhalm auf. Manchmal gelang es ihr, die Gedanken in Worte zu fassen. Gelang es ihr, sich innerlich zu sagen: »Wenn *er* zurückkommt – bin ich nicht mehr hier.«
Die Gefahr war jetzt aus ihrer Kammer verschwunden. Sie hatte den Bettüberwurf mit nach Hause genommen. Randi hatte ihn ja eigens für Tora gestrickt. Er lag in der Kammer auf dem Bett. Erst hatte sie nicht gewußt, ob sie es wagen sollte. Aber es war eine Möglichkeit, um sie loszuwerden. Die Gefahr. Als sie die Decke über das Bett gebreitet hatte, begriff sie, daß die Decke die furchtbaren Bilder aus dem Raum fortgenommen hatte. Beinahe alles, womit man nicht leben konnte.
Die Decke war immer auf dem Bett. Auch nachts. Ja, nachts schien es besonders wichtig zu sein. Denn am Tage konnte sie am Fenster sitzen und Aufgaben machen und den Raum und das Bett im Rücken haben. Aber nachts mußte sie ja im Bett liegen.
Die Mutter war eines Morgens hereingekommen und hatte gefragt, ob sie friere – weil die Strickdecke obenauf lag. Und Tora wußte nicht recht, was sie sagen sollte. Aber dann hatten die Farben der Decke sie angeglüht, und sie hatte gesagt, wie es war: daß sie die Decke gerne da haben wollte.
Tora hatte das Licht in sich. Sie erwachte zu ihm. Sie sah ihr Gesicht

jeden Morgen überstrahlt. Es war, als ob sie niemals die Ruhe gehabt hätte, es richtig festzuhalten, es zu pflegen, sparsam damit umzugehen – bis jetzt. Das hing damit zusammen, daß die Gefahr so weit weg war. Daß die Dinge gleichsam das Heim hatten, das sie haben sollten. Auch sie hatte es. Zu den Träumen konnte sie sich bekennen, weil sie sie nicht mehr brauchte. Sie konnten ungehindert hervorkommen und sich in der Kammer niederlassen. Sie mußten sich nicht verstekken, bis alles andere nicht mehr zu ertragen war.
Sicherlich sollte sie nicht so denken. Denn die Mutter war nicht sehr glücklich, gewiß nicht. Es war so leer um ihre Augen, immer wieder. Eine seltsame Blässe. Unruhe und Sorge um alles. Tora versuchte sie zu entlasten, wo sie nur konnte. Toras ganzes Leben schien davon abzuhängen, daß die Mutter morgens ohne diese leere Miene aufstand. Aber das kam nicht vor. Und Tora sah, daß die Mutter den Tag am besten bewältigte, wenn keiner etwas sagte oder fragte oder sich über irgend etwas wunderte.

Tora hatte in der Kammer so gründlich geputzt, daß es kein Schnipselchen alten Dreck mehr gab. Trotzdem konnte es passieren, daß sie Schritte hörte. Daß sie schlief und doch wach war. Sie konnte deutlich sehen, wie die Klinke sich bewegte. Und sie wappnete sich und wußte, daß es jetzt kam. Sie lag mit starren Augen und stummem Mund da und wußte!
Erst wenn sie sich daran erinnerte, daß *er* nicht auf der Insel war, wenn sie es ganz sicher wußte, konnte aus ihrem offenen Mund etwas hervorbrechen, das wie Weinen war. Es faßte sie im Magen und an den Schultern und rüttelte und schüttelte sie. Und wenn sie es auch ganz sicher wußte, so mußte sie doch aus dem Bett. Sich in die Strickdecke einwickeln. Spüren, daß sie wärmte wie nichts anderes. Sich auf den kleinen Tisch beim Fenster setzen. Spüren, wie der Schweiß auf ihrem Körper zu einer dünnen, dünnen Haut von Scham erstarrte. Einer Scham, die sie niemals in einer Blechschüssel würde abwaschen können.
Denn Tora nahm zu an Alter und Weisheit und wußte besser als früher, was Scham aus den Menschen machte. Sie sah, daß sie die Menschen voneinander entfernte. Daß die Wärme verschwand. So war es: Die besonders viel Wärme brauchten, hatten die größte Scham zu tragen.
Sie dachte zuweilen, wie es wohl wäre, wenn sie eine andere wäre.

Wenn sie ein Kind vom Pfarrer oder die Tochter vom Dahl wäre. Aber sie hatte die zwei vom Pfarrer und die zwei vom Dahl gesehen. Und sie war sich klar darüber, daß sie *Tora* war. Und das sollte so sein. Das war seit langem so bestimmt. Da gab es keinen anderen Weg. Und sie würde ihre Verwandten in Berlin finden, und es würde aus ihr etwas werden. Ganz bestimmt!

Je mehr sie darüber nachdachte, desto ferner rückte die Gefahr. Und sie konnte vom Tisch herunterklettern. Sie konnte die Welt draußen so sein lassen wie sie war, weil *er* nicht da war. Und der Bettüberwurf glühte wieder mit seinen warmen roten Farben. Sie konnte Mutters leeren Blick aushalten und alles in dem großen Licht sehen, das sich den ganzen Februar über vom Fjord her ausgebreitet und sich eine Höhle bei ihr gegraben hatte. Das war erschreckend. Denn sie wußte nicht, ob ein anderer Mensch auch so empfinden konnte. Sich so unverschämt leicht und frei fühlen, weil irgend etwas ihn losgelassen hatte. *Etwas.* Namenloses.

Und das Unwetter schien ihr die eigentliche Ursache zu sein. Da war der Tod zu ihr gekommen und hatte sie in die Seite geknufft. Sehr unsanft, damit sie wußte, daß er da war und daß sie die kleinen Freuden nicht nutzlos vertun sollte.

Es war an einem solch leuchtenden Tag, als Simon, mit den Armen fuchtelnd und die Stiefel noch an den Füßen, in die Küche hereinkam und Ingrid fragte, ob sie Tora für ein paar Tage entbehren könne, solange Rakel verreist sei. Er brauche jemanden, um die Tiere zu füttern und das Haus in Ordnung zu halten. Am meisten für die Tiere natürlich. Ja, er gab zu, daß er von seiner Frau verwöhnt sei, die alles im Haus erledige. Aber das sei nicht das Schlimmste für ihn. Es sei vor allem wegen der Tiere. Außerdem würde Tora ein bißchen was extra verdienen.

Ingrid meinte, das mit dem Geld sei Unsinn. Tora könne Simon zur Hand gehen ohne Bezahlung. Das habe noch gefehlt!

Aber Simon blinzelte Tora zu und sagte, daß sie die Rechnung unter sich ausmachen würden, ohne Einmischung von außen.

Tora sah ihm trotzdem an, daß er heute nicht froh war. Sie fragte nicht, was mit Rakel los sei. Keiner fragte zu viel auf der Insel. Wenn die Leute wollten, daß man Bescheid wußte – dann sagten sie es von selbst.

Simon sagte nichts.

Ingrid kam ihm so weit entgegen, daß sie fragte, ob Rakel sehr viel zu tun gehabt habe. Sie habe sie längere Zeit nicht mehr gesehen. Simon bejahte es. Rakel habe so viel am Hals gehabt. Und außerdem werde sie von einer seltsamen, langandauernden Müdigkeit geplagt. Sie habe sich nach dem Unwetter bei den Aufräumungsarbeiten verausgabt. Habe sich nicht geschont. Sei Tag und Nacht auf dem Posten gewesen. Das habe sie offensichtlich nicht vertragen. Eine Reaktion bekommen, oder wie er das nun nennen solle. Sei einige Tage liegengeblieben...

Simon hielt den Blick gesenkt. Mehr sagte er nicht. Er hatte es plötzlich eilig, wieder fortzukommen.

»Das ist schön, daß du nach den Tieren sehn willst. Du verstehst, in einer Landwirtschaft muß man jederzeit da sein. Ich weiß nicht, ob ich abends immer rechtzeitig nach Haus komm'. Aber du hast doch keine Angst – wenn du abends allein bist? Angst vor der Dunkelheit?«

Nein, Tora hatte keine Angst vor der Dunkelheit. Nicht in Bekkejordet. Dort war die beste Dunkelheit der Welt für einen Menschen.

Bereits am gleichen Abend steckte Tora ihre Schulbücher und ein paar Kleidungsstücke zum Wechseln in den Ranzen und ging mit raschen, frohen Schritten hinauf nach Bekkejordet. Die Mutter hatte sie gehen lassen. Sie hatte sogar gesagt – das sei selbstverständlich. Alle Schuld wurde von ihr genommen. Sie genoß den Weg und freute sich gleichzeitig darüber, daß sie bald da war. Rakel war bereits weggefahren. Es roch noch nach ihr in der Küche. Tora wußte nicht, nach was es eigentlich roch. Es war einfach Rakels Geruch. Am stärksten roch es in der Küche und im Flur und in dem kleinen Waschraum. Ja, und auch in Simons und Rakels Schlafzimmer...

Kaum vorstellbar, daß sie nun hier über alles regieren sollte. Zeitig aufstehen und in den Stall gehen. So leben, als ob sie nach Bekkejordet gehörte.

Nachdem sie im Stall gewesen war, saß sie mit ihren Aufgaben unter der großen Kugellampe in der Küche und ließ ihre Augen über die weißrot karierte Wachstuchdecke schweifen – da ging ihr schlagartig auf, daß Simon bald nach Hause kam. Daß sie in dem großen weißen Haus mit ihm allein sein würde. Plötzlich war es ihr, als ob sich jede einzelne Pore ihres Körpers öffnete und sich entleerte. Sie war augenblicklich klatschnaß. Fing an zu zittern. Alle Gedanken verschwanden

aus ihrem Kopf. Nur ein klebriges, ekelhaftes Gefühl blieb übrig. Das quälende Gefühl, in eine Falle gegangen zu sein.
Die Gefahr war überall! Auch auf Bekkejordet.

Tora saß fest in einem Trichter. Der war fast bis zu einem Nichts eingeengt. Sie war in der Spitze festgeklemmt. Wußte nicht, wie lange sie am Küchentisch gesessen und den armen Bleistift krampfhaft festgehalten hatte. Vermochte sich nicht zu rühren, als sie hörte, daß Simon sein Fahrrad gegen die Hauswand lehnte und den Vorbau betrat.
Sie starrte in das Buch, ohne etwas zu sehen, während er gutmütig und polternd in die Küche hereinkam und die Hände aneinander schlug und sich umschaute und erklärte, daß er seine Handschuhe verloren habe. Oder verlegt.
Dann sah er den kalten schwarzen Ofen und ging mit ein paar langen Schritten hin, um Feuer zu machen. Er verlor kein Wort darüber, daß sie den Ofen hatte ausgehen lassen.
Tora saß nur da. Aber schließlich faßte sie sich so weit, daß sie aufsehen konnte.
Da geschah es: Sein Gesicht glitt weg. Dort, wo es sein sollte, war nur noch eine große weiße Fläche. Körper und Arme und Kopf flossen vor ihren Augen zusammen. Das einzige, was sie sah, waren die großen Füße, die sich auf dem Küchenboden bewegten.
Als er ihr nahe war und die Füße dicht bei ihrem Stuhl standen, hatte sie das Gefühl, daß sich ihr der Magen umdrehte. Langsam fing sich alles an zu drehen. Der Raum. Sie war so tief in den Trichter gekommen, wie es nur ging – jetzt. Die Decke war die Wand. Die Wände waren Fußboden. Immer schneller. Sie wollte den Kopf auf den Tisch legen – weil sie nicht mehr konnte. Aber es kam anders. Die Welt teilte sich in zwei Welten. Eine dunkle und eine helle. Sie spürte, wie die dunkle sie verschlang.

Sie wachte auf der Couch in der Ecke auf. Simon hatte sich zu ihr heruntergebeugt. Er hatte einen Lappen in der Hand. Er murmelte etwas, was sie nicht hören konnte. Denn sie war nicht in seiner Welt. Sah, daß sein Mund sich bewegte. Sah die Uhr an der Wand. Das Pendel. Hin und her. Das Licht, das auf den Tisch herunterfloß. Eine Lichtsäule. So weiß. So unendlich weiß.
Simon hatte wieder ein Gesicht bekommen. Er hatte ihr einen Auf-

schub gegeben. Wieder nahm die Übelkeit sie mit sich fort. Sie schaffte es nicht mehr. Merkte, daß sie sich übergeben mußte. Aber es war unmöglich, bis zum Ausguß zu kommen. Da richtete Simon sich auf. Sie bekam Abstand zu seinem Gesicht. Er hastete eiligst aus dem Raum. So bekam sie noch einen Aufschub. War am ganzen Körper naß. Schweiß. Sie war gefallen. Er hatte sie hierher getragen! Sie war sehr dankbar, daß sie nichts davon wußte. Nichts! Niemand konnte behaupten, daß sie wußte, was geschehen war, nachdem er sie hierher auf die Couch getragen hatte. Niemand! »Lieber Gott – du weißt, daß ich nichts weiß!?«
Als er sich wieder über sie beugte, standen sie im Ruderboot. Dort hinten loderte der Brand. Es war nur der Ofen! Damit konnte man leben. Aber sie konnte *sehen*, daß sie im Ruderboot standen. Er mußte ihr an Land helfen. Es war nicht die Gefahr. Er mußte...
Und sie fühlte sich plötzlich so müde. Da war etwas mit dem Rochen in der Unglücksnacht. Das Schild. »Petterröes Mischung«. Da war etwas mit dem salzigen Geschmack des Meerwassers. Dem ekelhaften Geschmack des Todes. Wo hatte sie den her? Er glich nichts anderem. Sie hob abwehrend die Hand.
»Tora, biste krank? Liebes – du bist ja ganz außer dir. Haste Angst vor mir? Kennste mich nicht?«
Sie hörte die eindringliche Stimme. Nah an ihrem Ohr. Fühlte seinen Atem. Nah. Und die Verwandlung kam. Unverdient. Es hatte etwas damit zu tun, daß die trockene, warme Hand sich auf ihr Gesicht legte – und sie – Tora – auf die Gefahr wartete. Aber die Gefahr kam nicht. Tora lag, ohne sich zu rühren, und fühlte seine Hand auf ihrem Gesicht. Schließlich streichelte er sie liebevoll und gütig, so wie er eben war.
Es brannte. Im Ofen. Rote, warme Zungen in den Zuglöchern der Ofentür.
Rakels Katze sprang auf die Couch. Sie war geschmeidig und kraftvoll. So lebendig.
Plötzlich sah Tora, daß Simon Augen wie ein kleiner Junge hatte.
Die Gefahr lag nicht darin. Bei Onkel Simon war keine Gefahr. Er war unschuldig.
Dann kam die Scham.
Scham darüber, daß sie Tora war.
Scham darüber, daß sie die Gefahr kannte. Während er – der erwachsene Mann – sie nicht kannte.

18

Es war etwas Eigenes daran, durch die Räume von Bekkejordet zu gehen. Allein. Nicht beschämend oder schlimm. Der Onkel hatte sie ja darum gebeten. Aber sonderbar? Ja!
Hier gab es so viele Dinge. Möbel. Kissen. Regale. Tassen und Gefäße in allen Formen. Nicht nur ein Service sowohl für werktags als auch für sonntags, wie zu Hause. Nein, aller Art Gedecke für verschiedene Gelegenheiten. Und der Schlüssel steckte im Büfett. Tora konnte alles gut sehen. Rührte nichts an. Schaute nur.
Onkel und Tantes Schlafzimmer. Hinter der Küche. Helle, geblümte Tapete. Weiße Gardinen. Richtige Kommode mit Spiegel und Schubladen. Bürste und Kamm und Flaschen darauf. Alles so ganz anders als zu Hause. Die Mutter hatte nur einen einzigen Schrank, in dem sie die Sachen verstaute. Ja, und einen Koffer oben auf dem Schrank. Nichts, was nur zur Zierde dalag. Hatte keine Ketten, die einfach auf dem Tisch liegenbleiben konnten und gut aussahen, ohne daß es unaufgeräumt wirkte. Keine vergoldeten Gläser oder Krüge. Keinen Kommodenspiegel, in dessen Rahmen einige Fotografien steckten.
Tora wußte, daß dies alles zu der Distanz beitrug, die sich fast immer in Mutters Augen zeigte, wenn sie von Tante Rakel und Bekkejordet und von allem dort sprach. Es war, als ob diese Dinge die Tante fremd machten. Trotzdem war es wie ein Märchen, von Zimmer zu Zimmer zu gehen und die Türen aufzumachen und zu sehen und zu bewundern.
Ein Hauch von Luxus begleitete Rakel überall. Das war vielleicht auch einer von den Gründen, warum alle Gesichter sich ihr zuwandten, wenn sie einen Raum betrat. Eine zwanghafte Bewegung, der alle unterworfen waren, ob sie wollten oder nicht. Auch die Mama. Und Tora merkte, daß sie eigentlich nicht wollte.
Über dem Doppelbett von Onkel und Tante lag eine königsblaue Plüschdecke. Sie hatten sie von einem Verwandten von Simon erhalten, der aus Amerika zu Besuch gekommen war. Die Decke wirkte dick und mächtig, wie sie da zurückgeschlagen auf Tante Rakels Bett lag. Tora schlich hin und faßte sie an. Ein fremder Geruch stieg aus dem Stoff auf. Simons Bett war nicht gemacht.
Es war nicht Tante Rakels Geruch. Onkel Simons? Eine seltsame Mischung von Schlaf und Kleidern und Körper. Nicht Rakels süßlicher, schwerer Geruch. Dieser hier stammte von Onkel Simons letzter

Nacht. Von den Stunden, in denen er allein unter der Bettdecke gelegen hatte, bis der große, goldene Wecker so laut klingelte, daß Tora ihn auch oben bei sich gehört hatte. Dann hatte er die Bettdecke beiseite geschoben und hatte die Kleider mit hinaus in die Küche genommen – vielleicht. Tora dachte an Onkel Simons Körper an warmen Sommertagen, wenn er beim Heumachen war. Nur in Levi's – mit bloßem Oberkörper. Und sie sah ihn plötzlich vor sich, wie er die Bettdecke zur Seite schob und sich hinaus in den Tag begab.
Da hatte sie oben in der Dachstube gelegen und ihren schlaftrunkenen Körper gestreckt und sich unendlich dankbar gefühlt, weil Onkel Simons Augen sie am Abend zuvor angesehen hatten – genau so – und genau da. Sie hatte verstanden.
Daß sie sicher sein konnte.
Die Dachstube war das Versteck, das sie brauchte.
Nun war er schon lange in seinen Betrieb gegangen. Sie hatte die Tiere gefüttert. Hatte Tante Rakel vertreten. Aus dieser Erkenntnis wuchs eine einsame, mißgestaltete Freude. Eine grundlose Freude. Die eine große Trauer in sich hatte. Tora beugte sich langsam herunter und strich mit der Hand über die dicke, blaue Amerikadecke. Dann richtete sie sich auf und ging leise aus dem Zimmer. Ohne Onkel Simons Bett zu machen. Es kam ihr plötzlich in den Sinn, daß sie in seinen intimsten Bereich eingebrochen war. Sie war es, die bei ihm eingebrochen war!

Es geschah am gleichen Tag.
Der »Konfirmand« sprach mit ihnen darüber, daß sie nun das letzte Jahr auf der Volksschule waren und daß sie möglichst fleißig sein sollten. Indessen hatte Tora das Gefühl, daß der Vormittag viel zu lange dauerte. Der Nachmittag war noch weit weg. Die Zukunft war etwas, wonach man sich sehnen konnte. Die Sehnsucht war eine warme Decke.
Aber mit dem Lernen gab sie sich die größte Mühe. Denn für Tora war es ein Mittel, um die Oberhand zu gewinnen. Um ihnen überlegen zu sein. Sie konnte dasitzen und warten, bis alle anderen sich ihre unmöglichen Antworten abgerungen hatten. Sie wußte, daß der »Konfirmand« sich dann an sie wenden würde. Und sie gab die Antwort langsam und leise mit gesenktem Kopf. Damit die anderen nur nicht sagen sollten, daß sie sich etwas einbilde. Eigentlich hatte sie aufstehen wollen. Die dicke, nach Schweiß riechende, staubige Luft

einziehen – und dann die richtige Antwort herausschleudern. Direkt in ihre höhnischen Gesichter sehen. Sehen, daß der Ausdruck sich änderte. Sehen, daß ihre Gesichter sich ungläubig verschlossen. Weil Tora Worte kannte, die sie niemals vorher gehört hatten. Sie würde dort stehen und sie ganz unten am Boden sehen.
Trotzdem: es wurde nie etwas daraus. Es würde sich auch nicht lohnen. Draußen vor der Schule war eine andere Welt. Da kam es kaum darauf an, schöne, seltene und kluge Worte zu wissen. Da herrschte eine knallharte Ordnung, schnelle Fäuste und die starke, spöttische Schulter. Sie hochziehen und dann mit einem einzigen kleinen Stoß ein armes Würstchen zu Boden werfen.
Tora senkte den Kopf.
Sie konnte sich keinen Hochmut leisten.
Sie kannte den Preis.
Sie saßen mit ihren Milch- und Saftflaschen da, mit Butterbrotbüchsen und den fettigen Papiertüten. Sie saßen mit ihren Gedanken da. Der »Konfirmand« war in sein Zimmer gegangen.
Ole löste das Ganze aus:
»Ich hab' gehört, die Sol treibt's mit jedem von dem Dahl seinen Tagelöhnern?«
Über derlei stritten sie eigentlich nie, wenn sie aßen. Ole brach mit den Gepflogenheiten. Er bekam auch nicht gleich eine Antwort. Jörgen guckte argwöhnisch. Das struppige, ungepflegte Haar hing in die picklige Stirn. Er schien gar nicht darauf zu hören, was der Wortführer aus Vaeret sagte. Wollte nicht wahrhaben, daß es eine Bemerkung speziell für ihn war.
Aber dann fingen die Mädchen an zu grinsen. Das gab Ole den Mut, Nägel mit Köpfen zu machen.
»Man sagt, daß sie jeden Sonntagmorgen aus der Fischerhütte vom Dahl herausgerannt kommt. Und daß sie den Rock nur locker sitzen hat. Ha, ha, ha!«
Jörgens Kopf wurde allmählich von einem dunklen Rot überzogen. Das Gesicht, der Hals. Die Ohren.
Tora vergaß, daß es gar nicht ihr galt. Er war zu bösartig. Zu unerwartet.
»Und wo ihr so 'ne fromme Mutter habt, was?« hetzte Ole weiter. Er war absolut überlegen. Er hatte ins Schwarze getroffen.
Es kam zu einer Schlägerei. Und der »Konfirmand« erschien. Aber er wurde nicht klug aus der Sache. Keiner wollte mit der Sprache heraus.

Wie konnte man auch so einem dünnen, grauen Männchen von Lehrer etwas so Unanständiges erklären.
Niemand wollte zugeben, daß er solche Worte überhaupt kannte, geschweige denn, daß er wußte, was sie bedeuteten.
»Den Rock nur locker anhaben«.
Nein!
Gunn wurde auf den Krach aufmerksam. Sie hatte es im Gefühl, wenn da oben etwas passierte. Sie war sich klar darüber, daß er, der die Abgangsklasse führen sollte – nicht immer mit ihr fertig wurde. Es waren manche harte Brocken in der Meute. Sie kannte sie. Sie kannte ihre Widerborstigkeit zur Genüge. Sie scheute sich nicht, deren eigene Tricks anzuwenden.
Und diesmal hatte sie Glück. Sie hatte es schon vorher gehört. Das Gerücht. Sie sah Jörgens Rotz und Tränen und das wütende Gesicht. Und sie sah, daß die Nasen bluteten. Und die Dinge rückten auch alle ins richtige Licht, als sie allmählich begriff, daß da zwei Fronten waren. Eine vom Tausendheim und eine von Vaeret.
Sie stellte sich aufs Katheder und blickte in den Klassenraum. Sah jeden eindringlich an. Ließ kein Auge aus, auch wenn sie wußte, daß der Betreffende unschuldig war.
Sie sah Jörgen an – und sie sah Ole an, aber nicht, bevor sie nicht an der Reihe waren. Sie sagte, daß sie das Wort »verrückt« gehört habe, ehe sie hereingekommen sei.
Die Stille im Raum war vollständig. Alle hatten den Blick gesenkt. Jörgen kämpfte verbissen mit den Tränen. Sie brachen immer wieder hervor. Er nahm seine nicht ganz saubere Faust, um die Tränen von der Backe zu wischen. Der Kopf sank immer tiefer auf das Pult herunter. Dann zerbarst sein Gesicht in den Händen, und man hörte einen Laut, der an das unterdrückte Glucksen bei jedem Schritt im Moor erinnerte. Ein kraftloser Laut, der verwässerten Matsch, Bodenlosigkeit und Ohnmacht verriet.
Tora saß steif in ihrer Bank. Sie sah Jörgen. Gunn. Sie sah Ole. Dann glitt der rote, böse Nebel langsam heran. Er explodierte und riß sie hoch. Am schlimmsten war es mit dem Gesicht. Der eine Mundwinkel zitterte so, daß sie die Lippen nicht zusammenhalten konnte. Jörgen weinte laut und deutlich, die ganze Klasse sah und hörte es. Tora dachte nicht daran, daß sie weniger als ein Nichts war. Es kam ihr nicht in den Sinn, daß sie bei der nächsten Runde dran war. Sie stand auf und richtete ihre Worte an Gunn:

»Da hat einer gesagt, daß die Elisif verrückt ist und daß die Sol mit 'nem losen Rock in die Fischerhütte geht. Und das ist gelogen! Gelogen sag' ich!«
Alle Augen waren jetzt auf Tora gerichtet. Sie hatte das Unmögliche ausgesprochen. Sie war ebenso erstaunt wie die anderen und schwieg jäh, während sie auf ihren Platz sank. Sie wartete darauf, daß sie einen Druck verspüren würde und auf den Hof laufen müßte. Aber er kam nicht. Sie spürte nichts. Nur eine Art kalten Triumphes über Ole. Denn sie wußte, daß Gunn ihn um alles in der Welt nicht ungestraft davonkommen lassen würde.
Egal, daß sie, Tora, sich auf Prügel auf dem Schulweg gefaßt machen mußte. Egal. Sie hatte sich schon früher mit Ole geprügelt. Sie empfand plötzlich: Wut. Sie sah Ole an. Schaute und schaute. Damit Gunn nicht im Zweifel sein sollte, wer die Worte gesagt hatte. Er sollte dran glauben. Er sollte in die Knie gehen. Und Tora zog den Mundwinkel so weit hinauf, daß sie es wagte, das Gesicht mit einem schiefen, unschönen Grinsen zu heben. Und sie fühlte eine so herrliche Freude, wie sie sich nicht erinnern konnte, sie jemals zuvor gefühlt zu haben.

Gunn kannte ihre alten Schüler vom vorigen Winter gut genug, um mit ihnen richtig umzugehen. Sie kannte die meisten Irrwege, die sie gegangen waren. Sie wußte, daß einmal die dran waren und einmal jene und daß die Tausendheimkinder eine größere Last zu tragen hatten als die meisten anderen. Und sie kannte zum Teil auch den Grund für Oles bösartige Angriffe. Sie hatte seinen Vater getroffen.
Aber diese letzte Missetat sollte ans Licht kommen. So etwas duldete sie nicht. Über Tora wunderte sie sich allerdings. Das schweigsame, mürrische Mädchen war in diesem Schuljahr mutig und sprachgewandt geworden. Gunn hatte sie schon beinahe aufgegeben – im vergangenen Winter. Trotzdem mochte sie die deutlich schadenfrohe Miene nicht, die Tora aufsetzte. Sie mußte ihnen allen klarmachen, daß es besser war, wenn die Übeltäter sich selbst meldeten. Petzen war eine abscheuliche Untugend. Und Tora war sonst eine von denen, die zuletzt dieser Versuchung erlagen. Sie war nur da. Im Hintergrund. Je bedeutsamer der Vorfall war, desto unsichtbarer. Ihr Verhalten stimmte nicht mit ihrer sonstigen Art überein.
Schließlich gestand Ole. Er ging mit in Gunns »Büro«, ihre kleine Teeküche hinter dem Klassenzimmer. Er kam verweint bald wieder

heraus. Keiner wußte, was vor sich gegangen war. Keiner fragte. Keiner warf mehr mit Dreck. Jörgen war nicht der einzige, der geweint hatte. Das war gut so. Da hatte er das Gesicht nicht ganz verloren.
Und Ole war zahm. Er war so geschockt, daß er am nächsten Tag nicht in die Schule kam. Statt dessen kam sein Vater, und sie konnten hören, daß er die Türen zuknallte und daß er drinnen im »Büro« mit Gunn redete. Und sie konnten den ruhigen, überlegenen, leicht südnorwegischen Dialekt von Gunn durch die Wand hindurch hören, auch wenn der »Konfirmand« sie zwang, gerade in diesem Augenblick ein Lied zu singen. »Leben heißt lieben...« schmetterte er mit seinem spitzen Stadtdialekt, während im Hintergrund der Chor in verschiedenen Tonlagen leise krächzte.
Keiner sang frei heraus. Alle machten lange Ohren. Die Körper beugten sich wie zerzaustes, niedriges Birkengestrüpp nach Südwesten; zu der »Bürowand« hin und lauschten ungeniert. »Leben heißt...« wurde eine unwichtige Angelegenheit, eine gleichgültige Szenerie. Sie taten das, was sie tun mußten, halbherzig, murrend und leise.
Oles Vater schritt über den Schulhof. Er hatte einiges über seinen Sprößling erfahren, was er nicht ohne weiteres hinnahm. Er hatte erfahren, daß man etwas vorsichtig mit dem sein sollte, was man beim Mittagstisch zum besten gab, wenn halbwüchsige Jungen zuhörten. Das wollte er sich, verdammt noch mal, verbeten haben. Aber Gunn meinte, daß es da andere gab, die sich etwas verbitten könnten. Und sie würde von dieser Seite auch nichts dulden. Gunn hatte sich also in Vaeret einen Feind geschaffen. Aber sie nahm es nicht allzu schwer. Und das, obwohl der Feind im Schulausschuß saß.

Tora ging voller Unruhe ihres Weges und wartete auf die Rache aus Vaeret. Aber es passierte nichts. Ole kam zur Schule, und alles war wie vorher. Keiner erwähnte mehr das Geschehen.
Jörgen war mehr gefährdet. Er war auf der Hut, wenn er in der Dunkelheit um eine Ecke kam. Jederzeit auf einen Faustkampf vorbereitet. Nicht nur mit Ole – sondern mit der ganzen verhaßten Bande von Vaeret. Jedesmal, wenn er an ihrem Treffpunkt vorbeischlich – ballte er die Fäuste und ließ sie lose vor den Hosentaschen pendeln.
Elisif lebte in glücklicher Unwissenheit über das Schicksal ihrer Kinder. Torstein auch, was das betraf. Es fielen gelegentlich ein paar Worte zwischen Sol und Jörgen. Und Sol begriff, daß es keinen Wert hatte, den Leuten noch mehr Gelegenheit zu geben, sich zu wundern.

Aber sie warf den Kopf in den Nacken. Sie hatte die Abende in der Handelsschule. Sie saugte Zahlen und Linien und Rubriken wie ein trockener Schwamm in sich auf. Es klappte wunderbar. Die Leiter war keine Bedrohung mehr. Sol sah das alles zusammen als einen Vorhof zu einem besseren Dasein.
Nächsten Winter würde sie fort sein. *Fort!*
Nächsten Winter brauchte sie keinem mehr Rechenschaft zu geben.
Nächsten Winter waren das Tausendheim und Vaeret in einer anderen Welt.
Nächsten Winter gab es keine Leiter und keinen Lagerraum mehr.

An dem Tag, an dem Rakel nach Hause kam, nahm Simon sich die Zeit, sie an der Dampferanlegestelle abzuholen. Er stand an der großen, schweren Tür des Lagerhauses und wartete, während das Schiff anlegte. Es war langsam durch die dunkle Bucht herangeglitten.
Es erschien Simon ganz widernatürlich, daß Rakel in einem Krankenhaus zur Untersuchung gewesen war. Sie! Die immer gesund war. Eine neue und bedrohliche Grenze lag zwischen Rakel und ihm. Etwas war im Begriff, sie zu trennen. Er hatte versucht, es von sich wegzuschieben. Hatte versucht, sich Ingrids Tochter anzunehmen und ihr keine zu große Arbeitslast aufzubürden. War nicht irritiert darüber, daß sie die Arbeit nur halbwegs schaffte. Vermißte Rakel aber ganz schmerzlich. Daß sie mehrere Tage nicht im Hause war, warf eine grenzenlose Leere über alles, was er sich vornahm. Und als Tora am ersten Abend in der Küche bewußtlos wurde, hatte er das Gefühl gehabt, daß die große Hilflosigkeit ihn zu ersticken drohte. Er war nur herumgetappt, ohne zu wissen, was er machen sollte. Und er wußte, daß Rakel mit so etwas im Handumdrehen fertig wurde. Es war, als ob der Herrgott ihn dazu erziehen wollte, daß er auch ohne sie zurechtkam.
Er hatte sie jeden Tag angerufen. Ihre Stimme war wie gewöhnlich gewesen. Er hatte mehr auf die Stimme als auf die Worte gelauscht. Deshalb hatte sie ihre Fragen immer wiederholen müssen, um eine Antwort zu bekommen.
War da nicht etwas sonderbar Fremdes in ihrer Stimme gewesen? Etwas Mutloses? Als ob sie zu einem Kind sprach und nicht zu einem Mann. Eine große Einsamkeit hatte Simon in diesen Tagen befallen. Er fühlte sich richtig erschöpft davon.
Deshalb sprang er wie ein Junge an Bord, um ihren Koffer zu tragen.

Sie berührte nur flüchtig seinen Arm. Eine Bewegung so voller Ohnmacht, daß die Dunkelangst Simon in ihrer ganzen düsteren Breite überfiel.
Sie sagte nicht viel, als sie heimwärts trotteten. Vor allem sprachen sie über das, was mit den Tieren, mit Tora oder den praktischen Dingen zu tun hatte.
Erst als sie beim Abendessen saßen, sah sie ihn durch die gesenkten Augenwimpern an und sagte:
»Ich muß mich vielleicht auf eine Operation gefaßt machen, Simon. Jedenfalls auf eine Behandlung... Es ist was mit dem Unterleib nicht in Ordnung. Sie geben mir noch Bescheid. Dann muß ich fahren, sobald ein Platz frei ist. Ich muß in den Süden, um es gemacht zu kriegen.«
Simon saß vor ihr. Rakel war zu Hause. Er hatte sie jetzt bei sich. Er hatte die Katze und die Ofenwärme und alles. Aber er nahm es nicht richtig wahr, so daß er sich darüber freuen konnte. Denn Rakel sollte ja wieder wegfahren. Weit in den Süden des Landes. Er schluckte den Kaffee herunter und strich ein paar Brotkrümel auf den Boden. Er schlürfte den Kaffee sogar. Und Rakel wies ihn nicht zurecht. Ihre Gesichtszüge waren wie ausgelöscht. Er sah es jetzt. Sie mußte von der Reise sehr müde sein.
»Ich nehm' mir die Zeit und fahr' mit dir, Rakel. Wir sehn es als Ferien an.«
Rakels Gesicht war ein bewegungsloses Bild. Wie aus der Zeitung ausgeschnitten.
»Nein, Simon, das werden keine Ferien. Es kann eine Weile dauern, bis ich wieder heimkomm'.«
»Ja, aber, Rakel, wie soll das denn alles gehn – hier zu Hause? Ich mein' – wie soll ich's ohne dich schaffen? Den Stall und das Essen und all das?«
»Simon...«
»Ja, ich weiß nicht, wie ich das hier schaffen soll!«
»Simon...«
»Du kannst mir glauben, ich versteh' schon, daß es sein muß. Aber daß du so *lange* bleibst. Wie lange denn? Mehr als zwei Wochen, wie?«
»Simon!«
Rakels Gesicht war grau. Sie sagte den Namen des Mannes. Sie rief ihn laut. Sie stellte die Tasse hart auf die Untertasse und beugte sich

über den Tisch, indem sie aufstand und die Haare über das Gesicht fallen ließ. Es war verborgen. Rakel verbarg sich. Wie ein angeschossenes Tier.

Und der Mann sah sie nicht.

Er sah nur die Rakel, an die er glaubte.

Er sah die Rakel, die er so dringend brauchte.

Er sah die Rakel, die er so liebte.

»Ich werd' vielleicht operiert ... Im günstigsten Fall bestrahlt – wegen *Krebs!*«

Es gibt einige Worte, die kann man noch so leise sagen, trotzdem ist es so, als ob sie mit brutaler Kraft herausgerufen würden. Sie haben Angst und unbekannte Faktoren in sich. Sie können das sichere, etwas bekümmerte Gesicht eines Mannes in einer behaglichen, ländlichen Küche so verändern, daß es ein einsames Gesicht im Universum wird. Ständig um unseren Planeten kreisend, ohne Hoffnung, jemals auf die Bahn zu gelangen, die zur Erde zurückführt.

Simon saß da, die Hände zwischen den Knien, und starrte auf Rakels gewaltige Mähne. Er wußte, daß da drinnen irgendwo ihre Augen waren.

»Krebs ...«, flüsterte er.

»Ja, Krebs.«

Die Stimme war ohne Klang. Es war nur Luft, die durch zwei Lippen strich.

»Herrgott!«

»Das ist noch kein Todesurteil. Aber es muß raus. Und du wirst ja wohl verstehn, daß ich's nicht in der Fischfabrik vom Dahl machen lassen kann.«

»Rakel, Rakel ...«

Es kam jämmerlich und beschämt.

Sie hörte den Mann.

Sie sah ihn.

Und sie erinnerte sich an die Tage und Nächte, die sie am liebsten vergessen wollte. Sie erinnerte sich an den Mann in der Webstube nach dem Brand.

Dann erhob sie sich und ging aus der Küche.

Rakel wußte, daß sie *dieses* wohl besser ertragen hätte, wenn sie allein gewesen wäre. Und sie gestand es sich selbst ein.

Simon blieb noch eine Weile sitzen und grämte sich über seine Treulosigkeit. Aber er begriff nicht, daß die Treulosigkeit nicht für ihn selbst am schlimmsten war. Als sie im Bett lagen, da war es Rakel, die die Arme um ihn schlang und Trost für sie beide ins Haus brachte. Sogar im Schlaf war Simon ein ängstlicher kleiner Junge, der nicht verstand, daß jemand ein so häßliches Wort sagen konnte. Krebs. In seinem Hause. Und Rakels Körper wurde ihm in gewisser Weise fremd. Er wollte es sich selbst nicht zugeben. Aber es war, als ob jemand Rakel mit Gift eingeschmiert hätte. Als ob man sie nicht anfassen könnte. Trotzdem überwand er sich und kroch zu ihr. Weil er so verzweifelt allein war. Weil er keine Worte hatte für das, was er empfand.

Weil die Welt zu einem flachen Bild an der Wand geworden war, in dem es sich nicht leben ließ.

Sie waren in jedem Fall zwei Körper.

Die Leute auf der Insel hatten ihre Schwierigkeiten. Die Leute in Vaeret hatten einen Teil davon. Ihre Sorgen mit dem Geld und den Kindern und der Arbeit und dem Haus. Sie leckten ihre Wunden nach dem Orkan und nach der Sturmflut, waren untereinander mißgünstig – und beobachteten genau, ob der Nachbar für seinen Verlust eine Entschädigung erhielt, während sie selbst leer ausgingen. Strichen wie die Katze um den heißen Brei und setzten Bruchstücke von Gesprächen zusammen, um herauszufinden, ob der Nachbar den Schaden vielleicht besser überstand als sie selbst.

Dann kam die Meldung von der »Brenning«. Die Tragödie setzte neue Maßstäbe. Kleinlichkeit und Mißgunst verschwanden. Alle holten das Beste aus sich heraus und gaben zu erkennen, was am wichtigsten war. Das Leben. So einfach. Und so leicht zu vergessen. Sogar für einen Nordnorweger.

Zwölf Mann waren ertrunken. Zwölf Frauen saßen mit erloschenen Augen da und mußten sehen, daß das Leben weiterging. Die Kinder. 21 Kinder! Aber was waren 21 vaterlose Kinder im Vergleich zu einer ganzen Welt voll vaterloser Kinder? Nur diese waren *hier*. Das war der Unterschied. Der Mensch sah, fühlte, identifizierte sich. Und einige von ihnen hatten genügend Verstand, um zuzugeben: Das Leben ist das wichtigste. Und sie schoben die Gedanken an ihre wirtschaftliche Situation und ihren zerstörten Kai beiseite, sie begriffen es als Bagatelle – daß zum Beispiel der Südwest ihr ganzes Heu genommen hatte, als er die Scheune nahm, und sie sahen mit anderen Augen auf das Wort Krebs...

Auf einer windgepeitschten Landzunge stand ein Gedenkstein mit 137 Namen bereits. Nun kamen zwölf dazu.

»Herr, höre mein Gebet, laß meinen Ruf zu dir kommen.« Das stand auf dem Stein. So vertrauensvoll ist der Mensch. So ohnmächtig sucht er Trost für unabänderliche Dinge. So groß ist das Vertrauen des Menschen zu dem Universum. Zu den Mächten. Immer wieder läßt er sich zerreißen, schlagen, dem Erdboden gleichmachen. Immer wieder erhebt er sich aus Asche und Blut und Wellen und läßt die, die noch leben, weiterhin Vertrauen haben: »Herr, höre mein Gebet, laß meinen Ruf zu dir kommen.«

Elisif betete zwei Tage und Nächte für die unerlösten Seelen im Meer. Und sie betete um Brot für die Hinterbliebenen. Sie gab das ganze Geld her, das Sol beim Putzen verdient hatte, als die Sammelliste ins Tausendheim kam. Und sie dachte keinen Augenblick daran, wovon sie leben sollten. Ihre uneigennützige Tat brachte Sol schon dazu, die Stirn zu runzeln. Aber sie sagte nichts. Kein böses Wort. Ging zur Matratze und holte noch ein paar Scheine, die sie dazulegte. Denn im Grunde war Sol die Tochter ihrer Mutter. Nur etwas praktischer und mit beiden Beinen auf dem Boden stehend.

Die Leute im Tausendheim waren nicht die einzigen. Die Menschen begruben für einige Tage ihre Engherzigkeit und ihre Geldgier. Sie gaben. Vielleicht rettete es einigen Spendern das Leben nach diesem Leben. Übrigens rettete es nur ein bißchen von diesem Leben – den Hinterbliebenen der schiffbrüchigen Fischer.

Vor Elisifs ehrlichem Mitleid und vor ihrer Spendefreudigkeit hatte man jedenfalls großen Respekt. Das hatte Auswirkungen bis hinunter nach Vaeret, wo reichlich Geld vorhanden war – das aber um so fester in den Taschen saß oder in den dicken Brieftaschen mit Monogramm darauf. Denn Elisif hatte keine Scheu, den Wohlhabenden zu erzählen, was *sie* von ihrem geringen Einkommen gegeben hatte. Sie machte sogar einen Spaziergang zu Ottars Laden mit der einzigen Absicht, die Leute zum Nachdenken und zum Spenden zu ermahnen. Und sie wies den Pfarrer zurecht, weil es mit dem Einsammeln nicht schnell genug ginge. Und der Pfarrer schämte sich. Denn es stimmte, was Elisif sagte: Witwen und Kinder brauchten auch Essen, nicht nur trostreiche Worte.

Die Männer sprachen über die Ursache des Schiffsunglücks. Da ging es um handfeste Tatsachen, ohne viel Tränen. Tränen waren lebensgefährlich für einen Mann. Da war es besser, darüber zu reden, daß das Beiboot voller Wasser gewesen war, so daß der Kutter kenterte. Ein einziger hatte überlebt, und eine Leiche war gefunden worden. Und sie wußten, die Männer in Ottars Laden – wie nüchtern sie auch darüber redeten, wie tränenlos und mannhaft es auch in dem undurchdringlichen Pfeifenrauch und in den nassen und schmutzigen Arbeitskleidern dargestellt wurde –, daß dennoch der Gedanke, wer beim nächsten Mal dran war, wie ein tiefer Schnitt in ihrer Brust saß. Alle versuchten zu verbergen, daß die Wunde schmerzte.
Schiffbruch hatte es schon früher gegeben. Es würde wieder geschehen. Aber keiner wußte, wen es traf.
»Der Mensch hat keine Macht, den Wind aufzuhalten, und hat keine Macht über den Tag des Todes.«
Elisif las mit großem, wehmütigem Ernst das Buch des Predigers. Die Worte hängten sich schwer und schicksalsschwanger an alles, was im Raum war. Und die Menschen, die sie hörten, nahmen die Worte mit hinaus auf die Wege und hinunter ins Dorf. Keiner konnte diesem Ernst widersprechen oder ihn fortlachen. Wahrheit ist Wahrheit, auch wenn eine »Verrückte« aus dem Tausendheim sie ausspricht.

Der Evangelist, der entlang der Küste gen Norden auf Tournee war, heimste als einziger einen Gewinn von dem grausamen Unglück ein. Er kam mit seinen mahnenden, erlösenden Worten in alle Bethäuser. Erinnerte an die Wahrheit – und war fremd und spannend und neu. Er war nicht die schlampige, alte Elisif aus dem Tausendheim. Hatte geputzte Schuhe, ordentlichen Wintermantel und lächelte wie ein Kind. Predigte vor vollen Häusern. Viele knieten nieder und bezeugten ihre Schlechtigkeit und Not, bevor das Licht des Herrn über sie kam und sie stärkte im Kampf gegen Habsucht, Tanz, Alkohol, Hurerei und andere Sünden. Der Evangelist erschien genau im richtigen Augenblick bei den verängstigten Menschen und füllte einen Leerraum aus. Seine Fahrt war ein nicht endender Triumphzug von Bethaus zu Bethaus draußen auf den Inseln. Der Nachwinter und die Not der Tiere waren leichter zu ertragen, nachdem er dagewesen war.
Die Männer waren etwas skeptisch. Aber es waren gar nicht so viele Männer zu Hause. Und die Frauen gingen mit gebeugtem Rücken und waren allein mit den Sorgen und der Mühsal. Es lag ein langer

Zeitraum zwischen jedem Brief von einem Lofotfischer. Er war nicht gerade schreibfreudig, der Mann.
In diesen trostlosen Alltag kam der Evangelist mit der frohen Botschaft des Herrn, so daß eine arme Frau zusammen mit einer Gruppe von Schwestern unter dasselbe Dach gehen konnte und die Botschaft empfangen. Kaffeeduft und Kuchenglanz, Bekenntnis und der schöne Prediger glitten über das Frauengemüt wie eine große, ewig blühende Blume im dichten Schneetreiben. Was konnte Schlimmes daran sein? Was war wichtiger? Die Kuh, die brüllte und gemolken werden wollte – oder die Erbauung im Herrn? Hatte nicht Jesus zu Martha und Maria gesagt, daß sie sich wegen des Irdischen nicht von Gottes Wort abhalten lassen sollten?

19

Dann kam der Frühling.
Der Wind packte die kleinen Birken. Zerrte traurig an den knorrigen Zweigen. Das zu zeitig geborene Laub zitterte unsicher in dem Tanz.
Die Möwe brütete. Tora schlenderte an den hellen Abenden am Strand entlang und ging nahe an das Nest heran und blickte in die runden, glänzenden Vogelaugen. Fühlte eine jähe Freude darüber, allein zu sein. Etwas zu erleben, was keiner in Worte fassen konnte. Es brachte auch eine Art Verletzlichkeit mit sich – ein gutes Gefühl.
Die Möwe saß im Nest. Wandte Tora den Kopf zu, als sie vorbeiging. *Sah* ihr nach, während das Männchen nervös und warnend über ihrem Kopf schrie. Und Tora drehte sich noch einmal um und hob die Hand.
Diesen Sommer sollte sie konfirmiert werden.
Die Mutter hatte schwer gerechnet. Tora mußte neue Kleider und neue Schuhe haben. Ingrid wollte sich beizeiten über alles im klaren sein, dann konnte sie planen, zuschneiden und in Ruhe nähen.
Für Tora war es eine neue Welt. Daß sie im Mittelpunkt stehen sollte. Daß davon gesprochen wurde, daß sie dieses und jenes haben mußte. Sie war die Hauptperson. Tora und Jörgen. Aber Jörgen hatte nicht so viele, die seinen Eintritt in die Kirche planten. Er mußte einen Anzug und ein Paar Schuhe haben. Und keiner wußte, wie man das aus dem Ärmel schütteln sollte.

Sol begriff allmählich, daß *sie* es machen mußte. Sie mußte unter die Matratze greifen. Sie putzte und lernte. Verschaffte dem Bruder einen Konfirmandenanzug aus derselben Geldquelle, aus der sie auch zu der Sammlung für Witwen und vaterlose Kinder beigesteuert hatte. Sie hatte hart gearbeitet für dieses Geld. Immer härter. Aber sie dachte mit keinem Gedanken daran, daß es falsch wäre, das Geld für jemanden zu verwenden, der es brauchte. Sie war nur ein bißchen beunruhigt, daß das Kapital sich verminderte, das sie mit hinaus in die Welt nehmen wollte.
Sol betrachtete manchmal ihre einzige Schwester Helene. Kindlich und flach, mit einem mürrischen, abwesenden Ausdruck ging das Mädchen umher, ohne für irgend etwas eine Verantwortung zu fühlen. Sol wies sie mitunter zurecht. Aber das führte nur dazu, daß Elisif weinte und es Unfrieden gab. Allmählich wurde Sol von einem schrecklichen Verdacht ergriffen. Daß Helene niemals in der Lage sein würde, Sols Stelle einzunehmen, wenn sie im Herbst fort wollte.
Aber trotzdem studierte sie die Anzeigen. Büroangestellte gesucht.

Der Aufenthalt in dem kalten Lager löste einen verzehrenden Hunger in Sol aus. Ein glühendes Verlangen nach mehr als dem dunklen, unbefriedigenden Papplager. Sie ging nach Hause mit brennendem Unterleib und so randvoll mit einem Geheimnis, daß sie der Mutter nicht in die Augen sehen konnte. Es wurde immer schwieriger, sich bei Mutters ewigem Erlösungsgerede zu beherrschen.
Sol begriff, daß jetzt, da das Geld für die Handelsschule gesichert war, sie nach etwas anderem verlangte. Eine leidenschaftliche Sehnsucht. Sie wollte so brennend gern das Ganze haben, es war nicht genug, daß Ottar sie in dem Lager betastete.

So kam es, daß Sol an einem Samstagabend nach dem Tanz mit einem von den neuen Dahlschen Arbeitern ging. Ging mit ihm in die nach Pech und Tabak stinkende Fischerhütte, wo die Gelegenheitsarbeiter von Dahl zu wohnen pflegten. Er war nicht ganz nüchtern. Nicht ganz sauber. Hatte dunkle, lockige Haare und eine Schnapsfahne. Aber er war zielbewußt und hart. Sol mochte alles, was er tat. Er nannte einen Gummi einen Gummi und eine Möse eine Möse. Das Licht brannte. Kalt und weiß und grell. Und er hatte sie vor sich, Vorderseite zu Vorderseite, Angesicht zu Angesicht, und er suchte nicht

zu verbergen, daß er etwas sabberte, während er sie nahm. Er war jung, hatte seine Niederlagen gehabt und war darauf vorbereitet, weitere Niederlagen zu erleben. Es war ihm scheißegal.
Sol hatte das Gefühl, daß sich ihr eine neue Welt eröffnete. Eine ganz wilde, herrliche Welt mit Licht und Bewegung. Gesicht und Augen spiegelten Genuß und Freude deutlich wider. Kein dunkles Lager aus Pappe, kein niedergeschlagener Blick, kein Jüngstes Gericht. Sünde war es nicht. Sol breitete ihren jungen, gesunden Hunger vor einem fremden, zufälligen Gelegenheitsarbeiter aus, und es gefiel ihr. Sie wußte, daß sie ihn nur für eine Nacht hatte. Und das war ihr recht. Wenn sie sich später trafen, der Dahl-Arbeiter und sie, blinzelten sie sich zu. Nichts hatten sie einander versprochen. Er hieß Sigurd. Die Mädchen sagten, daß er kein Schamgefühl besitze. Da vibrierte es in Sol – und sie fühlte ihn so inbrünstig. Dicht, dicht.
Und vor allem erinnerte sie sich daran, daß er sie gefragt hatte, ob sie es schön finde. Sie hatte ihm ein Ja ins Ohr gejubelt. Da war er ganz und gar hineingeglitten und mit einem gewaltigen Schrei über ihr zusammengefallen. Sol konnte hören, daß er an ihrem Hals wimmerte. Gleich danach setzte er langsam und zielbewußt seine Bewegungen fort, während er herrliche »schlimme Worte« murmelte, wie gut sie sei. Sie war auf einem schwarzen Pferd fortgeritten. Sie hatte nicht gewußt, daß sie so viele Kräfte in sich hatte. Sie stürzte in den Rhythmus hinein und sprengte auf das Ziel los.
Hinterher hatte er sie gefragt, ob sie schon viele Männer vor ihm gehabt habe. Aber Sol lächelte nur.
»Du wirkst so erfahren«, sagte er schelmisch und begrub die Hände wieder zwischen ihren Schenkeln. »Du bist nicht so sparsam und ängstlich wie andere Mädchen, die ich gehabt habe.«
Und Sol ging mehrere Male mit ihm in seine Fischerhütte. Sie nahm die Schuhe mit hinein. Er war immer der gleiche. Man konnte sich auf ihn verlassen. Hatte die gleiche Absicht wie sie. Sie besaßen einander in Schluchzen und Stöhnen unter der grellen, weißen Glühbirne. Sie war ebenso nackt wie Gottes Kinder auf dem nicht ganz sauberen Laken. Aber sie spendete kein schönes Licht mehr.
Die wirkliche Schönheit sehen nur wenige. Das ist schade. Sie strahlt in kleinen Kammern oder in illegalen Ecken. Sie leuchtet auf – und erlischt. Wenige haben das Wunder gesehen. Wenige wollen es zugeben, wenn sie manchmal eine andere Schönheit erleben als die, die anerkannt und erhaben ist.

Die falsche Schönheit hat man dort, wo man es wagt, sie mit warmen, behutsamen Händen aufzunehmen. Die Menschen gehen im Kreis auf der Suche nach Symbolen, während ihr Blut austrocknet und die Haut zu Eis gefriert.

Sigurd tanzte den einen oder anderen Tanz mit Sol. Er kümmerte sich wenig um ihr Zuhause und begleitete sie auch nicht bis zur blinden Glasveranda des Tausendheims. Sol konnte es egal sein. Sie war es gewohnt, allein zu gehen. Es paßte ihr sogar ganz gut, daß sie an Ottars Laden ohne Verehrer vorbeiging.

Sie täuschte alle Welt. Blühte auf. Sie stieg auf die Leiter, sie lag auf der Pappe. Jede Woche legte sie neue Scheine unter die alte Strohmatratze, bevor sie tanzen ging. Sie entfachte das Feuer auf Ottars Lager. Und es wurde gelöscht in der Fischerhütte bei Sigurd.

Elisif betete inbrünstig für ihre Tochter und hatte Angst vor dem lasterhaften Umgang im Jugendhaus. Sie wußte über alles im Leben ein bißchen Bescheid, aber sie hatte allem einen frommen Namen gegeben, so daß die Dinge ihr fremd geworden waren. Sie erwähnte niemals die Fischerhütten. Zu derlei konnte sie sich nicht bekennen. Deshalb sprach sie nur vom Trinken und Rauchen und Tanzen, die Elisif. Selten genug auch mal vom Huren. Und dann nur in Verbindung mit der Bibel, wo die Heerführer keine gefallenen Frauen und Witwen oder Ehrlose – oder Dirnen haben wollten. Aber Sol kannte sich besser aus mit den derzeitigen Heerführern. Und sie sah auf ihre Mutter herunter, denn Elisif pflegte immer zu sitzen.

»Schon gut, Mama, es ist einfach amüsant bei uns«, sagte sie und strich der Mutter über den Kopf und fragte, ob sie nicht ein wenig ruhen wolle. Und Elisif seufzte und sah auf die Uhr und seufzte wieder.

Elisif schlief tief und fest, wenn sie erst einmal eingeschlafen war. Es kam vor, daß Torstein sich umdrehte und auf Sols Schritte lauschte, wenn sie sonntags gegen Morgen nach Hause kam. Aber er forderte keine Rechenschaft von ihr. Er hatte einen gewissen Respekt vor Sol. Sie war immer sehr erwachsen gewesen. Es kam ihm nicht in den Sinn, daß sie nicht über ihre eigenen Nächte verfügen sollte.

20

»Tora Toste? Ich finde dich hier nicht!«

Der Jungpfarrer hob den Blick aus dem Kirchenbuch und sah suchend über die Bankreihen. In den vordersten Bänken saßen Jugendliche. Die Konfirmanden dieses Sommers. Im übrigen war die Kirche leer. Der junge Pfarrer hatte den Vorbereitungsunterricht auf der Insel übernommen, weil der Hauptpfarrer krank geworden war und im Bett lag – und kein anderer frei war, um die Aufgabe zu übernehmen. Aber es entsprach nicht gerade seinen Wünschen – den ganzen Juni über hier auf der Insel zu sitzen.

»Der Name Tora Toste ist in den Kirchenbüchern nicht zu finden«, stellte er fest.

»Hier ist eine Tora. Eine Tora Johansen«, fügte er hinzu. Die scharfe Stimme tönte mächtig unter dem Kirchengewölbe und machte den großen Mann zu einer schlecht gestimmten Orgel.

»Bist du vielleicht diese Tora Johansen?«

Seine Augen fanden Tora, und er nagelte sie mit seinem Blick fest.

»Das ist vielleicht – weil die Mama so hieß – bevor...«

Toras Stimme wurde auf den Boden geschleudert und fuhr erschreckt zwischen die Konfirmandenfüße und schmutzigen Schuhe.

»Und warum nennst du dich dann nicht mit deinem richtigen Namen?«

»Ich hab' mich überhaupt nicht genannt. Ich sag' Tora, nur Tora. Toste sagen andre... Ich hab' geglaubt, es sollte...«

»Es gibt viel zuviele, die sich für jemand anderen ausgeben, als sie sind – die sich einen erdichteten Namen zulegen. Das ist eine Unsitte. Das verwirrt und schafft ein Chaos für uns, die wir uns bemühen, Ordnung zu halten. Ich werde einen Brief in dieser Sache an deinen Vater schreiben.«

»Ihr Vater ist nicht zu Haus«, kam es atemlos von Jörgen.

»Warte, bis du gefragt bist, Junge! – Nun, dann werde ich den Brief eben an deine Mutter schicken«, murmelte der Jungpfarrer und sah Tora sehr bestimmt an.

»Sie heißt Toste, deine Mutter?« fragte er.

»Ja, soviel ich weiß.«

Diese Situation gehörte zu den Dingen, vor denen sie sich *nicht* gefürchtet hatte, weil sie sie einfach nicht vorausgesehen hatte. Die Schande verfolgte sie überallhin. Jetzt war es also *sein Name*.

Tora fand einen Punkt in dem Altarbild, von dem sie sich Hilfe holte. Sie verbarg den Blick in Jesu Auferstehung dort oben und gestand sich ein, daß sie die spitze, harte Stimme des Pfarrers verfluchte. Sie war der Meinung, daß es nicht nötig war, so zu sprechen. Gunn würde es niemals in dieser Weise gemacht haben, sondern sie hätte sie drinnen in ihrem Büro gefragt. Hätte mit einer leisen, guten, menschlichen Stimme gesprochen, die es möglich machte, daß man sie anzusehen wagte, während sie sprach.
»Bist du nicht sicher?« hämmerte er weiter.
»Nein!« schrie Tora, um zu verhindern, daß sie losheulte.
»Warum antwortest du so frech, Mädchen? Weißt du nicht, daß du in des Herrn Haus bist?«
»Der Herr Pfarrer muß nicht glauben, daß ich eine freche Antwort geb', aber die Mama... sie... Sie sollen der Mama keinen Brief schikken wegen des SCHEISSNAMENS! Mir ist's egal, wie ich heiß'! Ich möcht' nur nicht Toste heißen!«
Manchmal ist die Stille das Wichtigste in einem Raum. Wichtiger als alle Worte, die einmal gesagt worden sind. Wichtiger als die Menschen.
Das Gesicht des Pfarrers blähte sich auf, so daß Tora gezwungen war, ihn anzusehen. Es nützte nichts, hoch oben auf die »Auferstehung« zu schauen. Jemand hatte das bleiche, verweichlichte Gesicht des Pfarrers aufgeblasen zu einem weißen Ballon mit schwarzen Zeichen darauf. Nun tat der Ballon die dreizehn Schritte, die er brauchte, um bis zu Toras Bankreihe zu gelangen.
Sie merkte, daß sie pinkeln mußte.
Sorgsam legte sie das Gesangbuch vor sich auf die Ablage. Klammerte beide Hände fest um die Bank. Drückte verzweifelt die Schenkel zusammen. Der Unterkiefer fiel herunter. Der eine Mundwinkel entblößte die Zähne zu einem Grinsen, während der andere allein in der Welt war und zitterte. Es sah nicht schön aus.
»Tora Johansen kann ihre Sachen nehmen und gehen! Sie kann morgen wiederkommen, wenn sie ihre Beherrschung zurückgewonnen hat.«
Seine Stimme war ein Vulkan kurz vor dem Ausbruch, der sich bemühte, unter der Erdkruste zu bleiben.
Die halbe Bankreihe erhob sich, um Tora vorbeizulassen. Diejenigen, die Tora kannten, waren wie gelähmt über den Ausgang der Dinge. Sie konnten sich nicht erinnern, daß Tora irgendwann einmal auch

nur den geringsten Streit mit den Lehrern oder einem anderen Erwachsenen gehabt hatte. Und sie hatten nie gehört, daß sie sich verteidigte. Und nun hatte sie also gesagt: »SCHEISSNAME« – laut in der Kirche!
Es war nicht ausgeschlossen, daß manch einer ihr das gönnte. Mitten in dem Schreck.
Tora spürte, daß das Wasser laufen würde, falls sie sich erhob. Deshalb saß sie wie festgewurzelt. Schenkel und Körper gegen die harte Bank gepreßt. Für sie war das jetzt das Wichtigste. Wichtiger als die Stimme des Pfarrers. Zusammenkneifen und einhalten. Das Zittern im Mundwinkel pflanzte sich über die ganze Kinnpartie fort. Der Pfarrer konnte nicht erkennen, ob es Entsetzen oder Trotz war. Da er bereits genug von der Verstocktheit der Inseljugend mitbekommen hatte – nahm er es für Trotz.
»Geh!«
Der Pfarrer stand schon halbwegs in der Bank, bevor er sich besann. Er war im Begriff, seine Würde zu verlieren. Und er war sich peinlich klar darüber, daß er eine traurige Figur abgab, als er sich rückwärts wieder aus der Bank zurückzog. Es ging außerdem langsam. Er trat unfreiwillig auf junge Füße. Aber es war kein einziger Schmerzenslaut zu hören. Die Luft war geladen.
»Geh!« donnerte der Mann wieder.
Tora schüttelte den Kopf. Schüttelte und schüttelte und hielt sich an der Bank fest. Sie wünschte sich inständig, daß sie ihm hätte sagen können, was los war. Aber das konnte man nicht in der Kirche sagen, so daß alle es hörten. Außerdem bekam sie kein Wort mehr heraus. Es war ein Alptraum. Sie war mitten in einem Alptraum.
Der Pfarrer knarrte einige Schritte vor zum Altar – dann drehte er sich jäh um und sah die Schar mit gerunzelten, dunklen Augenbrauen an.
»Ihr könnt gehen – alle zusammen! Geht!« schrie er.
Erst war es ganz still. Dann polterte es zögernd von 31 Paar Füßen. Schlurfte ungleichmäßig über den Holzfußboden, weil der rote Läufer entfernt worden war, jetzt wo die Kirche wochenlang für Jugendliche zur Verfügung stand. Aber das 32. Paar Schuhe war auf dem Fußboden festgeleimt.
Tora sah die kniende Maria Magdalena – und saß. Maria an Jesu Kreuz. Die dunklen, samtschimmernden Farben flossen ineinander. Wenn die anderen nur jetzt alle gehen würden. Dann klappte es viel-

leicht gerade noch. Das Altarbild flimmerte einen Augenblick da vorne in seiner eigenen Pracht.

Und es klappte. Der Pfarrer hatte die solide Eichentür zur Sakristei zugeschlagen. Die Kirche war leer.

Alle waren verschwunden. Auch der Pfarrer. Irgendwo oben in einem der Kronleuchter wogte es ehrerbietig in einem Spinngewebe. Tora dachte krampfhaft darüber nach, ob da oben über ihrem Kopf eine fette Spinne saß. Saß und wartete?

Tora hatte die Beine wieder zusammengekniffen und sich so weit beruhigt, daß sie es darauf ankommen ließ und die zwei Stufen zum Taufbecken hinaufwankte. Es war nicht daran zu denken, bis auf den Hof zu kommen. Bei jedem Schritt preßte sie systematisch die Schenkel zusammen. Es war wie ein Krampf. Sie tat nun das, was sie tun mußte, ohne nachzudenken. Nahm blitzschnell die Taufschüssel, zog die Hose herunter, hockte sich nieder und ließ es laufen.

Die Sonne explodierte in dem Silber, während der wilde Strahl das Metall traf.

In der Sakristei saß der junge Pfarrer gebeugt über etwas, was die Sonntagspredigt werden sollte. Aber seine Gedanken waren woanders. Bei der mißglückten Begegnung mit den Konfirmanden dieses Jahres. Er gestand seinen Jähzorn vor Gott ein. Er hätte es anders anpacken sollen. Sicher. Er versuchte so verzweifelt, ein würdiger und guter Pfarrer zu sein. Und zog nicht in Betracht, daß die Menschen hier draußen auf den Inseln von einem anderen Schlag waren. Störrischer und schroffer in den Worten. Sie hatten wohl Respekt vor Gottes Dienern – aber sie hatten ein so verhärtetes Gemüt...

Hätte der Pfarrer auf seine eigenen Ohren vertraut, dann hätte er vielleicht das Mädchen in seiner menschlichen Unvollkommenheit im Allerheiligsten der Kirche überrascht. Aber er hatte weder die Phantasie noch die Ohren, um so etwas zu hören. Und das war gut so.

Tora starrte auf die Sakristeitür. Lauschte voller Panik auf Schritte, während sie lautlos die Hose hochzog.

Dann trug sie vorsichtig die glitzernde, volle Schüssel den Mittelgang hinunter. Die Schritte klangen wie das Jüngste Gericht, obwohl sie sich so klein und leicht machte, wie sie nur konnte. Halbwegs unten in der Kirche – fiel ihr ein, daß einige noch draußen sein könnten. Einige, die auf sie warteten – um sie zu verspotten oder zu trösten. Und wenn sie nicht errieten, was sie in der Schüssel hatte, dann glaubten sie am Ende noch, daß Tora das Kirchensilber stehlen wollte!

Nachdem sie einen raschen Blick auf die Fenster geworfen hatte, die bedauerlich weit oben in den Wänden saßen, balancierte sie die kostbare Schüssel mit dem schamlosen Inhalt – auf die Kanzel hinauf. Kam außer Atem und ganz erledigt oben an, obwohl sie sich wie eine Schnecke bewegt hatte.
Sie lauschte. Die Panik grenzte schon fast an Wahnsinn. Aber nein. Alles war still in der Sakristei.
So! Das Klappfenster über der Kanzel aufgemacht! Blitzschnell leerte ihre Hand die Schüssel zu dem bleiverglasten Fenster hinaus.
Das Vogelgezwitscher dort draußen in dem alten Baum verstummte für einen Augenblick. Alles blieb still. Dann war es überstanden.
Sie schloß das Fenster wieder vorsichtig, trocknete die Schüssel mit ihrem Unterrock ab und blieb starr stehen und lauschte.
Hoch oben auf der Kanzel stand sie – bereit, sofort unterzutauchen, falls er kam. Der Pfarrer.
Der Samt an der Kante des Buchstativs war fettig und abgegriffen – das konnte sie deutlich sehen. Die Fransen waren verfilzt und staubig. Sie war noch nie auf einer Kanzel gewesen. Da oben sah sie ganz anders aus als von unten. Hier oben war sie kümmerlich, fettig von den Händen des Pfarrers, und das Holz war auf der Innenseite nicht bemalt.
Tora Johansen stand auf der Kanzel von Vaeret und hatte gerade die Taufschüssel mit ihrem Unterrock abgetrocknet! Noch mehr: Sie hatte in die Schüssel gepinkelt! Die Schüssel war ein Geschenk von den bedeutenden Brüdern Brinch vor langer Zeit! Tora hatte eine Todesangst – und gleichzeitig platzte sie beinahe vor Lachen. Wenn nur Sol hier wäre!
Tora saugte die Atmosphäre da oben in sich ein – hoch über den Bankreihen. Sie empfand eine unbeschreibliche Erleichterung, das losgeworden zu sein, was sie fast zerrissen hätte. Und als sie hörte, daß die Außentür von der Sakristei zugemacht wurde und es auf dem Kies knirschte, da steigerte sich die Erleichterung beinahe bis zur Ekstase. Sie atmete aus und spürte eine grenzenlose Dankbarkeit und Freiheit. Tora Johansen war erlöst und unbeschädigt, trotz dessen, daß sie für einen Tag aus dem Gotteshaus ausgewiesen worden war – zusammen mit allen anderen.
Unterhalb des Rockbundes fühlte sie sich leer und gut. Sie setzte behutsam die Schüssel auf den Boden und faltete die Hände um die Buchstütze, ohne daran zu denken, daß es der Pfarrer genauso

machte. Dann betete sie mit großem Ernst ein Vaterunser. Leise und deutlich. Hielt nach jeder Bitte an und holte tief Luft. Und das Echo antwortete ihr getreulich von allen Seiten.
Den ganzen Tag trug sie das schöne Gefühl mit sich, das Unglaubliche, das Besondere und das Grausame erlebt zu haben. Es machte sie stark und unverwundbar, auch wenn der Pfarrer böse auf sie war. Sie war in den Kirchenbüchern Tora *Johansen*. Elisifs Gott hatte verstanden, daß sie so sehr bedrängt gewesen war, daß sie in der Kirche pinkeln mußte. Sie *wußte*, daß er das verstanden hatte! Er hatte sie von dem Pfarrer erlöst und von den Augen der anderen. Keiner ahnte etwas.

Tora und Jörgen wurden offiziell in den ersten Tagen im Juli als erwachsene Individuen in die norwegische Staatskirche aufgenommen. Und das, obwohl Tora mit dem Namen Johansen in den Kirchenbüchern stand. Tora war darüber nicht traurig. Für sie war es eine Bestätigung, daß es doch noch Mächte in dieser schwierigen, unbegreiflichen Welt gab, die auf ihrer Seite standen. Sie war den Namen Toste los in alle Ewigkeit, Amen.
Wenn auch die guten Mächte ihr beigestanden hatten, was den Namen betraf, so waren es andere Mächte, die das Wetter am Konfirmationstag schickten. Ein stürmischer Wind mit Hagel und Widerwärtigkeit stürzte sich unfreundlich auf die jungen Leute und ihre Anverwandten.
Den Booten, die von den Inseln ringsum gekommen waren und reihenweise am Kai lagen, war ihr Laubschmuck bereits abgerissen worden, ehe er am Mast oder an der Reling festgezurrt werden konnte. Und aus der Wettfahrt war nur wenig geworden, da die meisten genug damit zu tun gehabt hatten, den Kurs zu halten.
Nas-Eldar fuhr mit hochgeklappten Seitenteilen und einer Plane darüber die gluckernden Gruswege entlang und las die Leute auf, die keine Möglichkeit sahen, zu Fuß zur Kirche zu kommen. Manche zogen ihre guten Kleider erst an, wenn sie in die »Kirchenstube« kamen. Aber konfirmiert wurden sie – alle 32.
In Reih und Glied, mit gesenkten Köpfen. Die Jungen sahen wie gerupfte Kormorane aus in ihren dunklen Anzügen mit den langen, mageren Hälsen und den noch unfertigen Gesichtern über den Hemdkragen.
Und der Jungpfarrer hielt eine schöne und unrealistische Predigt über

den breiten und den schmalen Weg. Es war ganz widersinnig, daß die einfachen Leute von den Inseln, die kaum etwas anderes kannten als den eigenen schmalen Grusweg, mit Schneematsch im Winter und Gras und Klee und Pferdeäpfeln im Sommer – eine solche Philosophie verstehen sollten. Sie nahmen diese Art Predigten ebenso unbekümmert hin, wie sie damals in dem ABC-Buch, als sie lesen lernten, an dem Bild von dem »ersten Frühlingszeichen«, einem Leberblümchen, vorbeigeblättert hatten.
So etwas konnte gelten für wen es wollte, aber nicht für die Leute hier.

Tora mußte immer wieder ihren schweren, weißen Rock anfassen. Ingrid hatte sich viel Mühe gegeben. Frau Dahl strich Tora über den Kopf und sagte:
»Nein, du hast aber ein schönes Kleid, kleines Fräulein!«
In dem Wind hatte sich der schimmernde Stoff dicht an den schmächtigen Körper geschmiegt, als sie von Eldars Auto bis zur Kirche ging. Drinnen im Vorraum konnte sie deutlich hören, wie feierlich das Kleid raschelte, wenn es über den groben Läufer schleifte. Tora hatte das Gefühl, einen Panzer aus Schönheit und Unnahbarkeit zu tragen. So daß ihr nichts Schlimmes und Unfreundliches widerfahren konnte. Und während der Prüfung stand sie breitbeinig und sicher unter dem langen, weißen Rock, und ihr gehörte alles, was sie sah. Sie sich selbst nicht minder. Ab und zu ließ sie den Blick über die Kanzel mit der samtgepolsterten Brüstung schweifen. Da konnte sie deutlich spüren, daß alle Dinge hier in der Kirche ihr gut gesonnen waren und sie annahmen. Denn einmal hatte sie das Unmögliche getan, weil sie mußte.
Der Regen peitschte gegen die bleigefaßten Fenster und klatschte das taufrische, junge Laub an das farbige Glas. Und der Gesang stieg und fiel unter dem Gewölbe und unter der Führung des Jungpfarrers.

Rakel stand in einer der vordersten Bankreihen und nahm zusammen mit den anderen den Segen entgegen. Sie lächelte. Und sah Tora an. Im letzten Winter war sie so von ihrer Krankheit in Anspruch genommen worden, daß sie gar nicht gesehen hatte, daß ein junger Schwan mit einer roten Krone in die Familie gekommen war. Es war auch nötig, dachte sie. Sie waren nicht gerade zahlreich. Es gab ihr einen schmerzlichen Stich. Daß sie keine Nachkommen haben würde...

Aber sie lächelte. Rakel war zäh in dieser Hinsicht. Und der Stich, den sie gespürt hatte, rührte vielleicht auch von der Operationsnarbe her.
Sie hatte es herausschneiden lassen, das Übel. Es hatte einiges erfordert, von dem sie das Ende nicht kannte. Der Webstuhl stand dieses Jahr stumm auf der Dachstube.
Aber sie war entschlossen, die Gesundheit zurückzugewinnen.
Dann sollte es mit ihm gehen, wie es wollte, mit ihm, der ein kleiner Junge auf ihrem Schoß geworden war. Sie sah es immer deutlicher. Er konnte sich jäh umdrehen und forschend den Blick auf sie richten. Als ob er Angst hätte, daß sie stehenden Fußes tot vor ihm umfallen würde. Er hatte eine solche Angst, daß er kaum wagte, den Brief mit der Aufforderung zur Kontrolle anzusehen, weil der Name des Krankenhauses auf dem Umschlag stand.
Sie verschonte ihn mit ihrer Angst, die gemessen an seiner dennoch eine Bagatelle war. Rakel ging lieber den Weg zum Tausendheim hinunter. Dort konnte sie seufzen. Ingrid nahm sich ihrer an. Manchmal fiel es Rakel auf, daß Ingrids Rücken gerader und ihre Stimme sicherer wurden, wenn Rakel ihr etwas vorjammerte. Aber sie wischte es weg. Es war gut, jemanden zu haben, bei dem man sich das Schlimmste von der Seele reden konnte.

21

Die Heuhaufen waren in ein paar Tagen trocken wie Zunder.
Simon ging über die Wiesen. Die Sonne brannte auf seine gebräunten Schultern. Der Mund hatte einen weichen Zug. Manche fanden sicher, daß Simons Mund zu schön war für einen Mann. Er hatte sein warmherziges, leicht verletzliches Gemüt offen vor aller Welt auf den Lippen liegen. Simon stammte nicht von der Insel. Er war von anderer Art. Nicht gewohnt, seine Einstellung in einen Eiskasten zu legen, damit sie sich in jeder Art Wetter halten sollte. Simon war alles in den Schoß gefallen, und er lebte so, wie es ihm gerade einfiel – und trotzdem hatte er Schwierigkeiten, jemandem auf den Fuß zu treten.
Rakel war für ein paar Tage weggefahren. Zur »Kontrolle«. Er schauderte schon bei dem Gedanken an das Wort. Es schien ihm eine Ewigkeit, bis sie wieder zu Hause sein würde. Er wußte wohl, daß er dank-

bar sein mußte, weil alles so gutgegangen war. Dennoch stieg ein Grauen von der sonnenverbrannten Erde auf, wenn er nur daran dachte.
Es hatte wenig Hoffnung bestanden, daß Rakel schon im Sommer nach Hause kam. Sie hatte es selbst am Telefon gesagt. Sie hatte nicht einmal gejammert. Das war er, der gejammert hatte. Rakel hatte gesagt, er solle die Schafe aufs Fjell bringen und sich im übrigen nicht zu sehr strapazieren. Sie hatte gemeint, es sei besser für die Laune und den Schlaf, wenn er draußen in der frischen Luft sei und statt dessen Leute für die Schreibarbeit unten im Betrieb einstelle.
Simon – der erwachsene Mann – ging in der Sommerhitze und wischte sich über die Augen und dachte an dies alles.
Er hatte ihren Rat befolgt. War so müde gewesen, daß er abends ins Bett fiel. Wachte in aller Frühe auf, hatte Kopfschmerzen und wenig Lust aufzustehen. Wenn es nicht wegen des großartigen Mädchens gewesen wäre! Sie kochte ihm Kaffee und verwöhnte ihn. Tora hatte viel auf Bekkejordet gearbeitet in diesem Sommer. Schlief in der Dachstube in dem weißen Bett ihrer Großmutter. Die Katze fing auch an, ihr um die Beine zu streichen.
Tora war tüchtig im Haus und stand auch draußen ihren Mann. Aber immer so ruhig. Es müßte mehr Lachen in ihr sein. So wie bei Rakel. Nun ja, es hatte auch für ihn nicht viel zu lachen gegeben in der Zeit, in der Rakel im Radiumhospital gewesen war. Da war es kaum zu verwundern, daß das Mädchen so still einherging.
Aber Rakel war wohlbehalten wieder nach Hause gekommen. Simon hatte sein Leben damit zurückgewonnen. Er schuftete wie ein Pferd, so daß alles vibrierte, was er anfaßte. Und Rakel hielt ihn vorsichtig und gedankenvoll in den Armen.

Simon trug dreißig Heuhaufen nach Hause und merkte erst an den Mücken und an der Sonne, daß es Abend war.
Tora hatte den ganzen Tag gerecht. Es war jetzt Schluß mit der Heuernte. Sie hatte gemeint, wenn der Onkel die Heuhaufen wegtrüge, dann könne sie rechen, so daß sie die letzten Tage ohne Hilfe auskämen.
Tora sehnte sich nach dem Waschbecken in Bekkejordet, als sie Seite an Seite den Hang hinauf zum Haus gingen. Simon zog sie an den Haaren und sagte, daß sie in diesem Sommer Rakels Schafen das Leben gerettet habe.

»Es ist ja nicht für lange. Nur bis ihr Hunger auf Fleisch kriegt«, sagte sie nachdenklich.
Simon sah sie von der Seite an.
»Biste müde?«
»Etwas...«
»Sollen wir uns ins Heu legen und einfach schlafen, schlafen... ich und du?«
Er sah sie mit seinen sonderbaren blauen Augen an und lachte mit offenem Mund.
Mit einem Male war es ihr, als ob sie bei dem Brand wieder in dem kleinen Boot stünde. Und Henrik würde ertrinken, und Onkel Simons Herz hämmerte, so daß sie glaubte, es wäre ihr eigenes, und ihr Herz hämmerte, so daß sie glaubte, es wäre seines. Er war so voller Wärme, der Onkel Simon. Warm und nah. Und die Gefahr gab es bei ihm nicht.
»Ja«, sagte sie schlicht. »Dann brauchen wir uns nicht zu waschen und nicht zu Abend zu essen.«
Simon blieb stehen.
»Unser kleines, seltsames Mädchen... Komm jetzt, dann werden wir zu Abend essen. Und du schläfst auch besser in Großmutters Bett in der Dachstube.«
Aber Simon sah blitzartig, daß Tora kein kleines Mädchen mehr war. Sie dufteten beide nach Kräutern, Heu, Sonne und frisch gemähter Wiese. Der eine spürte des anderen Duft.
Simon lag wach und horchte, ob es da oben still wurde. Dann erinnerte er sich, daß Tora auf der abgemähten Wiese gestanden und der eine Zopf sich gelöst hatte und über ihre Schulter geflutet war. Ihre Formen hatten sich in diesem Sommer etwas gerundet. Sie ging über die Wiesen und durch das Haus und ähnelte Rakel in allem. Aber das Lachen fehlte. Simon begrub sein braunes Gesicht in dem Kissen und sah Rakel lachend in der Küchentür stehen, das rote Haar voller Heu.
Er warf sich herum und faltete die Hände hinter dem Nacken. Starrte in die helle Sommernacht und sehnte sich nach Rakels Haar und Lachen. Er wünschte sie so stark herbei, daß er glaubte, sie zu sehen.

Der Spätsommer lag schwer und schwanger zwischen den Bäumen auf der Pferdekoppel von Bekkejordet. Tora spürte wieder den intensiven Kräuterduft, wie in allen Sommern vorher.

Die Blumen wuchsen hoch zwischen den Steinen am Hang und waren ein Versteck. Es war sozusagen etwas Besonderes an diesem Sommer. Etwas Neues. Es war ein großes Weinen in allem, obwohl alles so sicher und gut war.
Die Gefahr war nicht dort. Und doch war sie da. Irgendwo in der Zukunft war sie. Als etwas, was sie am liebsten von sich weggeschoben hätte, was sich aber trotzdem in die Gedanken vordrängte. Sie hatte eine Frist. Eine kurze Frist vor der Dunkelheit. Noch hatte sie die hellen, langen Sommertage und die weiten, schimmernden Nächte.
Tora holte tief Luft. Es duftete immer noch nach dem trockenen Heu. Es war jetzt eingefahren. Sie hatten in den ersten Tagen ein Pferd geliehen und einen Mann eingestellt. Dann hatte Simon den Rest auf dem Rücken getragen.
Onkel Simon und sie... Der Gedanke durchflutete sie leicht und schön. Daß es ihn gab!
Ihr war ganz feierlich zumute, und das Sonnenlicht flimmerte durch das Birkenlaub und zwischen den großen grünen Farnblättern.
Tora setzte sich neben den Fußweg und wedelte geistesabwesend die Fliegen fort und fühlte sich satt und froh und gleichsam schwebend. Die Schatten und das Licht tanzten. Sie hätte am liebsten etwas gestreichelt. Eine Katze vielleicht. Sie fest an sich gedrückt und mit ihr geflüstert.
Und während sie dort im Sonnengeflimmer saß, fing es ganz leicht an zu regnen. Dicke Tropfen fielen auf sie herab. Ziemlich tief hing da oben eine einzelne weiße Wolke. Genau über der Pferdekoppel.
Seltsam... dachte sie verwundert. Die Tropfen fallen fast nur auf mein Gesicht. Die Wolke ist nur für mich da.
Und das Sonnenlicht und die Wolken tanzten, ohne den Regen zu beachten. Tora spürte, daß es durch die Blusenöffnung rann. Sickerte herunter bis zum Bauch. Den Nacken herunter. Über das Gesicht und die Hände. Nach einer kurzen Zeit tropfte es von den Zöpfen. Da saß das große Mädchen und ließ sich mit Absicht völlig durchweichen.
Das Linienschiff tutete ohnmächtig und heiser draußen in der Bucht, und es fiel Tora ein, daß sie auf dem Heimweg war. Sie erhob sich langsam und streckte die Hände vor sich her, während sie ging. Dann blieb sie plötzlich stehen und spürte, daß es nur auf den Kopf und die Schultern regnete – aber die Sonne wärmte und trocknete die Hände.
Sie machte einen großen Schritt, heraus aus etwas Wunderbarem, Namenlosem, und schlug den Weg hinunter zum Tausendheim ein.

Der salzige, scharfe Ebbegeruch mischte sich bald mit anderen Gerüchen, und alles war beim alten.

Tora hatte immer geglaubt, daß ein Jahr eine Ewigkeit sei. Aber der Sommer nach der Konfirmation war vorübergegangen, und der Herbst neigte sich schon seinem Ende zu, ehe sie sich's versah. Trotzdem gab es einige Dinge, die feststanden. Unverrückbar. Daß sie in gewisser Weise eine andere geworden war. Es war nicht über Nacht geschehen. Nicht plötzlich, so daß man sagen konnte: *Zu dem* Zeitpunkt hatte sich alles verändert. Oder: *Das* hatte alles verändert. Vielleicht hatte es schon begonnen, als sie *ihn* von der Insel wegführten. Von da ab jedenfalls wagte sie, an sich selbst zu denken als *jemand*. Vorher war es nur wichtig gewesen, sich zu verstecken, damit niemand sehen konnte, daß man da war.
So hatte das neue Leben begonnen. Ein Wille, überall reinen Tisch zu machen, alles Alte loszuwerden. Die Mama war näher gekommen. Schritt für Schritt. Hatte ab und zu gelächelt. Sie hatten am Küchentisch gesessen und sich über viele Dinge unterhalten – und Mama hatte gelächelt.
Tante Rakel war oft bei ihnen unten gewesen. Tora verstand ihre Angst, daß sie bei der Operation nicht alles mit herausgenommen hatten von dem Krebs. Rakel sagte »Krebs« mit einer so alltäglichen Stimme, wie andere Grippe sagten, sogar, wo es sich um sie selbst drehte. Das wunderte Tora. Krebs war ein Wort, das die Leute nicht laut aussprachen. Es war zu schrecklich.
Es saß im Bauch. Tora wollte Tante Rakel fragen, wo genau, aber brachte es nicht über sich. Als sie die Mutter fragte, bekam sie nur unbestimmte und ausweichende Antworten.
In der Zeit, als Rakel krank gewesen war, hatten Ingrid und Tora Simon bei den Tieren geholfen. Er hatte so viel mit seinem Geschäft zu tun, daß er es allein nicht schaffte. Tora freute sich immer, wenn sie in Bekkejordet sein konnte. Es war eine eigene Wärme dort. Sie saß in den Wänden, auch wenn die Tante krank und abwesend war. Sie wußten, daß sie wiederkommen würde. Rakel war für Tora der Inbegriff des Lebens. Daß Rakel gefährlich krank sein könnte, kam ihr niemals in den Sinn. Das war ein ganz unmöglicher Gedanke.

Sol blieb zu Hause. Als sie eine Bürostelle in der Stadt gesucht und auch gefunden hatte – und Elisif die Neuigkeit mitteilte –, brach das arme Wesen in Tränen aus. Sie weinte und hielt die Tochter an beiden Händen fest, bis sie vor Ermattung einschlief.

Aus.

Helene war eine lange Latte, die nicht einmal fähig war, für sich selbst zu sorgen. Der Herbst ging wie eine übelriechende Mistfuhre an Sols Sinnen vorbei. Sie war bereits auf dem Weg in die muffige Ohnmacht der Frauen, kaum 17 Jahre alt.

Sie tröstete sich, so gut sie konnte. Sigurd war ein Lichtblick. Dort konnte sie ihr weggeworfenes junges Leben gewissermaßen auferstehen lassen. Aber unmittelbar darauf hieß es wieder Treppe putzen, rotznasige Kinder versorgen und Fischfilets verpacken mit eiskalten Füßen und Händen und geröteten Augen unter dem Neonlicht.

Sie hatte noch den Job bei Ottar. Vergnügte sich damit, ihn gelegentlich zu quälen. Ließ ihn die unglaublichsten Dinge machen, um sie zufriedenzustellen. Manchmal tat sie so, als ob sie nicht wüßte, daß es da etwas gab, was Lager hieß. Ein andermal lachte sie ihn dermaßen aus, daß seine Bewegungen erstarrten und gefroren und der Atem stockte und er nicht fertig wurde.

Sie rächte sich ein wenig an dem allen Dingen innewohnenden Teufelswerk. Ab und zu hatte sie das ungute Gefühl, sich selbst in der Tür zu begegnen. Die Einsamkeit stellte ihr ein Bein, der Alltag zog sie an den Haaren, bis der Unwille wie ein Deckel auf dem Tausendheim lag, wenn sie nach der Putzerei die Hügel heraufkam. Aber an den Samstagen tanzte sie sich von Helenes Kindlichkeit und ihrem eigenen dunklen Geheimnis frei. Und mitunter ließ sie sich wärmen.

Und die Zeit verging.

22

Der Gedanke an Frits tauchte auf wie die kleinen Blumen im Frühling. Tora hatte etwas. Außer dem Traum. Etwas Lebendiges! Irgendwo. Er war im Sommer wenig zu Hause gewesen. Randi und er waren meist in Bodö bei den Großeltern. Tora hatte das ungefähr so empfunden wie barfuß gehen noch spät im Oktober. Und als er endlich kam, war alles ganz anders, als sie geglaubt hatte.

Er war groß geworden und hatte mehr Fleisch auf den Knochen. Solange er in diesen Herbsttagen da war, ging sie zu Randi, sooft sie

konnte. Aber es war etwas Neues zwischen Frits und Tora gekommen. Als ob sie jeder in ihrem Schrein lebten und sich nicht voreinander zu öffnen vermochten. Verlegenheit. Sie waren zu groß geworden, um auf die gleiche Weise zusammenzusein wie früher. Tora kroch nicht mehr auf sein Bett. Es gab jetzt Grenzen für das, was man tun konnte und was man nicht tun konnte. Keiner sprach es aus. Es war einfach so.
Was Randi gesagt hatte – daß er sich immer mehr veränderte, das sah Tora auch. Und sie sah noch ein zweites: Dort, wo er die anderen nicht erreichen konnte – die, die hörten, war er allein. Sie begriff erst jetzt, wie unsagbar allein er sein mußte.
Seine Augen waren auf ihren Rücken gerichtet, wenn sie sich von ihm abwandte, um mit Jörgen oder Rita oder Helene – oder wer es sonst sein mochte, zu reden. Die Augen waren auf ihren Rücken gerichtet und baten: Dreh dich um und erkläre mir, wer sie sind und was sie sagen! Und Tora fühlte sich schuldig, daß sie ihn manchmal übersah, so tat, als ob sie seine Augen in ihrem Rücken nicht spürte.
Oft vermochte sie seine Dankbarkeit nicht zu ertragen, wenn sie ihm eine Zeitlang ihre Aufmerksamkeit schenkte. Die Dankbarkeit war zu nah, zu abstoßend, zu unverdient. Trotzdem ging sie hin. In die neue Wohnung. Da war viel Platz. Die Strickmaschine sang, und das Licht flutete durch die Fenster herein. Der Kakao war immer in lustiger Gesellschaft.
Sie entging dem Schlimmsten, wenn Randi auch da war. Randi wurde ein Bindeglied zwischen Frits, der Taubheit und Toras schlechtem Gewissen.

Eines Abends begleitete Frits sie durch Vaeret und noch ein Stück weiter auf dem Weg. Tora hatte plötzlich den Wunsch, daß niemand sie beide sah. Das war etwas ganz Neues. Er stieß sie zuweilen an. Gutmütig. So wie Onkel Simon das machte. Tora fühlte eine glückliche Wärme dabei.
Und als sie auf die Höhe kamen, wo niemand sie sehen konnte, nahm er ihre Hand, und sie blieben auf dem Weg stehen und lächelten einander an. Alles war schön. Sie *wollte*, daß es schön war. Trotzdem erinnerte sie sich daran, daß Frits sie einmal vor langer Zeit mit der Hand gestreift hatte. Und sie erinnerte sich, daß es am Morgen nach der Nacht, in der alles zerbrach, gewesen war. Nach der Nacht, in der der neue Rock auf dem Stuhl gelegen hatte und alles gesehen...

Und deshalb war Frits vor ihren Augen fortgeschwommen. Fortgeschwommen – einfach fort. Weil sie sich gegen die Gefahr wehren mußte, so gut sie konnte.
Sie hätte es so brennend gern gehabt, daß er sie anfaßte. Und sie hatte es nicht ausgehalten! Es war zu schrecklich gewesen.
Jetzt, wo er nicht mehr in Vaeret lebte, konnte sie mit Zuneigung an ihn denken. Mit Erwartung. Er war keine Bedrohung mehr. Sie konnte ihn mit nach Berlin nehmen. Er paßte so gut in ihren Traum. Immer besser. Und gleichzeitig war er – wirklich und lebendig.

Tora entdeckte, daß die Welt da draußen näher und näher kam, mit jedem Tag. Früher hatte sie zu der Außenwelt weiter als bis Breiland oder Vestbygda oder bis zu den großen Wellen in der Bucht kein Verhältnis gehabt. Alles andere *existierte* wohl. Aber es war so unendlich weit weg. Es gehörte zu dem Gedanken »später« und konnte friedlich da draußen liegen, ohne daß sie sich darum kümmern mußte. Mit dem, was sie in den Büchern und in den Zeitungen las, war es das gleiche. Es befand sich innerhalb eines Traumes, den sie hervorholen konnte, wenn sie wollte. Aber sie brauchte keine *Meinung* zu haben oder sich damit herumzuschlagen, wenn sie etwas anderes vorhatte.
Manchmal bekam die Zeitungswelt dadurch Leben, daß sie jemanden laut lesen hörte. Worte, die eine Stimme von der Insel sprach, wurden in einer ganz anderen Weise wirklich. Sie konnten ihr sogar drohen. Auch wenn sie nichts mit ihr selbst zu tun hatten.
Wenn Rakel vorlas, daß eine freiwillige Brustkrebsuntersuchung in der Provinz gestartet werden sollte, so war das nicht nur etwas, was in der Zeitung stand. Es war ein Teil von Rakel. Ein Teil von Toras Wirklichkeit. Sie wunderte sich darüber, daß Rakel gerade das vorlas.
Eines Tages las Simon vor, daß die Russen Menschen in Budapest und Ungarn aufhängten und daß die Leichen auf den Brücken zur Schau gestellt wurden. Daß sie Bulgarien überfallen hatten und auf dem Weg zur jugoslawischen Grenze waren und daß sie böse auf die Polen waren, die sich weigerten, die Russen zu unterstützen.
»Waren die Russen nicht auf unserer – ich mein', auf Norwegens Seite während des Kriegs?« fragte Tora.
»O ja«, antwortete Simon.
»Aber gab es keine Einigung über ... den Frieden damals?«
»Es gibt sowieso immer wieder Krieg.«
»Aber ...«

»Es ist überall derselbe Irrsinn, wo die Großen zuschlagen. Einen Bissen hier und einen Bissen da. Es sind jedenfalls die kleinen Länder, die am meisten bluten müssen.«
»Ist es nicht nur Deutschland, das will... das den Krieg will?«
Tora wußte nicht, ob sie es wagen sollte zu fragen, aber sie wagte den Absprung.
»Nein. In Deutschland war *ein* verrückter Mann. Der Hitler. Aber es gibt noch mehr Verrückte, die die Welt zerstören wollen.«
»Ja, es ist so, als ob die Männer keine Macht vertragen«, fügte Rakel hinzu.
»Sie benutzen sie nur, um einzuschüchtern und zu töten und Krieg zu führen. Es ist immer dasselbe, das sich zu allen Zeiten wiederholt«, fuhr sie fort und kniff den Mund zusammen.
Simon legte die Zeitung auf den Tisch und sah sie an, dann lächelte er.
»Du magst die Männer heute nicht, wie ich höre?«
»Puh...«
»Glaubste denn, daß es besser wär', wenn die Frauen Krieg führten? Das Land regierten? Für alles die Verantwortung hätten? Wie?«
»Ja!« sagte Rakel bestimmt.
»Und wie willste das erklären? Und beweisen?«
»Das kann ich weder erklären noch beweisen. Ich weiß nur, daß es die Frauen sind, die das Leben in die Welt setzen. Und die Frauen haben die *Verantwortung* dafür, daß die Kinder aufwachsen. Ich glaub', es gibt nur wenig Frauen, die mitansehen können, daß Leben vernichtet wird. Die Frauen mühen sich so ab für das Leben. Die Männer fühlen sich weniger verantwortlich, sobald sie auf die Probe gestellt werden und Verantwortung für das Leben übernehmen sollen. Sie sprengen alles kaputt und spielen nur. Wir Frauen sammeln die Leichen auf, gebären neue Soldaten und machen neue Verbände.«
Rakel wehrte sich, indem sie ihre Argumente mit Überlegenheit vorbrachte.
Simons Gesicht verdunkelte sich. Er wollte sich das verbeten haben. Er sagte ihr deutlich Bescheid, daß er sich das verbeten haben wollte, und sauste zur Tür hinaus.
Tora spürte, daß es mehr als eine Diskussion über den Krieg war. Trotzdem fühlte sie sich unbehaglich, weil sie angefangen hatte. Es war das erste Mal, daß sie einen scharfen Ton in der Küche von Bekkejordet vernommen hatte. Es war etwas hinter den Worten, was sie

nicht verstand. Und sie hatte das Gefühl, daß Simon es auch nicht verstand. Daß er deshalb gegangen war. Weil Rakel zwischen den Worten über Dinge sprach – gegen die er sich nicht verteidigen konnte.
Tora saß da und sah ganz hilflos aus. So hilflos, daß Rakel über das Ganze lachen mußte, sich selbst ein »ruppiges Weib« nannte und Simon zu dem Hackklotz nachging und ihn wieder hereinholte.
Tora sah sie vom Fenster aus und wunderte sich. Später lachte Simon öfter über ihren Streit und sagte, daß er so böse auf Rakel geworden sei, weil sie ihn zum Sündenbock für den Krieg habe machen wollen.
Aber Tora hatte das Gefühl, daß er selbst nicht wußte, warum er so böse geworden war. Es hatte ihn wohl mehr geärgert, daß er sich gegen Rakel nicht verteidigen konnte, als daß er sich über ihre Worte geärgert hatte.
Das brachte Tora dazu, Simon und Rakel als *zwei* Menschen zu sehen. Aber deshalb mochte sie Simon nicht weniger gut leiden.
Es wurde ihr auch klar, daß die Mutter nie ihre Meinung zu dem sagte, was außerhalb ihrer vier Wände geschah. Sie diskutierte nie. Weder Ereignisse noch Menschen. Das schien ihr zu gefährlich zu sein. Die Mutter redete auch nicht über das, was sie in den Zeitungen las. Stritt sich mit keinem. Vielleicht weil ihr die Worte fehlten, genau wie Simon? Weil sie *wußte*, daß ihr die Worte fehlten. Sie hatte sich eine knappe, alltägliche Redeweise angewöhnt. Nicht zu viel, nicht zu wenig. Sie konnte die Leute selten mit Worten aufregen.
Rakel indessen warf den Leuten die Worte an den Kopf. Zwang sie dazu, Stellung zu nehmen zu Dingen, von denen sie gar nicht wußten, daß sie eine Meinung dazu hatten. Sie redete mit Tora, sie redete mit Simon, sie redete mit den Männern im Betrieb und mit den Frauen in der Sanitätsvereinigung in der gleichen eindringlichen Weise. Sie hielt sie alle für ebenbürtig. Zwang sie, ihre – Rakels – Worte in sich aufzunehmen. So war sie.

Tora fand noch mehr in der Zeitung in Bekkejordet. Etwas über »Anne Frank«. Ein jüdisches Mädchen, das sich während des Krieges zusammen mit den Eltern versteckt halten mußte, weil die Deutschen die Juden verfolgten. Sie war fünfzehn, als sie entdeckt und in die Gaskammer geschickt wurden. Sie hatte die ganze Zeit Tagebuch geschrieben. Und sie schrieb zuletzt: »Ich glaube trotzdem, trotz allem, daß die Menschen im Innersten gut sind.«
Tora verspürte einen richtigen Hunger, das Theaterstück zu sehen

oder das Buch über Anne Frank zu lesen. Einen Augenblick vergaß sie sich zu schämen, daß sie Deutsche war. Vielleicht, weil diese Anne so geschrieben hatte, wie sie es in dem Tagebuch getan hatte?
Und dennoch: Tora und Rakel bezweifelten, daß gewisse Menschen im Grunde ihres Herzens gut waren. Während Menschen wie Simon die Fassung verloren und wütend wurden, wenn sie gezwungenermaßen zweifeln mußten.
Simon konnte einfach nicht glauben, daß Henrik den Betrieb angezündet hatte. Aber er hatte ihn doch angezeigt. Und Simon hatte schweigend dagesessen, als Rakel mit ein paar Worten Henrik gegen seine eigenen Taten verteidigte. Tora wußte es. Hatte Rakel das getan, weil sie sehr klar sah, wie schlecht die Menschen zueinander waren, so daß sie auch verstand, wie sehr man ihnen helfen mußte, wie bitter nötig sie es hatten, daß jemand sie verteidigte? Hatte sie es getan, weil sie sich selbst nicht als einen besonders guten Menschen empfand? So daß ihr nichts fremd war?
Tora grübelte. Sie grübelte auch darüber nach, wieviel von ihr deutsch und wieviel von ihr Rakel oder Ingrid war. Gab es da insgesamt auch etwas, was sie selbst war? Was neu war, was nicht in einem Menschen vor ihr gewesen war?
Wieso war sie Tora Johansen und lebte hier auf der Insel? Wieso fühlte sie sich als einen einzigartigen Menschen auf der Erde? Einzigartig? Ohne irgendeine Entsprechung? Warum empfand sie das so, obwohl sie wußte, daß sie nur eine winzig kleine Figur in der großen, weiten Welt war? Und außerhalb der Welt war das Universum. Alles war unendlich und nicht zu begreifen. Es entstand aus sich selbst, entwickelte sich aus sich selbst, starb aus sich selbst – und erstand wieder aufs neue.
Und als ob es nicht schon genug zu ergründen gab, so war der Mensch auch noch frei zu entscheiden, was richtig und was falsch war. Das Böse und das Gute schwirrten in allen Menschen herum.
Und unter denen, die es am schlimmsten hatten, die verfolgt und in ihrem Leben bedroht waren – war eine, die sagen konnte: »Das gibt es. Das Gute gibt es in allen Menschen.«

Aber Tora sah sich selbst, wie sie Henrik an den schwarzen Haaren festhielt. Sie fühlte, daß die Berührung ekelhaft war und ihr die Übelkeit im Halse hochstieg. Sie wußte, wie nahe Henrik am Rande des Todes gewesen war. Und es stand ihr auch ganz deutlich vor Augen,

daß sie ihn nicht über Wasser gehalten hatte, weil sie ein so guter Mensch war. Es war das Entsetzen. Das Entsetzen vor den Tagen und Nächten, die kommen würden. Die Angst, sich aus allen Zusammenhängen herauszulösen. Das hatte ihn gerettet. Daß Tora es nicht schaffte, sich selbst ebenso abscheulich zu begegnen, wie sie zum Teil anderen in der Wirklichkeit begegnet war.
Trotzdem entschloß sie sich, das Buch über Anne Frank in der Bibliothek auszuleihen.
Sie wollte sich zwingen, es zu lesen, auch wenn darin stand, wie tierisch und grausam die Deutschen waren.

23

Sie hörte es deutlich, während sie den Deckel von der Milchkanne abnahm. Die Milchverkäuferin versuchte die Frauen zum Schweigen zu bringen, die hinten in einer Ecke schwatzten. Aber das Unglück war bereits geschehen:
»Ich hab' gehört, daß der Henrik Toste Urlaub vom Gefängnis kriegt und daß er nach Haus kommt.«
Nachher stand sie auf der gefrorenen Straße. Wo die Wagen fuhren, kam der Grus schon zum Vorschein. Vor Weihnachten waren ein paar Schneeflocken gefallen. Dann hatte der Südwest mit ihnen Weihnachten gefeiert. Ordentlich und ohne Gnade, wie er es zu tun pflegte.
Oben auf der Höhe wurde ihr klar, daß sie ohne Milch auf dem Heimweg war, und so lief sie schnell wieder nach Vaeret zurück.
Einige dicke Fliegen hatten in der grauen Bude, die zum Milchverkauf diente, nach dem Sommer noch überlebt. Nun lagen sie als Leichen in der Kugellampe unter der Decke. Tora schluckte eine Menge Spucke hinunter, von der sie gar nicht wußte, daß sie sie hatte, und sagte:
»Zwei Liter.«
Die Fliegenleichen lagen ruhig oben in ihrem Glassarg.
Die Milchverkäuferin sah sie an. Neugierig. Ein grapschender Finger unter Toras Haut. Das Mädchen war doch tatsächlich ohne Milch zur Tür hinausgerannt. Hatte gehört, was gesagt worden war. Die Milchverkäuferin merkte sich die Reaktionen. Es passierte so wenig in Vaeret. Eine Reaktion auf ein Gespräch konnte später zu schönen Minu-

ten führen. Um mit den Kunden darüber zu sprechen: »Der Tora ist das sehr nahegegangen...« könnte sie zu der Doktorsfrau sagen, wenn die kam. »Ja, ich hab' versucht, die Frauen zum Schweigen zu bringen... aber... das Mädchen hat's gehört.« Sie könnte ein ganz mitleidiges Gesicht machen. Sie könnte sich über die Stirn streichen. Sie könnte ein paar Worte darüber fallenlassen, daß sie es nicht verstand, daß Ingrid es mit dem Faulenzer aushielt. Und dann! Würde die ganze Lawine dieses schönen Gesprächs in Gang kommen. Die Frauen würden über den klappernden Milchkannen überkochen vor lauter Meinungen. Die Geschichten würden sich wie ein warmer Umschlag auf die bleichen Winterwangen legen. Es würde schwanken und wogen vor lauter Stimmen unter der blauweißen Decke, wo man noch die Fingerabdrücke rund um die Kugellampe sah, seitdem eine schmutzige Hand die Birne ausgewechselt hatte.
Die Milchverkäuferin *sah* Tora an... Dann räusperte sie sich.
»Der Henrik kommt nach Haus...?«
Tora setzte die Milchkanne vor sich auf den Ladentisch. Der Griff schepperte unnötig laut, und der Deckel wollte nicht abgehen. Sie bekam kein Wort heraus. Sie schob die Kanne unsanft gegen den üppigen Busen auf der anderen Seite. So unsanft, daß es innen in der grauweißen Schürze einen Seufzer gab. Das Geräusch setzte sich in Tora fort als eine kurze, kalte Freude.

Sie hätte am liebsten ihre Fäuste genommen, um alle Worte zu stoppen. Merkte, daß sie aufs Klo mußte. Die Milchverkäuferin trödelte mit dem Milcheinfüllen und sah mürrisch drein.
Tora saß auf dem Ruhestein in der Kurve oberhalb des Tausendheims. Sah die Kammerfenster von hier aus nicht. Sie wurde langsam so kalt, daß sie keine Angst zu haben brauchte, daß die Mutter sich wunderte, wenn sie so stark zitterte. Sie blieb eine Weile mit den Händen im Schoß sitzen. Jetzt zitterte der ganze Körper, und die Zähne klapperten ein einsames, ängstliches Geräusch. Sie hatte das Gefühl, sich selbst von außen zu sehen. Sie saß auf dem Stein neben sich selbst und legte tröstend die eine Hand auf die andere. Na ja.
War etwas Besonderes mit dem heutigen Tag? Er war voll schweren Rauchs. Eine nebelhafte, unwirkliche Bewegung in allen Dingen. Die Wolken, die Bäume – ja sogar die Häuser hatten eine widerwillige Bewegung in sich. Einen drohenden Protest gegen etwas, von dem nur sie wußte, was es war.

Rauhfrost. Heraufziehend vom Meer. Es rauschte mächtig in großen Wellen dort draußen. Sie konnte die Wellen nicht sehen. Aber sie rollten ihre endlose, gewaltige Kraft in ihr Ohr hinein. Es war nicht so bedrohlich, wenn sie sich sagte, daß es nur Rauhfrost und Meereswellen waren. Daß es nur Kälte war.
Trotzdem blieb sie sitzen. Die Gerüste fielen brennend über ihr zusammen, die Tür wippte auf und nieder. Sein Gesicht, das sich mit großer Geschwindigkeit in einem Trichter drehte, kam auf sie zu. Auf sie zu! Und Tora beugte sich vornüber und faltete die Hände zwischen den Knien und sagte Gebete, die sie nie gelernt hatte. Und die für den lieben Gott viel zu häßlich waren, weil sie zur Wirklichkeit gehörten. Sie zwang die Worte aus sich heraus. Brauchte sie als ein magisches Geräusch gegen ihr hämmerndes Herz.
Allmählich gab sich das Rauschen. Die Landschaft stand still. Der Rauhfrost war nur die Kälte, die vom Meer kam. Zum Schluß hatte sie *ihn* ganz herausgezwungen. Abstand gewonnen. Als sie zu Hause die Hand auf die Türklinke legte – und das hauswarme Messing an der Haut fühlte, hatte sie einen Plan. Es war etwas, was sie tun mußte. Es graute ihr davor.

Die Mutter saß an der Nähmaschine und sah mit einem kleinen Lächeln auf und nickte. Die Behaglichkeit im Raum, der Lichtschimmer aus den offenen Schlitzen der Ofentür und das Licht über dem Tisch, der Stoff in Mutters Händen – das alles machte es ihr schwer, ihr Vorhaben auszuführen. Trotzdem ging sie zur Mutter hin, ohne ihren Mantel auszuziehen. Sie lehnte sich über den Tisch, beide Hände auf die Tischplatte gestützt. Es war seltsam, so zu stehen und in Mutters verlegene Augen zu schauen. Sie schienen zu ahnen, was jetzt kam. Ein weicher Strich zeichnete sich langsam an jedem Mundwinkel ab. Ein entschuldigendes Lächeln. Eine unbeholfene, unmerkliche Bewegung.
»Ich hab' beim Milchverkauf gehört, daß du den Henrik zu Haus erwartest.«
Ingrid ließ den Stoff mitsamt den Händen in den Schoß sinken. Sie schien gar nicht mehr zu wissen, daß sie den Stoff in den Händen hielt. Die Gesichtszüge verloren allmählich jeden Ausdruck. Eine leere weiße Fläche, umkränzt von dem schönen dunklen Haar.
»Ja, es ist wahr. Ich glaub', ich hab' vergessen, es zu erwähnen...«, sagte sie langsam, während sie nach den richtigen Worten suchte.

»Vergessen?«
Tora beugte sich ganz dicht zu Ingrids Gesicht. Der eine Mundwinkel war zu einem Grinsen hochgezogen. Ingrid sah erschrocken zu ihr auf.
»Ja, vergessen!«
Tora sah Tante Rakel vor sich. Sie hörte *ihre* Stimme, als sie herausschrie:
»Wenn du dich nur einmal daran erinnern würdest, daß ich auch noch da bin, jedenfalls so viel, daß du mir das sagst, was ich unbedingt wissen muß. Hab' ich nicht recht?«
»Was ist denn so schlimm daran, daß der Henrik heimkommt?«
»Ich hab's nicht gewußt. Nicht, bis ich's in Vaeret gehört hab'. Mama, verstehste das nicht?«
Ingrid erhob sich. Stand ratlos mit dem großgeblümten Stoff auf den Füßen da. Es war Frau Dahls neues Abendkleid, das hier eine so unfreundliche Behandlung erfuhr, ohne daß jemand darauf achtete.
»Ich hab's vergessen, hörst du. Du kannst nicht so mit mir reden, Tora! Das paßt gar nicht zu dir. Es ist nicht unsere Art, so miteinander zu reden.«
Ingrid gewann eine gewisse Würde zurück. Sah Tora streng an und hob das halbfertige Kleid auf.
»So was vergißt man nicht, Mama!« sagte Tora leise und mit vorgestrecktem Kopf. Es klang in Ingrids Ohren wie eine Warnung.
»Man *vergißt* so was einfach nicht«, wiederholte Tora mit einer Sturheit, die beinahe schon an Frechheit grenzte.
Ingrid sah die Tochter an. Als ob sie sie zum ersten Mal sähe. Sie war im letzten Jahr nicht viel gewachsen. Aber der Körper hatte sich verändert. War mehr entwickelt. Das Gesicht war verschlossen. Die große Nase hatte sich mehr in die Gesichtszüge eingefügt und wirkte harmonischer als früher. Aber Tora hatte schon immer dieses Mürrische, Frühreife an sich gehabt – wie Ingrid sich erinnern konnte. Und die Nase hatte ihr ganzes Gesicht spitz gemacht. Hatte den kantigen, mageren Körper noch betont. Jetzt sah Ingrid, daß alles sich zu Toras Vorteil ausgeglichen hatte. Das Mädchen war im Begriff, erwachsen zu werden, ohne daß Ingrid es gemerkt hatte. Sie versuchte eine gewisse Scham zu überwinden, daß sie Tora unterschätzt hatte. Daß sie an ihr vorbeigegangen war, anstatt, wie es richtig gewesen wäre, sie einzuweihen.
Sie richtete sich auf und legte die rechte Hand auf den Rücken, um ihn

zu stützen. Eine Bewegung, die sie unbewußt machte, die aber Tora erkennen ließ, daß die Mutter wieder Rückenschmerzen hatte.
»Nein, man vergißt es vielleicht nicht...«, sagte Ingrid leise.
Tora hatte nicht erwartet, daß die Mutter das zugeben würde. Sie wurde unsicher. Wartete darauf, was nun geschehen würde. Aber es geschah nichts. Tora begriff, daß ihr die Aufgabe zufiel, das zu sagen, was gesagt werden mußte. Trotzdem war sie erleichtert, daß sie so gehandelt hatte, wie sie es sich auferlegt hatte, als sie draußen im Flur stand, die Türklinke in der Hand.
Sie hatte Mitleid mit der Mutter. Ein abscheuliches Gefühl. Jedesmal, wenn sie irgendwelche Dinge über die Mutter hörte oder sie in Situationen sah, in denen sie ihr leid tat, verlor sie ein Stück ihrer selbst.
»Ist es *so*, daß wir uns beide davor fürchten, daß er zurückkommt?«
Tora sah der Mutter in die Augen. Zwang sie, Tora anzusehen.
»Ich weiß nicht«, antwortete Ingrid müde. Sie sank auf den Stuhl vor der Nähmaschine, legte den Kopf in die Hände und versteckte sich.
»*Muß* er kommen?«
»Es ist doch sein Zuhause.«
»Willste ihn denn haben, Mama?«
Es wurde so nackt zwischen ihnen. Unerträglich nackt. Tora hatte das Gefühl, ihrer Mutter die Haut abzureißen. Aber es war nötig. Sie ertrug es nicht mehr, noch länger auf diese Weise allein zu sein. War sich klar darüber, daß sie sich schon seit geraumer Zeit eine Gelegenheit gewünscht hatte, die Mutter zu zwingen, ihr wahres Gesicht zu zeigen. Zu *sehen*, ein Zeichen zu geben, daß sie Tora gesehen hatte. Aber es war so erschreckend. Niemand wußte, wie es hinterher werden würde. Morgen. Alle mußten daran denken, daß das, was sie heute taten, den morgigen Tag gestaltete.
»Ich muß. Er ist mein Mann. Dies ist sein Heim. Unser Heim. Wir machen alle schlimme Fehler... Wir brauchen alle einen Ort...«
Die Worte kamen leise und bestimmt, als ob sie sie im voraus genau überlegt hätte. Tora erkannte, daß die Mutter den Prozeß gegen Henrik auch gegen sich selbst geführt hatte, schon vor langer Zeit. Und sie sah ein, daß Henrik gewonnen hatte und daß sie – Tora – hier keinen Platz mehr hatte.
Es zerbrach etwas in ihr. Sie hatte der Mutter ihren Haß gezeigt. Haß? Fühlte sie Haß? Ja, ja! Der Haß war größer als die Furcht. Jetzt, da sie wußte, wie alles war, wenn er fort war. Jetzt, da er sie wieder bedrohte.

»Ich will ihn nicht hier haben!«
»Das kannste doch nicht im Ernst meinen, Tora.«
»Es ist genau das, was ich meine.«
»Das darfste ihn nie merken lassen, wenn er kommt.«
»Denn dann schlägt er uns – oder läßt sich vollaufen?«
Tora fauchte. Es hörte sich so an, als ob sie die Mutter beschuldigte.
»Henrik hat sich geändert. Sie haben ihn in den höchsten Tönen gelobt, wie gut er sich aufführt ... dort.«
Ingrid brachte es nicht über sich, das Wort Gefängnis auszusprechen.
»Ich will nicht hier sein, wenn er kommt! Hörst du, Mama! Ich will nicht.«
»Liebe Tora, wir müssen ihn aufnehmen, wenn er kommt, er braucht uns.«
Ingrid sah ihre Tochter entsetzt an. Tora führte sich unglaublich auf. Sie war ganz anders als sonst.
»Wir müssen uns wegen Henrik nicht schämen. Wir werden ihm helfen«, sagte sie ruhig und fest.
»Ich will nicht, daß er kommt. Ich will ihm nicht helfen! Hörst du, Mama? Und du schämst dich doch selbst! Glaubste, ich hab' das nicht gesehn? Wie du dich schämst, wenn er voll ist. Wie du Angst hast, daß er dich schlägt und beschimpft. Du... du... Ich hab' auch Angst!«
Tora fühlte, daß nun alles zusammenkam. Daß sie sagen müßte, warum sie solche Angst hatte. Sie müßte auf Mamas Schoß kriechen und alles sagen. Alles! Aber das war unmöglich. Das schaffte sie nicht.
Sie sank zu Boden, dort wo sie stand. Wie ein Ball aus verschiedenem Stoff. Ein gebrauchter, verblichener Stoffball.
Ingrid hörte eine Art Heulen. Mehr ein Aufbegehren als ein Weinen. Sie setzte sich neben das Mädchen auf den Boden. Die Hände strichen mechanisch über die struppigen Zöpfe, während sie eine ganz gewöhnliche Erleichterung empfand, daß Tora weinte.
Das Mädchen war nicht mehr furchterregend. Tora stand nicht mehr am Tischende über ihr und beherrschte sie nicht mehr. Das hier konnte Ingrid in Ordnung bringen. Mit einem Mädchen, das am Boden lag und weinte, hatte die Welt eine lange Erfahrung. Durch alle Generationen. Derlei hatte Ingrid wortlos überliefert bekommen.

Eisblumen auf den miserablen Fenstern im Klassenzimmer. Almar heizte bereits ab sechs Uhr morgens, aber es war nicht mehr als ein bißchen angewärmt, wenn die Kinder um neun Uhr kamen. Tora wußte nie, ob es an der Kälte lag oder nur an ihren eiskalten Gedanken, daß die Füße immer wie abgestorben waren.
Sie zwang sich in die Bücher hinein. Schloß sozusagen die Buchdeckel um sich. Versteckte sich vor allen und allem.
Die Eiterbeule, die Tora am Küchentisch aufgestochen hatte, als sie der Mutter sagte, daß sie *ihn* nicht zu Hause haben wollte, schmerzte noch. Es war nicht alles herausgekommen. Tora wußte, daß es viele Worte gab, die nie ausgesprochen werden konnten. Nie. Denn da würde die Zeit stehenbleiben und alle Dinge würden zerschlagen werden.
Daran dachte sie manchmal mehr als an das, woran sie denken sollte, wenn sie vor dem Katheder beim »Konfirmanden« saß. Aber sie hielt immer die Augen auf ihn gerichtet. Keiner konnte ahnen, daß ihre Gedanken nur sie selbst betrafen.
Seit Sol erwachsen und sehr beschäftigt war, hatte Tora niemanden mehr. Es fiel ihr auf, daß von allen Menschen, die in Vaeret oder auf der Insel herumliefen, kein einziger für sie da war. Tante Rakel war seit der Operation und der Zeit, die sie im Krankenhaus verbracht hatte, so sonderbar fern. Es kam vor, daß Tora ohne besonderen Auftrag nach Bekkejordet ging. Sie mußte einfach nachsehen, ob die Küche noch genauso war wie früher. Ob die Gerüche noch die gleichen waren.
Manchmal dachte sie an Berlin. Daran, daß sie einmal dorthin kommen würde. Aber sie glaubte nicht mehr daran, daß es ganz automatisch geschehen würde. Sie wußte, daß es zu den Dingen gehörte, die man selbst in die Hand nehmen mußte. In gewisser Weise hatte sie noch ein kindliches Vertrauen zu Tante Rakel, daß sie es schon arrangieren würde, daß Tora nach Berlin kam. Aber gleichzeitig wußte sie, daß es der Teil ihrer selbst war, von dem sie sich freimachen mußte. Er paßte nicht zu ihrem erwachsenen Körper. Sie konnte nicht erwarten, daß Tante Rakel lachte und sich ein paarmal umdrehte – und Tora war in Berlin bei der Großmutter. Das entsprach der Wirklichkeit nicht.
Sie mußte die schönen Stunden sammeln, so lange sie sie hatte. Denn sie wußte, daß sie einmal großen Hunger nach solchen Stunden haben würde.

Der Knoten im Magen war verschwunden gewesen – lange. Sie hatte geglaubt, daß er niemals wiederkommen würde. Aber nun war er wieder da, steinhart und qualvoll.
Wenn die Bücher nicht so waren, wie sie sie haben wollte, dann konnte sie ganz still in der Dunkelheit in ihrem Bett liegen und sie in ihren Gedanken umformen. Sie konnte das so gründlich machen, daß sie zum Schluß nicht mehr genau wußte, was sie gelesen und was sie sich ausgedacht hatte.
So war es im Leben nicht. So war es nicht, wenn man Tora war.
Er würde kommen. Es war großartig von der Mama gewesen, daß sie es so gut aufgenommen hatte, als Tora ihr sagte, daß sie ihn nicht haben wolle. Tora begriff nicht, daß die Mutter ihr keine Ohrfeige gegeben hatte. Sie hatte die Mutter wohl zu plötzlich überfallen. Sie fühlte einen ungewohnten Trotz mitten in allem: daß sie *gesagt* hatte, daß sie ihn nicht haben wollte!
Sie wappnete sich und versuchte sich auszurechnen, ob die Aussicht bestand, daß die Mutter zur Abendschicht mußte, wenn *er* zu Hause war. Sie plante schon, was sie unternehmen könnte, um gegebenenfalls das Weite zu suchen.
Sie wollte nie mehr durch das hindurch!
Sie suchte sich gute Gedanken. Wärmte sich an dem Besten, das sie kannte: die Geborgenheit in Bekkejordet. Der schwache Geruch nach den Haustieren im Vorbau. Der beruhigende, gute Duft nach Essen – gebratenem Fleisch im ganzen Haus. Der Weihrauch auf dem Ofen. Rakels anschmiegsame Katze. Rakels Lachen über dem Tisch. Simon ...
Bekkejordet veränderte alle, die dorthin kamen. Ihre Gesichtszüge wurden ganz weich. Ungeachtet dessen, wer sie waren oder was sie zu erledigen hatten. Sie waren dem guten Gesetz der Verwandlung unterworfen. Mitten in allem, was abscheulich in dieser Welt war, standen die weißen Hauswände und nahmen auch noch den letzten guten Gedanken weit draußen im Meer in ihre Obhut. War es nicht so? Tora wußte es nicht. Sie wußte nur, daß sie sich brennend nach Bekkejordet wünschte – für immer. Die Wärme. Die Geräusche.
Treppen, die von Güte und von weichen Socken knarrten. Licht, das friedlich brannte, um das Lächeln, das Lachen zu offenbaren. Die weiße Tischdecke, die man beschmutzen konnte. Die gastfreundliche Torfkiste, wenn die anderen mittags schliefen. Mit dem Buch. Im Schein einer Lampe über dem Ofen.

Aber Tora machte diesen hoffnungslosen Traum dem Erdboden gleich. Daran durfte sie nicht denken. Sie hatte noch einiges zu lernen. Denn sie würden am nächsten Tag in Erdkunde geprüft. Tora mußte die besten Noten haben. Sie sollte nach Breiland auf die Realschule. Das hatte Simon gesagt. Im Sommer bei der Heuernte. Er hatte gesagt, daß sie in jedem Fall auf die Schule sollte, auch wenn er sterben würde. Aber Simon starb nicht, dachte sie zuversichtlich. Onkel Simon war der lebendigste Mensch – nach Tante Rakel.
Es gab nur eines, woran sie zu denken hatte: die Zukunft. Alles andere mußte seinen Weg gehen. Und wenn *er* plötzlich nach Hause kam, dann mußte sie sich eben damit abfinden.

Tora bekam gute Noten. Immer.
Und Ingrid warf einen Blick darauf. Lobte Tora geistesabwesend – sanft. Als ob Tora zu einem falschen Zeitpunkt gekommen wäre, um ihr die Noten zu zeigen, ohne daß Ingrid deshalb böse wurde. Das machte Tora auf der Stelle zu einem kleinen, vom Meer verzauberten Stein.
Sie sah die Mutter von der Seite an. Plötzlich sah sie, daß sie genauso vergrämt aussah wie in früheren Zeiten. Bevor *er* fort war.
Ingrids Backenknochen traten bläulich aus dem Gesicht hervor, und die Sehnen am Hals waren stramm und mager unter der weißen Haut.
Tora hätte sich am liebsten versteckt. Alles würde wieder werden wie vorher. *Er* war bereits ins Tausendheim zurückgekehrt. Sie fühlte schon seinen Atem über sich. Den heftigen Atem. Sie wußte, daß seine Kleider bereits auf einem Haufen im Flur lagen.
Sie riß Ingrid den Prüfungsbogen aus der Hand und stürmte in ihre Kammer. Hörte Mutters Stimme. Bittend. Aber es galt gar nicht ihr. Es galt *ihm*. Die Mutter würde immer um Gnade für *ihn* bitten.
Tora knüllte den Bogen in der Hand zusammen und zerrte sich die Kleider vom Leib. Es war ja Abend.
Die Mutter schaute zur Tür herein.
»Warum biste so ungestüm?« Die Stimme hatte den alten, wehleidigen Ton. Es war nicht auszuhalten.
»Ich bin nicht ungestüm. Es war nur, weil du das gar nicht angesehen hast, was ich dir gezeigt hab'.«
»Tora!« Ingrids Stimme wurde scharf. So wie seinerzeit, als Tora noch klein war.

Aber diese Stimme war jetzt ungültig. Tora merkte, daß sie keine Angst mehr davor hatte. Sie hatte sicher nie Angst davor gehabt. Eher Mitleid. Deshalb hatte sie sich danach gerichtet. Sie wußte, daß die Mutter ihrerseits eine andere Stimme immer fürchtete. Sie benutzte die böse Stimme gegen Tora nur, weil sie auch Angst hatte.
Tora spürte einen starken Widerwillen. Sie sah Mutters Gesicht im Lichtkreis der Nachttischlampe. Das gleiche Mitleid. Das gleiche Gefühl, barfuß über spitze Steine zu gehen. Die Sehnsucht, zu entrinnen. Sich in sich selbst zu verstecken.
Sich in einem Raum zu verstecken, hinter einer verschlossenen Tür. Wo es keine Stimmen gab. Niemanden. Nur sie. Tora. Und sie konnte sich selbst gehören. Denn keiner sah sie.
Ingrid war ganz nah ans Bett gekommen. Die Luft um sie herum war undurchdringlich. Tora kam nicht hindurch. Sie wandte sich ab.
»Du bist so schroff geworden, Tora. Du sollst dich mir gegenüber nicht so aufführen.«
»Nein.«
»Du könntest wenigstens sagen, was los ist...«
Die Geräusche im Haus waren aufdringlich. Wie im Gefängnis. Elisifs Füße waren so schwer. Es wurde so viel geschlurft. Tora konnte nicht klar denken.
»ICH WILL NICHT, DASS ER KOMMT!«
Die Mutter sank auf die Bettkante. Jemand hatte Striche in ihrem Gesicht gezogen. Häßliche, tiefe, grobe. Tora wußte. Das war sie – Tora. Sie sah es von der Seite. Das verbissene, verschlossene Gesicht.
Verstehen! Verstehen! Lieber Gott, laß die Mama doch verstehen! Nein, nein! Laß sie nichts begreifen.
Tora richtete sich im Bett auf und schlang die Arme um die Mutter. Einen Augenblick saßen sie so. Dicht umschlungen.
»Es war nur, weil du nicht richtig hingeschaut hast, was ich für Noten bekommen hab'...«
Tora flüsterte. Und die Mutter hielt sie fest. Das war wenigstens *etwas*. Aber es führte nicht weiter.
»Ich bin gespannt, wie das gehn soll – das hier – ich auch«, sagte die Mutter endlich. »Wie die Leute es aufnehmen...« setzte sie zögernd hinzu.
Damit hatte sie so viel gesagt, daß Tora die Luft anhielt. Es war so zerbrechlich. Streckte sich über die Bettdecke zu ihr. Mutters Worte waren ein hilfloser Vogelbeerbaum im Wind. Widerstandsfähig, aber er

zitterte. Mit den Wurzeln in der Erde streckte er die Zweige aus, um das Ziel zu erreichen.
»Die Leute haben damit nichts zu tun«, sagte Tora hart.
Sie hörte selbst, daß Rakel das gesagt haben könnte. Es war, als ob die Tante ihr die Worte in den Mund gelegt hatte, auch wenn sie nicht da war.
»Das ist wohl so... Ich hab' geglaubt, daß du daran gedacht hast. Daß du – daß du dich geschämt hast... gewissermaßen.«
»Nein.«
Tora faßte einen Entschluß. Dieses Gespräch durfte nicht stattfinden. Es war so gefährlich wie eine alte Eisscholle in der Bucht im April.
»Ich mein', daß er immer so mürrisch ist. Daß er nur Unfrieden stiftet, der Henrik.«
Sie hatte seinen Namen gesagt. Sie hatte das noch einmal geschafft.
»Er hat sich geändert«, sagte Ingrid verschämt.
Als ob sie den Mann verriet, wenn sie während seiner Abwesenheit über ihn sprach.
»Wie?«
»Er trinkt nicht mehr. Er hat gelernt, mehr auf sich selbst zu achten, glaub' ich. Du sollst keine Angst vor diesen Tagen haben, Tora. Die werden wir schon bewältigen. Und so können die Leute sich wieder an ihn gewöhnen. Bis er endgültig rauskommt...«
Sie stockte. Sie hielt Tora von sich weg und sah sie hilflos an – bis diese den Kopf senkte, damit die Mutter ihre Augen nicht sehen sollte.
Ingrid ging aus der Kammer und schloß die Tür mit einem Seufzer der Erleichterung.
Tora kroch in der Dunkelheit in sich zusammen.
Deutschenkind.
Deutschenteufel.
Bankert.
Die Katze am Zaun. Sie war nicht tot. Noch nicht. Sie kratzte und biß.

24

Es kann geschehen, daß der Menschen Gebet erhört wird.
An dem eiskalten Märztag, an dem Henrik in Vaeret an Land gehen sollte, kamen zwei Stapel Waren und einige wenige Säcke Zement zum Vorschein. Die Landungsbrücke lag da und streckte sich. Es war, als ob sie wartete – auch sie.
Aber es passierte nichts.
Tora stand an eine Wand gelehnt, zusammen mit ihrer Mutter, und hatte das Gefühl, daß sich die Haut vor lauter Widerwillen unter den Kleidern umstülpte.
Und dann kam er nicht.
Die Erleichterung war so groß, daß sie eiligst hinter die Kisten gehen und ihren Atem beruhigen mußte, bevor sie der Mutter in die Augen sehen konnte.
Ingrid ging hinauf in Simons Büro, um anzurufen. Und sie bekam Bescheid. Er hatte es sich anders überlegt. Er wollte nicht.
Ingrid war womöglich noch blasser als sonst. Die Hände spielten mit dem Griff der Handtasche. Sie wollte sich nicht setzen. Sie hatte keine Lust auf Kaffee. Sie wollte endlich das Telefongespräch bezahlen. Sie starrte oberhalb von Simons Kopf auf einen Punkt – der wichtiger war als der übrige Raum.
Tora stand an der Tür und strahlte. Sie konnte es nicht verbergen. Die Freude war zu groß. Simon sah es. Er setzte sich in seinen Drehstuhl und sprach leise und vertraulich mit Ingrid – die absolut nicht bleiben wollte.
»Er meint sicher, daß es schwierig ist, so nach Haus zu kommen – für ein paar Tage nur ...«
»Ja, die Leute machen es einem nicht leicht – hier auf der Insel.«
Ingrid sagte es ohne Zorn. Ohne Spitze und ohne Bitterkeit.
»Es ist wohl so ...«
Simon antwortete zögernd. Er wollte abwarten, worauf das Gespräch hinauslief.
»Da kommt er also nicht, bevor – bevor er für immer kommt?«
»Das haben sie gesagt«, erwiderte Simon und wand sich ein wenig. Er hatte das Gespräch anmelden, sich erkundigen müssen und Ingrid Bescheid sagen. Er hatte plötzlich eine unbändige Wut auf diesen Mann, der so viel zerstörte. Der nie die Verantwortung für etwas übernehmen wollte und der nie das tat, was er tun sollte. Er ließ die Augen

über Tora gleiten, blinzelte ihr zu wie einer Mitverschworenen, indes Ingrid sich umdrehte, um zu gehen.

Da explodierte die Freude in Tora. Sie mußte sie loswerden. Mußte irgend etwas unternehmen.

»Es macht nichts«, sagte sie fest und laut. Die Stimme plätscherte wie ein Bach, der einen steilen Hang herunterfließt. Es tummelte sich so viel Freude darin. Freude, die ein ganzes Haus hätte füllen können.

»Du kannst ihn ja besuchen«, fügte sie hinzu.

Ingrid blieb wie angewurzelt auf derselben Stelle stehen. Sie hatte den Unterton in der Stimme des Mädchens gehört.

Dann richtete sie sich hoch auf und ging hinaus. Tora folgte ihr auf den Fersen.

Tora wußte nicht, warum sie das getan hatte. Es wäre nicht nötig gewesen, daß sie etwas sagte. Sie hätte die Erleichterung in der Tiefe ihres Herzens bewahren können. Sie hervorholen, wenn sie allein war. Die Mutter hatte genug. Es wäre nicht nötig gewesen, Simon zu zeigen, daß sie *ihn* nicht zu Hause haben wollte. Das hätte sie der Mutter ersparen können.

Dennoch. Ein herrlicher Trotz. Eine Art Rache, weil die Mutter sich immer für ihn entschied. Und weil sie die strenge Stimme angenommen und Tora gezwungen hatte, mit zum Kai zu gehen. Obwohl die Mutter wußte, daß es für Tora eine Qual war. Daß sie da wie ein kleines Mädchen stehen sollte und auf den warten, den sie am meisten haßte. Diese Gedanken mahlten in ihr – den ganzen Tag. Und mittendrin war eine Wunde, die nicht verheilen wollte. Denn die Mutter ging umher und sah keinen.

Schließlich floh Tora hinaus auf die Straße. Trieb sich am Kai herum. Schlich um Randis Haus, ohne daß sie hineingehen konnte. Lief den Weg hinauf nach Bekkejordet, aber kehrte um, als sie am Tor war.

Sie ballte die Hände in den Fausthandschuhen und fachte die Erleichterung und die Freude aufs neue an. Steckte die kleinen Zweige Hoffnung und Optimismus in die zarte Flamme. So ging sie dahin. Es wurde ihr ganz warm.

Aber die Mutter war nirgends. Und Berlin war ein kindlicher Gedanke geworden, der keinen Sinn hatte.

Da blieb ihr nur noch die Realschule! Und das Zimmer in Breiland. Natürlich kam sie dorthin! Bitten und betteln, jawohl. Aber hin mußte sie.

Manchmal schnappte es nach ihr. Das hatte sie gemerkt. Als Sol zu Hause bleiben mußte. Aber das war wegen Elisif und der kleinen Kinder... Mit ihr, Tora, war es etwas anderes. Onkel Simon hatte es gesagt. Daß sie auf die Realschule gehen sollte. Sie, mit dem klügsten Mädchenkopf in Vaeret! Jawohl!
Aber sie fühlte sich trotzdem eingesperrt in einem kalten, feuchten Keller. Wo nicht einmal die Katzen Schutz suchten. Mit einem Fußboden so voller Frost, daß keiner sich dort aufhalten konnte. Mit mehreren Rissen in den Wänden und eingewachsenem, erstarrtem Haß.
Tora hatte gelesen, daß Berlin die Stadt der einsamen Frauen geworden war. Im Westsektor lebten 1 200 000 Frauen und nur 900 000 Männer. Und der Nazismus erhob wieder sein Haupt in Westdeutschland. Hitlers Hakenkreuzfahne war in einem Park in Nürnberg gehißt worden.
Es ist, als ob *er* sich auf diese Weise an ihr rächt. Rächt, weil sie so froh war, daß er nicht kam, und er macht Berlin zu einer Stadt ohne Licht und Schutz.
Zum Schluß denkt sie klar und einfach, daß er tot sein soll. Sie ist Tora. Sie ist Deutsche. Sie wünscht, daß Menschen sterben. Das ist sicher.

Im Tausendheim gingen die Tage dahin. Es taute sowohl außen als innen. Die Sonne zwang die Haut ins Licht.
Es hatte keine direkte Frage über Toras Schicksal nach dem 8. Schuljahr gegeben.
Ingrid zögerte die Entscheidung hinaus, solange sie konnte. Sie wußte, wovon Tora träumte. Sie hatte einige Berechnungen am Rand von Papiertüten angestellt. Die Berechnungen bekamen nie einen Schlußstrich. Denn Ingrid wußte nie, was sie verdienen würde. Sie hatte es bis jetzt einigermaßen hingekriegt – stand nicht sehr tief in der Kreide.
Tora auf die Realschule nach Breiland zu schicken, war ein Unternehmen, das sie nicht schaffen konnte. Allein die Miete für das billigste Zimmer war eine so große Ausgabe, daß alles andere über den Haufen geworfen wurde.
Sie hatte Sols Hände gesehen. Hatte die Siebzehnjährige wie eine uralte Frau die Treppe hinaufgehen sehen. Sie selbst hatte Schwierigkeiten mit dem Rücken und den Handgelenken. Trotzdem war *das*

nicht das Schlimmste. Es waren vielmehr die verschlossenen Türen. Die Hoffnungslosigkeit. Die Jahre rannen dahin wie Sand durch rote, verletzte Finger.
Und Ingrid wußte, daß sie schuften mußte, bis es richtig weh tat, wenn sie Tora das alles ersparen wollte.
Manchmal sah Ingrid ihre eigene Situation. Von außen. Sie wuchs wie ein schwarzes Meer und schlug über ihrem Haupt zusammen. Während sie selbst zusah, ohne etwas machen zu können.
Nachts hörte sie die Gefängnistore auf- und zuschlagen. Es nahm kein Ende.
Schließlich stapfte sie den Weg hinauf nach Bekkejordet, um Simon zu bitten, für einen Bankkredit zu bürgen. Sie mußte mit der Rechnerei zu einem Ende kommen. Der Bankdirektor war wie aus Stahl und Eisen gewesen. Aber er gab nach, als sie versprach, einen Bürgen zu stellen.
Sie saß eine Stunde am Kaffeetisch in Bekkejordet, mit Sandpapier unter den Augenlidern und Händen gleich aufgeschreckten Vögeln, ehe sie auf ihr eigentliches Anliegen zu sprechen kam. Vermochte zunächst nichts zu sagen. Feuchtete nur die Lippen an und zog umständlich den Schuldschein aus dem großen Umschlag heraus.
Rakel hatte es erwartet. Simon hatte es erwartet. Schon als Ingrid zur Tür hereinkam. Denn sie hatte die schwarze Lacktasche mit nach Bekkejordet genommen. Die Tasche war unmodern, groß und schäbig. Der eine Griff war mit umständlichen, kleinen Stichen aus starkem schwarzem Garn repariert.
Simon kratzte sich wohlwollend am Kinn. Dann sagte er nachdenklich, während er zu Rakel hinüberschielte:
»Ich würd' ja gern meinen Namen druntersetzen. Aber ich bin bei der Bank so verschuldet, daß ich nicht weiß, ob sie mich als Bürgen anerkennen... Ich sag' grad heraus, wie's ist... Aber ich kann dir Geld leihen. So bleibt es zwischen uns. Ich gönn' der Bank und der Allgemeinheit nicht noch mehr Zinsen, will ich dir nur sagen.«
Rakel nickte bedächtig. Sie bemühte sich zu verbergen, daß diese Abmachung schon lange getroffen worden war, bevor Ingrid mit dem Schuldschein kam.
Ingrid wehrte sich. Sie habe genug, um die Zinsen zu bezahlen, meinte sie. Aber Simon lachte und sagte, daß das Geld, das ein junges Mädchen auf der Realschule brauche – ein Klacks sei gegen das, was das Geschäft verschlinge.

Als Ingrid mit dem überflüssigen Schuldschein in der Tasche nach Hause ging, verstand sie sich selbst nicht mehr. Denn über der Freude und Erleichterung lag eine dicke Schlackenschicht. Wieder einmal mußte sie jemandem danken. Wieder einmal mußte sie untertänige Dankbarkeit bezeugen.
Würde damit niemals Schluß sein? Konnte ein Mensch sich niemals erheben und die Erlaubnis bekommen, aufrecht zu stehen? Sie sah Rakels sanftes, freundliches Puppengesicht in dem tiefen Sessel vor sich. Und der Widerwille klammerte sich fest. Eisern.
Sie gestattete es sich nicht, sich darüber zu wundern, daß ihr Widerwille nicht auch Simon mit einschloß.

So kam es, daß Tora mit Gunns Hilfe ein Gesuch an die Kommunale Realschule in Breiland richtete, die am 27. August beginnen sollte. Gunn schickte ein persönliches Gutachten über die Schülerin Tora Johansen mit und ersuchte um Stipendium und Freiplatz.
Tora saß in dem kleinen Zimmer hinter dem Klassenraum und hörte Platten, während Gunn schrieb.
»Don't be cruel«, sang Elvis. Er war heute wie Samt in ihren Ohren. Und die Farben im Raum waren heute so fürchterlich klar. Gunns Gesicht war so schön, wie es da über das Formular gebeugt war. Der Aufprall von Ritas Ball gegen die Wand war so voll guter Laune.
Tora spürte einen schwachen Geruch von Gunns Zigaretten. Blue Master, ein blaues Pferd auf der Packung!
Später saß sie am Strand und verschnaufte. Lange. Sie war mit dem großen, ernsten Brief auf der Post gewesen. Dem Freiheitsbrief! Das Sonnengeflimmer drang durch die Augenlider. Geruch nach Ebbe. Der Geruch von dem breiten Uferstreifen prickelte in den Nasenlöchern wie ein guter Geruch.
Konnte es jemanden geben, der eine größere, verrücktere Freude in seinem kleinen Körper festzuhalten hatte?
Sie erhob sich und sprang mit langen, flinken Sätzen über die Steine am Strand. Einmal fiel sie hin und schlug sich den Ellbogen blutig.
Da nahm sie sich zusammen. Zog sich eine fröhliche Würde an. Steckte die Hände in die Ärmel der braunen Strickjacke. Ging mit den über den Rücken baumelnden Zöpfen wie ein kleiner Chinese, der zum Maßhalten erzogen ist – auch in der Freude.
Aber sie pfiff laut und durchdringend.
Die Fähre kam aus der Bläue herausgeglitten. Aus dem lichtblauen

Himmel kam sie über das leichtgekräuselte Meer. Mit Streifen von der Strömung und dem Schiff und dem Licht. Gleitend mitten in einem Wolkenschatten. Ein großer Wal mit weißem Rücken. Ein zielbewußtes, technisches Tier mitten im Meer.
Ein ausgelassener Sonnenstrahl traf die Fenster auf der Brücke der Fähre und tat einen Satz direkt in das Gesicht des Mädchens am Strand.

25

»Was haben die Frauen bloß gemacht, bevor der Büstenhalter erfunden war?« seufzte Ingrid.
»Gingen ohne«, antwortete Rakel trocken.
»Gingen die wirklich mit allem herunterhängend?«
»Hängen hin, hängen her. Es gibt so vieles, was hängt – auch bei den Männern, wie ich weiß. Es ist nur Gewohnheit. Ich geh' ohne, bis ich morgens im Stall gewesen bin. Und ich fühl' mich unglaublich wohl, wenn ich mich nicht so einzwäng'. Ich mag eigentlich auch keinen Straps und den ganzen Kram. Der Simon übrigens auch nicht, haha.«
Ingrid seufzte noch einmal. Zog langsam das neue Kleid über den Kopf. Es war aus neuem Stoff genäht. Blau und leicht fiel es über ihre mageren Hüften. Die kleinen Brüste zeichneten sich zierlich auf jeder Seite des knochigen Brustkastens ab. Fett setzte Ingrid nicht an. Sie war zäh und sehnig wie ein junger Bursche.
Und sie war froh, daß sie die Brüste in dem weißen Büstenhalter aus Nylon verstecken konnte. Sie war froh über alles, was sie verstecken konnte, die Ingrid. Der neue Büstenhalter gab ihr ein fremdes und gutes Gefühl von Luxus. Sie hatte es mit ihrem letzten Lohn geschafft, die Kleiderstoffe und die Unterwäsche für Tora und sich selbst zu kaufen. Sie war sich während des Nähens ziemlich verrucht vorgekommen. Eine aufgeregte Stimmung. Ein Gefühl, etwas Unerlaubtes zu tun. Bevor er nach Hause kam. Sie schaute heimlich zu der Schwester hinüber. Sah Rakel nicht recht mitgenommen aus? Bei dieser Entdekkung wurde sie sich klar über ihre eigene Magerkeit. Wenn sie sie beide jetzt im Spiegel sah, stellte sie fest, daß die Schwester nicht mehr so weich und rund und rotbackig war wie früher.

Tora sah auch. Hörte. Durch die halboffene Kammertür. Sie sah auch die Veränderung von Tante Rakel. In einer gewissen Weise machte es den Tag unsicher. Natürlich, die Tante war krank gewesen, aber... sie war doch jetzt wieder gesund?
»Man sollte immer jung bleiben. Jung und mit schönen, neuen Kleidern.«
Ingrid strich an dem neuen Kleid entlang. Richtete sich auf und drehte und wendete sich vor dem großen Spiegel. Traum in den müden Augen. Sie schien einen Augenblick vergessen zu haben, wer sie war.
»Guten Tag, guten Tag, alte Mutter«, grinste Rakel und nahm sie in die Arme.
Ingrid wandte sich zu ihr um und lächelte ein klein wenig.
Tora saß in der Küche und war fertig. Sie sollte mitkommen. Sie wollten zum Tanz. Nicht ins Jugendhaus. Nein, in Simons Betrieb. Er war schon vorausgegangen, um nach dem Rechten zu sehen. Er hatte selbst Kreppapier zu Girlanden gewunden und Birkenlaub für die Tische geschnitten.
Er hatte tagelang gesungen, der Simon. Er würde den Betrieb voller Menschen haben. Hatte sogar Dahl und seine Familie eingeladen. Die Arbeiter und die Arbeitgeber. Die Lehrer und den Doktor. Hatte reichlich bezahlt für Labskausfleisch und Küchenhilfe. Endlich sollte das neue Gebäude gefeiert werden. Rakel sollte gefeiert werden! Der Sommer war so plötzlich und mit solcher Macht an dem Tag gekommen, an dem das Linienschiff ihm Rakel zurückgebracht hatte, daß es ihm schwergefallen war, die Füße unten auf dem Grusweg zu halten – einen nach dem anderen – wenn er ging. Er war überglücklich und wie neugeboren gewesen. Und er konnte sich keine bessere Welt denken. Nie. Jetzt war für ihn schon über ein Jahr lang Sommer.
Und nun hatte er sich zu einem Fest entschlossen. Für alle.
Ingrid sollte dabeisein. Sie hatten sie überredet. Viel Zeit und viele Worte dafür gebraucht. Aber bei keinem Wort hatte es sich um Haarabschneiden und Jugendhaus gehandelt. Endlich hatte sie ja gesagt. Mit einer glühenden, hilflosen Freude über sich selbst.

Sie waren fertig. Die Frauen. Gingen hinaus in den Juliabend und den warmen Ostwind. Mit klarem Wetter und Sonne im Schoß und in den Haaren. Der Ostwind war eine Leihgabe von einem anderen Land. Wo alles warm und kalt war mit sehr großen Gegensätzen. Der Wind zog über die Gebirge und war ein Gnadengeschenk.

Tora sollte mit zum Tanz kommen! Sie war den ganzen Tag herumgegangen mit einer Art naßkalter Unruhe zwischen Haut und Kleidern. Die Unruhe war nicht schlimm, nur wie ein Hunger nach etwas. Als einziges von den Tanzfesten im Jugendhaus wußte sie, daß die Leute gelegentlich voll waren. Und es konnte auch zu Schlägereien kommen.

Ja, und dann tanzten sie. Tora hatte im übrigen keine ganz klaren Vorstellungen, wie das alles war. Natürlich hatte Sol erzählt. Mit träumenden, abgewandten Augen oder kichernden, schmalen Schlitzen und feuchtem, halboffenem Mund – wo die Lachsalven aus der Tiefe heraufblubberten. Aber Tora war nie richtig klug daraus geworden. Das war nicht ihre Welt. Sie hätte der Mutter nie sagen können, daß sie tanzen gehen wollte. Nie! Nicht ins Jugendhaus!

Sie war zur Kinovorstellung dort gewesen. Ja, sicher. Sie war zu Weihnachtsfeiern, die die Schule arrangierte, dort gewesen. Die Mutter hatte sie immer zu diesen Festen feingemacht. Sie hatte ihre rote, magere Arbeitshand auf Tora gelegt und hatte sie gehen lassen. Aber sie ging nie mit. Tora war eine von den Kleinsten, die mit eigenem Antrieb und ferngesteuertem Segen kamen und gingen. Die Töchter vom Pfarrer saßen zwischen Vater und Mutter und waren unangreifbar. Tora hatte mehr als einmal einen stillen Kampf gekämpft, um ihren Mantel in dem großen Haufen auf den alten Pulten neben der Tür zu finden. Hatte geduldig gewartet, bis die Erwachsenen ihre Sachen und die ihrer Angehörigen herausgesucht hatten. Und sie hatte nie richtig darüber nachgedacht. Daß es etwas Besonderes war. Sie hatte es nur wie einen schmerzhaften Riß empfunden. Den sie vergaß. Es war nun einmal so.

Aber jetzt – lange danach, fühlte sie ein heftiges Mitleid mit sich selbst. Sie ging an diesem Sommerabend zwischen Rakel und Ingrid und erinnerte sich. Und plötzlich bekam sie Lust, ihre Schritte um die Bucht zu lenken. Zum Jugendhaus. Sie dorthin zu führen. Alle drei. Die Leute in Vaeret sollten sie *sehen.*

Sol kam ihnen nachgelaufen. Atemlos und rot. Ob sie meinten, daß sie mitgehen könne.

Sie stand robust und sicher da. Sol! Hatte sich losgeeist und brauchte in diesen Abendstunden niemandem zur Hand zu gehen. Hatte den Kampf schon hinter sich. Es hatte ihr kräftig um die Ohren geblasen, bevor sie ging. Aber sie hatte sich heil und unerlöst durchgeschlagen. Trotz Elisifs Gebeten und Torsteins Nachgiebigkeit.

Die großen, soliden Arbeitshände waren in jedem Fall davon geprägt, daß sie schon viel getan hatten. Die kleinen hellblauen klugen Augen verrieten ihren unbeirrbaren Appetit auf das Leben und ihren Trotz gegen alles, was dem im Wege stand.
Sol hatte auch ein neues Kleid. Sie wirkte darin wie verkleidet, und es paßte nicht zu ihr. Ein grünes Taftkleid mit Volants am Hals und an den Ärmeln. Tora blickte an ihrem eigenen Baumwollkleid herunter. Es war ein Wunder gewesen, als es in der Kammer an der Wand hing. Schwarzweiß kariert und mit Spitze. Und jetzt stand sie neben Sol und war weniger als ein Nichts. Sol, die noch in die hoffnungslosesten Dinge ein bißchen Wärme hineinmanövriert hatte – früher, war zu einer Bedrohung von Toras Selbstbildnis geworden. War schuld daran, daß sie einen so kindlichen Eindruck machte. Sogar mit dem neuen Kleid.
Sol ging mit einer Handtasche! Tora ertappte sich dabei, daß sie sich einredete, es sähe dumm aus. Sol sollte nicht in einem grünen Taftkleid und mit Handtasche daherkommen. Das wirkte zu städtisch und aufgetakelt! Und die Schuhe waren auch viel zu hochhackig und erwachsen für Sol. *So* viel älter als Tora war sie auch nicht!
Tora starrte auf den Weg und schubste mit den Füßen kleine Steine vor sich her und hörte, daß Ingrid und Rakel mit Sol wie mit einem erwachsenen Frauenzimmer redeten. Es schnürte ihr innerlich alles zusammen. Als ob sie eine eingeschlossene Welt mit sich herumschleppte – die vor allen verborgen werden mußte. Das machte das ganze Fest grau. Die schöne Stimmung war weg. Der Abend war unbedeutend geworden. Es lagen heute abend Pferdeäpfel auf dem Weg, wie an anderen Abenden. Nie würde sie eine wirklich schöne Zeit haben, die auch andauerte. Nie! Denn sie war Tora. Alles, was sie hatte, war kleiner und schlechter als das, was die anderen hatten. Immer. Sogar schlechter als das, was die Elisifkinder hatten.
Sie dachte diesen Gedanken. Ließ ihn sich ausbreiten. Wog ihn. Und als er ihr Bewußtsein erreichte, wußte sie, daß sie das gedacht hatte, was alle Leute dachten: daß die Elisifkinder von einer minderen Qualität waren als sogar Tora. Sie hatte sich alle häßlichen Worte, die sie gehört hatte, zu eigen gemacht. Das hatte sie wirklich.
Tora beugte den Kopf noch tiefer, aber hörte auf, Steinchen zu schubsen. Sie versteckte die Arme vor der Brust in der Strickjacke. Der Wind wehte unterschiedlich. Er war nicht immer warm. Es ging auf 9 Uhr zu, es war Abend – auch im Sommer wurde es abends kühler.

Tora wußte, wie der Raum aussah. Sie hatte Simon beim Ausschmükken geholfen. Wußte, wer kommen sollte und was es zu essen gab. War mit dabei gewesen, die kalten Resopaltische mit rotem Kreppapier zu überziehen. Und grünem Laub.
Trotzdem. Sie hatte die Geräusche nicht bedacht. Die Musik. Die Stimmen. Den warmen Dunst von fröhlichen, erwartungsvollen und unruhig erregten Menschen. Die Fenster hoch oben an der Wand ließen den hellen Sommerabend nicht herein. Die grellen Deckenlampen waren nicht an. Auf einigen Tischen flackerten Kerzen im Luftzug. Es war wenig von dem übrig, was den großen, hohen Raum zu einem Fischereibetrieb machte. Die weißen Wände, die sonst Flecken von Fischblut und Akkordarbeit hatten, waren für diesen Anlaß sauber abgewaschen worden. Bis spät in den Nachmittag hinein hatte es nach Schmierseife gerochen. Jetzt war von dem Geruch kaum noch etwas zu spüren. Die beiden Türflügel der enorm großen Tür standen offen gegen Möwen und Meer. Es hingen noch tausend andere Düfte und Dämpfe in der Luft. Die Schatten lagen unruhig in den Ecken und wußten nicht, wo sie bleiben sollten. Die Leute kamen langsam in Bewegung. Ziehharmonika und Gitarre waren von Breiland hierher befördert worden. Zwei Männern ging der Ruf voraus, daß sie gute Musiker waren. Simon bezahlte ziemlich viel. Dafür sollten sie spielen und für das Kleingeld, das sie bis zwei Uhr in die Mütze bekamen. Und das war großartig. Es war lang bis zwei Uhr.
Tora blieb Rakel dicht auf den Fersen. Sol verschwand in der Menschenmenge, ohne daß sie ein Wort zu Tora gesagt hatte. Das tat weh. Trotzdem half es ihr ein wenig, Abstand von Sol zu gewinnen. Sie sah sie umringt von jungen grinsenden Burschen aus Vaeret, mit denen ein Wort zu wechseln Tora sich bisher nicht herabgelassen hatte.
Tora entdeckte einen, den sie nicht beim Tanz zu sehen erwartet hatte. Ottar. Er schien nicht ganz in das Muster hineinzupassen. In schwarzem Anzug mit Schlips. Mit dem untadelig gekämmten Haar und einem einfältigen Lächeln. Er wog hier kein Mehl und keine Margarine ab, und er hatte kein marmoriertes Buch, um Namen und Kredit zu notieren. War nicht mehr als ein Mann in mittleren Jahren, der noch keine Frau bekommen hatte. Hier galten andere Gesetze als in Ottars Laden. Er stand an der Wand und wußte das wohl auch.
Aber Simon war Herr in seinem Reich. Tora sah, wie er Rakel zu fassen bekam, sobald er sie erblickt hatte. Sie sah, wie er sie hoch in die Luft hob. Konnte nicht verstehen, was er sagte. Sah nur den Mund.

Das breite Lächeln. Wie konnte ein Mann nur einen solchen Mund haben?
Tora glitt auf die Bank neben der Tür.
Ingrid sollte in der provisorischen Küche helfen. Sie hatten Kochplatten aufgestellt. Trugen aus den Räumen für die Fischer herunter, was sie brauchten. Und das übrige machten sie oben. Die Frauen fanden keine Worte für die neuen Räume. So großartig war alles. Sie zogen weiße, mit Volants besetzte Servierschürzen an, die sie sonst im Missionsverein benutzten, oder wenn sie eine Zusammenkunft im Frauenverein hatten, und begaben sich ans Bedienen. Das war eine Bedienung, die unter Gelächter und guter Laune vor sich ging.

Tora saß auf der Bank und vergaß sich selbst. Sie sah die Leute das Tanzbein schwingen, ein Paar nach dem anderen. Zwei große Augen in einem blassen Gesicht über einem karierten Baumwollkleid. Saß da und schaute – ohne selbst gesehen zu werden. Ein unansehnliches graues Möwenkind auf einem mächtigen, imponierenden Vogelfelsen. Die Seeleute hatten ihre verarbeiteten Hände gründlich gesäubert. Sie hatten die großen, stillen Sorgen über Gegenwart und Zukunft zu Hause gelassen. Die nagende Angst vor Kündigung und Arbeitslosigkeit. Die gefrierende Ohnmacht vor dem, was über den Kopf von so einem armen Kerl hinweg entschieden wurde. Alles, was in den engen Räumen bei jedem einzelnen lag. Verlassen und in den Schatten gestellt. Stumm und verborgen – für einen Abend und eine Nacht.
Flaschen klirrten überall. Herrlich unsichtbar, illegal. Aber dennoch überall anwesend.
Glühender, durchsichtiger Nordlandsommer. Hinter den Fischkästen. Gluckern in engen Flaschenhälsen und in schüchternen Mädchenkehlen.

Simon tanzte. Die Jacke hatte er abgeworfen. Er warf die Weste ab. Er umfaßte den abgemagerten Körper Rakels mit beiden Händen und sah nur sie. An die umfangreiche Rechnung für viele Kilo Labskausfleisch verschwendete er keinen Gedanken. Das helle, lockige Haar hing bereits feucht in die Stirn. Und der kompakte, breite Oberkörper beugte sich schützend über die Frau. In der umschließenden Bewegung und dem gebeugten Nacken lag die Angst vieler Monate, sie zu verlieren.

Ein Mann, der den Rücken beschützend über eine Frau beugt: ältestes Zeichen der Menschheit.
Tora sah, daß Onkel Simon den anderen Männern ganz unähnlich war. Sie hatte es schon vorher gewußt. Wie selbstverständlich. Aber jetzt *sah* sie es. Auf Abstand. Beim Tanz. Herumwirbelnd. Sonderbar. Schön.
Und sie stand im Ruderboot. Beim Brand. Spürte Simons Atem auf ihrem Gesicht. Spürte die wilden Herzschläge sich in ihrem eigenen Körper fortpflanzen. Aber es gab da etwas anderes. Etwas, was sie selbst betraf. Eine Veränderung aller Dinge. Etwas, was die Zeit betraf. Das Versprechen, daß er ihr mit der Schule weiterhelfen wolle. Seine Augen, als die Tante krank und abwesend war. Wie bei einem kleinen Jungen.
Tora holte Onkel Simon mit den Augen dort auf der Tanzfläche. Sie wärmte sich an seiner Freude. Bohrte die dünnen Finger in sein helles Haar hinein. Fühlte, daß es verschwitzt und voll warmen und duftenden Heustaubs war.
Sie waren auf der Heuwiese. Sie sah, daß er das Hemd in der sengenden Sonne abwarf. Der bloße Oberkörper vor ihr. Wie ein schwerer Stoß gegen den Unterleib. Die Gefahr blieb dabei aus. Hatte keine Macht.
Sie setzte Simon wieder auf den Boden. Er hörte plötzlich auf zu schweben. War ein gewöhnlicher und unzugänglicher Körper. Wie jeder x-beliebige Körper dort auf der Tanzfläche. Denn Tora hatte gesehen. Und die Scham brannte wie Feuer in ihrem Gesicht. Sie erhob sich jäh und ging zu den Frauen.
Ingrid blickte auf, als sie kam. Froh. Tora half ihr ein wenig. Aber sie hatte einen Unwillen gegen alles. Fühlte sich wie ausgelöscht. An Tante Rakel hatte sie mit keinem Gedanken gedacht. Toras Bild umschloß etwas. Tante Rakel war aber nicht in dem Bild. Im vorigen Jahr. Da hatte sie die Tiere auf Bekkejordet versorgt, da hatte sie Simon *gesehen.* Aber nach Tante Rakel hatte sie sich *gesehnt.* Die Küche war ohne sie kalt gewesen.

Der Pfeifenrauch und der Talkumstaub stiegen zur Decke. Eine wirbelnde, schwebende Kraft von Staub und Wasserdampf und Rauch. Die Männer hatten zwei große Tüten Talkum über dem Fußboden ausgeleert, um die Tanzlöwen zufriedenzustellen. Die Frauen kreischten beim Walzer. Es ging wie geschmiert.

Sol stand plötzlich neben Tora und hatte an jedem Arm einen von den jungen Männern, die bei Dahl arbeiteten. Sie lachte unbeschwert. Sie hatte draußen einen kleinen Spaziergang gemacht, und das grüne Taftkleid sah etwas zerknittert aus.
Nun wollte sie, daß Tora mit einem von den Männern tanzte. Er hatte einen dunklen, struppigen Schopf und große, dunkle Augen. Er war weiter nördlich zu Hause. Tora hatte ihn seine Lebensfreude herausfluchen hören, als sie ein paar Mal an den Gerüsten vorbeigegangen war. Hatte auch laut und fürchterlich falsch dort oben unter dem Himmel gepfiffen. Einmal hatte er ihr seine Mütze nachgeworfen.
Nun stand er da und lachte und wollte tanzen. Sol sagte, sie müsse dafür sorgen, daß die Jugend einander finde, sonst könne es auf der Insel nie etwas Vernünftiges werden.
Tora hatte Schwierigkeiten mit ihren Händen. Es kam ihr unwahrscheinlich weit bis zur Tanzfläche vor. Glatt war es auch geworden. Die Gesichter wurden dort sehr schnell herumgewirbelt. Der Bursche mit dem schwarzen Schopf wuchs zu einem großen Berg vor ihr auf. Sie sprachen kein Wort. Er zog sie zur Tanzfläche hin. Tora versuchte sich zu erinnern, welche Schritte Sol ihr beigebracht hatte.
Sol und sie hatten Walzer getanzt und sich gedreht, bis bei Tora alles rund ging und ihr die Übelkeit schon oben im Mund saß. Sie erinnerte sich nur, daß es unerträglich warm, stickig – und lustig gewesen war. An die Schritte konnte sie sich nicht mehr erinnern. Es war unmöglich.
Der Bursche, er hieß Åge, hielt sie krampfhaft fest. Sein Atem war die ganze Zeit über ihr. Sie hätte sich am liebsten in ein Mauseloch verkrochen. Seine Hände an ihrer Haut ließen sie erstarren. Sie wünschte inständig, daß es vorüber wäre. Alles wurde so scheußlich.
Er hatte sich Mut angetrunken und lehnte sich ab und zu schwer an sie, um sie im nächsten Augenblick hart und unsicher herumzuschwingen.
Jörgen stand irgendwo an der Wand und grinste. Er hatte ein paar von seiner Clique aus der Schule bei sich.
Tora wurde es siedendheiß vor lauter Scham. Daß Sol so eine war! Ihr diesen Burschen anzudrehen! Sie riß sich plötzlich los und stürzte zur Tür hinaus.
Er kam nach. Atmete heftig, mit einem verdutzten, blöden Gesichtsausdruck.
»Warum rennste denn weg?«

»Ich will nicht mehr...«
»Warum biste so hochnäsig?«
»Du hast getrunken...«
»Na und? Das haben doch alle Männer hier.«
Jetzt, wo sie einen sicheren Abstand zum Tanz hatte, bekam Tora Mut.
»Da scheiß' ich drauf. Ich will mit Besoffenen nichts zu tun haben!«
Da war es raus.
Er packte sie hart am Arm. War stark. Die Augen schossen Blitze. Sie hatte ihn gereizt.
»Laß mich los!« sagte sie.
»Nee«, sagte er schroff, »nicht bevor du nicht wieder reinkommst zum Tanzen. Denn so besoffen bin ich nicht. Das werd' ich dir zeigen.«
»Such dir 'ne andre.«
»Nee!«
Er schwankte leicht, dann fuhr er sich mit der freien Hand über die Nase. Tora versuchte ständig, von ihm loszukommen.
Plötzlich stand Simon vor ihnen.
»Haste Zeit, dich auch mit 'nem alten Mann im Tanz zu drehen?« sagte er gutmütig.
Des erwachsenen Mannes selbstverständliche Autorität? Das unwillige Mädchen? Die der Welt innewohnende Tollheit und unzählige Schnäpse? Wer weiß es. Åge fühlte sich auf einmal sehr stark. Und seine Faust schwang sich von allein nach oben. Sie traf gut. Besser, als er erwartet hatte. Simons Nase wurde unter des Grünschnabels nicht ganz sauberer Faust zusammengequetscht. Das Blut spritzte auf die weiße Wand hinter ihnen. Es tropfte auch schön und rot auf Simons weißes, frischgebügeltes Hemd. Ein paar Sekunden lang.
Dann war der Griff in den Nacken unabwendbar. Dieser Åge aus dem hohen Norden, der noch nicht richtig trocken hinter den flatternden Ohren war, wußte in seiner Dummheit und in seinem Rausch nicht, an wem er sich vergriffen hatte.
Denn Simon hatte eine Reizschwelle. Eine Grenze, die er selbst zu vergessen pflegte, weil sie selten ausprobiert wurde. Der große, fröhliche Simon konnte so wütend werden, daß er nicht wußte, was er tat. Sein Glaube an die Menschen, seine naive Einstellung, daß das Gute in seinem Teil der Welt allmächtig war und das Böse nur eine Parodie, waren so stark, daß seine Wirklichkeit in Schutt und Asche fiel –

falls jemand daran rüttelte. Und das konnte er nur ertragen, indem er einen Zorn aufleben ließ, der alles auslöschte. Denn Simon war es nicht gewohnt, daß ihm die Leute grollten.
Jetzt hatte die Faust des jungen Burschen ihm gezeigt, daß da noch ein Prozent Boshaftigkeit für ihn saß.
Deshalb vernichtete er den Rausch des Jungen in einer großen Spülwanne, die draußen am Kai an Ketten hing. Er blieb in der schaukelnden Wanne liegen. Lange. Es waren wenige, die ihn vermißten. Ein Fremder hat niemandes Sympathie.
Die »Schublade« hatte gewaltig ausgeschlagen, als sie eine so schwere Last bekam. Dann blieb sie ruhig hängen. Die Leute kümmerten sich nicht um den jungen Kerl, der an einem solchen Abend einen Streit anzettelte. Und gegen einen solchen Mann! Denn die Leute wußten, wer das Labskaus bezahlte und den modernsten Fischereibetrieb im ganzen Inselreich besaß.
Er, der das nicht wußte, lag in der weißen Wanne am Kai, mit dem Himmel über sich und den klagenden Nachtrufen der zahmen Möwen um die Ohren. Die Jacke hatte einen zerrissenen Ärmel, und die Oberlippe war blau bis unter die Nase. Er sah häßlich aus. Aber keiner bemerkte es, und niemand interessierte sich dafür. Irgendeinen psychologischen Gedanken – oder eine Vorstellung von dem Debüt eines jungen Festlöwen im Ballsaal oder dem Fluch des Alkohols für junge, nicht gefestigte Seelen, das hatte keiner.
Denn Simon hatte Blutflecken auf dem Hemd, und unzählige willige Hände mit kaltem Wasser und Küchentüchern waren ihm behilflich.

Tora fand sich auf dem Klo wieder. Das war der einzig mögliche Ort. Es brannte hinter den Augenlidern. Sie hielt die Scham zurück, so gut sie konnte. Mußte es immer so sein? Warum gerade heute abend? Mußte denn alles, was sie erlebte, beschmutzt werden?
Sie hörte draußen Rakels Stimme. Klopfen an die Tür.
»Tora?«
Es kam leise, zögernd.
»Tora, mach auf, ich bin's! Die Tante.«
Tora schloß auf. Lehnte sich an den Türrahmen. Sah zu Boden.
»Es ist doch nicht deine Schuld, daß die Männer verrückt sind, Liebes. Komm jetzt raus. Komm und tanz wieder. Dem Simon tut's leid, daß er sich eingemischt hat. Er hat geglaubt, der Bursche belästigt dich... Hat er das nicht getan?«

»Er hat getrunken ...«
»Ja, ja. Vergiß es. Simon soll mit dir tanzen. Komm jetzt. Du sollst dir nicht alles kaputtmachen lassen, wo du zum ersten Mal auf einem Fest bist.«

Drinnen im Halbdunkel. Kerzenlicht. Goldene Sonnen über den Tischen schwebend. Durch nichts angezündet. Ohne Himmel. Ohne Jahreszeit. Zwischen den weißen Wänden, die für etwas anderes bestimmt waren als für Tanzfeste.
Menschen in Bewegung. Dauernd. Eine taumelnde Masse von Körpern, Armen und Beinen. Fahle Gesichter. Hände, die nach Händen griffen.
Simon hielt sie leicht von sich ab. Tora achtete auf die Hand, die sie um die Taille faßte. Sie war eine Art Pfand für etwas. Bedeutete Sicherheit gegen etwas. Gegen alles. Nun lachte er über seine fleckige Hemdenbrust. Hielt Tora behutsam – als ob es gälte, ihnen beiden das Leben zu retten. Die Hand, die sie umfaßte, war warm und trocken wie ein prickelnder Teil ihrer eigenen Haut.
Sie fühlte mit ihrem ganzen Körper. Er roch nach Bekkejordet. Würzig und süß. Heu und Luft und Sonne. Sie fühlte, daß etwas sie losließ. Etwas, was sich immer verschloß, wenn jemand versuchte, sie anzufassen. Es machte sie schwach, ruhig und schwer. Aber gleichzeitig hellwach und ließ sie zittern vor etwas, was sie nicht verstand. Eine fremde, grundlose Freude.
»Du solltest die Haare immer so tragen, Tora.«
Sie sah zu dem Mann auf. Sah, daß es zwischen ihnen brannte. Einen Augenblick nur. Dann versteckte er seine Augen hinter dem Lächeln und der sicheren Miene: Ein Erwachsener sprach zu einem jungen Mädchen.
Aber Simon hatte gesehen. Es machte ihn verwirrt. Er erlaubte sich nicht, darüber nachzudenken. Hielt nur das Mädchen von sich ab. Und lobte ihr Kleid und daß sie so gut tanzen konnte. Aber irgendwie vermochte er sich nicht einzugestehen, daß Rakel deutlich eine ihrer Lehrmeisterinnen gewesen war. Rakels Name war ein Ruf in eine andere Zeit.
Tora bemerkte Sol, die mit Ottar tanzte. Es sah nicht besonders lustig aus. Der schwarzgekleidete, steife Ottar und die üppige, glühende Sol. Es war etwas Merkwürdiges dabei. Tora verstand nicht, was Sol mit Ottar zu tun hatte. Wie der Tanz zustande gekommen war. Aber

sie gönnte es Sol! Vor allem jetzt. Sie, die den ekelhaften Tagelöhner vom Dahl angeschleppt hatte. Sol, die eine Dame geworden war – fremd und unnahbar.
Viele widerstreitende Gefühle tauchten auf. In dem Kerzenlicht und der verzauberten Welt der Musik war alles enthalten. Gut wurde böse – und böse wurde gut. Es war, wie wenn der Filmvorführer den Film so oft abgerissen hatte, daß er nur noch schneiden und wieder neu zusammenkleben konnte – und der Zusammenhang für die Zuschauer verlorenging. Man saß auf der Bank und fragte sich, was in dem Leerraum zwischen den beiden Filmenden eigentlich geschehen war...
»Ich hab' übrigens ein Zimmer für dich in Breiland bekommen«, sagte Simon. Es war ihm plötzlich ganz wichtig, etwas zu sagen.
»Wo denn? Bei wem?« Toras kleine Stimme verschwand da unten. Simon hielt sein Ohr dicht an ihren Mund, um sie zu verstehen. Die Welt explodierte in einem schwindelnden Augenblick unverdienter Nähe.
»Es ist bei einer alten Dame, die allein in einem großen Haus wohnt. Du kannst im Dachgeschoß wohnen. Sie wirkte nett am Telefon. Wir werden das mit der Miete regeln, sie und ich. Sie will 60 Kronen im Monat haben – denn das Zimmer ist sehr groß. Wir werden später ausführlich drüber reden. Sie hat heute angerufen. Da sind wir diese Sorge los.«
Sorge? Los? Tora kannte in der ganzen Welt keine Sorgen. Sie ging nach draußen, wo man eine Cafeteria aufgebaut hatte, und holte sich einen Teller Labskaus. Sie ließ sich mit Rita und Jörgen und einigen anderen von der Schule zusammen nieder.
Alle sahen sie plötzlich an. Tora lächelte. Sie hatten das Lächeln nie vermißt. Weil da nichts zu vermissen gewesen war. Aber jetzt sahen sie den Unterschied. Tora lächelte! Die roten Haare, die immer in zwei struppigen Zöpfen zusammengehalten wurden und deshalb sehr kraus waren – standen um ihren Kopf wie eine Wolke. Eine der Serviererinnen bemerkte zu Ingrid, daß das Mädchen seiner Tante jetzt unheimlich ähnlich sehe.
Ingrid schaute Tora einen Augenblick an. Dann nickte sie langsam. Es wurde ihr richtig warm. Sie konnte nichts dafür. Es lag gar nicht daran, daß Tora Rakel so ähnlich war. Sie sah etwas, was sonst niemand sah: eine kleine Bewegung um den Mund. Die große, gebogene Nase. Und die Augen. Das alles stammte von woanders her... Sie freute sich darüber. Immer. Schwieg, aber freute sich.

Frits kam an den Tisch, wo die Jugendlichen saßen. Den ganzen Abend hatte er sich bei seinen Eltern aufgehalten. Er tanzte nicht und hatte keine Freunde, zu denen er gehörte. Da sah er Tora. Sie hatten sich noch nicht getroffen, seit er heimgekommen war. Er war noch größer geworden. Hatte einen richtigen Anzug aus Gabardin an, wie ein Mann. Es war kein ausgedienter Konfirmandenanzug. Frits war erwachsen und fremd geworden – genau wie Sol.

Tora fühlte sich unsicher, aber sie machte ihm auf der Bank Platz. Jörgen bot ihm sehr männlich eine Zigarette an, die er jedoch ablehnte. Tora sah auf seine Hände. Die knochigen, großen Hände. Er hatte sie auf die rote Kreppapierdecke gelegt. Lichtschein und Röte rund um die langen, dünnen Finger und die großen, hervorstehenden Knochen. Tora erinnerte sich, daß sie auf dem Bettüberwurf gesessen und die Hände betrachtet hatte... Und so getan, als ob sie läse.

Das war eine Ewigkeit her. Und auf einmal sah sie Simons Hände, wie er die Drähte der Heureuter bog, als ob es gar nichts wäre. Starke braune Hände. Männerhände. Die nicht drohten. Sie sah sie mit der Eisenstange hantieren, wenn die Pfähle von den Heureutern in die Erde sollten. Sie fühlte die Hände beim Tanzen auf ihrem Körper. Und Frits Hände verschwanden, schrumpften ein – waren eine schöne Erinnerung an eine Zeit, als die Gefahr noch nicht alles zerstört hatte und der Raum noch nicht blutig und ohne Tür war. Frits gehörte in die Zeit, als sie noch nicht wußte, wie schrecklich alles sein konnte. In die Zeit vor dem Brand und dem wild klopfenden Herzen des Mannes im Ruderboot.

Und Tora hatte das Gefühl, bei einem flügellahmen Vogel zu sitzen. Fühlte so viel Zuneigung zu dem Jungen und seiner stummmen Welt. Beugte sich zu ihm und hieß ihn zu Hause willkommen. Er lächelte und verstand, was sie sagen wollte. Sie unterhielten sich eine Weile in der Zeichensprache und waren für niemand anderen erreichbar.

Hinten an der Tür stand eine Mutter. Randi. Ihre Augen hingen an den zwei jungen Leuten dort drinnen in der Cafeteria. Für den Rest des Abends ruhte ihr Blick voller Zärtlichkeit auf dem Mädchen mit dem üppigen roten Haar.

Tora tanzte mit dem ungeschickten, ungelenken Jörgen und dem Angeber Ole, der seine Schirmmütze während des Tanzens aufbehielt. Randis Augen, die Tora anschauten, waren ein Segen, eine zwingende, gute Kraft.

Sie gingen nach Hause. Eine ganze Schar. Junge und Alte. Einige hatten tüchtig getrunken und grölten und sangen. Andere gingen Arm in Arm, und die übrigen existierten nicht für sie. Eine dritte Gruppe schwätzte, hörte zu und stimmte ein mit Gelächter oder Worten, je nachdem.
In der letzten Gruppe waren Ingrid und Tora, Rakel und Simon. Er hielt Rakel und Ingrid umschlungen. Ging zwischen den Schwestern und lächelte und sagte nichts. Er überließ den anderen das Reden. Sie waren zehn, zwölf, die von Vaeret aus über die Hügel gingen.
Tora ging ganz außen am Straßenrand und sog alles in sich hinein. Sie hatte den schwarzhaarigen Burschen gesehen, der in der Wanne am Kai schlief. Er tat ihr ein bißchen leid, so wie die Dinge nun einmal standen. Weil er draußen war. Ausgestoßen. Aber sie war im Kreis der Menschen. Und dort ging Simon. Er war da. Sie sollte auf die Schule. Sie besaß alles. Die Tür war endlich offen. Sie – Tora – hatte die Schande vertrieben, die nun keine Macht mehr hatte in der Nacht.
Das Licht war glasklar und scharf über den Gesichtern. Nachtlicht. Die Fackel des Wahnsinns. Der nördlichen Bewohner jährlich wiederkehrende Lebensversicherung. Tora sah, daß Himmel und Meer in einem schimmernden Dunst ineinander übergingen und daß die Sonnenscheibe mächtig dort draußen rollte. Ein niedriger weißer Schimmer stand einen Augenblick und zitterte, bevor er sich in das irdische Bild eingliederte. Die Sonne war bereits im Meer gewesen und war wieder auf dem Weg zum Himmel. Alles deutete auf einen schönen Sonntag.
Simon war zufrieden mit sich und der Welt. Das Fest war ein einziger großer Triumph. Von dem ersten bescheidenen Ziehharmonikaton bis zu dem starken Schnaps, den er seinen besiegten Gegnern spendiert hatte. Ottar und Dahl. Er hatte sie hinauf in sein Büro gebeten. Sie hatten auf den harten Holzstühlen gesessen, die zu Simons einfacher Möblierung gehörten. Er hatte eine ganze Flasche Brandy Spezial herausgeholt und reichlich in die Gläser eingeschenkt. Obenauf kamen noch ein paar Tropfen kalten Wassers.
Simon war König. Er besaß des Volkes Wohlwollen. Von ihm würden die Frauen beim Vormittagskaffee reden. Simon mit dem breiten, gütigen Lächeln und der naiven, gutmütigen Art. Der Labskausfleisch für ganz Vaeret und die übrigen Ortschaften stiftete. Er konnte es sich leisten, die anderen über eine solche Nacht reden zu lassen. Und er

hielt Rakel fest umschlungen und ging mit langen, langsamen Schritten auf einem Grusweg, zwischen dessen deutlichen Fahrspuren Gras wuchs. Löwenzahn und Glockenblumen. Simon hatte die Bucht und den Hafen sich untertan gemacht. Den Fischereibetrieb und die Hütten. Alle Herrlichkeit der Erde gehörte ihm. Und doch hatte er keinen Schaden an seiner Seele genommen.
Er erlaubte es sich einmal, sich umzudrehen. Es war am Ruhestein. Er wußte, daß er von da seinen ganzen Betrieb sehen konnte. Der Kai mit den alten und neuen Gebäuden. Alles. Er warf nur ein wenig den Kopf in den Nacken. Sog den Anblick in sich hinein. Obwohl er ihn noch gut von vorher in Erinnerung hatte. Aber er sagte nichts.

Elisifs älteste Tochter kam der Gruppe über die Hügel nachgelaufen. Sie glättete ihr Taftkleid und zog die Jacke fest um sich zusammen, als sie sie erreichte. Das helle, zerzauste Haar mit den Dauerwellen war ziemlich in Unordnung geraten. Die Wangen waren trotz der Anstrengung blaß. Die Nacht war wohl etwas plötzlich für sie gekommen nach dem vielen Tanzen. Oder hatte es Elisifs Sol einiges gekostet, hinter dem Birkengestrüpp zu stehen und Ottar mit dem Kreditbuch zu erklären, daß sie es sich leisten konnte, heute abend den anderen zu folgen und zum Tausendheim zu gehen, ohne sich den Kredit zu sichern? Sie lebte ihr eigenes Leben. Sol. Konnte es sich erlauben, den Alltag zu verachten. Und sie wußte genug über einzelne Leute, um sie für alle Ewigkeit zum Schweigen zu bringen. Dennoch: Da war irgendwo eine Leere. Ein bitteres Wissen, daß sie hier auf der Insel einen Stempel trug. Ein unsichtbares Zeichen.
Aber sie würde es ihnen schon zeigen.

26

Der zweite Samstag im August.
Tora war in Bekkejordet gewesen und hatte Rakel beim Hausputz geholfen. Sie zögerte den Heimweg so lange hinaus, daß Rakel und Simon Blicke wechselten.
Als sie im Tausendheim die Küchentür öffnete, saß *er* direkt ihr gegenüber auf der Couch.
Sie hatte gewußt, daß er kommen sollte. Aber sie hatte es nicht fertig-

gebracht, dieser Tatsache ins Auge zu sehen. Hatte lange gehofft, daß er erst kommen würde, wenn sie bereits nach Breiland abgereist war. Er war für sie ganz unwirklich geworden, seit sie den Bescheid erhalten hatte, daß sie an der Realschule angenommen worden war. Sie hatte gewissermaßen Abstand zu ihm gewonnen. Hatte ihn willentlich vergessen.

Nun saß er da.

Tora hatte einen ganz trockenen Mund. Wie im Fieber. Hatte keine Angst. War nur entsetzlich müde. Ohne zu wissen, was sie jetzt tun sollte. Hatte vergessen, wie er war. Immer erraten müssen, wie man sich am besten benahm, damit es möglichst wenig Krach gab.

Er sah nicht gut aus. Sie wußte nicht, was sie erwartet hatte. Er war der gleiche. Und doch ein anderer. War eine lebende Erinnerung an einen schrecklichen Gedanken, den sie mit niemandem teilen konnte.

Die Mutter stand mit dem Rücken zu ihr. Am Küchenschrank. Sie richtete das Abendessen. Tora war sich dessen nicht bewußt, daß sie auf der Türschwelle verharrte und schwer atmete, als ob sie den ganzen Weg gerannt wäre, und daß sie dort bereits so lange stand, daß es Anlaß für einen Wutausbruch sein konnte.

»Da stehste und glotzt.«

Henrik grinste ein wenig. Er erhob sich.

»Guten Tag, Tora!«

Lag da etwas in seiner Stimme? Eine Drohung? Eine Warnung?

Tora wollte ihm wenigstens guten Tag sagen. Das konnte nicht schaden. Aber sie vermochte es nicht. Glaubte einen Augenblick, daß sie es gesagt hätte. Aber sie sah an seinem Gesicht, daß sie nichts gesagt hatte.

Sie *sah* sein Gesicht. Die Züge waren schärfer geworden. Er war dünner. Hatte sich einen Bart zugelegt. Niemand in Vaeret ging mit Bart. Die schneeweißen, kräftigen Zähne zeichneten sich wie ein Tiergebiß gegen den dunklen Bart und die tagealten Barstoppeln ab. Er hatte bläuliche Ringe unter den Augen. Der Pullover und die Hosen waren dieselben wie in der Brandnacht. Als ob er unlängst aus dem Meer gestiegen wäre. Tot – bis jetzt. Tora hatte den Eindruck, daß es ein böser und langsamer Traum war. Er hörte nie auf. Er sollte ewig dauern – ganz bestimmt.

»Also gut. Da red'ste eben nicht. Das macht mir nichts aus.«

Henrik ging langsam in das Zimmer und rumorte dort drinnen. Dann

kam er mit einem Päckchen wieder raus. Schritt durch die Küche und legte es vor Ingrid auf den Schrank.
»Bitte. Ein Mitbringsel aus der Stadt.«
Der Sommer war wunderschön gewesen. Die Fenster standen bis spät am Abend auf. Die Möwe und der kleine Seelachs hatten Farbtupfer auf alles gesetzt. Die Sonne hatte nicht daran gedacht unterzugehen. Weiche Spätsommergeräusche drangen in die Küche. Es steckte noch ein guter, schwerer Duft nach Heu, Gras und Blumen in Toras Nase. Die Welt war nicht hier. Das Leben war nicht hier. Es konnte nicht wahr sein, daß er zurückgekommen war.
Aber er stand da. Er übergab der Mutter ein Päckchen, das sie langsam und schweigend öffnete. Sie trocknete die Hände sorgfältig ab, bevor sie den Inhalt herausnahm. Ein weißes Sommerkleid! Es floß aus dem Papier heraus wie ein Wunder. Floß zwischen Henrik und der Mama.
Tora starrte. Sie war noch nicht richtig in den Raum hereingekommen. Sie sah, wie die Mama dankte. Ihm die Hand gab. Als ob man zwei Fremde im Stummfilm sah. Abgehackte, lächerliche Bewegungen. Der Mund, der sich bewegte. Sinnlos.
Ingrid hielt sich das Kleid an und betrachtete es mit gesenktem Blick.
»Es ist unwahrscheinlich schön... und muß viel gekostet haben...«
»Nicht der Rede wert.«
Er stand vor Ingrid. Einen Augenblick sah es so aus, als ob er nach ihr greifen wollte. Aber er ließ die Arme sinken. Endlich begriff Tora, was so sonderbar war. Es war nicht das Päckchen. Nicht, daß er nüchtern war. Nicht, daß er guten Tag sagte und keine Ohrfeigen gab. Es war die Stimme. Sie war sicher und froh. Tora fühlte, wie das Unbehagen sie packte. Es war so widersinnig. Sie konnte es nicht fassen. Der Mann schien noch gefährlicher zu sein, weil seine Stimme – wie Onkel Simons Stimme geworden war...
Er sprach leise mit der Mutter über den Tisch hinweg, während sie aßen. Tora wagte nicht zu sagen, daß sie schon in Bekkejordet gegessen hatte. Die Scheibe Brot blieb auf dem Teller liegen – lange. Aber keiner äußerte sich dazu. Die Geräusche von Elisifs Anhang waren heute abend unwirklich und dumpf. Irgendwo draußen auf der Straße fuhr jemand mit einem quietschenden Fahrrad davon. Einmal hörte sie Jörgen unten am Kai rufen. Tora hörte den Geräuschen an, wo sie herkamen. Wußte auf einmal, daß Jörgens Ruf von der Grenze zwischen dem Betonkai und dem Holzkai kam. Sie kannte das ganze Tau-

sendheim. Kannte den ganzen Strand. Alle Geräusche. Die Stimmen. Und dann war es trotzdem geschehen, daß *er* hierhergekommen war – mit einer Stimme, die zu nichts paßte.

»Du bist groß und erwachsen geworden.«

Der Schweiß brach ihr aus allen Poren, als sie spürte, wie seine Augen sie musterten. Die alte Übelkeit. Sie mußte auf den Hof – auch wenn sie beim Essen saßen.

Sie wußte nicht, wie sie aufstehen sollte. Denn dann würde er ja ihre ganze Gestalt sehen. Sie hatte das Gefühl, daß es lebenswichtig war, so viel wie möglich vor seinem Blick zu verbergen.

Sie duckte sich. Fiel gleichsam über der Tischplatte zusammen. Noch hatte sie nicht ein einziges Wort gesprochen.

Ingrids Hände spielten nervös mit der Tischdecke. Hilflos sah sie Tora an. Es lag eine Bitte in ihrem Blick. Einen Moment trafen sich ihre Augen. Dann richtete Tora sich plötzlich auf und sagte:

»Ja.«

Henrik zuckte bei ihrer Stimme zusammen. Aber er ließ sich sonst nichts anmerken. In ihren Gedanken keimte ein Samenkorn, eine Hoffnung – daß mit dem Mann ein Wunder geschehen war. Daß alles, was gewesen war, nur in ihrer Phantasie existierte. Ja, einen Augenblick war sie bereit, zu vergessen. Wenn er nur ein anderer geworden war. Wenn er nur sein ganzes Denken und Handeln geändert hatte.

Aber Tora hatte so manchen Gesinnungswandel erlebt, so manchen Hinterhalt gespürt, so viele Worte von Menschen gehört, von denen sie eine bessere Meinung gehabt hatte, daß sie sich schnell ausrechnete, daß diese Veränderung nicht dauern konnte. Deshalb saß sie mit zusammengepreßten Schenkeln da. Die Scheibe Brot ließ sie liegen.

Als er ein zweites Mal ins Zimmer ging und mit einem Päckchen wiederkam, das er vor Tora hinlegte, vermochte sie kaum einen Dank herauszubringen. Vermochte das Papier nicht anzufassen. Die Übelkeit war das einzig Wirkliche.

Ingrid packte ein Holzkästchen aus. Eine Brosche aus roten Glasperlen lag darin.

Henrik war nüchtern. Er blieb zu Hause bis Montag morgen. Dann ging er zu Dahl, um ihn um Arbeit zu bitten.

Ingrid hatte kaum zu atmen gewagt, solange er im Hause war. Es war zu schön, um wahr zu sein. Dahl war anderer Meinung. Er empfing

zwar Ingrid Tostes Mann. Aber er machte ihm klar, daß er keine feste Arbeit bekommen könne. Da waren viele vor ihm an der Reihe. Leute, denen er schon seit langem etwas versprochen hatte.
Henrik wurde eine Spur dunkler. Er klemmte seine Mütze unter den Arm und ging ohne Umschweife.
Dahl seufzte. So war dieser Parasit auf die Insel zurückgekommen. Na gut. Man mußte auf alles, was brennbar war, achtgeben.
Henrik wußte etwas Besseres, als in Ottars Laden zu gehen. Und er ging an Simons Fischereibetrieb vorbei. Er machte statt dessen einen Spaziergang auf den Veten. Die Leute konnten sehen, daß er den Weg schnell hinaufstieg. Da fehlte Henriks Füßen gar nichts, wenn er nüchtern war. Und er war nüchtern. Es war kaum zu glauben. Er trug den Kopf hoch. Etwas zu hoch, meinten die meisten. Er grüßte alle, so daß sie genötigt waren, zurückzunicken.
Als er schon eine ganze Woche zu Hause war und noch nicht in die Tobiashütte hineingeschaut hatte, mußten die Männer ein bißchen grinsen. Er hatte sicher noch die Nacht in guter Erinnerung, in der die Tür der Tobiashütte Seewasser und Kotze abbekommen und ihn wieder ins Leben geschüttelt hatte. Dieser Kerl glaubte wohl, daß im Gefängnis zu sitzen eine Art Amerikareise war – von der man zurückkommen konnte und hochmütig und stolz sein.

Es wurde nun so, daß er am Tischende in der Küche im Tausendheim saß und selbstgedrehte Zigaretten rauchte und alte Zeitungen las. Ihm schien das zu gefallen. Aber es gab nicht viele, die Henrik Toste ansehen konnten, was in seinem Schädel vor sich ging. Und Ingrid spürte die Faust im Nacken. Sie fühlte sich sehr unfrei. Hatte vergessen, wie es ist, einen rauchenden – qualmenden Mann am Tisch sitzen zu haben. Er lähmte ihre ganze Energie. Sie wußte nicht, wie sie das Notwendigste zuwege bringen sollte unter des Mannes forschendem Blick. Es war, als ob sie sich das alte Leben zurückwünschte. Das Leben ohne ihn ... Und das, obwohl er nüchtern war. Sie schämte sich. Schämte sich fürchterlich. Jetzt, wo sie nicht ihre ganze Klugheit gebrauchen mußte, damit er sie nicht schlug, damit er nüchtern war, damit er arbeiten ging – jetzt schien sie nichts anderes mehr zu haben, was das Zusammenleben mit dem Mann betraf. Sie hatte nur eine große, rastlose Leere. Und sie war froh, daß in der Fischfabrik die Arbeit bald wieder aufgenommen werden sollte. Sie graute sich davor und war gleichzeitig froh, daß Tora demnächst nach Breiland fuhr.

Der Widerwille des Mädchens gegen den Mann war nicht auszuhalten. Jeden Tag fürchtete sie, daß Henriks Geduld am Ende war und es zu einem Ausbruch kommen würde. Sie wußte nicht, ob sie es wagen sollte, ihm zu erzählen, daß sie sich mit Rakel und Simon schon vor langer Zeit versöhnt hatte. Über das, was gewesen war, sprachen sie nicht – miteinander. Und sie wußte nicht, wie lange sie ihn noch hinhalten durfte. Hatte ihm nicht einmal erzählt, daß Tora auf Simons Kosten die Realschule besuchen würde. Aber das konnte sie nicht mehr aufschieben.

Schließlich war es Tora selbst, die es ihm sagte.

Sie wollte eines Tages ihre Sachen in einen großen Karton einpacken – ohne daß die Mutter und sie darüber gesprochen hatten, wann und was gepackt werden sollte.

Henrik saß wie gewöhnlich am Küchentisch und rauchte. Das Radio war an. Es krächzte Musik in den verräucherten Raum hinein. Tora kam mit einem Pappkarton durch die Küche getrottet und wollte damit in die Kammer.

»Was willste denn mit dem großen Karton – willste umziehn?«

Er grinste sie ein bißchen an und nickte zu dem Karton hin.

»Ja. Ich soll nächste Woche nach Breiland.«

»Ach! Was machste denn da?«

Die Stimme war noch ruhig.

»Ich soll auf die Realschule.«

Tora verstand selbst nicht, daß sie es schaffte, ihm zu antworten. Aber sie war nicht auf sein kaltes Lachen vorbereitet. Nur auf den Wutanfall und die Ohrfeige. Nur darauf, daß er toben würde und nach Vaeret hinunterrennen und sich um Sinn und Verstand trinken.

Das Lachen war überlegen. Sicher. Schlimmer als alles andere.

»Habt ihr geerbt – deine Mutter und du? Weißte überhaupt, was das kostet, sich in Breiland ein Zimmer zu nehmen und auf die Realschule zu gehn?«

»Ja, Onkel Simon hat's für uns ausgerechnet.«

Tora ließ sich nicht beeindrucken. Stand dem Mann halbwegs zugewandt. Zwang sich dazu, ihm in die Augen zu sehen. Sah, daß etwas mit ihm vor sich ging. Daß er näher kam. Das ganze Gesicht. Der ganze Mann. Bis er dicht vor ihr stand. Und die Mutter machte so viele Schritte, wie erforderlich waren, um ihr nötigenfalls zu Hilfe zu kommen.

»Und das macht *uns* reicher, daß der Simon das ausgerechnet hat?«
Tora wartete auf den Schlag. Sie hielt den Arm bereit. Aber der Schlag kam nicht.
»Der Onkel wird für mich bezahlen.«
Die Stimme kam aus einer großen Tiefe. Zwischen Steinwänden herausgeschleudert. Sie war nur für ihn bestimmt.
Es versetzte dem Mann einen Stoß. Er wich zurück und sah Ingrid und Tora nacheinander an.
»Ach so«, sagte er nach einer Weile. Dann ging er ruhig zum Küchentisch und setzte sich, um sich eine neue Zigarette zu drehen.
Eine rote Stille lag über dem ganzen Raum. Vibrierend und gefährlich. Kurz bevor das Fürchterliche losbrach. Tora war schweißgebadet. Der Karton rutschte ihr aus den Händen. Dadurch kam sie zu sich. Raffte den Karton schnell auf und verschwand in der Kammer.
Nachdem sie die Tür gut geschlossen hatte, kam das Zittern.
Sie setzte sich einen Augenblick auf das Bett. Dann wurde ihr klar, wo sie saß. Erhob sich und fing langsam und systematisch an, die wenigen Kleidungsstücke, die sie in der Kommode und im Schrank hatte, einzupacken. Sie hätte nie geglaubt, daß sie es machen würde, ohne sich vorher mit der Mutter besprochen zu haben. Aber nun war alles Beratschlagen unmöglich geworden. Und es war dringend erforderlich zu packen. JETZT!

Es zog sich in die Länge mit Henriks Arbeitslosigkeit.
Ingrid hatte alle Reserven aufgebraucht. Ottar hatte schon mehrmals die notwendigsten Dinge anschreiben müssen. Es sah so aus, als ob es erst in ein paar Wochen wieder Arbeit in der Fischfabrik geben würde.
Henrik saß am Tischende und rauchte. Er war noch nüchtern. Darüber konnte man froh sein, dachte Ingrid.
Tora war in Bekkejordet. Sie hatten nach ihr geschickt. Rakel wollte sie wohl ein wenig feiern, bevor sie jetzt nach Breiland ging.
Ingrid wußte nicht mehr ein noch aus. Sie hatte nicht genug Geld und konnte Simon doch nicht fragen. Es genügte wahrhaftig, daß er das Zimmer und die Bücher und die Schule bezahlte, da sollte er nicht auch noch für die Reise und das Essen aufkommen. Ingrid saß gebeugt über ihrer Arbeit, sie nähte den Saum von dem guten Kleid für die Lehnsmannsfrau mit der Hand. Sie würde sie bitten, ihr das Geld gleich zu geben. Sie würde heute abend das Kleid hinbringen.

Trotzdem würde es weder für Toras noch für ihre Auslagen reichen. Wenn sie nur eine extra Putzstelle kriegen könnte – oder lieber, etwas zu nähen! Und wenn nur die Frosterei wieder in Gang käme. Sie stach sich in den Finger, so daß sie das Blut abwaschen mußte und warten, bis der Finger aufhörte zu bluten.
Ihr Blick fiel auf den Mann am Tischende. Es dämmerte ihr, daß sie eine Klärung herbeiführen mußte. Er konnte nicht für den Rest seines Lebens da sitzen. Dann würde er doch nur wieder anfangen zu trinken.
»Haste noch Geld, Henrik?« fragte sie ihn plötzlich.
Es waren nur die Zwei im Raum. Sie waren eigentlich Eheleute und sollten gute und böse Tage miteinander teilen. Es sollte eine Selbstverständlichkeit sein, daß die Frau den Mann um Geld fragte.
Henrik lachte höhnisch.
»Du kannst ja den Simon fragen, ob er noch was für dich hat!«
Ingrid wußte, daß sie jetzt schweigen mußte. Aber sie fuhr fort.
»Es ist wohl grade genug, daß der Simon Zimmer und Schule für das Mädchen bezahlt.«
»Ach so, das ist genug?«
»Wir zwei sollten vielleicht auch etwas...«
»Oh!«
Ingrid konnte sich gegen diese höhnische Ruhe nicht wehren. Sie war ungewohnt. Es graute ihr vor dem Schlag, der aber nicht kam. Das nahm ihr alle Energie – so daß sie nicht mehr klar denken konnte.
»Mußt du so sein? Kannste nicht versuchen, etwas zu bekommen? Biste überall gewesen und hast nach Arbeit gefragt?«
»Ja!«
Die Antwort war wie ein Peitschenhieb. Ein Abschluß des Gesprächs. Und Ingrid verstand. Schwieg.
Die Stille stand um sie wie eine Wand. Ingrid fing wieder an zu nähen.
»Du hättest besser den Simon genommen. Ist's nicht so?«
Ingrid sah erstaunt zu dem Mann auf.
»Was meinste?«
»Ich mein' nur, daß es schad ist, daß du den Simon nicht festgehalten hast. Das warst doch du, die ihn sich zuerst geschnappt hat. Damals, als er auf die Insel kam. Das warst doch du, mit der er getanzt hat und mit der er nach Hause gegangen ist – damals. Hättste dir vom Simon 'nen dicken Bauch machen lassen, da wärste jetzt die Sorgen los.«

Ingrid saß ungläubig da und starrte ihn nur an.
»Mein Lieber – was redste da? Es ist nie etwas zwischen mir und dem Simon gewesen. Für den Simon existierte immer nur die Rakel.«
»Deshalb biste zum Simon raufgerannt, während ich gesessen hab'. Deshalb hat er dich so gut getröstet, während die Rakel im Krankenhaus lag, was? Glaubste denn, ich weiß nicht, daß ihr die meiste Zeit da oben *gewohnt* habt? Und die Bezahlung war gut, nicht wahr? Für die Tora und für dich auch?«
Ingrid konzentrierte sich auf die unsichtbaren Stiche im Kleid. Kreuzstiche. Sie zog die Nadel immer unter zwei Stoffäden durch. Kontrollierte jeden Stich auf der rechten Seite. Sah man ihn? Nein.
So saß sie, bis sie fertig war. Es wurde nicht mehr über Geld gesprochen. Auch nicht über Simon. Ingrid begriff, daß sie es so haben sollte, wie sie es hatte – oder sie mußte etwas unternehmen, um aus dem Ganzen herauszukommen. Es lähmte jeden Gedanken und schloß die Freude aus allen Tagen aus. Die Nächte, die vor ihr lagen, waren lang und unfreundlich und ohne Wärme.

Dann waren es doch Simon und Rakel, die es mit dem Reisegeld und dem Geld für das Essen in der ersten Zeit in Breiland regelten.
Rakel, Simon und Tora saßen in der Dämmerung am Wohnzimmertisch und tranken Kaffee, als ob Tora ganz erwachsen wäre und es an nichts fehle. Das Geld lag in einem Umschlag. Diskret. Wie ein Geschenk – ein Brief. Unansehnlich. Mit einem unbegreiflich großen Inhalt. Sie konnte ihn nicht öffnen, solange die beiden zusahen. Dankbarkeit konnte man zeigen. Aber die nackte, demütige Freude des Armen über das Almosen konnte man verbergen. Denn man brauchte nicht zu wissen, was in dem Umschlag war. Man sollte danken – und nicht wissen, für wieviel man dankte. Das war so üblich in Bekkejordet.
Tora fühlte sich reich und sicher, da wo sie saß. Den Pappkarton hatte sie schon verschnürt. Sie mußte nur noch die letzten notwendigsten Sachen in Mutters altem Koffer verstauen, dann war sie fertig. Es war nur noch ein Tag.
Elisifs Gott hatte sie von der Nachtschicht in der Dahl-Fabrik erlöst. Die Mutter war immer zu Hause. Tora hatte angefangen zu glauben, daß es trotz allem ein Entrinnen gab. Wußte ja, daß er in der Küche am Tisch saß. Aber es war nicht so quälend. Nicht so bedrohlich. Binnen kurzem würde sie ruhig zur Tür hinausgehen.

Die Augustdämmerung drängte hinter den hellen Gardinen. Blau. Gelobte ihr etwas. War ein Erlebnis für sich. Und mitten darin saß Onkel Simon und hatte weiche Schatten auf dem Gesicht. Er saß in einem kurzärmligen Hemd da.
Wenn er den Kopf drehte, sah sie, wie seine Halsmuskeln sich bewegten. Schatten wechselten. Wenn die Arme und Hände sich mit diesem und jenem zu schaffen machten, wurde die Haut in dem Grenzland zwischen Licht und Schatten lebendig.

Ingrid hatte an diesem Abend etwas zu erledigen. Sie verließ den Mann im Tausendheim und ging mit dem Kleid zur Lehnsmannsfrau. Und sie hatte noch ein anderes Kleid mit. Henriks Geschenk. Sie bot der reservierten, überlegenen Dame das Kleid an. Bot es für 100 Kronen an. Für 80. Für 60. Und die Lehnsmannsfrau zuckte zum Schluß die Achseln und nahm es für 60 Kronen – auch wenn die »Saison« zu Ende war.
Sie standen einen Augenblick mit dem weißschimmernden, leichten Kleid zwischen sich da. Dann gab Ingrid dem weißen Kleid einen Schubs, ergriff das Geld und ging.
Ja. Es stimmte. Die Saison für weiße Kleider war zu Ende. Für sie, Ingrid, war nie Saison gewesen.
Sie ging direkt nach Hause und richtete für den Mann am Tischende das Essen. Es lag eine energische Falte zwischen ihren Augenbrauen. Sie war so außergewöhnlich, daß sie auch den Mann zum Schweigen brachte. Sie kauten und aßen. Und schwiegen.
Indessen hüllte der Herbstabend die Insel ein. Brachte einen goldenen Schein von Westen mit. Ließ es in den alten Bäumen rund um das Tausendheim flimmern. Sandte das letzte goldene Licht durch die Fenster hinein zu den beiden am Abendbrottisch. Aber das nützte wenig. Keiner von ihnen sah es. Die Luft war übersättigt von zurückgehaltenem Haß. Und das war nichts Neues. Das Neue war nur, daß sie es diesmal stärker empfand als er. So waren sie quitt.
Sie hatte nur für sich selbst zu sorgen. Endlich begriff Ingrid, daß sie künftig nur noch sich selbst hatte. Tora ging fort.
Sie hatte es von sich weggeschoben – bis heute. Aber in dem Augenblick, in dem das Kleid den Besitzer wechselte, war sie hellsichtig geworden. Auf dem Heimweg ließ sie alles an ihrem inneren Auge vorüberziehen. Ihr ganzes Leben. Und sie wußte, daß sie nichts mehr zu verlieren hatte. Tora war auf dem Weg nach draußen.

Schließlich ging er noch fort. Schritt zielbewußt nach Bekkejordet hinauf. Hielt sich abseits des Weges. Traf keinen. War schnell an dem Drahtzaun der Koppel. Die Abkürzung und der Pfad hinauf zum Haus. Augustdunkle Bäume. Blinde Schatten.
War ein Gedanke in dem dunklen Kopf schon lange vorher geboren worden?
Ist es Zufall, wer an den Zaun genagelt werden soll?
Wer dem Haß in den Weg läuft? Den Trieben?
Oder gibt es da ein Muster?
Einen vorgegebenen Weg im Labyrinth?
Einen Weg, der ein·für allemal bestimmt ist? Und die Menschen zwingt, ihn zu gehen – genau so? Sind wir einander ein Werkzeug in unserem Leben und ein Teil unseres wechselseitigen Weges?

Tora stand mitten in der Koppel etwas südlich von Bekkejordet.
Der Abend wurde durch das dichte Laub gesiebt. Grünes Geflimmer über saftigem Farnkraut. Der Waldboden versteckte sich. Heimlichkeiten in grüner Dunkelheit. Erdgeruch und leise Gedanken. Zwischen den Steinen.
Tiere und Menschen waren den Pfad gegangen. Heidekraut und Grashalme hingen halb über den schmalen Steig. Wurzeln ragten heraus. Standen hart über.
Wem nützt es, gut zu Fuß zu sein, wenn Wurzeln im Wege sind? Was nützt ein Ruf in dem halbdunklen Abend, dort, wo die Idylle alle Spuren verbirgt?
Zuerst glaubte sie es nicht. Er mußte lange auf dem Stein gesessen haben. Wie ein Tier auf der Lauer. Wohl wissend, daß das Opfer vorbeikommen würde. Saß verborgen vor Gott und den Menschen. Allein, alle Sinne geschärft. Lauschend auf Tritte auf dem Pfad. Leichte Tritte, die keinerlei Unruhe in sich hatten.
Sie wandte sich jäh um und lief. Stolperte. Fiel.
Es konnte nicht günstiger sein. Der Mann war geschickt und schnell. Und stark. Besaß die beste von allen männlichen Eigenschaften: Stärke.
Ein Fall in den dichten Farnenwald. Zwischen die Steine. So schön ist ein Lager im Grünen. Mit so vielen von des Spätsommers verzaubernden und prickelnden Düften. So viele dichte Baumkronen von der heiligen Erde waren willens, das, was da geschah, vor Elisifs Gott zu verbergen.

Das Mädchen Tora war weniger als eine Ameise unter dem Absatz der Ewigkeit. Weniger als ein Samenkorn in des Himmels Würzgarten.
Er knuffte sie ein paarmal mit der gesunden Hand und packte sie um den Hals. Dann lag sie still. Hatte es geschafft, auch diesmal ihren verhaßten Körper zu verlassen. Trotzdem spürte sie alles zusammen. Die Sinne befanden sich außerhalb ihres Körpers und verbluteten, während die Augen blind in den hellen Himmel starrten. Sie tröstete sich, jammervoll genug, mit dem Gedanken, daß es bald vorüber sein würde, wenn sie nur ruhig liegenblieb.
Es schmerzte fürchterlich in ihrem ganzen Ich von einer dröhnenden, grauenhaften Stille. Die Baumkronen fielen über ihr zusammen und bohrten die Zweige in ihr Fleisch, weit hinein in ihr Innerstes. Wuchsen rund um sie und waren lebendig. Schnürten sich um ihren Hals. Hatten Haut und Gewicht.
Es kamen einige erstickte Laute von dem Farnlager. Die kleinen Birken standen dicht und saftiggrün am Pfad. Im übrigen waren die Dunkelheit und die Schatten die Bundesgenossen des Stärkeren. Schweigend und ohne Spur.
Eine Sekunde durchzuckte es sie. Dinge, die sie verstanden hatte. Gelesen. Dinge, die sie hier und da aufgeschnappt hatte: daß so etwas, wie das hier, ein Vergnügen sein sollte.
Ohne es zu wissen, hatte sie die Hände um das Heidekraut zu beiden Seiten ihres Körpers gekrallt. Ganz fest. Es war unmöglich, den Griff zu lösen.
Ihr Gesicht lag verzerrt auf der Seite. Die Augen weit geöffnet – ohne Blick. Sie mußte nichts sehen. Denn das war noch nie geschehen! Eine Weile wie tot sein. Dann würde es vorüber sein, und sie konnte sich auf dem Pfad aufraffen. Sich wieder in die Kleider einschließen. Zu den Menschen hinausgehen. Zu dem Licht und zu denen, die so viel mehr Sicherheit gaben. Sie mußte sich einfach aufraffen. Zuerst. Sich besinnen. Und sich vergeben, daß sie existierte.

Als es vorüber war, ließ er sie los, und sie kam auf die Knie. Die Übelkeit war wie eine Wand. Sie erbrach sich in langem, gequältem Stöhnen.
Der Mann warf sich im letzten Moment zur Seite. Ordnete seine Kleider und verschnaufte.
Irgendwo in der Nähe zitterten die Blätter einer großen Espe.
Er sah ein paarmal auf die Gestalt, die zusammengekauert vor ihm

hockte. Dann reichte er ihr sein Taschentuch. Eine einfache, unerwartete Geste. Als ob er das Mädchen zufällig im Wald überrascht hätte und sie ihm leid täte, daß sie sich übergeben mußte.
Und Tora nahm das Taschentuch. Sie hielt es zwischen den erdigen Fingern. Es tat gut, etwas festzuhalten, fest gegen die Augen, so daß sie nicht zu sehen brauchte.
Erst als er die Hand auf ihr Haar legte, erstarrte sie wieder. Fühlte roten, lebendigen Haß sich aufs neue da innen wälzen. Die Gefühle kamen an ihren Platz.
Sie *fühlte*, daß sie sich das Knie aufgeschunden hatte. *Fühlte*, daß der Rock zur Hälfte zerrissen war. *Fühlte*, daß es an ihr herunterrann. *Fühlte*, daß es schmerzte und brannte, als ob sie mit dem Messer geschabt worden wäre.
Ein unbändiger Zorn ergriff sie. Ein Zorn, der größer war als alles andere.
Größer als die Angst. Größer als die Scham. Größer als die Erleichterung. Größer als die Erniedrigung.
Sie stand auf. Schwankte. Zwang sich zu sehen. Gut zu sehen. Sie hörte das knirschende Geräusch, als sie ihn mit der Schuhspitze traf.
Der Kopf lag wie eine Kugel im Gras.
Es knirschte süß in ihrem Innern.
Sie lief sofort nach Hause – ohne zurückzusehen. Sie wusch sich in der Waschküche mit dem eiskalten Wasser. Versuchte sich soweit in Ordnung zu bringen, daß sie vor Mutters Augen treten konnte. Aber es war niemand in der Küche, als sie hereinkam. Sie war so erleichtert, daß es ihr schwindlig wurde. Sie hielt sich eine Weile am Bettpfosten fest. Dann zog sie sich aus und kroch in ihr Bett.
Der Tritt hatte sie richtig gewärmt. Jetzt, da sie in ihrem Schlupfwinkel war, hatte sie keinen Platz für etwas anderes als den Tritt. Das Geräusch, als *er* kaputtgegangen war!
Alles andere war leer. Sie würde hier liegenbleiben, bis sie Bescheid bekam, daß sein Kopf zerborsten war. Zerborsten!
Zerquetscht dort oben auf dem Pfad – so daß nichts mehr gefunden wurde.
Kaputt.
Endlich!

Henrik Toste sei besoffen gewesen, habe sich die Oberlippe gespalten und einen Zahn ausgeschlagen – sagten die Leute.

Zwei Reihen Fenster. Die Glasveranda mit dem verwahrlosten Aussehen. Der Vogelbeerbaum, der sich für den Herbst bereit machte. Die eingesunkenen Dächer der Nebengebäude. Der Grusplatz rund um das Haus, wo in den gelben Grasbüscheln die Reste von einem grünen Park wie eine gespaltene Ahnung lagen. Die drei Schornsteine. Der im Südwesten war neu und sah vollkommen lächerlich aus. Ein spitzer Zeigefinger aus Beton, der sich unmöglich neben den narbigen Ziegelschornsteinen ausnahm, die ein langjähriges Gewohnheitsrecht sowohl für die Krähen als auch für die Aussicht hatten. Das alte steinbeschwerte Dach verzerrte sich hier und da aus purer Mißbilligung – über die neue Zeit.
In dem leeren Gebäude am Kai, das seit alters her zum Tausendheim gehörte, gab es dicken Staub und Spinnweben, und an dunklen Herbstabenden hörte man Geräusche von Gespenstern und Schiffbrüchigen in den leeren Räumen. Es brauste immer stark dort unten. Als ob die Meereswellen direkt im Haus säßen – und die Stürme dort wohnten, während sie sich für den nächsten Kampf ausruhten. Dort waren Kräne, von denen rostiges Wasser tropfte, Klappfenster, die nicht schlossen, Treppen, denen Stufen fehlten, Kisten, die sich bis zur Auflösung langweilten, indes die Jahre dahingingen. Alte, morsche Fischernetze hingen als Netzwände von den Balken herunter. Sie bewegten sich mächtig und langsam, wenn jemand die Tür offenstehen ließ. Da verschob sich die eine oder andere Masche unmerklich. Wechselte die Lage, so daß andere Maschen auch aus der Ordnung gerieten und neue Knoten suchten, an denen sie sich festhängen konnten. Und der Staub wirbelte langsam auf und stand einen Augenblick lose in der Luft, bevor er sich wieder dort niederließ, wohin er fallen mußte.
Die neue Zeit wurde hier zuschanden gemacht. Die alte auch. Nach Teer riechendes Tauwerk lag überall auf dem Boden herum und lauerte nach Einbruch der Dunkelheit auf ein bedauernwertes Opfer. Sah man sich nicht vor, konnte man plötzlich kopfüber hinstürzen. Oder an Taue stoßen, die von der Decke herunterhingen, und einen Augenblick glauben, daß Krieg zwischen Indianern und Weißen herrsche und daß die Rothäute einen mit dem Lasso gefangen hätten – und der einzige Weg zu dem ungemütlichen Ende am Totempfahl führe.
Die Kinder hatten ihn dort stehen. Einen alten Treppenpfosten, fest-

gekeilt in einem Loch im Fußboden. Die großen Wellen schmatzten und brausten direkt darunter. Es schmeckte nicht sehr nach Prärie, aber das war egal – denn das alte Gebäude war gut abgeschirmt gegen die Augen und Ohren der Erwachsenen und diente deshalb als Folterkammer und Hinrichtungsstätte.
Es kam auch vor, daß der eine oder andere einen Spaziergang dorthin machte. Mutterseelenallein. Im Tausendheim war kein Platz für die ganz große Meditation und nicht genügend Einsamkeit, um ein nacktes Antlitz zu verbergen.

Tora fand Sol am Totempfahl. Sie versuchte, ihr Gesicht zu verbergen, indem sie sich abwandte, als sie Toras Schritte vernahm.
Es war halbdunkel und düster. Tora zuckte zusammen. Sie hatte nicht erwartet, hier jemanden zu finden. Wollte nur an allen Orten noch einmal hereinschauen, die sie jetzt verlassen würde. Ein dummes, unnötiges Unterfangen. Trotzdem... Und da saß also Sol, das erwachsene Mädchen, und ließ den Kopf hängen.
»Du sitzt hier?«
»Ja, das siehste doch. Biste noch nicht weg, übrigens?«
»Morgen...«
»Hm...«
»Biste böse auf deine Mutter?«
»Nee, warum denn?«
»Weil du hier sitzt – allein.«
»Das nützt nicht viel, auf sie böse zu sein!«
»Nee, nützt... Aber deswegen kannste doch böse sein?«
»Nein.«
Die blonden Dauerwellen gingen mit, wenn sie den Kopf schüttelte. Wie bei einem Schaf, das die Nässe aus dem Fell schüttelt. Zwei Augenschlitze blinzelten zu Tora hinauf. Scheuer, schräger Blick mit einer trotzigen, abweisenden Miene, um sich zu schützen.
»Du hast Glück, daß du nach Breiland kannst«, murmelte sie.
Es kam undeutlich und leise. Tora verstand, was es sie kostete.
»Ja«, sagte sie einfach.
Es hatte keinen Wert, sich froh zu zeigen. Tora verstand, daß Sol ans Tausendheim fest angebunden war. Fest. Alle wußten es. Aber keiner tat etwas. Was sollten sie auch tun?
»Die Helene ist ein Drecksmensch!« zischte es aus Sol heraus, und sie ballte die Hände im Schoß.

»Wieso?«
»Sie tut zu Hause überhaupt nichts. Alles bleibt an mir hängen. Ich muß mich um die Mama kümmern, um die Kinder, um die Arbeitshandschuhe vom Papa, die Windeln, die schmutzigen Tassen – um alles!!«
»Der Jörgen ist doch älter als die Helene. Kann der nicht helfen?«
»Der ist doch nur ein Junge.«
Sol schleuderte die traurige Identität des Bruders mit einem so großen Abscheu heraus, daß Tora stutzte.
»Er war doch vorher ganz tüchtig«, sagte sie matt.
»Ja, aber jetzt ist er erwachsen, da hat er Angst, es könnt' jemand sehn, daß er was andres als Männerarbeit macht. Der Blödmann!«
»Kann deine Mutter der Helene nicht sagen, daß sie was tun soll?«
»Herrgott, daß du das überhaupt erwähnst! Du weißt genausogut wie ich, daß die Mama nicht so ist wie andre Leute. *Alle* wissen *das*!«
»Aber warum denkste an all das grade heut?«
»Weil du auf die Realschule gehst! Und *ich* muß beim Ottar putzen! Und ich muß noch die Scheißwäsche waschen, wenn ich nach Haus komm'.«
Sie schrie es heraus. Tora wich zurück. Das war eine Sol, die sie nicht kannte.
»Ich hab' mich um drei Bürostellen beworben und alle drei bekommen! Aber die Mama flennt, und der Papa läuft in Vaeret rum, und die Kinder prügeln sich.«
Sol streckte den kräftigen Oberkörper vor und brach in Tränen aus. Der Rücken bebte, und es kamen erstickte, zerrissene Laute.
Tora kroch zu ihr hinunter.
Alles, was sie in letzter Zeit über Sol gedacht hatte, alles, was die Leute ihr erzählt hatten, daß Sol sich nämlich mit den Arbeitern von Dahl abgab, wurde plötzlich unwesentlich. Daß Sol versuchte erwachsen zu sein und daß sie lieber zu den großen Mädchen ging, mit denen sie zusammen arbeitete, als zu Tora zu kommen, das alles war nicht mehr als ein Regenschauer am Nachmittag. Denn Tora fühlte Sols Verzweiflung wie ihre eigene Brandwunde.
Sie legte den Arm um sie. Streichelte sie mit ihrer ganzen ungeschickten Wärme. Sie konnte sich in diesem Augenblick vorstellen, was Rakel in der Situation gemacht hätte. Es half ihnen beiden – für eine Weile.
»Du mußt nicht so schwarzsehn«, murmelte sie sehr erwachsen. »Du

mußt dir sagen, so oft wie möglich, daß du weggehn wirst. Und dann gehst du auch! Du kannst nicht dein ganzes Leben lang auf andrer Leut' Kinder aufpassen.«

»Was meinste mit andrer Leut' Kinder?«

»Na ja, es sind ja die Kinder deiner Mutter«, sagte Tora unsicher.

»Aber die Mama ist doch verrückt und fromm und alles und... und die Kinder können nichts dafür!!«

Sol sah wütend zu Tora auf.

»Aber *du* mußt nicht das ganze Leben Mutter für sie sein«, sagte Tora entschieden.

»Du hast gut reden. Du kannst froh sein, daß deine Schwester gestorben ist«, fügte sie hinzu.

Verbissen, mit einem Mund, der nur ein kleiner roter Strich mitten in dem aufgelösten Gesicht war, saß sie da und starrte in das Loch, in dem der Totempfahl steckte. Die Wellen schäumten wie ein Wasserfall dort unten. Schwere See. Die Bucht war voll drohender, mächtiger Bewegung, die mehrere Minuten brauchte, um vorzurollen und sich wieder zurückzuziehen.

»Sol...«

»Ja.«

»Ich werd' dir schreiben...«

»Das ist schön.«

Es war kaum zu hören. Sie hatte sich beruhigt. Schämte sich über ihre Worte. Wollte sie am liebsten wieder wie Garn aufwickeln. Sie ungesagt machen.

So saßen sie da. Dicht beieinander.

»Ich hab's nicht so gemeint, was ich von deiner Schwester gesagt hab'«, flüsterte Sol bedauernd.

»Das weiß ich...«

»Biste jetzt böse auf mich?«

»Nein. Ich werd' versuchen, mit... der Mama... oder mit der Gunn über dich zu reden, willste das?«

»Nein. Deine Mutter kann nichts machen. Und Gunn ist ja nicht mehr da.«

»Die Mama hat dein Konfirmandenkleid genäht, weißte das noch? Da...«

»Ja, aber das ist was andres. Das hier ist hoffnungslos. Da ist nichts zu machen.«

»Sag das nicht!« schrie Tora.

Ihr Zorn erstaunte sie selbst. Sol sah sie mit halboffenem Mund an. Einen kurzen Augenblick. Dann breitete sich ein Grinsen über dem verweinten Gesicht aus. Und es kam ein harter, gepreßter Hieb von einem Lachen. So, wie man es überall hört, wo Menschen sich bis zum äußersten zusammennehmen und lachen *wollen*.
»Nein, ich werd' das nicht sagen!« schrie sie und knallte die soliden Arme um Tora.
»Ich werd' gehen! Werde gehen! Werde ge-e-hen!« psalmodierte sie auf die Melodie der Nationalhymne »Ja, wir lieben dieses Land«.
Tora hörte eine Weile zu. Dann fiel sie ein. Eine durchdringende, hohe Mädchenstimme und eine undeutliche, gequetschte Frauenstimme sangen ihre eigene Nationalhymne hinaus in den zum Tode verurteilten Raum.
Der eintönige, wilde Gesang stieg und fiel. Fand ein Echo in den versteckten Ecken, stieg unter das Dach, schwächte sich ab in den Tauen und den Ketten, mit denen die Netze zusammengebunden waren – erhob sich mit erneuter Stärke und fuhr trotzig zu den zersprungenen Fenstern hinaus.
Manchmal mußten sie, um den richtigen Rhythmus in den Text zu bekommen, singen »Werd', werd', werde gehen von den tausend Heimen«.
Zum Schluß waren sie ganz leer. Saßen in einem lachenden Durcheinander unter dem Totempfahl. Der Ernst und die Hoffnungslosigkeit waren gedemütigt worden. Sol hatte sogar noch ein unanständiges Lied angestimmt. Um sich an Elisifs Frömmigkeit zu rächen. Tora hatte Verständnis dafür. Und sie stimmte ein, denn sie wollte Sol aus ihrem Elend heraushelfen:
»In Bergen sie weilte, sieh an, sieh an – die Lust sie ereilte, sieh an, sieh an – sie bumste mit einem Manne, sieh an, sieh an – der stand auf einer Wanne, sieh an, sieh an.«
Diesen Text hatte Tora noch nie gehört. Aber sie sang schnell mit. Eigentlich gefiel ihr Sols Version besser als das, was sie die Jungen auf der Straße hatte grölen hören.
Sie sangen, daß es schallte und der Totempfahl zitterte. Tora schaute Sol an, während sie sang. Es lag ein abgrundtiefer Haß in der großen Sangesfreude. Ein Haß, den Tora nicht wahrzunehmen wagte. Denn sie konnte keine unanständigen Lieder singen, um ihn loszuwerden. Sol hatte keine Gefahr. Keine solche. Deshalb erfand sie unanständige Lieder, die ihr Mut machen konnten.

»Wenn ich hier wegkomm', dann werd' ich mit den Männern nicht einmal mehr reden. Und um Kinder werd' ich 'nen großen Bogen machen, damit ich sie nicht sehn muß!« stieß Sol mit mühsam unterdrücktem Zorn hervor.
Sie waren wieder die alten Freundinnen, plötzlich. Und Sol war nicht einen Tag älter als Tora. Im Gegenteil, Tora war jetzt erwachsen, denn sie sollte ja von der Insel fort.
Fort!
Sie sah Sol bei dem Fest im Sommer vor sich. Da hatte sie mit allen Burschen herumgealbert. Unbeschwert gelacht. Getanzt. Immer wilder. Aber das war es nicht, wovon Sol träumte. Das war es nicht, was sie sich am meisten wünschte. Es war nur ein Fußtritt. Ein Fußtritt und ein Zeitvertreib.
Sol hatte auch ihre *Fußtritte*.

Als sie hinaus auf den Kai gingen, rief die Kopftuch-Johanna ihnen zu, daß nun Schluß sein müsse mit den dreckigen Liedern. Sie half Einar, vergessene Kartoffelsäcke auszuspülen und sie über das Geländer an der Mole zu hängen.
Einar indessen brauchte nicht so fromm zu sein. Keiner erwartete Frömmigkeit von ihm. Er grinste ein wenig und murmelte etwas von »frechen Liedern«.
Die Mädchen schämten sich. Aber da war nichts mehr zu machen. Die Kopftuch-Johanna drohte ihnen nicht, es herumzuerzählen. Sie rechnete mit den Leuten sofort ab.
Die Mädchen schlichen beschämt ins Haus. Eine kleine und eine große. Eine erlöste und eine unerlöste, weil die eine weggehen durfte – und die andere bleiben mußte.

Sie kochten oben bei Elisif Kaffee. Buken Pfannekuchen, die sich im Fett wölbten. Goldgelb. Mit zwei großen Eiern im Teig. Der Zucker knirschte, wenn sie aßen. Die Kleinen hielten Ruhe. Sie kauten und wischten sich den Rotz an den Ärmeln ab. Leckten die Finger ab und machten Flecke auf die schäbige Wachstuchdecke. Tora und Sol führten lange Erwachsenengespräche. Sol schubste die Kleinen weg oder nahm sie geistesabwesend auf den Schoß, bis sie keine Lust mehr hatten und wieder auf den Boden heruntenglitten.
Es roch im ganzen Treppenhaus nach Pfannekuchen.
Jörgen und Helene waren zum Abwaschen verdonnert. Jörgen guckte

böse wie ein gejagter Hund. Aber er hatte bereits Bescheid bekommen: Kein Abwasch? Keine Pfannekuchen! Sol war eine geplagte Hündin mit vielen kleinen Kuckucksvögelchen im Schoß. Sie schnauzte sie an. Kurz, bestimmt.
Das war eine sichere Methode, um Jörgen und Helene aus dem Haus zu bekommen, wenn sie fertig waren, so daß Sol und Tora noch ungestört miteinander reden konnten.
Die Zeit war knapp. Elisif war nicht den ganzen Abend bei ihrer Zusammenkunft. Und am nächsten Tag würde Tora fort sein...

28

Das Linienschiff war an diesem Augusttag genauso schwarz wie immer.
Aber Tora stand an Deck! Sah den Kai und die dazugehörigen Häuser hinter der Landspitze verschwinden, und das Tausendheim mit seiner abgeblätterten Farbe lehnte sich schwer an die flimmernde Luft. Aus den Schornsteinen stieg kein Rauch auf. Einige Fenster nach Süden zu waren geöffnet. Gestalten bewegten sich an Land.
Sie schwamm von ihnen weg. Es tuckerte taktfest innen im Schiff.
Sie war zur Tür hinausgegangen. Hatte selbst den Koffer und den Pappkarton auf den Schubkarren gestellt, den sie von Einar geliehen hatten. Die Mutter war ihr stumm gefolgt. Schritt für Schritt. Hatte die beschwerlichen Hügel hinauf schieben geholfen und mit den starken, abgehärteten Händen gebremst, als es zur Bucht hinunterging. Sie hatte mit Tora zusammen den Pappkarton über die Landungsbrücke getragen. Hatte mit denselben Arbeitshänden Toras Schulter ganz schnell gestreift, als sie wieder an Land gehen mußte, weil die Männer die Landungsbrücke einziehen wollten.
Tora wußte, daß es ein Spiel war. Ein wichtiges Spiel. Keine Tränen, nichts, was auffiel. Nur Ruhe. Würde.
Sie winkten lächelnd einander zu. Todernstes Lächeln kreuzte über trübem Wasser und pfeilschnell sich bewegenden kleinen Rotaugen. Es schwamm auch allerlei Dreck auf der ruhigen Wasseroberfläche. Tora hatte einen Augenblick den Eindruck, daß er ihr entgegenwuchs. Der Dreck. Das Wichtigste wurde. Bis die Mutter ganz aus ihrem Blickfeld verschwand.

Tora konnte nicht sehen, daß sie den Schubkarren nach Hause schob. Nicht mit den Augen. Dennoch folgte sie in Gedanken ihren langsamen, müden Bewegungen.
Dann kam der Meereswind, und das Blinklicht flog vorbei. Das gewaltige Meeresrauschen erfüllte ihren Kopf.
Eine neue Art und Weise zu gehen. Eine neue Art und Weise sich zu setzen. Die Kleider gehörten ihr auf eine andere Art und Weise als bisher. Sie hatte sich um zwei Dinge zu sorgen: den Koffer und den Pappkarton. Und beide standen sicher bei dem schönen Wetter unter der Plane.
Sie sprach mit niemandem. Aber fühlte sich nicht allein. War sich völlig sicher, daß sie jede Faser von den Tagen, die nun kamen, besaß.

Sie war früher schon in Breiland gewesen. Wußte sogar etwas von dem Haus, in dem sie wohnen sollte. Wußte, wo die Schule war. Sie mußte nur jemanden finden, der ihr den Karton zu dem Haus beförderte, dann würde sie selbst...
Sie setzte sich an Deck auf einen Kasten und versuchte sich auszumalen, wie das Zimmer wohl aussah, das sie nun ihr eigen nennen sollte. Es sei genau das, was sie brauche, hatte Simon gesagt. Sie solle nichts anderes als nur das Bettzeug mitnehmen. Ingrid war so froh über alles gewesen.
In diesem Jahr war Tora die einzige von der Insel, die auf die Realschule ging. Insgesamt durfte nicht jedes Jahr jemand auf die Schule nach Breiland.
Tora fühlte sich plötzlich sehr stolz. Von außen war das dem blassen Mädchen mit den üppigen roten Haaren nicht anzusehen. Das Gesicht war ganz ausdruckslos. Mürrisch. Lud keineswegs zu irgendeinem Kontakt ein. Die Augen waren groß, glänzend und scheu. Sie glitten weg, wenn man sie einzufangen versuchte. Der Mantel war deutlich vererbt und umgeändert. Aber sauber, in Ordnung und frisch gebügelt. Die Zöpfe waren fest und dick. Sie sei eigentlich zu groß, um mit solchen Zöpfen zu gehen, könnte ein Außenstehender sagen. Aber die Leute auf der Insel wußten, daß Ingrids Tochter Zöpfe hatte. Die hatte sie immer gehabt. Keiner wunderte sich darüber.
Wenn jemand sie unverhofft ansprach, sanken die Schultern jäh nach vorn, und der Kopf fiel nach unten. Sonst ging sie schnell und frei, das Gesicht leicht nach oben gewandt. Als ob sie sich nach etwas streckte. Jederzeit. Die Hände waren unruhig. Fanden stets etwas, um sich da-

mit zu beschäftigen. Es zu ordnen. Oder sie hielt sie ineinander verschlungen, und sie schienen sich gegenseitig zu trösten und Sicherheit zu geben.
Sie sah nicht um einen Tag älter aus als sie war – körperlich. Aber das Gesicht und die Augen konnten einen glauben machen, daß sie 18 war – oder mehr.
So ging Tora zur Tür hinaus und in eine andere Wirklichkeit hinein als die, welche sie bis jetzt gekannt hatte. So versuchte sie blindlings von sich abzuschütteln, wer sie gewesen war.

Die große, graue und redselige Dame in der hellblauen Kittelschürze zeigte ihr den Weg die breite Treppe hinauf. Die Wand unten am Treppenaufgang hatte einen riesigen Spiegel in einem schwarzlakkierten Rahmen. Wer die Treppe hinuntergeht, kommt zu sich selbst, dachte Tora verwundert. Mußte sich ganz schnell umdrehen. Ihr eigenes Gesicht sehen. Blaß, aber mit roten Flecken hoch oben auf jeder Backe. Sie sah, daß der Rock unter dem Mantel hervorschaute, und sie fragte sich, ob er das wohl auf der ganzen Reise gemacht hatte.
Der obere Flur hatte mehrere Türen. Einen Schrank. Und ein kleines Schränkchen mit einem Ausguß daneben. Das erinnerte sie ans Tausendheim. Die Flure aller großen Häuser ähnelten einander – und die hohen Fenster mit den soliden Fensterkreuzen, um das Licht oder die Dunkelheit auszusperren. Und die Freude draußen zu lassen und die Verzweiflung drinnen.
Als Frau Karlsen die Tür zu dem Zimmer öffnete, flutete die niedrige Herbstsonne durch zwei große Fenster ihr entgegen. Die Wände hatten eine schwere, ziegelrote Seidentapete, die sie an die Zimmer im Pfarrhaus erinnerte. Unter dem einen Fenster stand ein Tisch. Er sah verlassen und nackt unter der kühlen Fensterfläche aus. An der einen Wand stand ein schmales Bett. Merkwürdig schlecht plaziert und allen Bettzeugs beraubt, bis auf die fleckige, grünliche Matratze.
Zwei alte Lehnstühle kämpften zusammen um den Platz mit einem schweren, runden Tisch mit Veloursdecke, die früher sicher bessere Tage gesehen hatte. Nun trug die Decke deutliche Spuren von Zigarettenglut und Budenmahlzeiten. Die Topfbank an der gegenüberliegenden Seite des Zimmers hatte eine neue Wachstuchdecke. Eine grelle, großgeblümte Fläche.
Frau Karlsen sprach lange über die neue Wachstuchdecke. Sie hatte fast 15 Kronen gekostet und mußte die alte ersetzen – die der vorige

Mieter total zerschnitten hatte, weil er nie ein Brettchen benutzte. Deshalb wollte sie es jetzt einmal mit einem jungen Mädchen als Untermieterin versuchen. Weil Mädchen nicht alles kaputtmachten und ihre Zerstörungswut austobten und weil sie es verstanden, das Zimmer sauberzuhalten. Das hatte sie von anderen gehört, die auch Zimmer vermieteten. Das einzige war die Sache mit dem Besuch spät abends auf dem Zimmer. Tora wurde über die Mieterin im Nachbarhaus informiert. Sie habe ihren Freund Tag und Nacht bei sich. Es sei nicht besonders schön, an solche zu vermieten, das müsse Tora wohl einsehen.

Ja, Tora verstand. Ging zögernd hinter der Wirtin in das Zimmer hinein und legte die Hand auf die kalte Kochplatte. Sie warf einen zögernden Blick auf das Bild über dem Bett. Es stellte ein Segelschiff im Sturm dar. Aber es war nicht alles ganz richtig.

Frau Karlsen zeigte ihr den Kleiderschrank, in dem sich auch ein Gestell für das Geschirr befand. Sie ermahnte sie, wegen der Brandgefahr aufzupassen und nichts Nasses herumliegen zu lassen, weil es sonst modrig riechen würde. Und Tora nickte und war mit jeder kleinen Ermahnung einverstanden.

Als sie unten in Frau Karlsens Wohnzimmer saßen und frische Brötchen mit Erdbeeren aßen und guten, starken Kaffee tranken, bekam Tora die Schlüssel. Zwei altmodische Schlüssel. Schwer wie Blei. Mit einer Schnur zusammengebunden. Unmöglich, sie aus den Augen zu verlieren. Ein Schlüssel für die Haustür, der andere für das Zimmer.

»Ich möchte, daß du abschließt, das ist am sichersten. Aber denk an die Brandgefahr. Es ist schon vorgekommen, daß die Leute hinter verschlossenen Türen verbrannt sind! Ich habe auch an einen jungen Mann vermietet. Aber er fährt auf einem Frachtschiff und ist fast nie hier. Das heißt jedoch nicht, daß du mit offener Tür schlafen sollst. Besonders nicht, wenn ich manchmal bis spät in die Nacht im Altersheim bin. Wenn mein Mann einen Anfall hat. Herrgott ja, das ist wohl nun alles. Du hast doch nicht etwa Angst, allein im Haus zu sein?«

Nein, Tora hatte keine Angst. Sie drückte die großen Hausschlüssel gegen die Handflächen, bis es schmerzte. Der Schmerz von dem Metall war eigentlich ganz gut. Tora hatte Lust, hinaus auf die Straße zu laufen und zu singen. Laufen! Fliegen!

Als sie ihr Bett gerichtet hatte und zum Schluß noch mit der Hand über Randis Strickdecke fuhr, fühlte sie tief innerlich, was für ein großartiges Zimmer das war. Sie zog die gelblichen Rollos herunter, und ihr ganzes Dasein und sie selbst gehörten ihr. Es machte ihr Spaß, jedesmal die Tür zuzuschließen, wenn sie auf dem Flur gewesen war, und sie lachte leise, ohne es zu wissen.

Sie saß mit untergeschlagenen Beinen auf dem Bett und dachte sich durch den Abend. Sie hörte Frau Karlsen zuschließen und ins Bett gehen. Und der Lärm von der Straße wurde immer gedämpfter.

Die Menschen hatten aufgehört zu existieren. Sie waren Schatten aus einer anderen Welt.

Sie stellte die wenigen Bücher, die sie mitgenommen hatte, in das Regal und zog sich langsam aus. Draußen in dem dunklen Flur, der nur von einem verstaubten Wandleuchter hoch oben an der Wand erhellt wurde, fand sie die Tür zu dem kleinen Klo. Wasserklosett! Nur für sie allein. Ein ganz großer Flur – nur für sie allein. Allein.

Und sie saß im Ruderboot in der Bucht, weit draußen, fuhr auf die große Welle zu. Es glitzerte in dem grünen Wasser. Glitzerte und lockte. Sie vergaß, daß der Tod im Wasser lauerte. Sie glitt hinunter. Es war so herrlich weich. Sie bewegte sich, schwamm. Sie ließ sich an die Wasseroberfläche tragen und wurde eins mit dem Sonnenglanz über dem Wasser. Das Boot schaukelte dort drinnen in dem Brand. Aber Onkel Simon war nicht da. Sie hatte trotzdem keine Angst. Denn es war *niemand* da.

Nur eine nebelhafte Wahrnehmung von Geräuschen, die nichts mit der Kammer zu Hause zu tun hatten. Neue Gerüche, die sie an nichts erinnerten.

Und es dröhnte und gluckste von der großen Welle. Ein warmes Licht brach durch die Augenlider. Zeitweise war sie bei der großen Welle – ließ sich in den ruhigen, großen Bewegungen treiben. Zeitweise schwamm sie im Licht und sah herunter auf der Großmutter Haus in Berlin.

Einmal war sie hellwach und wußte es ganz genau: daß sie endlich frei war.

Das Nachthemd hatte sich unter dem Rücken zusammengeknäult. Es wollte sie wohl daran erinnern, wie gut alle Dinge heute nacht waren – indem es ein kleines, undefinierbares Unbehagen schickte.

Am ersten Schultag zog Tora den schwarz und braun melierten Tweedrock an, den sie von Tante Rakel bekommen hatte. Die Haare

hatte sie naß gemacht, damit die Zöpfe ordentlich lagen, und die Schuhe waren geputzt. Sie trug das Mäppchen, den Stundenplan und die Bücherliste in einem schwarzen Nylonnetz.
Da es ein wenig regnete, hätte sie eigentlich den Regenmantel anziehen müssen. Aber sie nahm den grünen Mantel, den sie zur Konfirmation bekommen hatte. Bestimmte solche Dinge selbst. Die Mutter war nicht da. Tora war am Morgen aufgestanden und hatte sich gewaschen und angezogen, gefrühstückt, aufgeräumt – ohne daß die Mutter ihr sagte, was sie machen solle. Keine leisen Ermahnungen, keine müden Blicke, keine Anordnungen mit mutloser Stimme. Tora empfand die schöne Einsamkeit wie einen warmen Wind im Gesicht. Sie hatte den Weg im Labyrinth gefunden. Hatte keine Angst mehr vor der Nacht. War zu ihrem eigenen Denken erwacht.
Sie hatte sich auf der Kochplatte warmes Wasser gemacht und es über den Körper rieseln lassen, während sie sich über die rote Plastikschüssel beugte.
Die Bücher. Die Strickdecke. Hinter Rollos. Alles gehörte ihr. Nichts, wovor sie sich fürchten mußte. Und wenn sie morgens die Rollos hochzog, sah sie die Häuser auf der gegenüberliegenden Seite der Straße wie eine sichere Wand. Sie vermißte das Meer oder den Himmel nicht. Wußte ja, daß sie da waren. Auf dem Schulweg würden sie zum Vorschein kommen. Würden immer irgendwo da sein. Hier brauchte sie nichts anderes als den großen, altmodischen Schlüssel. Die große, alte Eichentür. Die warme Teetasse.
Sie lehnte sich an sich selbst. Das gab Freiheit.

In Breiland hausten die Krähen. Nicht die Möwen.
Hier herrschte ein anderes Gesetz, wurde mit einem anderen Maß gemessen.
Tora erfaßte das erst allmählich. Sie ging zögernd und unsicher durch das Schultor. Ein wenig gepflegter Schulhof mit den Mülltonnen direkt im Blickfeld. Rissige, graue Hauswände. Zwei Reihen Fenster. Übereinander. Drei Vogelbeerbäume, mühsam neben dem groben Maschendrahtzaun gepflanzt. Sie trugen keine Beeren. Leuchteten gelb und gold in der scharfen Herbstsonne. Nackt und brutal grinste der Weisheit Haus sie an.
Aber das *sah* sie gar nicht. Sie blieb einen Augenblick im Tor stehen und holte tief Luft, bevor sie durch die Gruppen der Jugendlichen ging. Sie kannte keinen. Und das war ja wohl ganz natürlich.

Sie war vorbereitet. Vorbereitet auf – alles. Aber nicht auf die Augen. Die stummen Blicke, die ihr bis zur Treppe folgten. Augen ohne Beschimpfungen oder Wissen. Nur mit einer schlecht verhohlenen Neugierde. Ein prüfendes, abmessendes Interesse, das jeden Weg nehmen konnte.
Tora duckte sich, ohne daß sie es merkte. Sie wartete auf die Worte, die ihr den Platz zuwiesen, den sie verdiente. Mädchen aus dem Tausendheim, Deutschenkind. Aber die Worte kamen nie.
Sie war im Land der Krähen. Hier hatten sie andere Maßstäbe.

Im Klassenzimmer wartete sie, bis alle den Platz gefunden hatten, den sie haben wollten, bevor sie sich setzte. Sie merkte, daß die Augen nicht nur ihr galten – wie sie zuerst geglaubt hatte. Sie galten auch anderen. Alle die neu und nicht in Breiland zu Hause waren, wurden genau unter die Lupe genommen. Es betraf das große Mädchen mit dem dünnen, kurzgeschnittenen Haar, das am Fenster saß. Sie hieß Gunnlaug. Sagte ihren Namen mit leiser, unsicherer Stimme, die Augen auf den Pultdeckel gerichtet. Es betraf den kleinen, dunklen Jungen ganz hinten am Schrank, der sich feierlich umsah, allen zunickte und mit hoher, bedeutungsvoller Stimme sagte, daß er Erik heiße. Es betraf ein hübsches, frühreifes Mädchen mit leuchtend blauen Augen und braunen Locken, das Anne hieß und das es wagte, den Blicken zu begegnen, die auf sie gerichtet waren. Sie hatte einen schwarzweiß karierten, weitabstehenden Rock an und einen weißen Twinset. Der Busen zeichnete sich frech unter dem Pullover ab und wogte ein wenig, wenn sie sich auf ihrer Bank bewegte. Die Augen der Jugen hingen an ihr vom ersten Augenblick an.
Die sich von früher kannten, fanden sich in der ersten Pause zusammen. Aber ihre Augen richteten sich auf die Neuen. Verstohlene, schräge und abwägende Blicke.
Sie gingen in die erste Realschulklasse. Waren bedeutend. Gespannt und unsicher verbargen sie sich hinter einem glatten, ausdruckslosen Gesicht. Aber durch plötzliche, linkische Bewegungen verrieten sie sich und wurden damit auf den richtigen Platz in der Schulhierarchie verwiesen. Suchend stiegen die Stimmen vom Schulhof auf und hingen als ein beziehungsloser, mißtönender Sprechchor in der klaren Luft. Das Geräusch breitete sich aus, erreichte den Nebenmann. Die Gesichter näherten sich einander in einer verlegenen, aber anziehenden Bewegung.

Als ob ein verborgener Magnet irgendwo zwischen ihnen wäre.
Bevor Tora wußte, wie es zugegangen war, hörte sie ihre eigene Stimme zwischen denen der anderen. Jemand hatte sie etwas gefragt.
Die Freude drohte die Worte, die sie sagen mußte, zu töten. Die Freude war so groß, daß sie stammelte, rot wurde, dumm und unbeholfen antwortete. Aber es machte nichts. Sie sog die Gesichter, ihren Ausdruck, ihre Bewegungen ein. Ein großes und vollständig unbekanntes Gefühl von totaler Freiheit bemächtigte sich ihrer wie eine allmächtige Hand, die ihr wohlgesonnen war. Stärker jetzt im Tageslicht, zusammen mit all den Menschen, als in der Nacht. Weil es nicht nur ein Traum war.
Die älteren Schüler kamen mit lustigen Geschichten über die Lehrer. Erzählten, welche Lehrer brauchbar waren – mit welchen man seinen Spaß haben konnte – mit welchen nicht zu spaßen war. Sie erzählten von anderen Schülern, die in die zweite und dritte Klasse gingen. Sie bekamen eine frische Gesichtsfarbe und klare, zutrauliche Stimmen. Und vergaßen, sich voreinander zu verstecken.
Tora trank das alles zusammen wie nach einer langen Wanderung ohne Wasser. Sie wandte das Gesicht jeweils dorthin, von wo die Stimme kam. Sie merkte sich, was die Betreffenden sagten, wie sie aussahen, wie sie hießen. Und der Tag war für sie ein leuchtendes Buch mit schönen Bildern.
Nach der Schule strebten sie gruppenweise zur Buchhandlung hinunter, um Bücher zu kaufen. Einige Schüler versuchten, an gebrauchte Bücher zu kommen, und verhandelten über den Preis. Andere seufzten und taten einen tiefen Griff in ihr monatliches Budget.
Tora mußte neue Bücher kaufen. Sie kannte ja niemanden. Aber sie wollte heute nur die allernotwendigsten kaufen. Die sie am nächsten Tag brauchte. Sie ahnte nicht, daß sie noch oft in die Buchhandlung gehen würde – denn sie genoß es. Glaubte, daß sie Geld sparen würde, wenn sie mit dem Kauf der restlichen Bücher noch ein paar Tage wartete. Liebevoll fuhr sie mit der Hand über die neuen Bücher, bevor sie sie auf den Ladentisch legte. Es roch hier nicht so wie zu Hause in der Bibliothek. Trotzdem roch es nach Büchern. Nach Leim und Papier und Stärke.
Tora wußte nicht, daß sie lächelte. Das Mädchen von der Insel hatte das Erscheinungsbild verlassen, das alle erwarteten, wenn sie sie in Vaeret sahen: die graue, traurige Gestalt des Deutschenkindes aus

dem Tausendheim. Sie hatte sich einen ganzen Tag selbst vergessen und hatte sich geöffnet, wie eine späte, aber glühende Ringelblume im Herbst. Das rote Haar war in Unordnung geraten, die Zöpfe waren im Begriff sich aufzulösen. Die ernsten, graugrünen Augen hatten ein schimmerndes Häutchen von unbeschützter Freude. Der Mund stand halboffen und rot mitten in der Welt. Sie saugte alles an. Atmete vorsichtig und tief – als ob der Tag nur geliehen sei. Als ob die ganze Herrlichkeit ihr genommen würde, wenn sie nicht auf jede Sekunde aufpaßte.

Sie lieferte die Geldscheine am Ladentisch ab, stand mit leeren Händen da und fühlte sich reich.

Es war voll in der Buchhandlung. Einige Schüler gingen in die zweite und dritte Klasse. Die aus der zweiten Klasse waren normal. Fielen nicht besonders auf. Aber die aus der dritten Klasse drückten sich bedeutend, weltgewandt aus und sprachen meist nur untereinander. Mit Ausnahme von ein paar Jungen, die Anne inmitten der Gruppe der neuen Schüler entdeckt hatten und sich von jeder Seite an sie heranmachten.

Anne hatte sich Tora auserwählt. Vielleicht, weil sie sah, daß das Mädchen von der Insel in den hausgemachten Kleidern und mit den unsicheren Augen einen passenden Hintergrund für sie bildete. Oder weil sie sah, daß sie zu einer loyalen Freundin taugen konnte.

Und Tora verstand ihre neue Rolle nicht. Wußte nicht, was sie von ihr forderte. Sie genoß das Ganze einfach. Sie kannte so wenig dauerhafte Freuden und noch weniger die Sicherheit in einer Gruppe, so daß sie es sich zur Gewohnheit gemacht hatte, das zu nehmen, was sie bekam, und für eine kurze Zeit froh zu sein.

Jon. Tora hatte ihn bereits auf dem Schulhof bemerkt.

Er stand da und flirtete mit Anne. Er wollte ihr seine alten Bücher aus der ersten Klasse verkaufen. Er hatte einen kurzen blauen Popelinmantel an, hatte unruhige Hände und lud Anne gerade ins Kino ein.

Anne maß ihn mit einem raschen und freundlichen Blick und erklärte, daß sie die neuen Bücher schon gekauft habe und daß sie ins Kino *ginge* – zusammen mit Tora. Aber sie war keineswegs abweisend.

Jon biß an. Ein schnelles, eifriges Gespräch. Ein heftiges Überreden. Und dann war alles klar. Sie würden zusammen gehen. Alle drei.

Tora stand im Hintergrund und wagte nicht zu sagen, daß sie seine al-

ten Bücher gern gekauft hätte. Starrte nur auf den erwachsenen Jungen im Popelinmantel. Sah, daß die Nackenhaut unter dem dunklen Haar ganz weiß war. Sah, daß er einen großen Mund hatte und daß er immer mit der Zungenspitze die Lippen anfeuchtete, bevor er anfing zu reden. Auf dem einen Nasenflügel hatte er einen Pickel, den er wahrscheinlich auszudrücken versucht hatte. Er leuchtete rötlich. Jon strich sich dauernd über seine dichte Mähne.
Ein wärmender Gedanke umschloß Tora. Plötzlich. Gab ihr einen Mut, den sie sich nicht erklären konnte, als sie sagte:
»Ich möchte deine Bücher gern kaufen. Die neuen sind so teuer.«
Und er wandte sich um und entdeckte sie. Steckte beide Hände in die Manteltaschen und sah sie an. Dann lächelte er.
Tora konnte sich nicht erinnern, daß jemand sie früher angelächelt hatte. Und sie wußte nicht, was dann noch geschah.
Eine Haut aus zarter Luft hüllte ihn ein. Sie deckte den Pickel auf der Nase vollständig zu und den allzu großen Mund. Sie holte unbekannte Harmonien hervor.
So wurde der junge Mann in Toras hungriges Lebensbild hineingehoben.

Viel später, als sie am Nachmittag in ihr Zimmer gekommen war, hörte sie noch die Stimmen vom Schulhof und spürte den Geruch des Klassenzimmers und der Korridore. Alles lebte in ihr weiter als Geruch – und Klang. Stieg und sank. Hob sie empor aus dem alten Zusammenhang, heraus aus dem tristen Bild, das sie von sich selbst hatte. So daß sie schwerelos im Raum schwebte.
Sie setzte sich an den Tisch und holte die neuen Bücher aus dem Nylonnetz. Knipste die Lampe über dem Tisch an. Nahm die Schere und die Rolle mit dem Einbandpapier, das sie für die Bücher gekauft hatte. Es war eine einfache, große Freude, zu schneiden und jedes einzelne Buch einzubinden und die Bücher dann in das Bücherregal zu stellen – die Freude hielt sie meilenweit von Hunger und Durst entfernt. Und verborgen unter allem lag eine phantastische Erwartung: der Abend. Das Kino. Der Junge mit dem Popelinmantel.

29

Er hatte eine ungewöhnlich deftige Hinterpartie. Die Gesäßtaschen beulten sich sozusagen seitlich über die Hüften, auch wenn man ihn von vorne sah. Hatte er sich zur Tafel umgedreht, konnte man die Augen nicht von ihm wenden. Die Taschen waren voller Bleistifte, Kugelschreiber und einer reichen Sammlung gebrauchter Papiertaschentücher. Jedesmal, wenn er besonderes Gewicht auf ein Wort legte, spannte er die Muskeln in seinen Hinterbacken, so daß der ganze Unterleib auf- und niederhüpfte.

Die Bleistifte vibrierten verwirrt, halb aus den verzerrten Taschen herausschauend, und bildeten eine Art stumme, rastlose Gemeinde. Buchstäblich weggestoßen von einem, dem ihre Existenz egal war und der sich nie erinnerte, in welcher Tasche er sie hatte. Aber sie zottelten mit. Krallten sich in dem Taschenfutter fest und bewegten sich treu im Takt mit ihres Herrn gewaltigem Hintern. Waren bei allen seinen Unternehmungen dabei und schüttelten sich höflich, wenn er den Körper in Bewegung setzte.

Er unterrichtete Deutsch und hatte ein zischendes Lachen, das er gleichsam mit einer Entschuldigung aus seinen innersten Organen hervorpreßte. Es klang, wie wenn jemand Fischfrikadellen in reichlich warmem Fett wendet.

Tora erfaßte schnell, daß Villy Vilhelmsen jr. einer von den Lehrern war, mit denen man machen konnte, was man wollte. Er hatte immer einen roten Kopf, der so aussah, als ob er gleich platzen würde.

Tora hatte seinetwegen ein ekelhaftes, beschämendes Gefühl. Aber *sie* konnte ja nichts dagegen tun, daß die Schüler ihn zum Narren hielten und sich über ihn lustig machten. Sie beschäftigte sich immer mit irgend etwas, wenn die Klasse hinter Villy Vilhelmsens rückwärtiger Partie Unfug trieb. Und vermied es, den hilflosen Augen zu begegnen, wenn er sich umdrehte und das Ganze entdeckte.

Es konnte sein, daß sie in der hintersten Bank saß und unterwegs nach Berlin war. Aber es war ein unnötiger Traum geworden. Sie konnte ihn weglegen und wieder hervorholen, ganz nach Wunsch. Deshalb war er nicht mehr so wichtig. Immer seltener bedurfte sie seiner. Es gab so viel anderes. Sie fühlte jeden Morgen eine große Neugierde neben sich in dem schmalen Bett erwachen. Ein gutes Gefühl, daß der Tag ihr gehörte und daß sie nicht wieder nackt dastehen mußte.

Sie hatte sich die wichtigsten Bücher, die sie bis Weihnachten brauchte, gekauft. Jon hatte ihr seine alten Bücher billig überlassen. Sie hatte die kleine Topfbank in ihrem Zimmer mit Kaffee und Tee und Margarine und braunem Käse ausgestattet. Ab und zu leistete sie sich auch eine Flasche Milch. Die stellte sie zwischen die Doppelfenster. Sie zog die Schuhe ganz unten im Flur aus und benutzte Brettchen auf der Wachstuchdecke – um Frau Karlsen nicht zu irritieren. Es war, als ob Frau Karlsen es sehen könnte, falls sie das Brot auf der bloßen Wachstuchdecke schnitt. Frau Karlsen arbeitete in der Breiland Sparkasse und machte jeden Morgen noch einen Spaziergang, bevor sie zur Arbeit ging. Punkt acht verließ sie das Haus und besuchte ihren alten, kranken Mann im Altersheim. Er war 17 Jahre älter als sie und schwächlich und verrückt, vertraute sie Tora an.
Tora erfuhr allerlei über die meisten Nachbarn in der Gegend. Frau Karlsen erzählte und kommentierte die traurigen Schicksale und Ereignisse, als ob es eine ganz gewöhnliche Kost wäre. Sie erzählte bis in die Details, wie der Nachbarsohn sich auf dem Motorrad zu Tode gefahren habe, und fragte im gleichen Atemzug, ob Tora noch ein Stück Kuchen haben wolle.
Und Tora lauschte hingerissen diesem Menschenkind, das ein so großes Wissen hatte und einen so enormen Hunger nach menschlichen Tragödien, daß diese ein Teil der Mahlzeiten, ein Teil des Lebensmusters wurden.
Frau Karlsen machte sich viele Gedanken darum, daß Tora auch genug aß, daß sie in der Dachstube nicht fror, daß ihre Bettwäsche gewaschen wurde usw. Es war rührend. Eine Art gleichgültiger Fürsorge für Toras Wohl und Wehe, die nicht so aussah, als ob sie Frau Karlsen die geringste Mühe machte. Es war eine Selbstverständlichkeit, eine Lebensweise – genauso wie die Tatsache, daß sie jeden Tag ihren alten Mann besuchte, ob er sie erkannte oder nicht. Das erzählte sie so im Vorbeigehen, als ein erklärendes Detail, um einen Grund für ihre Betriebsamkeit zu haben, während der wahre Grund eigentlich der Schlaganfall der Nachbarin war und der fatale Zufall, daß *sie,* Frau Karlsen, nicht anwesend war, als der Doktor kam, und sie somit nicht genau Bescheid wußte, um Tora besser unterrichten zu können.
Tora entschloß sich, diese ältliche Zimmerwirtin zu mögen. Es war ein einfacher Entschluß. Sie konnte ihren Nutzen davon haben. Sie durchschaute intuitiv den zerstreuten und anmaßenden Wortstrom und sah, daß die Dame ebenso allein war wie sie selbst. Aber das

würde sie nie zugeben. Sie redete ständig von allen Häusern, wo sie eingeladen war, und von allen ihren Freunden. Aber nie kam jemand. Frau Karlsen nannte die Leute immer mit dem Nachnamen und mit Titel und mit der Anrede Herr oder Frau. Sie sprach die Namen in einer Art und Weise aus, die Tora faszinierte. Sie kräuselte den einen Mundwinkel. Ein besonderes Zucken. Dann kam der Name. Und je mehr Gekräusel, desto bedeutender und angesehener die Person, von der sie sprach. Manchmal beugte sie sich ganz dicht zu Tora, so daß diese den schwachen Duft von Haut und Haaren spüren konnte, und flüsterte den Namen mit vornehm verzerrten Mundwinkeln.
Tora hatte noch nie einen Menschen getroffen, der auch nur im entferntesten Frau Karlsen ähnelte. Und sie begriff, daß die Leute in Breiland aus purer Höflichkeit und guter Nachbarschaft gegenseitig ihre Vornamen vergaßen.
Die Vornehmheit in Vaeret und auf der Insel kannte solche Anrede nicht. Sie wurde auf andere Art sichtbar gemacht. Wenn jemand den Abstand verdeutlichen und einen Fremden nicht kränken wollte, dann sagte er einfach die Anrede mit dem Nachnamen oder mit dem Titel. So wenn man von Frau Dahl sprach oder von der Lehnsmanns- oder der Pfarrersfrau. Sie waren Fremde auf der Insel und wurden in Ruhe gelassen – mit ihren stummen Vornamen. Keiner kümmerte sich darum.
In Breiland hatten erwachsene Menschen offensichtlich keine Vornamen. Die Lehrer bildeten da keine Ausnahme. Man konnte mit den Lehrern nicht so reden, als ob sie Menschen wären. Nicht hier. Sie waren entweder Wesen, die mit der Mappe unter dem Arm zum Katheder hin- und von da wieder zurückgingen und vor denen man Respekt und größte Ehrfurcht hatte und die alle Gespräche zum Verstummen brachten, wenn sie sich im Flur nur zeigten, oder sie waren Wesen, denen man keine menschlichen Gefühle zuschrieb und die einen nur herumkommandierten und plagten, ohne daß jemand eingriff.

Tora war zwei Tage lang stumm, bis sie merkte, daß es ganz falsch war, auf der Kommunalen Realschule in Breiland zu schweigen.
Sie lief herum und wartete darauf, gefragt zu werden, wer sie war, und wollte es hinter sich bringen. Sie zitterte vor den flotten, selbstbewußten Mädchen mit Dauerwellen und hautengen Levi's und strammsitzenden Pullovern. Sie machte Umwege, um nicht mit den heraus-

fordernden Blicken der Jungen konfrontiert zu werden. Lange Kerle mit Pomadenhaaren, die selbstgedrehte Zigaretten hinter dem Schultor rauchten. Gleichzeitig genoß sie jede einzelne Minute.
Jon war der erste, der ihr zu verstehen gab, daß die anderen sich wunderten, warum sie so still war.
Es war ihr erster Samstag in Breiland. Sie hatten Deutsch bei Villy Vilhelmsen jr. gehabt, und die Mädchen standen im Flur und krümmten sich noch vor Lachen.
Tora konnte nicht darüber lachen. Sie hatte den Kopf über die englischen Vokabeln gebeugt und tat, als ob sie nichts hörte. Die Quälereien, denen Villy Vilhelmsen durch die Klasse ausgesetzt war, verursachten ihr Übelkeit. Tora verfluchte ihn, weil er ihr den ganzen Tag verdarb.
»Du stehst da und liest und paukst und bist stumm und unausstehlich wie ein Schlagholz.«
Tora sah auf in Jons graue Augen und errötete heftig. Sie versuchte verzweifelt, den Hohn zu überhören. War es überhaupt Hohn?
Bevor sie es verhindern konnte, hatte er den einen Zopf gelöst, und das rote Haar flutete über die Schulter. Er hielt sie an dem anderen Zopf fest. Dicht am Haaransatz, so daß sie den Kopf nicht bewegen konnte, ohne daß es ziepte.
»Sieh mal an«, sagte er herausfordernd.
Es wurde still hinten bei den Mädchen. Eine abwartende Stille. Tora glaubte, sie würden nun auf sie losgehen. Das gleiche beklommene Gefühl, das sie gehabt hatte, wenn die Bande von Vaeret herunter zum Strand gestürmt war, um die Tausendheimkinder zu verprügeln, überkam sie jetzt. Das gleiche panikartige Gefühl, von Körpern und feindlichen Augen gequält zu werden. Der gleiche Drang, einfach wegzurennen. Nichts wie weg.
»Du hast viel zu schönes Haar«, sagte er. »Du solltest es nicht so einzwängen!«
Und er löste auch den anderen Zopf und fuhr mit den Fingern durch die ein wenig verfilzten Haare. Er angelte einen roten Kamm aus seiner Gesäßtasche und fing an, Tora zu kämmen.
Tora stand ganz ruhig und steif da und ließ die Arme herunterhängen. Sie spürte seine Hand ein paarmal an ihrem Nacken und erstarrte. Einmal streifte er ihre Wange.
Der Schweiß brach aus allen Poren. Sie stand da und konnte nicht entwischen. Sie hatte das Gefühl, daß der Schweißgeruch noch ganz hin-

ten im Flur wahrgenommen werden müßte. Die Oberlippe war naß. Sie verabscheute sich selbst.
»Haste Angst vor mir?«
Eine ungläubige, halb scherzhafte Bemerkung. Eine Art Entschuldigung. Eine leise, vertrauliche Annäherung.
»Nein«, bekam sie heraus.
Wie ein Schluchzer. Eine verzweifelte Warnung.
»Du sagst nichts. Warum kommste abends nicht raus? Biste eingebildet?«
Er versuchte ein Lachen und kämmte immer noch ihre Haare.
»Ich wußte nicht... Ich kenn' euch doch nicht... Es ist... einfach so, daß...«
Sie stockte.
Soviel verstand sie.
Sie wollten, daß sie zu ihnen gehörte. Jon wollte das. Stand mit seiner Stärke auf ihrer Seite. Der dunkle, triste Korridor wurde zu einer warmen Wolldecke, in die man sich einwickeln konnte.

Und Tora ging an diesem Samstag mit unsicheren Schritten hinunter zu dem Café, wo die Jugendlichen sich trafen. Sie war auf dem Weg in eine neue Welt. Die sie herausforderte. Die Waffen, an die sie sich zu Hause auf der Insel gewöhnt hatte, waren hier ganz ungebräuchlich. Hier gebrauchte man andere Waffen, als jemanden Deutschenkind zu schelten.
Hier sollte man nicht mit Zöpfen in die Realschule gehen. Hier sollte man nicht in halblangen, unmodernen Röcken bis zu den Waden herumlaufen – wenn andere enge Levi's mit karierten Aufschlägen trugen und den Namen des Freundes mit rotem Kuli auf den Oberschenkel geschrieben hatten.
Hier mußte man selbst herausfinden, was einem fehlte. Keiner sagte etwas. Sie schauten nur. Schauten! Mit abwägenden Blicken und schlecht verborgenem Grinsen. Aber nie ganz offen. Das machte man nicht, wenn man so gut wie erwachsen war. Man fror die Leute einfach aus der Gemeinschaft aus. Da konnten sie in ihrem grauen Alltag mit sich selber reden.

Toras Rettung war eines jungen Mannes Verliebtheit in ihr üppiges rotes Haar. Es war das uralte Spiel. Für das sie keinerlei Voraussetzung hatte, um es zu verstehen oder um zu widerstehen. Das wollte

sie auch nicht. Gleichzeitig wehrte sie sich, wenn er ihr zu nahe kam. Er wollte sie in den Arm nehmen, sie ein bißchen drücken. Sie schien dann zu einem lebenden Zementblock in ihren Kleidern zu erstarren.
Sie fühlte. Und war dennoch tot. Außerstande, sich zu rühren.
Aber etwas änderte sich in diesen ersten Wochen. Tora sah ihr eigenes Bild deutlich vor sich. Und sie begriff, daß es anders werden mußte. Um Geld zu sparen, verzichtete sie nach der Schule auf Blutwurst und Lapskaus in dem Café. Sie ging in ein Konfektionsgeschäft und schaffte sich das wichtigste Merkmal für die Anerkennung an: Levi's-Hosen.
Die vielen Haare bändigte sie hoch oben am Kopf in einem schweren und mächtigen Pferdeschwanz. Dann stand sie lange auf der Treppe und betrachtete sich im Spiegel, nachdem Frau Karlsen ins Altersheim gegangen war.
Sie schuldete für die Hose noch 20 Kronen. Aber die Verkäuferin hinter dem Ladentisch hatte gelächelt und gesagt, daß es schon in Ordnung gehe. Der steife Stoff roch süß und neu. Sie schaute und schaute. Holte den kleinen Spiegel aus ihrem Zimmer, damit sie sich auch von hinten sehen konnte. Stand auf der Treppe und fühlte sich wie neugeboren. Ein herrliches Gefühl, sich mit anderen messen zu können. Endlich so zu sein wie die anderen.
Sie bewegte sich mehrmals die Treppe rauf und runter, und ein ungewohnter Triumph durchrieselte sie.

Mutters Brief am nächsten Tag brachte ihr das Geschehen in der Koppel in ihr Zimmer hinein. Zerstörte die ganze Freude an der neuen Hose, die sie erst einen Tag und ein paar Stunden besaß – und die sich noch steif und sonderbar auf der Haut anfühlte.
In dem Augenblick, als sie den Brief in den Händen hielt, glitt die graue, mutlose Scham zu den hohen Fenstern herein. Der ganze Raum wurde von Widerwillen erfüllt. Und die Scham war doppelt so groß, weil Tora merkte, wie ungerecht es gegenüber der Mutter war, daß sie es so empfand.
Die Freude war also noch nichts Sicheres. Sie mußte sie gewissermaßen einzäunen. Sie war so verletzlich – gerade hier, wo Tora sich sicher fühlte.
Aus Anstand las sie den Brief. Fühlte Mutters Augen auf ihren Händen ruhen, während sie am Tisch stand und las. Dann faltete sie den

Brief fein säuberlich zusammen und steckte ihn hinter die Schulbücher im Regal.
Als sie später ein Buch holen mußte, das sie für die Aufgaben brauchte, fiel er heraus. Sie legte ihn in den kalten Ofen.
Dann fuhr es ihr durch den Kopf, daß sie ihn wohl sehen würde, wenn sie eines Tages den Ofen heizen mußte. Sie fand nicht sogleich Streichhölzer, aber stopfte statt dessen etwas Papier über den Brief. Für den Rest des Tages sah sie nicht dorthin, wo der Ofen war.
Sein Name hatte in dem Brief gestanden.
Sie antwortete am gleichen Abend – um das lähmende Gefühl aus dem Zimmer herauszubekommen. Trotzdem half es nicht ganz.
Am nächsten Tag stibitzte sie eine Schachtel Streichhölzer unten in der Küche und zündete das Papier im Ofen an.
So wehrte sie sich – diesmal.
Es war nötig.
Sich immer zu wehren.

Die Nacht.
Tora erwachte in dem Zimmer mit der verschlossenen Tür. Hände von allen Seiten. Sie wollten ihr etwas. Jons Hände. Frits' Hände. Onkel Simons Hände. *ER! Eine* Hand. Mit schwarzen, dichten Haaren auf dem Handrücken. Flossen ineinander. Haut und Hände und Arme. Dunkel. Sie starrte aus den großen Fenstern zur Straße hin. Sie konnte die Hände nicht unterscheiden. Vermochte es nicht zu begreifen, welche Hände ihr Böses und welche ihr Gutes tun wollten. Sie blickte mit reglosen Augen auf die sparsame Nachtbeleuchtung vor den Fenstern. Es mußte einen Ausweg geben. Sie mußte den Unterschied sehen. Aber es war alles zusammengewebt. Ineinander verfilzt. Als es völlig unmöglich war, kam der Gedanke. Der gute Gedanke: Simons hämmerndes Herz dicht, dicht an dem ihren – in ihr. Das Boot und der Brand.
Sie hielt den Gedanken ganz fest.
Langsam lockerte der Alptraum den Griff. Das Tageslicht kündigte sich an. Es zerschnitt die Nacht in scharfe blaugraue Schatten. Ein Skalpell, es brachte die kranke Haut dazu, frisch zu bluten.

30

Alles war besser geworden, stellte sie fest. Alles. Aber die Mutter schrieb und fragte, wann sie zum Wochenendbesuch nach Hause komme. Tora antwortete mit einer Lüge über den Busfahrplan. Daß zu Hause so wenig Zeit bleibe. So teuer. Und sie schob den Gedanken an die Weihnachtsferien von sich weg. Wenn der Widerwille vor der Heimreise kam, suchte sie nach Bildern von Bekkejordet: Onkel Simons Gesicht über ihr, als sie mit ihren Büchern am Tisch gesessen hatte. Als er damals auf dem Fest mit ihr getanzt hatte. Eine so große Sicherheit, daß sie weh tat. Und trotzdem: eine schwelende Scham, eine Lust, zu der sie sich nicht bekannte.

Jon und sie würden sich vor dem Schulfest an der Wegkreuzung treffen. Sie wollte nicht, daß Frau Karlsen ihn sah. Tora nahm niemanden mit hinauf in ihr Zimmer. Der Raum war begrenzt. War zugeschlossen. Es mußte so sein. Das Zimmer war zu einer Übereinkunft zwischen Frau Karlsen und ihr geworden. Zwischen der neuen Wachstuchdecke und ihr. Tora trat leise auf, wenn Frau Karlsen zu Hause war. Als ob sie auf Tod und Leben Frau Karlsen zufriedenstellen müßte, indem sie, Tora, ein Teil des Zimmers war, wenn sie sich darin aufhielt. Ein Teil von Frau Karlsens Dachgeschoß. Und dort durfte kein anderer zu Hause sein.

Jon verstand es. Und verstand es auch wieder nicht. Er wohnte daheim. Es kam vor, daß er Tora mitnehmen wollte. Aber sie weigerte sich. Es war ein Verrat... an etwas, was sie sich nicht erklären konnte – falls sie dorthin ging. Sie hatte nicht etwa Angst vor Jons Eltern oder vor seinen jüngeren Geschwistern. Vielmehr weigerte sie sich, weil sie sich in gewisser Weise mehr selbst gehörte, solange sie nichts von Jons Familie wußte, nicht wie er wohnte, wie er sich zu Hause gab. Manchmal sah sie Frits' stumme Gestalt vor sich, wenn Jon sie zu überreden versuchte.

Jon erzählte von allen Platten, die er besaß. Und sie hörte die Schlagermelodien von Randis Grammophon wie eine Ermahnung. Der Kopf war ganz voll davon. Sie konnte nicht hinauf zu dem Haus mit dem großen Garten gehen. Dem Haus, das ebenso viele Fenster hatte, wie das Pfarrhaus auf der Insel.

Tora ging unter Jons Arm. Er hatte eine ausgefranste Zigarette in der Hand, dicht an ihrer Backe. Er hatte es nicht fertiggebracht, sie anzu-

zünden. Er rauchte nicht. Eigentlich. Aber er hatte die Zigarette den ganzen Weg zwischen Zeige- und Langfinger gehalten. In gleichmäßigen Abständen drückte er Tora an sich, so daß sie seine harte Hüfte an ihrer spürte.
Die Jugendlichen waren unterwegs zu den Baracken oben am Waldrand.
Die sog. privilegierten Jugendlichen, die in Breilands Kommunale Realschule gingen, sammelten sich in Gruppen und schlenderten auf den gefrorenen Wegen hinauf. In ihrem eigenen Zigarettenrauch und mit Taschen und Netzen, die zwischen ihnen baumelten. Einige in neutralen Gruppen, andere paarweise. Die Dunkelheit war schön und erregend. Es gab überall Hände und Hüften. Sie hatten ihre ganze Welt bei sich. Grammophonplatten. Zigaretten und Tabak. Rock 'n' Roll-Schuhe. Gut verstecktes Bier. Und einander.
Die Erwartung war hochgeschraubt. Meist saß sie im Magen. Man konnte die Gesichtszüge nicht erkennen, aber sie spiegelten sich trotzdem in den Stimmen und in dem Gelächter wider. In den Körperbewegungen. Unruhige, geschmeidige Schatten unter der sparsamen Straßenbeleuchtung längs des Weges.
Sie ließen sich fröhlich in das schiefe, niedrige Lokal da oben verbannen. Hinterbliebene des Krieges. Die Baracken. Mit ihren dünnen Wänden und Türen, die sich so aufführten, als ob sie keine Türrahmen hätten, sondern nur lose in der Luft befestigt wären. Schlug sie jemand heftiger zu als nötig, fiel die Kreide von der Ablage unter der Tafel herunter, und die Fenster klirrten irritiert. Ein Festsaal und eine Ausweichklasse. Aber vor allem: ein Freiraum. Eine herrliche Fläche zum Tanzen, wenn man alle Schulbänke auf den Flur stellte. Die Schüler der Realschule durften hier Feste feiern – mit Maßen.
Bier und Schnaps waren streng verboten. Und die Erlaubnis für das Fest mußte man beim Rektor einholen. Aber damit konnte man leben. Der Rektor war selbst nie anwesend. Und die Flaschen kamen selten ans Licht. Sie lebten ihr eigenes Leben in dem dunklen Gang oder draußen im Birkengestrüpp. Nur ein paarmal war es passiert, daß irgendein Teufel von Lehrer seine Situation nicht richtig eingeschätzt und verdächtige Dinge gemeldet hatte.
Aber es zahlte sich nicht aus, ein dienstbeflissener Lehrer zu sein. Die Jungen wuchsen heran – sie fingen auf dem Gymnasium an. Sie bekamen Muskeln unter der Haut. Die Rache konnte jahrelang vorbereitet werden. Alter Groll und alte Schuld an einer Verweisung von der

Schule oder einer mangelhaften Betragensnote wurden in dem Maße gerächt, wie gut der betreffende Schüler angesehen war, so daß die Gruppe die Mühe auf sich nahm.
Es ging die Geschichte um von einem Lehrer, der nur ein Jahr an der Realschule in Breiland geblieben war. Sie hatten ihn am 17. Mai im Meer gebadet. Das war verdammt früh für ein Bad im Meer. Man erzählte sich auch, daß nie herausgekommen war, wer die Rache ausgeführt hatte.

Jons harter Griff um ihre Schultern drückte Tora gleichsam aus sich selbst heraus. Es war, als ob sie unter dem Griff aufhörte zu existieren. Er machte sie zu einer schlenkernden Puppe in seinen Armen. Trotzdem hielt sie aus. Er war ihre Sicherheit, ihre Pforte in eine Gemeinschaft hinein, die ungewohnt und großzügig war. Jon war Herr über eine Welt, die sie ernstlich brauchte. Deshalb hielt sie ihn um die Taille und lachte so etwas wie ein Lachen gegen seinen Popelinmantel.
So einfach war das. So wenig bedurfte es. Sie war dadurch mitten in einer Gemeinschaft.
Wenn er sie küssen wollte, überstand sie auch das. Beim ersten Mal war sie tatsächlich vor ihm weggelaufen. Er hatte es mit Fassung hingenommen. War ihr auf der dunklen Straße nachgelaufen und hatte sie gebeten, stehenzubleiben.
»Das wollte ich doch nicht!« hatte er ihr nachgerufen.
Und es knackte in den gefrorenen Pfützen. Etwas ergriff sie. Ein zögerndes Zutrauen. So viel, daß sie stehenblieb.
»Herrgott, ich werd's nicht mehr probieren, wenn du nicht willst. Du bist so schön.«
Das letzte hatte er hinzugefügt, als er bei ihr anlangte. Linkisch. Unsicher.
Und zu ihrer Verwunderung verstand Tora, daß der Junge vielleicht Angst vor ihr hatte. Angst vor ihrer Zurückweisung. Ebensoviel Angst hatte, wie sie vor seiner drängenden Nähe. Und keiner durfte dem anderen erzählen. Nichts durfte gesagt werden. Und dann hatte sie sich trotzdem küssen lassen. Es war sozusagen die einzige Möglichkeit gewesen.
Sein Mund war warm und naß. Erinnerte an den Hund vom Doktor auf der Insel. Hatte etwas Draufgängerisches. Ein ungeschicktes Suchen nach etwas, was sie ihm nicht geben konnte.

Tora stand auf der dunklen Straße und ließ sich küssen. Als es vorüber war, seufzte er.
»Du magst es nicht... oder?« fragte er, nach Worten suchend.
»Do-o-ch.«
Tora mußte lügen. Es ging nicht anders.
Er hing an ihr. Wie ein Schatten. Hatte den Stolz vergessen und daß er ein erwachsener Junge in der dritten Realschulklasse war. Sah nur das rothaarige Mädchen von der Insel. Beschützte sie. Das uralte Muster der Menschheit. Zu schützen – beschützt zu werden.
Für Tora war es eine ganz neue Art und Weise, einem Menschen zu begegnen. Sie klammerte sich daran. An Jon. Sie hielt seine Nähe aus, um der Gemeinsamkeit mit ihm teilhaftig zu werden. Sie wollte es und wollte es auch nicht. Wenn sie die schlecht verborgene Mißgunst in den Augen der anderen Mädchen sah, kam das alte Entsetzen über sie. Daß sie sich in den Vordergrund geschoben hatte. Sie. Das Deutschenkind aus dem Tausendheim. Und daß es sich später noch rächen würde. Aber dann erfaßte sie ein harter Triumph, das gute Gefühl, ein Stück Arbeit besser geschafft zu haben als die anderen.
In der Schule konnte sie es bewerkstelligen, daß sie im Flur unter der grellen Lampe hinter ihm stand, so daß sie seine weiße Nackenhaut unter dem schwarzen Haar betrachten konnte. Widerstand dem Verlangen, ihn anzufassen. Wollte einfach hinter ihm sein. So daß er ihre Augen nicht sehen konnte. Das Verlangen, die Hand nach ihm auszustrecken, war ein schönes Gefühl. Schön, weil sie wußte, daß sie es nicht tun würde.
Falls sie die Hand nur ein bißchen hob, würden die kalten Lichtröhren an der Decke verraten, daß es nicht Jons Nacken war. Es wäre *sein* Nacken. *Seine* Haut hatte sich über alle Menschen gelegt. Es passierte ihr, daß sie seine Haut auch auf sich selbst wahrnahm. Wenn sie unvorhergesehen sich selbst berührte – dann war *er* da. Wie ein eingekapselter Brechreiz. Ein totales Nein.
Nachher kam die Einsamkeit geglitten. Ein Urteil, über das sie keine Macht hatte, es zu ändern.
Tora machte es sich zur Gewohnheit, das dichte rote Haar nach hinten zu werfen und zu lachen. Niemand reagierte besonders darauf. Hier wußte keiner, daß Tora zu Hause nie laut lachte. Sie rettete die Tage und Nächte mit diesem Neuen, das sie bei sich selbst entdeckt hatte. Daß sie imstande war, sich zu verbergen. Imstande war, Freude zu zeigen.

Ein formelles Festkomitee hatte die Verantwortung für das Aufräumen hinterher und für die Schlüssel, es waren immer einige aus der dritten Klasse. Jon gehörte zu den Auserwählten. Das Festkomitee mußte vom Rektor genehmigt werden. Es kam vor, daß er Namen aus der Liste strich. Und er diskutierte nie mit den Schülern, warum er das tat.

Jon stellte den Plattenspieler auf ein Pult in der Ecke – auf eine Steppdecke, weil das ganze Haus buchstäblich mittanzte, wenn Bewegung in die Bude kam. Die Steppdecke gehörte zum festen Inventar.

Ein paar Mädchen fingen an zu tanzen, als Jon eine Elvis-Platte auflegte. Die flachen Schuhe mit glatter Ledersohle, weichem Oberleder und Riemchen an den Seiten wirbelten den Staub von dem gelackten Holzfußboden auf. Schlanke, junge Fesseln und Waden. Wenn die Mädchen sich herumschwangen, standen die Petticoats weit ab und entblößten die nylonbestrumpften Beine bis hinauf zu den Kanten der Schlüpfer.

Die steifen Unterröcke besaßen sie alle. Aber Tora hatte sich noch keinen leisten können. Sie waren so schrecklich teuer. Über 30 Kronen. Anne hatte ihr einen alten geliehen. Die Spitzenkante war vom eifrigen Gebrauch ein bißchen grau, aber Tora fand den Rock märchenhaft. Anne war großzügig und gutherzig. Sie lieh dem Mädchen von der Insel auch einen Strickgürtel.

Tora war die Treppe zum Dachgeschoß rauf- und runtergegangen und hatte sich in dem großen Spiegel betrachtet. Während die Stunden im Schneckentempo dahinschlichen, sah sie dem Abend mit ängstlicher Erwartung entgegen. Das Fest.

Die Woche war zu Ende. Endlich. Es lag Freiheit und Ekstase in den Staubwolken, den wirbelnden Röcken, den Füßen, den flatternden Haaren, den Händen, die Hände umfaßten. Rock! Rock – Rock!! Hart. Weich. Wie Schläge gegen das Trommelfell. Blinder Rhythmus. Sinnenfreudige Macht und Unterwerfung. Randvoll von schwerer sinnlicher Wahrnehmung. Kreppapier um die Kugellampen. Rotes Kreppapier. Billig. Die Sinne taumelten unter billigem roten Papier und waren jung. Jung in einer alten deutschen Baracke. Besaßen die Welt. Von jetzt an und in Ewigkeit. Amen.

Der Rhythmus war zu hören und zu sehen. Durch den Zigarettenrauch und die Staubwolken.

»Don't be cruel« ... Elvis, Elvis, Elvis! Die braungetönte Hautcreme der Mädchen perlte lustig aus den weitoffenen Poren.

»Only you!« Eine vibrierende, unmittelbare Stunde mit The Platters. Die Körper so nah, so nah. Hatte es einmal einen Krieg gegeben? Nicht zu fassen. Wo? War Krieg – jetzt? Ach so. War es möglich? Mit so jungen Körpern. So vielen. So nah. So verdammt nahe. Daß man den Ofen nicht mehr zu heizen brauchte. Wer war so alt, daß er den Krieg brauchte, um sich zu rächen, zu wärmen, Ehre zu holen? Hatten sie auf Tab Hunters »Young love« gelauscht, diese kriegerischen Alten, die junge Götter als Kanonenfutter hinausschickten? Hatten sie jemals gespürt, wie warm Haut sein konnte?
Die Deutschen-Baracke stampfte den Takt. Eine gewagte Bewegung für ein so altes Machwerk. Aber welche Freude hatte sie nicht unter ihrem Dach? Konnte etwas von Gott oder den Menschen Geschaffenes vollkommen ruhig dastehen und einem solchen Auftrieb an sensuellem Rhythmus zusehen? Jedenfalls nicht die Baracke des Herrenvolks. Sie wiegte in ihren Armen die Nachkommen Jössings für andere Nachkommen. Es machte keinen Unterschied. Sie schaukelte mit und sang. Eine Art Segen. Nicht nur für die Auserwählten. Nein, nicht nur für sie. Für sie alle. Gott – was für ein Fest!
Die Welt zog sich an den Haaren hoch. Wie lange? Eine Nacht? So lange, wie sie eine Jugend hat, die sich weigert, sich zu erinnern? Die nacheinander Hände und Körper nimmt? Die Raum für Rhythmus und Leben hat.
Ja.

Tora sah Jons offenen Mund. Die weißen Zähne schimmerten, während Tora herumwirbelte. Das Licht fiel auf sein Gesicht. Die Pickel auf der Nase waren in dem roten Licht verborgen. Das schwere Profil schwamm ein oder zwei Sekunden lang im Dunkel. Seine halbgeschlossenen Augen! Was war mit ihnen? Warum spürte sie es so?
Sein Hals. Mit der dunklen Halsgrube über dem offenen Hemd. Seine Hüfte war so fern und so nah. Hart wie ein wilder Druck. Ein Sog. Der ebenso auch von ihr selbst kam. Es war ein Wunsch zwischen ihnen. Schlüpfte zwischen den Staubwirbeln durch und vermochte sich nicht zu verstecken. Wie ein scheuer, neugieriger Vogel.
Es lief an den Fenstern herunter. Wasserdampf von lebenden Körpern. Düstere, trübe Glasflächen, die langsam gesättigt wurden. Das Leben war hier drinnen. Jetzt. Die Scheiben klirrten zum Dank.
Elvis! Rock!
Der Boden bog sich. Ergab sich. Im Wahnsinn.

Dann kam der Lehrer aus dem Nebenzimmer und erklärte, daß jetzt Schluß sei.
Er trug sein grünes, schläfriges Gesicht und seine feuchte, kalte Pfeife auf eine so erbärmliche Weise, daß man ihn hätte bedauern können. Wenn nicht die Ankündigung gewesen wäre.
Die Hosen waren an den Knien ausgebeult, das Hemd stand offen. Das Haar erschien besonders spärlich unter dem roten Kreppapierlicht. Keine Hüften. Die Hosenträger saßen schief und waren vorne mit Metallklips befestigt, deren Mechanismus ausgeleiert war. Er hatte den einen Klip schräg auf den umgeschlagenen Hosenbund geklemmt. Es lastete sichtlich schwer auf der ganzen Erscheinung, daß er der Judas des Systems war. Er war nicht erwünscht, und er war sich klar darüber. Aber er hatte einen ganzen Stoß deutsche Nacherzählungen korrigiert, während es um ihn herum gedröhnt und geklirrt hatte, und er war sozusagen zufrieden.
Er wußte, daß sie den Schlußpfiff mit Fassung hinnehmen würden. Es blieb ihnen auch gar nichts anderes übrig. Er war fast der einzige, der es über sich brachte, an den Samstagabenden in dem Nebenzimmer zu sitzen. Sie wußten es...
Es knurrte trotzdem zornig in dem überlasteten Grammophon, als die Nadel quer über »Red sails in the sunset« fuhr.

In der Dunkelheit unter Jons Arm wurde Tora mutig. Sie redete. Ganz lange Sätze, die sie sich nicht im voraus überlegt hatte. Die Worte sprudelten wie eine plötzliche Quelle in einem ausgedörrten Land. Sie hatte Meinungen. Sie wagte zu sagen, was sie meinte. Über die Lehrer. Die Schule. Über Breiland. Hatte eine Meinung über ein paar Bücher, die sie gelesen hatte. Sie mußte das schon die ganze Zeit gemeint haben, ohne es selbst zu wissen. Tora ging unter Jons Arm und entdeckte sich selbst.
Jon hatte den Schlüssel zur Baracke. Er blieb unterwegs stehen. Preßte seinen warmen Körper an ihren und schlug den Mantel um sie. Sie standen allein auf der dunklen Straße. Der Birkenwald raschelte mit seinen letzten Blättern. Leise. Eine Mahnung, daß der nächste Tag auch ein Gesicht hat. Jons Bewegungen waren behutsam, überlegt, trotz allen Sturms, gegen den er innerlich ankämpfen mußte – er begriff, daß er bei ihr nur mit Geduld etwas erreichen konnte. Er war ein junger Taktiker, klug genug, um seine Triebe solange zu zügeln. Es war erst zwölf Uhr. Die Nacht fragte nicht nach ihnen.

Er drehte sie langsam um, und sie gingen zu der Baracke mit den schwarzen Fenstern zurück. Geruch nach Staub, Zigaretten und Ausdünstung von den warmen Körpern schlug ihnen freundlich entgegen. Von hier waren sie ja gekommen.
Tora fühlte sich an der Hand genommen und in eine Landschaft geführt, die sie nicht kannte. Der Tanz. Die Musik. Die Freude. Die Freiheit. Das Gefühl, angenommen zu sein. Alles das hatte sie Jon zu verdanken. Sie wußte nicht, wie sie es ihm vergelten sollte.
Sie schlang den Arm um ihn, ohne daß sie erst den Ekel überwinden mußte. Er knöpfte ihren Mantel und ihre Bluse auf. Er tastete sich über die kleinen Brüste und gebrauchte alle Künste, die er gelernt hatte. Einen bebenden Augenblick lang spürte sie eine fremde, dunkle Zuneigung in sich. Sie breitete sich unter der Haut in ihrem ganzen Körper aus. War eine dumpfe, ziehende Lust irgendwo. Sie streckte ihre Arme aus, ihr Mund suchte sein Gesicht, die Nase registrierte den guten Duft seines Haares wie eine aufreizende Welle.
Sie tappten durch den dunklen Gang. Hin zu den Bänken in der Ecke. Er zog sie an seine Seite. Sie lagen dicht beieinander auf den harten Schulbänken. Waren ein vertrauensvoll zitterndes Bündel von Körpern und Gliedern. Die Dunkelheit umschloß sie.
Ein paarmal zuckte eine Warnung durch ihr Gehirn. Aber er legte seinen Mund auf ihre Brüste. Machte sie glauben, daß sie es mochte. Er wurde mutig und eifrig. Flüsterte ihr winzige Worte zu. Worte, die sie vorher nie gehört hatte. Es war eine große Stille um sie. Und in der Stille hörte sie die Worte. Fühlte, daß der Klang sich im Brustkorb fortsetzte. Sie fühlte und hörte die Worte. Die Lust war da wie eine Wand. Schloß alles andere aus. Sie gab sich geschlagen.
Bis seine Hände den Weg zwischen Annes steifem Unterrock und ihrer Haut gefunden hatten. Keuchend hatte er den Weg gefunden. Wollte ihr nur wohl. Wollte ihr nichts antun. Sie nur halten. Verstand sie das nicht?

Sie lag zwischen dem Farnkraut. Gegen das harte, feuchte Lager gedrückt. Sie fühlte, daß sie zerbrach. Fühlte, daß sie Widerstand leistete und daß es wenig nützte. Der Körper, die Quellen in ihr leisteten Widerstand. Und es war nutzlos.

Als sie schrie, lief es dem Jungen kalt den Rücken herunter. Sie wälzte ihn weg.

Er hatte nicht gesehen, was sie gesehen hatte. Hatte es nicht gefühlt! Hinter der Scham und dem Schmerz. Hinter dem Ekel und dem Widerwillen war etwas. Ein roter Fleck von schamloser Lust. Ein Lager für alles das, wozu sie sich nicht bekennen konnte.
Und seine Scham wurde auch deutlich sichtbar. Er hatte kein Glück gehabt. Sie hatte ihn weggestoßen.
»Verdammt!«
Er fluchte laut. Setzte sich auf und starrte in die Dunkelheit.
Ihr Weinen machte ihn ganz klein. Er war nicht imstande zu verstehen. Wie konnte er auch? War der falsche Mann am falschen Ort. Wußte nicht, wie er aus der Sache herauskommen sollte.
»Du magst das nicht...?«
Toras Weinen war mehr ein Jammern.
»Hör auf zu heulen, ich hab' dir nichts getan!«
Sie verstummte. Als ob er auf einen Knopf gedrückt hätte.
»Komm«, sagte er schließlich. »Komm, wir gehn!«
Er wußte nicht, ob er es über sich brachte, sie an der Hand zu nehmen. Sie hatte nur Theater vor ihm gespielt. Ihn zum Narren gehalten. Sie gingen nebeneinander die Hügel hinunter. Er trat gegen ein paar Steine, die in dem Grus festgefroren waren, und sah sie von der Seite an. Hatte das Gefühl, daß er etwas sagen müßte.
Die Dunkelheit verschluckte ihr geneigtes Profil.
»Was war denn so schlimm?« fragte er schließlich.
»Nichts.«
»Warum haste denn plötzlich geschrien und wolltest nicht...? Du hättest mir ja vorher Bescheid sagen können!«
»Ja.«
»Willst du... willst du nicht mehr mit mir gehn?«
Der Herbst war ein eiskalter, bläulicher Schatten zwischen den beiden Menschen auf dem Weg. Es schien kein Mond. Tora hatte keine Worte. Sie war im Lande der Krähen, wo man für alles Worte hatte. Das hatte Tora nie gelernt. Von allen, die Tora auf der Insel kannte, gebrauchte nur Rakel Worte.
»Du magst mich nicht – eigentlich?«
Er ließ nicht locker. Hatte eine natürliche Stärke.
»Doch.«
Sie sagte es laut. Blieb stehen. Sah ihn an. Die Dunkelheit verbarg ihre Augen. Trotzdem genügte es ihm.
»Okay.«

Er sagte es einfach. Kurz. Erleichtert. Dann machte er eine unbeholfene Bewegung mit dem Arm und nahm sie an der Hand.
Der Tanz in der Baracke war zu Ende. Irgend jemand hatte die beiden in des Lebens Westentasche vergessen. Sie besaßen einen Zipfel ihrer gegenseitigen Niederlage. Hielten ihn fest. Sorgsam.

Sie kam gerade noch bis hinauf in Frau Karlsens Dachgeschoß. Da beugte sie sich über die Toilette und übergab sich. Als sie sich gewaschen und die Zähne geputzt hatte, betrachtete sie ihr Gesicht im Spiegel, wunderte sich über ihr Aussehen. Sie konnte sich nicht erinnern, wann sie das letzte Mal geweint hatte... Bei diesem Gedanken fühlte sie sich ein wenig erleichtert.
Und Jons Gesicht riß sich los aus dem ekelhaften Zusammenhang. Riß sich los von dem Geschehen in der Baracke, von den Händen, die plötzlich nach ihr gegrapscht hatten. Es waren nicht Jons Hände gewesen. Jons Hand hatte ihre Hand auf dem Heimweg gehalten. Jons Stimme hatte gesagt: Okay. Er war ein Freund gewesen. Er hatte nichts mit der Koppel zu tun. Nichts mit dem Farnkraut und dem keuchenden Atem. Nichts!
Und als sie im Bett lag und nicht wagte zu schlafen, weil *er* ein quälender, naher Gedanke war, wärmte sie sich an Jons Gesicht. So wie sie es auf dem Schulhof und im Café gesehen hatte. Sie sah, daß er hoch oben auf den Backen Fältchen bekam, wenn er lächelte. Und kein anderer hatte solche Grübchen, wenn er lächelte.
Er war so lieb gewesen. Auf dem Heimweg. So lieb.

31

Das Zimmer gehörte noch ihr. Keiner war dagewesen außer Frau Karlsen.
Tora lag in ihrem Bett, hatte das Licht gelöscht und ließ die Hand über die alte Seidentapete gleiten. Die Blumenranken des Musters hoben sich ein wenig von der glatten Fläche ab und fühlten sich wie Samt an.
Tora sah im Geiste alle die vor sich, die schon hier gewohnt hatten.
Bis jetzt hatte sie nur von dem erfahren, der die Wachstuchdecke kaputtgeschnitten hatte. Sie war noch da. Tora hatte die neue Decke hochgehoben, um die Schnitte zu sehen.

Schemenhaft glitten sie, die in dem Zimmer gewohnt hatten, zwischen dem Bett und den großen Fenstern hin und her. Wollten raus, aber blieben drin. Sie schienen alle ein gemeinsames Schicksal zu haben. Unruhig gingen sie hin und her, um eine Öffnung zu finden, aber es gelang ihnen nicht.

Deswegen war Tora nicht ganz allein.

Am nächsten Tag ging sie nirgends hin. Lag nur still auf ihrer Strickdecke. Die Bücher waren tot! Das Zimmer war tot! Sie war nicht imstande, den Weg nach Berlin zu finden.

Am Montag morgen war ihr schlecht, schon bevor sie aufstand. Sie hatte das Gefühl, daß sie den Kopf nicht vom Kissen heben konnte, ohne daß es ihr schwindlig wurde und sie sich übergeben mußte.

Sie hörte irgendwo Mutters Stimme im Zimmer. Die Stimme ermahnte sie, mehr an die frische Luft zu gehen und besser zu essen. Sie hörte sich wehleidig und ängstlich an. Schimpfte wegen der teuren Hose. Die Mutter war unangreifbar. Weil sie Tora wohlgesonnen war.

Mitten in der gelben Übelkeit sah sie Mutters Gesicht vor sich. Das bleiche, schmale Gesicht, eingerahmt von den dunklen, glatten Haaren. Harte Gesichtszüge mit Falten zwischen den Augen und um den Mund.

Weil ihr so schlecht war, blieb Tora noch liegen, auch wenn sie nicht mehr sehr viel Zeit hatte. Der Wecker hatte längst geklingelt.

Sie stand mühsam auf. Wußte, daß sie die Zeit, die noch blieb, brauchte. Die Welt drehte sich. Preßte jetzt. Den Magen. Auf der Stirn brach der Schweiß aus. Der Brechreiz war ein dreckiger Sack. Sie schwankte hinaus zur Toilette und übergab sich.

Da war sie also krank! Das war wohl ziemlich sicher. Sie trank gierig aus dem Wasserkran und wusch Gesicht und Oberkörper unter dem laufenden, eiskalten Wasser. Sie hatte keine Lust, sich auf der Kochplatte warmes Wasser zu machen, wie sie es sonst tat. Beugte sich tief über den Ausguß, um zu sich zu kommen, und richtete sich langsam wieder auf. Ja, jetzt beruhigte sich der Magen. Es ging vorüber, bestimmt.

Langsam zog sie sich an und ergriff den Beutel mit dem Turnzeug und die Bücher. Während sie versuchte, die Minuten auf dem Weg über die Hügel aufzuholen, fühlte sie, wie ein schwarzer Fleck sich in ihrem Kopf ausbreitete. Eine fließende, schwere Masse, die das Denken

blockierte und die Bewegungen verlangsamte, so daß sie sich aufs äußerste anstrengen mußte.
Sie wußte nicht, wie sie es schaffen sollte, sich vor der Turnstunde umzuziehen. Sie hatte heute solche Mühe mit dem Anziehen gehabt.
Die Turnlehrerin war groß und mager und hatte eine scharfe Stimme. Bei ihr gab es kein Mitleid und kein Schwänzen.
Tora sparte sich deshalb die Worte. Sagte nicht, daß sie sich nicht wohl fühlte. Nach dem Aufwärmen – auf dem Weg zur Sprossenwand hin – verschwanden Menschen, Decke und Wände in einem Trichter.
Das erste, was sie vernahm, nachdem die große Dunkelheit sie wieder losließ, waren die Stimmen. Verschwommen und weit weg wie Rufe im Gebirge bei Nebel.
Sie wurde für den Rest der Stunde auf eine giftgrüne Matte am Ende der Turnhalle gelegt. Die Lehrerin kam ab und zu und fragte, wie es gehe. Tora nickte. Ja. Es gehe gut.
Sie streckte sich aus und gab den Versuch auf, etwas zu verstehen oder zu hören. Sie schämte sich, daß sie so daliegen mußte. Eine Plage für alle. Jedesmal, wenn sie die Augen öffnete, sah sie die Decke über sich. Sie drohte, auf sie zu fallen. Sie plattzudrücken.
Die Mädchen halfen ihr auf die Beine und zogen sie an und nahmen sie mit hinaus auf die Treppe. Es ging ein schwacher Wind. Die Luft sickerte gleichsam durch Tora hindurch.
Plötzlich hatte sie das Bedürfnis zu weinen, sie war entsetzlich traurig und konnte sich nicht erklären warum. Es hatte etwas mit den gelb werdenden Bäumen zu tun, dem einsamen, heftigen Luftzug vom Meer her und den besorgten Gesichtern der Mädchen ringsum. Es war doch so? Einige Mädchen trösteten sie und wollten sie nach Hause begleiten.
Aber nein, Tora wollte nicht nach Hause. Es würde wohl gut gehen. Sie fühle sich bereits besser. Das sollten sie ihr schon glauben.
Sie hatte gewiß von Anfang an die Mädchen in der Klasse nicht richtig eingeschätzt. Sie hatte sich zurückgezogen. Die Mädchen waren so fern, so unnahbar, so schlagfertig und so zahlreich. Sie hatten sich so viel zu erzählen, wenn sie in dichten Klumpen zusammenstanden und sich einander Blicke zuwarfen, die von allerlei geheimnisvollem Wissen zeugten, über Dinge, bei denen Tora nicht mithalten konnte. Sie hatten hübsche Kleider, waren so sicher und bestimmt, wenn sie ihre

Dauerwellen oder Pferdeschwänze schüttelten oder sich zwischen den Bankreihen bewegten. Hoben müde und lässig den Arm, um etwas an die Tafel zu schreiben oder die Haare in Ordnung zu bringen. Tora war in der hintersten Bank zusammengekrochen und hatte sich bei sich selbst versteckt, oder sie hatte sich in Jons Anbetung gesonnt. Das letzte hatte Tora auch von den anderen getrennt. Es war, als ob sie es mißbilligten, daß sie mit ihm sprach. Tora begriff vage, daß sie sich selbst so leicht verwundbar gemacht hatte. *Dieses* Spiel war älter als jede einzelne von ihnen.

Deshalb war sie verwirrt über ihre Fürsorge.

Anne ging neben Tora. Hielt sie umfaßt, während sie die Hügel hinuntergingen. Fragte mütterlich, ob sie öfters ohnmächtig werde, ob sie gegessen habe, ob sie Heimweh habe. Tora antwortete ihr mit ja oder nein. Eine bemitleidenswerte Stimme aus einem grauen Gesicht weit unten in dem großen Schal.

»Hast du deine Tage – oder?« fuhr Anne fort.

Tora konnte nicht verstehen, daß jemand so etwas ohne weiteres fragte.

Aber die Frage tauchte in ihrem Innern wie ein flügellahmer Kormoran auf. Sie hatte nachgerechnet. Die Periode war bereits verspätet. Sie war zweimal ausgeblieben. Das ist der Ortswechsel – hatte sie gedacht. Aber jetzt, wo Anne davon sprach, schnappten die Gedanken nach ihr.

Ein mächtiges Brausen fuhr durch ihren Kopf. Der Schweiß brach aus.

Sie ging zwischen den Mädchen und klammerte sich daran: So etwas gab es nicht. Schluckte Übelkeit und Schwindel herunter. Richtete sich auf. Ging mit festeren Schritten. Machte ihnen klar, daß jetzt alles vorüber war, sie brauchte nicht mehr gestützt zu werden. Zwang sich ein kleines Lachen ab, wie dumm das Ganze doch gewesen war. Entschied, daß alles in Ordnung war. Schloß andere Gedanken aus.

Ihre Augen hingen für den Rest des Tages an den Lehrern. Sie schrieb so schön und deutlich, wie sie nur konnte. Sie legte die Bücher nach jeder Stunde fein ordentlich in die Tasche. Machte sich Notizen. Strengte sich an, um dem Unterricht zu folgen und richtig zu antworten, wenn sie gefragt wurde. So erlöste sie sich selbst für einige Stunden.

Die Mädchen hatten für sie ein Gesicht bekommen. Es war nichts so schlimm, als daß man nicht etwas dabei gewinnen konnte. Tora gab sich viel Mühe, ihnen etwas Nettes zu sagen. Tone. Grete. Anne. Britt. Und sie umringten das Mädchen von der Insel, die nach Breiland gekommen war und mit Zöpfen und einem selbstgenähten Mantel und derben, plumpen braunen Schuhen ausgesehen hatte wie ein Gotteswort. Sie hatten sich entschlossen, sie in ihren Kreis aufzunehmen. Dieses Mädchen hatte eine interessante Art. Sie konnte ohnmächtig werden – richtig. Es war etwas mit ihr verknüpft, was ein Appell war. Sie hingen an Toras Armen und meinten, daß sie doch ganz annehmbar sei. Und dann war da noch Jon.

Tora gewöhnte sich an, langsam aufzuwachen. Die Freude war am Morgen aus dem Zimmer verschwunden. Abends fand sie eine Art gespenstige Freude. Wenn sie den Tag hinter sich gebracht hatte und die fleckigen, vergilbten Rollos herunterzog. Wenn die Aufgaben gemacht waren und sie auf die Strickdecke auf ihrem Bett kroch und sie sich über einem Buch vergessen konnte.

Es kam auch vor, daß sie mit Jon zusammen ins Kino ging. Oder sie ging ins Café unten an der Bushaltestelle oder in das Café, in dem sich meist alle trafen. Sie teilte manchmal eine Flasche Limonade mit irgend jemand. Es tat gut, jemanden zu haben. Aber wenn sie allein war, empfand sie die Gemeinschaft wie den stechenden Frostschmerz in den Fingerspitzen. Sie holte Kohle und Anfeuerholz aus Frau Karlsens Schuppen herauf und heizte den Ofen, um Wärme zu fühlen und um zu sehen, daß in den großen Zuglöchern Leben war. Der Ofen stand da, rund und hoch und schwarz – und glänzte von Fett und Ofenlack. Es lag ein gewisser Trost darin.

Die Worte waren für sie verschwunden. Sie mußte sich zusammennehmen, um etwas zu finden, worüber sie mit den anderen reden konnte. Sie saß nur da – meistens. Lächelte. Lauschte aufmerksam ihren Liebesaffären, ihren Streitereien, ihren Träumen, ihrer Abneigung gegen Lehrer und Eltern. Indessen verbluteten alle Gefühle. Sie hatte nur *einen* Gedanken.

Sie zog die Fehlschläge und Dummheit der anderen auf sich. Bekam eine Art Status als Klagemauer und Seelsorger. Das schweigsame Mädchen von der Insel war neutral und bedrohte niemandes Position, jetzt da Jon ihrer müde geworden war. Sie war sogar tüchtig in der Schule, so daß sie zum Abschreiben der Aufgaben taugte.

Und Tora teilte das, was sie hatte, weil sie glaubte, daß ihr eigentliches Wesen dabei vergessen und verborgen würde. Es war auch zwingend notwendig, daß sie sich selbst vergaß. Sonst konnte sie nicht leben. Trotzdem war irgendwo ein Funke, der sie dazu brachte, so etwas wie Verachtung für den Egoismus der anderen zu mobilisieren, für deren naive Lebensfreude, deren unglückliche Liebessehnsüchte und den oberflächlichen Drang, sich schön zu machen und beliebt zu sein. Sie vermochte nicht einmal Worte dafür zu finden. Aber sie dachte manchmal daran, um sich selbst zu vergessen.

Das Mädchen Tora hatte die Jugend hinter sich gelassen. Ohne daß sie je eine gehabt hatte. Sie lebte nur an *einem* Ort. Zusammen mit der roten Strickdecke und den Büchern.

Eines Tages entdeckte sie, daß eine fahle Flüssigkeit aus den unfertigen Brüsten sickerte.

32

Einmal vor langer Zeit hatten sich die Moore endlos weit ausgedehnt, von der Hochwasserlinie bis zum Fuß des Berges. Dann hatten einige Leute angefangen, in dem fetten, schimmernden Moorboden zu graben, um das Wasser abzuleiten. Entlang der jahrhundertealten und ständig sinkenden Hochwasserlinie war guter, fruchtbarer Kalksand angeschwemmt worden. Der Boden war wie geschaffen für Kartoffeln und Gras. Sommer für Sommer hatten Kartoffelkraut und Gras einem schwarzen Regenschauer nach dem anderen getrotzt und waren zu ihrem eigenen und der Menschen Vorteil grün und üppig geworden. An klaren Tagen war auch der Fjord bis weit hinaus ganz grün. Die Sandstrände. Das tiefe Wasser. Der Himmel. Golden und blau. Insgesamt eine glitzernde, lockende grüne Fläche, die unter mehreren Metern kalten, klaren Salzwassers lag.

Dann waren der Konsum, die Post und die Bank gekommen. Das heißt: Zuerst war die Plattenfabrik da.

Allmählich fielen einem die offenen schwarzen Entwässerungsgräben, die das Wasser aus den Wiesen, den Äckern, den Kellern und Gärten ableiteten, nicht mehr so schnell ins Auge. Einfach weil entweder ein Haus oder eine Scheune einem die Aussicht nahm. Aber sie waren da. Die Moorgräben. Mit ihrem ölartigen, trägen schwarzen Wasser. Ein langsames Sickern. So langsam, daß man die Richtung nicht erkennen konnte, auch wenn man wußte, wo das Fjell anfing

und wo das Meer toste. Aber die Schafe und die Kartoffeläcker verschwanden. Die Bank und das Geschäft blieben im Staub und Krach der Fabrik am Leben.
Hier waren keine Fischereibetriebe an den Kais. Nur Lagerhäuser für das Geschäft und die Schiffsexpedition. Wohl nahmen sie am Strand viel Platz ein und waren weiß gestrichen und mit schläfrigen, kleinen Fenstern ausgestattet, die träge und scheeläugig in alle Richtungen blinzelten. Aber es wurde kein Fisch ausgeladen. Da gab es weder Fangleinen noch ein schwarzes Meer. Keine zwangsläufigen Liegezeiten oder weiße, an Ketten hängende, überschwappende Wannen. Keine großen Flügeltüren, die die Fischkästen, die Eisbarren und die Leute schluckten. Keine Rufe der Schiffer aus dem Steuerhaus oder von Deck, kein Lachen, das laut und fröhlich nach einem guten Fang am Ende der Saison über dem Laderaum erschallte. Nicht einmal den simpelsten Fluch. Der Mangel war offenbar. Hier gab es keine Saison! Alles lief dahin in endlosen, einförmigen Tagen. Und die Leute waren schläfrig und gingen ihren Geschäften nach und reagierten nicht darauf, daß ihnen etwas fehlte.
Im Lande der Krähen reagierte keiner, bevor nicht jemand von draußen mit einer anderen Sprache kam, mit anderen Sitten, einem anderen Traum – als dem, welcher den Ort prägte.
Das stinkende Lokalboot tuckerte hin und her und kannte es nicht anders. Sogar daß der Schnelldampfer zweimal am Tag anlegte, bedeutete nichts, wenn man das pulsierende Leben bei den Fischereibetrieben der Insel damit verglich. Tora hatte den Eindruck, daß die Gerüche muffig und listig waren. Aber alles, was recht ist: Es roch nicht so scharf wie zu Hause. Es gab eine geteerte Würze, die den Gestank vom Hafenbassin und von dem einen oder anderen Kasten mit verdorbenem Inhalt dämpfte. Nur selten wurden Blut und Fischmägen über die Kaiplanken geschüttet. Und hier gab es nicht die Spur von vergessenen Tranfässern hinter den Lagerhäusern.
Zweimal am Tag glitt die Welt in den Hafen des Krähenlandes hinein. Einmal von Süden – einmal von Norden. Einige gingen an Land. Andere an Bord. Es wurden Säcke und Kisten und Container ausgeladen. Stapelweise Kartons. Auch dann und wann etwas Lebendiges. Ein Pferd. Eine Kuh. Eine Kiste mit quiekenden Schweinen. Es war auch schon vorgekommen, daß ein Auto an Land geschafft worden war. Und als ob die Leute das alles im voraus wußten, waren immer einige Neugierige am Kai, wenn der Schnelldampfer kam.

Es war leicht zu erkennen, wer nach Breiland gehörte – und wer fremd war. Die Fremden tauchten zögernd auf dem Landungssteg auf und wurden nicht in Empfang genommen, falls sie nicht jemanden besuchen wollten oder von früher her bekannt waren. Sie hatten ein enttäuschtes, suchendes Gesicht, wenn sie über den Ladungssteg stelzten. Selten genug kamen sie, um zu bleiben. Das waren dann diejenigen, die ein festes Einkommen und eine enorme Ausbildung hatten und Dialekte sprachen, die viel weiter nach Süden in dem langgestreckten Land gehörten. Meist Leute aus anderen Landesteilen, die nicht wußten, wie fremd sie eigentlich waren... Sie kamen oft aus Gegenden, wo der Südwestwind keine Macht hatte. Aber wo die Bürokratie unumschränkt herrschte, wie auch über die windgepeitschte Landschaft im Norden, die auf manche exotisch anziehend wirkte. Der Schnelldampfer brachte sie mit und ließ die verwirrten Kuckuckskinder auf den breiten, rissigen Kaiplanken frei.

Die Menschen an dem Kai im Land der Krähen sahen in den ersten Minuten gewöhnlich mit Mißtrauen auf solche Fremdlinge. Genauso lange, wie sie ihre Neugierde zu zügeln vermochten. Das gehörte zum guten Brauch hier. Ein verschlossenes, mißtrauisches Gesicht auf das schwarze Loch zu richten, das dunkle Gestalten auf den Landungssteg spuckte. Aber das Mißtrauen währte nicht lange. Und war absolut nicht böse gemeint. Nur um Takt und zugeknöpfte Ehrerbietung zu erweisen. Nun ja, selbstverständlich war es das abwartende Grauen unseres Jahrhunderts vor irgendeinem Beamten, der in Gottes und des Königs Namen geschickt wurde. Beamte waren wie Kartoffelschälmesser. Einige waren ungeheuer effektiv und scharf. Andere stumpf und träge. Aber alle schnitten unbarmherzig und tief genug, um das gute vitaminreiche Fleisch unterhalb der Schale mitzunehmen.

Die alten Zeiten standen immer noch am Kai und empfingen die Fremden. Die Hartnäckigkeit der alten Zeiten wird immer wieder an den Kais stehen.

Für Tora war der Schnelldampfer ein Märchen aus Licht, Bewegungen und Stimmen. Sie spürte einen trotzigen Neid, wenn sie sah, daß jemand seinen Koffer nehmen konnte und ihn den Landungssteg hinauftragen.

Die Jugend versammelte sich an der Anlegestelle des Schnelldampfers. Mit Fahrrädern, Zigaretten – und dem Spätsommer noch im Blut. Im Winter – nachdem der Spätherbst sie in die schöne Dunkel-

heit eingeschlossen hatte und Hände hatte einander finden und junge Hüften dicht und rhythmisch die Straßen entlanggehen lassen – da standen sie am Kai, gut zugepackt mit Schals und Lastexhosen und Anoraks. Einige in den neuen Teddyjacken, die sie im A/S Konfektionsgeschäft in aussortierten Farben gekauft hatten. Die Levi's waren alle gleich. Und kühl.
War es richtig kalt, dann mußten über den langen, wollenen Unterhosen die dunkelblauen Gabardinhosen angezogen werden. So wanderte ein munterer Zug zum Kai hinunter. Ein lachender, Zärtlichkeit suchender Zug. Ein Zwei-und-zwei-Zug, voll unerprobten Lebensmutes und offener, lachender Gesichter.
Ab und zu waren da auch einige, die sich in die Schatten begaben. Menschengewürm mit warmen Mündern und klopfenden, ängstlichen Herzen. Schatten sind gut – auch im Winter.

Tora war dabei, um den nach Süden abgehenden Schnelldampfer zweimal in der Woche auf die Reise zu schicken. Mittwochs und samstags. Ein Treffpunkt. Eine Zeitlang war dort auch noch ein Platz für sie. Aber die Erwartung war tot. Die Erwartung, die bereits in der Schule begonnen hatte – und sich bei den sparsamen Mittagsmahlzeiten und den Hausaufgaben fortgesetzt hatte. Die Erwartung, die in den ersten Wochen wie ein warmer Fleck auf der Stirn gelegen hatte. Toras neues Leben war Herrlichkeit und Freude gewesen. Sie hatte auf jeden neuen Morgen wie auf ein spannendes Paket unter dem Weihnachtsbaum gewartet.
Der Pferdeschwanz war an seiner stolzen Befestigung hoch oben am Kopf hin- und hergehüpft. Sie war so froh gewesen. Die ganze Zeit. Alle Menschen hatten sie umgeben und waren Statisten in einem Film, in dem die Bilder ineinanderflossen über weichen grünen Wiesen mit dem ewig blauen Himmel darüber.
Immer warme Füße. Es hatte in den Fingerspitzen geprickelt und gejuckt vor lauter unverrichteter Dinge und sicherer, guter Wärme.
Keiner hatte ihr auch nur ein einziges Mal gesagt, wer sie war.
Tora hatte sich zum ersten Mal, soweit sie sich erinnern konnte, vollständig sicher gefühlt.
Deshalb war sie leicht zu Fall zu bringen. *Er* hatte den Tritt gerächt.

Es gab Tage und Nächte, da war der Fjord eine einzige schaumweiße Gischt, und alles war ein eiskaltes Brodeln um Kaipfosten und Bug. In solchen Stunden waren die Berge in der Gischt nicht sichtbar, und die Menschen schlossen sich mit ihren Gedanken ein und ließen die süd- und nordwärts gehenden Schnelldampfer an der Küste entlangstampfen, ohne sie abfahren zu sehen. Da gingen die Männer in schweren Seemannsstiefeln und mit ganz steifen Gliedern in ihrem Ölzeug auf den Kais umher und taten ihre Arbeit. Nur die Schiffssirenen und der Wind waren zu hören. Und einige wetterfühlige Möwen. Zeitweise schickten die Kräne ihre kreischenden Klagen in die Köpfe von denen, die versuchten, die gestapelten Lasten zu steuern. Im übrigen wüteten Wind und Regen und besaßen die Welt.

An solchen Tagen und Nächten feuerten sie rund um die Uhr und kochten Kaffee mitten in der Nacht, im Lande der Krähen. Die Wetterhähne zeigten alle in die gleiche Richtung, und es stiegen gleichmäßige Rauchschwaden aus den Schornsteinen auf. Ein stummes, wachsames Heer thronte auf den zugeschneiten oder regenschwarzen Dächern und sandte seine stillen Rauchsignale mit teuflischer Beharrlichkeit in die Nacht und zu dem tobenden Meer. Wenn der Rauch bis zu der Landzunge mit dem Friedhof gekommen war, hatte er sich mit frischer, salziger Meeresluft vermischt und gereichte keinem mehr zum Schaden oder zur Freude.

Die Rituale waren dort.

Aber es passierte doch immer wieder etwas Neues.

Bei Sturm wurden überall bleiche, trockene Kerzen angezündet. Es kam vor, daß sie gelegentlich einen Gottesdienst absagen mußten und daß die Leichen nicht an dem Tag in die Erde kamen, der im Breilandsposten angezeigt worden war.

Das machte nichts.

Alle wußten, daß viele Boote kommen würden.

Später.

Die Menschen hatten genug Verstand, um die Luft anzuhalten.

Im Spätherbst froren die Moorgräben zu. Waren schmale schwarze Striche und zerstückelten das Land. Wenn viel Schnee fiel, wehten sie zu und waren so versteckt, daß die Leute sie vergaßen. Bis das Tauwetter kam und den Schnee brüchig werden ließ, so daß ein armer Mensch einbrach, wenn er versuchte, die Gräben zu überqueren. Da stand das Moorwasser über den Stiefelkanten, bevor man sich retten konnte, mit dem Geruch allzu früher Geburt und eingeschlossener Verwesung.

Tora bewegte sich in zwei Welten.
Beide waren gleich unwirklich. Sie entschloß sich, nicht DARAN zu denken, wenn sie mit den Schulkameraden zusammen war. Die Schule und was sich dort ereignete, das Café und das Kino – das war eine Welt, die jeden Tag wie eine rettende Planke an ihr vorbeischwamm. Sie hielt sich an ihr für einige Stunden über Wasser. Die Gemeinschaft in der Schule wurde lebensnotwendig.
Sie gab sich große Mühe, fröhlich und hilfsbereit zu sein. Lauschte den vertraulichen Mitteilungen und dem Klatsch. Ging sonntags ins Kino. Aber wenn sie abends in ihr Zimmer kam, floß alles zusammen in einen schwarzen Schlamm. Konnte an nichts anderes denken, als daß sie ihren Körper vor den Menschen verbergen mußte. Bald würde er sich verraten. Er würde anschwellen zu seiner ganzen Häßlichkeit und die Schande in alle Welt hinausposaunen. Manchmal war sie so mutig, daß sie versuchte, sich vorzustellen, wie es werden würde. Aber die Gedanken reichten nicht so weit. Es war unmöglich.
Nachts – wenn sie nach den Alpträumen, die immer noch in dem Bettzeug und den Fensterkreuzen hingen, nicht wagte, wieder einzuschlafen – brachte sie es manchmal fertig, das Bild der Großmutter zu beschwören. Aber es war nie so wie früher. Auch die Großmutter mußte den dicker werdenden Bauch sehen. Auch die Großmutter würde fragen, wo der herkam. Wer... Auch die Großmutter würde sie verachten. *Alle mußten das.*
Es geschah, daß sie aufwachte und *ihn* in der Tür stehen sah. Wußte, daß er kam, um den Tritt zu rächen. Sie bereitete sich vor. Kroch aus sich selbst heraus. Verbarg sich in der pechschwarzen Nacht. Bis sie begriff, daß sie noch einmal einen Aufschub bekommen hatte. Da kroch sie wieder zitternd in sich hinein. Wärmte sich, indem sie die dünnen Arme um sich schlang.
Sie bewachte ihren Körper. Betrachtete sich in dem großen Spiegel im Treppenhaus, wenn Frau Karlsen ins Altersheim gegangen war. Schlug sich ständig mit der Übelkeit herum. Sie ließ den Wecker in aller Herrgottsfrühe klingeln, um genügend Zeit zu haben, mit der Übelkeit fertig zu werden, bevor sie in die Schule ging. Das klappte bis zu einem gewissen Grad. Ein paarmal hatte sie in der ersten Stunde darum bitten müssen, auf die Toilette gehen zu dürfen.
Das Zimmer hatte eine drohende Zweiseitigkeit. Zwang sie in beide Wirklichkeiten hinein. Die schöne und die zerstörte Wirklichkeit.
Die schöne: hinter der verschlossenen Tür. Wo der Augenblick sicher

und warm war, mit einer Unzahl von alltäglichen Details. Kostbare Augenblicke, in denen sie vergaß, daß die Schande sie einholen würde. Daß es nur eine Frage der Zeit war, eine Frage von Wochen. Wenn sie Glück hatte – von Monaten.
Der Unterschied von Leben – und Leben. Tora sammelte jeden winzig kleinen Hauch von Wärme, die sie viel intensiver verspürte als früher. Eine Tasse Kakao. Die Strickjacke gut zuknöpfen und die Füße vor die offenen Ofentür setzen. Die plötzlichen freundlichen Blicke von Menschen, die sie zufällig traf. Noch wußten sie nicht... Noch durfte sie die Wärme sammeln, die sie bekam. Überall. Und sie tat es. In dem hungrigen Bewußtsein, daß ihr die Zeit zugemessen war, um Wärme zu sammeln, damit sie sich später daran erinnern konnte, wie Wärme war.
Der schlimme Zustand: nach den Alpträumen in dem verschwitzten Bettzeug. Sie hatte sich gewissermaßen daran gewöhnt. Wußte, daß es sich immer gab, wenn sie sich nur eine Weile wach hielt, bis der Traum ganz verschwunden war. Sie konnte auf die Toilette gehen und dort sitzen und die Wirklichkeit unter die Kleider frieren – dann verstand sie, daß das Ganze ein Traum war. Sie konnte die Strickdecke über sich legen, sich vor die Heizsonne setzen und lesen, bis sie glaubte, daß sie das Ganze vergessen hätte, und konnte sich hinlegen und sich zu einem kurzen Schlaf überlisten.

33

Sputnik 2 hatte 154mal die Erde umkreist. Die Hündin Laika mußte sterben. Man hatte nicht erwartet, daß sie so lange leben würde.
Tora hatte dabeigestanden, wenn die anderen in der Klasse das Schicksal des Hundes in den Pausen diskutierten. Ein blasser, unwirklicher Gedanke hatte sie sozusagen einfühlsam gemacht. Es war nur ein Hund. Trotzdem hatte Tora das Hundeherz in sich schlagen fühlen. Es hatte einen verzweifelten Kampf gegen einen geschlossenen Raum geführt, der sich in schwindelerregendem Tempo immer rundum im Weltraum drehte. Das Tier hatte keine Chance zu überleben.
Zum Schluß lag es ausgestreckt mit steifen Gliedmaßen und gebrochenem Blick vor allen Instrumenten im Sputnik. Es war genau dazu geboren worden. Tora wußte, daß es so war. Und trotzdem hatte das

Tier mit seinem ganzen Sein dagegen angekämpft. Einige existierten nur, um eingezäunt zu werden. Bis sie nicht mehr konnten.
Sie stand in dem halbdunklen Flur und sah ängstlich in den großen Spiegel im Treppenhaus. Dann fuhr sie mit zitternden Händen über den Leib. Es drängte heraus. Ein Weinen? Eine Leere?
Sie war gefangen. Und hielt etwas gefangen. Eine Rache war in sie hineingepflanzt, die sie ganz verzehren würde. Nie aufhören würde. Trotzdem war der kleine Flügel selbst ein Opfer. Aber sie durfte sich keine Gedanken darüber erlauben.
Und Tora vergaß willentlich, was sie über Recht und Unrecht gelernt hatte. Sie setzte sich über das hinweg, wovor ihr Elisifs Gott angst gemacht hatte. Es wurde ihr langsam klar, daß es keinen anderen Ausweg gab, als daß sie alles selbst ordnete. Wußte, daß sie alles zu verlieren hatte.

Einen Tag, nachdem Laika für tot erklärt worden war – und sie war nur ein Hund, trotz allem, kaufte Tora in der Wollstube an der Straßenkreuzung graue Wolle in zwei Schattierungen. Sie nahm reichlich Maschen auf und strickte einen 5 cm hohen Rand. Wußte, daß sie bald ein Versteck für ihren verhaßten Körper brauchte. Sie hatte sich entschlossen, die Leute schon jetzt an den Anblick zu gewöhnen, auch wenn sie noch nichts zu verbergen hatte. Sie brauchte ihren ganzen Scharfsinn, um herauszufinden, wie sie sich vor den Augen der Leute retten konnte, und legte das Geld, das sie von der Mutter per Postanweisung erhielt, zusammen mit dem gesparten Essensgeld beiseite. Sie konnte es nehmen, um zwei weite Hemden zu kaufen. Die würde sie nötig haben.
Zunächst würde es in der Turnstunde schwierig werden. Tora hatte böse Träume gerade deswegen. Die Augen der Freundinnen, wenn sie alle unter der Dusche standen. Sie träumte, daß sie nackt ausgezogen wurde und im ganzen Schulhof herumgehen mußte, während die anderen zuschauten. Keiner sagte etwas – sie schauten nur.
Es war ihr vollkommen klar, daß sie irgend etwas erfinden mußte, um den Turnstunden zu entgehen, wenn es soweit war.
Sie könnte die Treppe hinunterfallen! Aber sie hatte keine Garantie, wie sehr sie sich dabei verletzte. Sie könnte in einen Reißbrettstift treten! Nein, das wäre in einer Woche geheilt.
Noch einen Monat bis zu den Weihnachtsferien. Das war auch so ein Alptraum und ein Grund für schlaflose Nächte. Sie mußte nach

Hause auf die Insel. Tora fühlte zeitweise ihre Ohnmacht. Dann tröstete sie sich irgendwie. Suchte sich etwas zu lesen. Konzentrierte sich auf die Schularbeiten. Vergaß sich selbst auf diese Weise. Sie verstand, daß sie von einem Tag zum anderen leben mußte. Sagte sich, daß die Veränderung mit dem Körper nicht über Nacht geschah. Das träumte sie nur, wenn die Alpträume sie quälten. Dann konnte es passieren, daß sie aufstand, das Licht anmachte, sich in den Flur hinausschlich, das Nachthemd hochhob und sich betrachtete, um sich zu vergewissern, daß der Leib nicht angeschwollen war wie in dem verhaßten Traum.

So gering waren die Freuden, so jämmerlich war es mit der Sicherheit des jungen Mädchens Tora bestellt, daß sie das Gefühl hatte, für alle Zeit erlöst zu sein – wenn sie sich damit beruhigte, daß sie noch genauso aussah wie bisher. Und sie konnte wieder in das ausgekühlte Bett kriechen und in einen lindernden Schlaf fallen. Sie hatte noch Zeit...

Aber in dem Schlaf lag trotzdem Verzweiflung. Die Gewißheit, daß die Hündin Laika niemals eine Chance zum Überleben gehabt hatte. Und sie begriff, daß für das Wesen, das in ihr wuchs, das gleiche galt – oder für sie beide.

Aber sie wußte nicht genau wie.

Während sie früh und spät an dem Pullover strickte, hatte sie nie Ruhe vor den Augen, die sie ansahen. Sie schienen von allen Seiten zu starren. Die schwarzen Bäume, die nackt in der November-Dunkelheit standen, hatten Augen auf den kahlen Zweigen. Sie glaubte, die Mädchen sahen sie heimlich an, wenn sie sich vor der Turnstunde umzog. Hatte das Gefühl, die Augen hingen an ihr, wenn sie an die Tafel geschickt wurde, um eine englische oder deutsche Übersetzung anzuschreiben.

Als der Pullover fertig war, kam sie etwas zur Ruhe. Sie nähte ihn zusammen, dämpfte ihn gut. Legte ihn abends ordentlich auf dem Stuhl zusammen, bevor sie ins Bett ging.

Dann kam der Schlaf. Traumlos. Erschöpft wie nach anstrengenden Tagen bei der Heuernte. Aber ohne den Duft von Sommer und Heu in der Nase. Statt dessen den Geruch von nasser Wolle und nassem Bügeltuch im ganzen Zimmer. Sie atmete ihn ein, als ob er eine Rettung von allem Bösen wäre.

Die Mutter schrieb regelmäßig. Tora verbrannte die Briefe in dem großen schwarzen Ofen in der Ecke, sobald sie sie gelesen hatte. Antwortete sofort. Auf diese Weise bekam sie die Verpflichtung gegenüber der Mutter aus dem Zimmer heraus. Den Verrat. Die Schande. Die Gefahr. Alles. Sie klebte den Umschlag zu, um ihn gleich wegzubringen. Zog das Nötigste über und ging zum Briefkasten an der Bushaltestelle.
Immer das gleiche Geräusch, wenn der Deckel des Briefkastens herunterfiel. Ein verlassenes Geräusch. So als ob die Mutter an Land stand und sie selbst im Meer lag. Sie sahen einander nicht. Wußten nicht voneinander. Tora mußte allein schwimmen. Sie hatte nie die Worte gelernt, die den Ruf hätten an Land tragen können. Sie hatte nichts anderes als die Schande gelernt.
In der Sturmnacht war sie gewarnt worden. Der Riesenrochen hatte sie verfehlt. Aber sie wußte, daß er wiederkommen würde.

Es kam auch vor, daß sie abends zu den anderen ging. Setzte sich mitten unter sie und ließ sich von der gesättigten Atmosphäre einfangen. Essensgeruch, Geruch nach Kleidern und Schuhen, frischer Kaffeeduft, Geruch von erwartungsvollen Körpern.
Tora erwärmte sich an der Gemeinschaft. Sie lachte, wenn die anderen lachten. Das Gesicht bekam hoch oben auf den blassen Wangen rote Flecke. Einmal saß sie dicht neben Jon. Er lehnte sich an sie und legte einen Arm um ihre Taille. Panik ergriff sie, und sie wand sich aus seiner Umarmung. Er zog den Arm zurück.
Trotzdem mußte es sein. Denn er durfte ihr niemals so nahe kommen, daß sie sich vor ihm verriet.
Sie versteckte sich in dem grauen Pullover und bewerkstelligte es, daß sie möglichst oft durch den Tisch getrennt waren. Solange sie ihren Körper verbarg, konnte sie ihm in die Augen sehen und ein bißchen Wärme zwischen ihnen dulden. Aber sie achtete immer darauf, daß jemand zwischen ihnen war, wenn sie zusammen gingen. Oder sie verzog sich auf die Toilette und trödelte so lange, bis er aufgab und verschwand.
Am nächsten Tag hatte sie Schwierigkeiten, seinem Blick zu begegnen. Seine Augen waren nackt und fragend, und sie hatte keine Antwort. In solchen Augenblicken floß er zusammen mit Frits. Sie sah Frits' weit offene Augen vor sich. Spürte noch den kleinen Schock, als er sie berührt hatte, damals vor langer Zeit, und sie war fortgerannt.

Dann war sie da – die ekelhafte, unwirkliche Last auf ihr, zwischen dem Farnkraut in der Koppel. Scham und Schuld wurden zu einem Gewirr verwoben. Sie wußte nicht mehr, was gut und was böse war. Sie konnte nicht mehr Jons Nacken ansehen und sich darüber freuen, so wie sie es in der ersten Zeit in Breiland gekonnt hatte, als sie eng umschlungen spazieren gingen. Sein Nacken wurde genauso ekelhaft wie alles andere. Das geschah so plötzlich, daß sie nicht damit fertig wurde. Sie hatte keine Meinung mehr von Jon.

Eines Abends stand er in ihrem Zimmer.
Jon.
Nichts mehr von dem flotten Auftreten. Er stand stumm und etwas unschlüssig auf der Türschwelle, ohne die Tür hinter sich zu schließen.
Tora spürte, wie ihr Herz hämmerte. Es war das einzige, was sie wahrnahm. Sie hatte sich halbwegs vom Stuhl erhoben. Sie saß gerade an ihren Aufgaben.
Der erste Gedanke, nachdem sie sich gefaßt hatte, war: Ein Glück, daß ich den Pullover anhabe.
»Hei«, sagte er endlich. Es kam wie ein tiefer Seufzer.
»Hei«, sagte sie.
»Ich hab' zu Frau Karlsen gesagt, daß wir eine Arbeit machen müssen – eine Gruppenarbeit.«
»So?«
»Ja, falls sie nicht mag, daß du Besuch hast. Du hast mal gesagt... daß sie streng ist – damit.«
»Ja?«
»Ich muß mit dir reden.«
»Ja?«
»Du hältst mich zum Narren.«
»Wie meinste das?«
»Du... du bist manchmal so, daß ich glaube, du magst mich, und dann biste plötzlich wie ein Stück Holz. Daß du mich nicht mal mehr anguckst. Warum?«
Das hatte Tora nicht erwartet. Das war ein anderes Muster, als es auf der Insel gebräuchlich war. Jon überrumpelte sie. Wurde zu einer Bedrohung. Er konnte sie noch soweit bringen, daß sie sich verriet. Alles verriet. Sie dahin bringen, daß sie sich schwach fühlte und womöglich anfing zu weinen. Das war gefährlich. Sie hatte ein jähes Verlangen,

ihn an sich zu ziehen. Ganz dicht. Seinen festen, warmen Körper zu spüren. Eine Zweisamkeit. Einen Schutz. Gegen die ganze gräßliche Welt.
Aber das war unmöglich. Sie nahm sich zusammen. Sah auf die Wand über seinem Kopf und sagte, ohne daß sie richtig wußte, wo sie die Worte herholte:
»Ich mag dich, aber...«
»Was ist es dann?«
»Nichts. Aber ich hab' so viel zu tun. Aufgaben und...«
»Ich mach' im Frühjahr mein Examen. Und hab' Zeit!«
»Ich kenn' dich nicht...«
»Du kennst mich nicht? Wir sind doch zusammen gegangen... Haste das alles vergessen?«
Nein, sie hatte es nicht vergessen.
Es wurde sehr still im Zimmer. Er war bemüht, die Würde zu wahren. Hatte seinen ganzen Stolz für diese Aussprache mobilisiert. Und das Mädchen von der Insel saß da und glotzte die Wand an. Aus Wut und Enttäuschung schloß er unsanft die Tür und kam ins Zimmer herein. Bis an den Schreibtisch. Nah an sie heran. Beugte sich über sie. Da sah er es. Daß sie zitterte. Es zuckte schwach in dem ganzen Gesicht. Der eine Mundwinkel war heruntergezogen, so daß die Zähne wie in einem Grinsen sichtbar wurden.
Er wich vor dem Anblick zurück.
»Möchtest du, daß ich geh'?« fragte er endlich.
»Ja.«

Tora ließ den Ofen ausbrennen. An diesem Abend hatte sie nicht den Mut, den Pullover auszuziehen und ins Bett zu gehen. Sie wußte, daß *er* ins Zimmer kommen würde. Sie ging zwischen den Fenstern und dem Bett so lange hin und her, wie sie es wegen Frau Karlsens Nachtruhe wagte. Dann hängte sie sich die Strickdecke über und setzte sich in einen Sessel. Die Augen starrten. Sie sahen nichts.
So gegen drei Uhr fiel ihr ein, daß sie die deutsche Übersetzung nicht gemacht hatte. Sie zwang sich zur Arbeit. Allmählich kamen die Gedanken. Sie schrieb alles sauber und ordentlich in das gelbe Heft, ohne daß sie einen Sinn darin sah. Brauchte lange. Am Morgen war sie steif und kalt, und die Augen brannten wie Wunden. Sie ging über die Hügel zur Schule. Neben sich selbst her. Sie konnte deutlich sehen, wie ein kleiner Bauch sich ausbeulte. Sie beugte sich vornüber, um sich

vor allen zu schützen, die sie traf. Und als sie über den Schulhof ging, hatte sie einen Entschluß gefaßt. Sie wollte aufgeben. Sie wollte nicht mehr kämpfen.

Während der Pause sah sie Jon. Er stand in einer Gruppe Mädchen und lachte. Sie fühlte nichts dabei. Er lebte in einer anderen Welt. Einer Welt, die nicht für sie bestimmt war.

Dann neigte sie den Kopf und ging vorbei. Ganz dicht bei der Gruppe. Aber vorbei. Über den Hof. Zu den breiten Flügeltüren hinein und die Treppen hinauf. Die Füße verweigerten ihren Dienst. Trotzdem zwang sie sich vorwärts. Die Müdigkeit war ein alter Freund, den sie seit langem verraten und vergessen hatte.

An der Tür zum Klassenzimmer standen Anne und Gunn und diskutierten über ein Päckchen Nylonstrümpfe. Französische Kreppnylonstrümpfe zu 12,50. Tora schlich vorbei und begab sich auf ihren Platz. Bitzartig hatte sie Annes schmale Taille gesehen. Betont durch einen goldenen Metallgürtel.

Nach der Schule zog sie den alten, selbstgenähten Anorak an, der mit dem Pullover darunter viel zu eng war. Dann stieg sie den Berg hinauf, der hinter dem Friedhof steil emporragte. Als sie oben anlangte, dampfte sie.

An einer Stelle fiel der Berg direkt ins Meer ab. Ein paar hundert Meter in die Tiefe. Eine Weile stand sie da und sah in die tobende Gischt hinunter. Sie würde unten im Geröll zuschmettert werden, bevor sie hinausgeschwemmt wurde, dachte sie kalt. Es war, als ob eine andere als sie dort oben stand. Es war nicht so gefährlich, denn es betraf sie gar nicht.

Sie stand jetzt an der äußersten Kante. Die Bilder kamen in den Fjord hereingesegelt. Bilder von der Bucht zu Hause, von dem Zimmer in der Fischerhütte bei Randi und Frits. Bilder von Bekkejordet. Bilder vom Hesthammeren – damals als sie klein war und *er* sie am Rande des Abgrunds festhielt und sein Lachen unten im Geröll widerhallen ließ. Aber *er* war nicht in den Bildern. Sie ließ das nicht zu. Er war ein ausgestoßener Gedanke, der über dem Ganzen hing.

Dann! Wieder stand sie im Ruderboot bei Simons Betrieb. Sie stand in den Flammen. Sie wurde gehalten und geschützt. Sie fühlte Simons klopfendes Herz. Und sie vergaß, daß ihr Körper das Abscheulichste war. Das Schlimmste. Denn es war der Körper, den Simon geschützt hatte. Sie war es, für die er das viele Geld für die Realschule

ausgab. Sie war es, Tora. Und sie behielt das Bild von Simons Gesicht in ihrem Herzen. Weil sie es so sehr brauchte.
Sie hatte nichts anderes.

Und so geschah es, daß sie doch wieder herunter zu den dichten Häusergruppen kam. Zu den Menschen. Zu der Nachmittagsdämmerung.
Die Häuser standen so dicht. Die Menschen sahen sie nicht an, waren wie eine Mauer und schlossen sie aus. Aber es machte nichts. Sie wehrte sich. Selbst. Ohne es zu wissen, ballte sie in den Handschuhen die Fäuste, bis sie glühten. Dann kroch die Wärme in die Arme und hielt den rauhen Wind ab.
Tora ging langsam nach Hause. Wäre gern ins Café gegangen. Hätte so schrecklich gern jemanden *gesehen*. Aber sie hatte so viel Geistesgegenwart, um zu begreifen, daß sie es nicht schaffen würde.
Als sie zu dem spitzgiebligen Haus mit den hohen Fenstern an der Straßenseite kam, hatte sie das Zittern überwunden.

Eines Tages nahm sie ihren ganzen Mut zusammen und ging in die Bibliothek. Suchte in den Regalen ein Buch über Schwangerschaft. Las alles, was sie brauchte, um sich Gewißheit zu verschaffen. Saß zwischen den Regalen auf einem schiefen Stuhl und las, während ihr die Buchstaben manchmal vor den Augen verschwammen. Zum Schluß hatte sie keinerlei Zweifel mehr. Sie hatte es ja gewußt – schon lange.
Es war ein ungewöhnlich klarer Tag. Aber die Sonne war gerade im Begriff unterzugehen, als sie hinaus auf die Steintreppe trat. Dunkelzeit. Der Himmel war im Westen rot gefärbt. Blutig. Mit einem kalten violetten Ring. Die Bäume standen schwarz und vergessen da. Schnee war noch nicht gefallen. Der Boden vor ihr war gefroren und voll tiefer Risse. Kein Nebel über dem Meer. Kein gedämpftes, heiseres Nebelhorn auf dem Fjord. Der Tag war ein Messer. Er stand noch da und drohte dem Winter ins Gesicht.
Sie konnte sich nicht erinnern, ob sie das Buch ins Regal zurückgestellt hatte. Einen Augenblick ergriff sie Panik. Dann entschied sie, daß es keine Rolle spielte.

34

Agnar Mykle wurde freigesprochen.
Die Schüler der Kommunalen Realschule Breiland hatten wichtige Meinungen über »Das Lied des roten Rubin«. Die meisten sympathisierten mit dem jungen Verfasser. Sie schimpften über die alten, verstaubten Greise, die die Moral bewachten und sich heimlich selbst befriedigten. Sie hielten lange, feurige Schmähreden über diejenigen, die bestimmten, was richtig und was falsch war.
Einige Mädchen erklärten dagegen, daß das Ganze eine Schweinerei sei. Das Buch sei von vorne bis hinten eine Schweinerei. Sie wurden beschuldigt, das Buch nur dort aufgeschlagen zu haben, wo es sich von selbst aufschlug, weil die Leute nur die Seiten lasen, wo *es* stand. Und die von Schweinerei gesprochen hatten, setzten eine beleidigte Miene auf und gingen Arm in Arm um die Schule herum und steckten die Köpfe zusammen.
Jon war derjenige, der am lautesten über die im Gesetz verankerte Vergreisung in diesem verdammten provinziellen Land redete. Er schnitt Bilder und Texte aus den Zeitungen aus und sammelte sie in einem großen gelben Umschlag.
Tora hatte das Buch noch nicht gelesen. Hatte nicht den Mut gehabt, in der Bibliothek danach zu fragen. Sie hielt sich zurück. Sah Jon an, wenn er loslegte. Er wagte, Meinungen zu haben. Erwachsene Meinungen. Sie war stolz auf ihn, und der Stolz übertrug sich auf sie – dabei. Es schien ohne Bedeutung, daß sie keine Meinung hatte – wenn er eine hatte. Bis sie plötzlich Tante Rakels eifriges Gesicht vor sich sah. Sie hätte bestimmt eine Meinung gehabt. Sie hätte nicht einfach auf das gehört, was Simon über ein Buch äußerte, sondern herauszufinden versucht, ob er recht hatte.
Aber Tora hatte keinen Platz für so etwas. Das war eine Wirklichkeit, die sie nicht betraf. Sie stand vermutlich außerhalb allem, was eine Meinung hatte. Ging ihren eigenen Weg im Labyrinth.
Sie fühlte sich müde – immer. Der Morgen war wie ein betrunkener Mann, dem man gut zureden mußte, damit er sich beruhigte. Sie bewegte sich langsam und freudlos. Trotzdem mußte sie Freude *vorweisen*. Essen konnte sie nichts. Es kam ihr alles hoch. Sie mußte mehrere Minuten auf der Toilette sitzen, bevor sie sich aufrichten konnte, ohne sich zu übergeben.
Das Bett machte sie erst nach der Schule.

Wenn sie morgens in die frische Luft gekommen war, ging es meist gut. Die Schule erforderte, daß sie eine Rolle spielte. Sie fühlte sich etwas sicherer in der Rolle. Besonders seit sie den Pullover fertiggestrickt hatte. Sie hielt sich von allem fern, bis sie ihre Hausaufgaben gemacht hatte. Da war es dann, als ob die Verzweiflung aus einem Sack herausgelassen würde. Sie hatte ihre ganze Stärke für das unerläßliche Spiel gebraucht. Das Spiel auf Leben und Tod. Das Spiel, daß sie eine Tora war, die auf die Realschule in Breiland ging und an nichts anderes zu denken hatte als nur an das.

Das Spiel war lebensnotwendig. An dem Tag, an dem es nichts mehr nützte, sich von dem Körper wegzuspielen, und alle Augen sie erfaßten, da war Schluß.

Es war nur eine Frage der Zeit.

Trotzdem schob sie sie von sich weg.

Das Leben wurde so kostbar. Die Stunden in der Schule, wo sie anerkannt war. Sie sog sie in sich ein. Versuchte verzweifelt, sie in der Erinnerung festzuhalten. Die Gesichter, die Worte, die Arbeitsfreude, das neue Gefühl, zu einer Clique zu gehören, selbstverständlicher Teil einer Gruppe zu sein. Das waren alles die Dinge, von denen sie geträumt hatte, daß sie geschehen würden, wenn sie nur rauskam – fort von der Insel und den Schatten dort, wo es passiert war. Und sie kämpfte darum, die Schatten von all dem Schönen fernzuhalten. Sie wurde sich der kleinen Freuden des Lebens bewußt – wie ein zum Tode Verurteilter umfaßte sie die warme Teetasse, wärmte abends die Füße am Ofen, nahm die Eindrücke vom Schulhof in sich auf. Die Dunkelheit würde so groß werden – nachher. Es war alles nur geliehen.

Manchmal dachte sie bewußt daran, wie das Ende kommen würde, und sie fühlte sich stark genug, sich auszumalen, daß sie auch *das* noch in die Hand nehmen mußte. Der Gedanke trieb ihr den kalten Schweiß über den Rücken. Und die Mundwinkel fielen kraftlos herunter. Das Zittern. Das Entsetzen.

Ab und zu tauchte Rakels Gesicht auf. Was würde sie machen? Aber das konnte Tora sich nicht vorstellen. Die Tante hatte keine Schande. Sie hatte unbekümmerte, stolze Augen. Offene.

Tora hängte ihre Verzweiflung gelegentlich an den wahnsinnigen Gedanken, daß sie auf die Insel fahren sollte und nach Bekkejordet hinaufrennen und sich in Tante Rakels Schoß verbergen. Aber das war unmöglich.

Toras Leben war zu häßlich. Sie konnte sich nirgendwo verstecken, außer bei sich selbst.
Hin und wieder ließ sie *ihn* in das Zimmer herein. Versuchte den Haß heraufzubeschwören. Um sich daran zu wärmen. Aber der Haß kam nicht. Er löste sich auf in dem Wunsch, die Schande und den Abscheu zu ertränken. Der Haß bekam keine Chance, weil sie *ihn* als Menschen denken mußte. Und sie wußte, daß sie in dem Augenblick, in dem sie ihn als Menschen hereinließ, verloren war.
Der Sturm! Warum hatte das große Blechschild sie damals nicht getroffen? Der Riesenrochen hatte sie verschont. Warum? Um sie langsam zu Tode zu quälen? Um zu sehen, was sie für eine war? War es Elisifs Gott, der alles so lenkte?
Mitten in dem allen bekam sie einen Brief, daß sie eine Freistelle in der Schule erhalten hatte. Das bedeutete, daß sie reich war. 60 Kronen wurden ihr zurückvergütet, die sie bereits bezahlt hatte. Einen ganzen Tag hielt sie sich an dieser Neuigkeit fest. Sie ging ins Konfektionsgeschäft und kaufte für Ingrid einen Kleiderstoff, beinahe für das ganze Geld. Königsblau, leichte Wolle.
Sie packte das Paket mehrmals aus, als sie nach Hause kam. Ließ die Hände über den weichen Stoff gleiten. Und es war, als ob sie sich Ablaß und Vergebung bei der Mutter damit erkaufte. Sie verstand es selbst nicht richtig, aber es machte den Tag heller.
Tora kroch in ihrem weiten Pullover in sich zusammen und hatte einen Aufschub für alles bekommen.

Auf Bekkejordet saß Rakel und las, daß die Liebe den Krebs besiegen könne. Ein berühmter englischer Forscher hatte mehrere Artikel über etwas geschrieben, was er »Wunderheilung« nannte. Er behauptete, daß ein totaler Stimmungsumschwung der menschlichen Psyche entscheidend für das Krankheitsbild sein könne. Große Sorgen, Eifersucht – seien gefährliche Krankheitserreger, während Freude, Zufriedenheit, glückliche Liebe anti-Krebs-wirkend seien.
Rakel ließ die Zeitung sinken. Seufzte. Die Müdigkeit hatte sie in dieser Woche wieder überfallen. Ließ sie nicht los. Sie hatte sogar Simon abgewiesen...
So mußte sie sich wohl etwas Liebe erlauben! Sie war ja wieder gesund – so weit. Sie hatten es ihr bei der letzten Kontrolle gesagt.
Aber der zündende Funke war trotzdem weg. Sie schien nicht einmal die Kraft zu haben, wenigstens für die Katze Weihnachten vorzube-

reiten – in diesem Jahr. Sie konnte sich nicht darüber freuen, daß sie gesund geworden war... Als ob sie ihr damals etwas Wesentliches aus dem Körper herausgeschnitten hätten, als ob ein wichtiges Kraftzentrum nicht mehr da wäre. Rakel fragte sich zum ersten Mal in ihrem Leben nach dem Sinn des Lebens. War es nur das Diesseitige?
Sie vermißte Tora. Erst als Tora nach Breiland abfuhr, wurde ihr klar, was sie ihr bedeutete. Sie hatte sich für dieses schweigsame, schüchterne Mädchen in Wirklichkeit verantwortlich gefühlt, sie war ihre Freude.
Sie entschloß sich, mit Tora über ihr Krankheit zu sprechen, wenn sie Weihnachten nach Hause kam. Sie würde mit ihr wie mit einem Erwachsenen sprechen. Nicht um nett zu sein, sondern weil Rakel zu der Erkenntnis gelangt war, daß sie niemanden hatte. Das hatte die Krankheit sie gelehrt. Einsamkeit.
Nicht einmal Simon begriff. Er war ein lebendiges, aktives Muskelpaket. Er würde nie verstehen, wie es war, abgebrochen zu werden. Simon lebte so, als ob er ewig leben würde. Er betrachtete seinen zähen, kräftigen Körper als eine Selbstverständlichkeit. Wenn ihm etwas gegen den Strich ging, faßte er es als eine persönliche Beleidigung auf.
Sie hatte unten gesessen und ihn damals nach dem Brand in der Webstube hin- und hergehen gehört. Hatte den harten, scharfen Angriff gegen die innigste Liebe gespürt – den Angriff, der Verachtung hieß. Hatte es nicht vergessen. Aber sie erinnerte sich daran nur, wenn es nötig war. Sie sah in Simon ihren großen Jungen, ein Kind, das getröstet werden mußte, weil seine geliebte Mutter krank war und ihn verlassen sollte.

Eines Abends, spät im November, stürmte das rauhe Wetter gegen die Hauswände, und der Schnee fiel hernieder auf das Land der Krähen.
Weit draußen auf der windgepeitschten Landzunge, zur Schiffsroute und zum Meer hin, lagen einige Dekar eingezäunte Erde. Kleine Schneewehen versperrten die Straße und den Eingang. Die düsteren Eisenkreuze ragten hoch empor, da draußen auf der Landzunge. An der äußersten Spitze standen zwischen den prächtigen Grabsteinen drei Holzkreuze. Sie waren einmal weiß gewesen. Hatten hinauf in den freien Himmel gezeigt. Das war vor langer Zeit.
Die Grabhügel waren seit vielen Jahren eingesunken. Sie fielen in der ungepflegten Umgebung fast nicht mehr auf. Aber um diese Jahreszeit gab es sowieso keinen Unterschied zwischen den Gräbern. Dieje-

nigen, die treu gepflegt wurden, waren ebenso weiß wie die vergessenen Hügel mit den schiefen Kreuzen. Ebenso kalt. Es blies ein durch und durch gehender Wind vom Meer her. Die kleinen Schneehügel mit ihren Holzkreuzen, die wie zufällig angeschwemmtes Treibholz aussahen, hielten die schlimmsten Windstöße ab und dirigierten den Schnee unmittelbar hinter den prunkvollen Grabstein des Bischofs. Es sah so aus, als ob die Großen sich hinter den Kleinen versteckten, wie auch im Leben.

Tora war unterwegs. Eine Art Bußgang für Zukünftiges. Sie hatte eine Idee und glaubte, es würde alles leichter für sie werden, wenn sie sich um die kleinsten Kinder Gottes kümmerte. Hatte die niedrigen, dem Wind ausgesetzten Grabhügel bereits gesehen, bevor der Schnee kam.

Sie stapfte allein durch die Schneewehen und kletterte über das Tor. Spürte ihren eigenen Herzschlag. Kroch in sich zusammen, während sie am Zaun entlangging. Da die Lichtkegel sie jetzt nicht mehr erreichen konnten, nahm sie den frischen Seegeruch und alles, was ihr entgegentrieb, wahr, und sie wußte, daß sie allein war.

Sie kniete der Reihe nach an den kleinen Gräbern nieder. Fegte den Schnee von den morschen Holzkreuzen und lag noch ein oder zwei Augenblicke ruhig da. Bis die Herzschläge in dem Dröhnen der Meereswellen untergingen, die Knie erstarrten und die Hände von selbst den Weg in die kalten Taschen fanden.

Draußen im Fjord glitt langsam ein Schiff mit erleuchteten Laternen heran. Die Maschinen arbeiteten in gleichmäßigem Takt. Ein schweres Stampfen, das sich in die ewige Jagd des Windes über alle Dinge und über die Welle, die sich brach und wieder zurückzog, mischte. Immer.

Wie ein verzweifeltes Gebet zu Elisifs Gott klopfte ihr Herz.

»Laß mich das alles schaffen! Alles zusammen...«

Sie spürte, daß sich etwas in ihr bewegte. Ein Flügel. Ein kleiner Stoß. Eine Mahnung. Ein Hammer aus Scham und Erniedrigung! Und sie verbarg sich bei den Kleinen mit den schiefen, verwitterten Kreuzen, draußen auf der Landzunge, weil sie es nicht aushielt, allein zu sein. Mußte irgendwo Trost suchen.

Das Mädchen Tora machte Pläne, von denen sie nichts wußte. Sie hatte sich geweigert zu planen und sich selbst gesagt, daß es nicht mehr ihre Sache war, aus dem Labyrinth herauszufinden. Sie konnte nicht allein kämpfen. Sie wußte, daß es nur Angst war.

Sie hatte den Weg gesehen, den sie gehen mußte.
Und sie hatte nicht genügend Energie für die Angst.
Die Zeit war genau bemessen. Es würde sie zuletzt in Stücke sprengen.
Es lag eine dichte, wellige Haut aus gerade gefrorenem Neuschnee über den Steinen am Strand und an der Hochwasserlinie. Das Meer stieg und nahm alles behutsam auf in seinen zwingenden Rhythmus.
Tora ging in ihrer eigenen Spur zurück. Sie würde binnen kurzem zugedeckt sein.
Elisifs Gott hatte viele Kleine, die nichts anderes als die Elemente und den tobenden Himmel kannten.
Sie war nicht allein.

35

Tora hatte vergessen, daß die Gerüche auf der Insel so deutlich waren. Die Geräusche so klar. Die Menschen waren auf eine andere Weise aktiv als in Breiland.
Sie spürte, wie eine ganze Welle von Leben sich über die Reling hob, als sie an Deck stand und darauf wartete, daß das Schiff anlegte. Sie spürte die Stimmen vom Kai schon, ehe sie die Gesichter erkennen konnte. Die herzlichen Flüche. Die Möwen, die in Scharen über den Fischereibetrieben hingen, erzählten, daß die Boote mit dem Fang hereingekommen seien. Es war jetzt die Zeit. So allmählich. Sie sah die Tobiashütte, die sich an die neuen Häuser anlehnte. Die Farbe abgeblättert und schief auf den Grundmauern sitzend. Ottar stand da in seiner guten Hose, im weißen Hemd und im Kittel, dessen Einschnitt hinten flatterte – und machte sich lächerlich. Und niemand auf dem Kai reagierte, indem er den Mund auch nur zu einem Lächeln verzog. Sie sah, daß die Kinder ungepflegt, rotznasig und schmutzig waren, wie sie da so über der Trosse hingen und sich aneinanderlehnten, während sie ungeniert glotzten.
Sie hatte erwartet, daß das Wiedersehen mit der Insel, mit Vaeret – eine schmerzliche Erinnerung an alles sein würde. Die alte und die neue Schande. Und da stand sie nun und fühlte sich etwas klüger, etwas besser, etwas wertvoller als die anderen. Sie schauderte, als ihr

das klarwurde. Hochmut würde Elisif das nennen. Hochmut – kommt vor dem Fall.
Trotzdem. Es war ein schönes Gefühl. Und keiner konnte schon etwas sehen. Weihnachten würde sie schaffen. Sie hatte den Reißverschluß von der Levi's-Hose gewaltsam zugezogen, und der Pullover reichte bis über den Hintern. Sie war insgesamt ein bißchen dicker geworden, gewiß. Konnte jetzt auch das Essen bei sich behalten. Alle neckten sie damit, daß das Budenleben sie rundlicher, kräftiger gemacht hatte. Und sie hatte ihre Aufgabe gelernt: lächeln und eine frohe Miene aufsetzen und sich etwas recken, wenn man lächelte. Es bedeutete auch Sicherheit, die Betreffenden anzusehen, die gerade etwas sagten. Munter. Sorglos. Ein wenig zu erröten, ging an. Falls man es fertig brachte, alles andere zu verbergen.
Sie hatte einen stärkeren Brustumfang bekommen. In die alten Blusen paßte sie nicht mehr. Hatte sich eine karierte Bluse gekauft und sich eine ähnliche genäht. Hatte sich Frau Karlsens alte Nähmaschine geliehen und sich sehr geplagt und war dem Weinen nahe gewesen. Aber sie bekam die Bluse fertig, bevor sie der Mutter unter die Augen treten mußte. Sie wußte, daß es eine Feuerprobe werden würde. Hatte bei diesem Gedanken immer unter den Armen geschwitzt. Nicht einmal die guten Noten zu Weihnachten konnten sie vergessen lassen, daß sie nach Hause mußte. Die Tatsache, daß auch *er* da war, vermochte sie nicht in sich aufzunehmen. Das war zu viel. Sollte es gehen, wie es wollte.
Und nun war sie da. War die Übelkeit los. Ölgeruch und Seegang. Hatte den Kleiderstoff für die Mutter mit. Den Passierschein zu Mutters Liebe. Zu ihren Worten, damit sie Tora ansehen sollte. Mit ihr sprechen sollte. Ihr alles vergeben, was sie nicht wußte und was sie nicht wissen durfte. Alles übermannte Tora in dem Augenblick, als sie Ingrid an der Lagerwand unter dem Schild stehen sah:

A/S KOLONIAL/SCHIFFSHANDEL
ALLE ART TAUE
TONNEN UND SALZ

Es fiel ihr plötzlich auf. Als ob sie diese Frau nie zuvor gesehen hätte. Das bleiche Gesicht über dem bekannten, abgetragenen Mantel. Die Gesichtszüge kamen ihr langsam entgegengeglitten. Waren sie wirklich so hart? Mit so vielen Furchen? Oder war die Mama in diesen Monaten alt geworden?

Tora ging hinein in die vertraute, aber unwirkliche Welt und gab der Mutter steif die Hand. Irgendwo weinte die Mutter sicher? Die Worte waren wie weggeflogen. Es war für Tora ein Schock, daß Mutters Gesicht so hart war. So verschlossen. Auch wenn Ingrid lächelte.
Einen Augenblick hatte Tora den Eindruck, daß die Mutter sehen konnte, wie es um sie stand. Alles durch die Kleider hindurch sehen konnte. Aber dann beruhigte sie sich – und fiel in das angelernte Spiel: Nicht entspannen, immer auf der Hut sein. Bewegungen, Worte, Mienenspiel.
Sah die Mama trotzdem etwas?

Sie lag in dem dreckigen Schnee auf dem Kai. Direkt unter der grellen Lampe. Sie lag in Fischabfällen und Tabakqualstern. Nackend. Ausgebreitet vor aller Augen. Sie wollte etwas sagen, um Gnade bitten – aber brachte es nicht fertig. Es war Winter, und dennoch legte das Farnkraut sich dicht an ihre erfrorene Haut.
Mamas Gesicht wirbelte in einem ungleichmäßigen Kreis herum.

Aber Tora stand. Aufrecht. Sie schaffte es gerade noch.
Ingrid wollte einkaufen – wenn sie schon einmal in Vaeret war und den Schubkarren geliehen hatte, weil sie glaubte, Tora würde ebensoviel bei sich haben wie bei der Abreise. Tora hatte ein Netz und den alten Koffer. Das war so wenig, daß sie es gut tragen konnte. Der Koffer war nicht schwer. Toras Garderobe war noch leichter auszuwählen gewesen als damals, da sie von zu Hause wegging. Sie hatte nur zwei, drei Möglichkeiten zum Wechseln für den neuen Körper.
In Ottars Laden war alles wie früher – und trotzdem war es anders. Tora vernahm nur schwach das alte Gefühl der Unterlegenheit – den Drang, sich unsichtbar zu machen. Das wunderte sie.
Der Laden war so klein geworden. Die Gerüche waren die gleichen. Die Waren hingen an der Decke, nach alter Manier. Oder waren in den Regalen verstaut. Alles bunt durcheinander wie Kraut und Rüben. Und Menschen, die sicherlich keinen Gedanken zu Ende dachten.
Trotzdem wußte Tora, daß sie die Macht hatten, sie auf den Grund zu stoßen. Sie hatten Macht über den anderen. Hatten wenige, aber treffende Worte. Giftig genug. Verrieten genau die Mitwisserschaft. Unter den Blechkannen und Malerpinseln. Ein selbstverständliches Recht, einander zu überfahren.
Aber es war ein Unterschied zwischen früher und jetzt – für Tora.

Daß sie nämlich fortgegangen und auf die Schule gekommen war. Das verschaffte ihr eine Art Respekt. Man konnte Leute, die wegzogen, zum Narren halten. Man konnte sie des Hochmuts und der Faulheit bezichtigen. Aber dennoch: Respekt. Es verwirrte außerdem doppelt, daß Ingrids Kind von der Insel fortgekommen war.

Das Gespräch verstummte, als die Männer dem mit einer Levi's-Hose bekleideten jungen Mädchen von der Tür bis zum Ladentisch mit den Augen folgten. Die Männer begutachteten sie ohne ein Wort, nickten nur stumm zu Ingrid hinüber. Man brauchte ein junges Mädchen nicht zu grüßen, auch wenn es in Breiland auf die Schule ging. Das war übrigens nicht in Ordnung. Großmannssucht. Ein Kind aus dem Tausendheim! Ja, wenn es noch dem Pfarrer oder dem Dahl sein Kind gewesen wäre.

Ja, ja, man wußte ja, wer die ganzen Kosten dafür trug. Simon war es. Er wollte wohl wiedergutmachen, daß er seinen Schwager wegen Brandstiftung beim Lehnsmann angezeigt hatte. Er tat, was er konnte... Rakel steckte sicher auch dahinter! Sie war hochgestochen genug, um darauf zu bestehen, daß Ingrids uneheliches Kind nach Breiland auf die Schule kam.

Und die Männer verloren das Interesse. Sie wandten einander zu und nahmen das Thema wieder auf, das gerade dran war, bevor die Frauen den Laden betreten hatten. Sie verbargen ihre Gedanken, und ihre Blicke streiften Toras großen roten Pferdeschwanz, der an ihrem Kopf baumelte. Die Blicke wurden dorthingezogen, ob sie es wollten oder nicht. Es war einfach so. Aber das Gespräch ging gleichmäßig weiter. Zwang sich durch den Tabaksrauch wie eine stumpf mahlende Kaffeemühle. Die Worte summten und klapperten durch einen gleichförmigen, monotonen Vorweihnachtsnachmittag. Sie setzten sich in den Bewegungen fort, legten sich auf die Wände und die Decke wie unsichtbare Tiere. Immer anwesend. Immer da. Das Gespräch war ein träger, selbstverständlicher Klang, voll alltäglicher, sich selbstbehauptender Männlichkeit.

Nur Ottar redete mit Tora. Er verbeugte sich wie vor einer Erwachsenen. Fragte mit dem Bleistift hinter dem Ohr und einer schwungvollen Handbewegung über die Haare und den kahlen Seitenscheitel, wie es ihr gehe und wie es ihr in Breiland gefalle. Und Tora antwortete, daß es gut gehe.

Zum ersten Mal sah Tora, daß Ottar auch einer von denen war. Einer, der nicht auf die Insel gehörte – eigentlich. Er hatte nicht die gleichen

Bewegungen, hob sich von den anderen ab. Versuchte verzweifelt zu zeigen, daß er der Kaufmann Ottar Larsen war. Und fiel durch. Einfach, weil er weder Dahl noch der Pfarrer noch der Doktor war. Wurde verachtet, weil er versuchte, sich zu behaupten, ohne die Voraussetzung zu besitzen, daß er von draußen kam. Aus einer Welt, von der niemand etwas wußte. Er war einer von ihnen – aber wollte es nicht sein. Auf dieser einfachen Tatsache beruhte ihr Recht, ihn zu verachten. Tora sah Ottar so, wie sie ihn vorher noch nie gesehen hatte.

Das gelbweiße Licht über dem Ladentisch. Die mannigfaltigen Gerüche, die ihr sofort entgegenströmten, als sie die Ladentür geöffnet hatte. Die leeren Gesichter mit einem schwachen Funken von neugierigem Interesse, als sie die Mutter und Tora erblickten. Ihre stumme, enge Art. Alles! Es stand vor ihr als Rest eines Alptraums, den sie vor langer Zeit gehabt hatte. Aber es machte ihr nichts mehr aus. Nie mehr!

Ohne es zu merken, richtete sie sich auf. Sie trug den Kopf in einer Weise, die die Umstehenden provozierte. Das Mädchen führte sich auf, als ob sie jemand wäre.

Und noch wußten sie nicht...

Er saß nicht am Tischende, wie sie erwartet hatte.

Tora ging in ihre Kammer. Ingrid hatte es dort drinnen hübsch gemacht. Erzählte, daß sie dort mit der Nähmaschine zu sitzen pflege. Da habe sie nicht die Unordnung in der Küche. Sie habe im Herbst mit Nähen ganz gut verdient. Sie habe einen entzündeten Finger, weswegen sie nicht im Akkord in der Fischfabrik habe arbeiten können... Nein, sie habe davon nichts geschrieben, es sei ja auch nichts...

Ingrids Augen hingen die ganze Zeit an der Tochter. Ein Schatten von Zärtlichkeit huschte ab und zu über ihr Gesicht. Wenn niemand es sah.

Sie saßen in der Küche und aßen, als *er* kam. Nüchtern. Tora war gerade in die Kammer gegangen wegen eines Buches, das sie der Mutter zeigen wollte. Stand in der Tür und begegnete seinem Blick. Verfolgte seinen Blick, als er ihrem Blick auswich. Fühlte etwas wie Stärke. Wußte es selbst kaum. Schlimmer konnte es nicht mehr werden. Noch weiter nach unten konnte sie nicht mehr sinken.

Woher bekommen die Menschen ihre Stärke?

Diejenigen, die sich ihr ganzes Leben der Stärke anderer unterworfen haben?
Wie kann es sein, daß sie sich plötzlich erheben, wenn sie geschlagen sein sollten und dem Erdboden gleichgemacht?
Ist es die Fähigkeit der Schwachen, aufzuspeichern – alles Unglück, alle Faustschläge, alle Erniedrigungen, allen Hohn – bis zum Schluß eine selbstentzündende Kraft daraus wird, die Funken von Haß und Rache sprüht? Die tatsächlich alles entzünden kann? Alles?
Tora hatte alles zusammen versteckt. Es gut versteckt. Hinter der Angst.
Sie stand in der verhaßten Kammertür, mit zerstörtem Selbstgefühl, und unter ihrem Herzen war die Manneskraft eingepflanzt wie ein zum Tode verurteilter Parasit. Trotzdem sah sie den Mann an, bis sein Blick auswich. Eine sonderbare kalte Freude breitete sich da in ihr aus. Sie dachte böse Gedanken. Schlimme Gedanken. Die unsäglich wohl taten.
Sie benahm sich, wie es sich gehörte – Ingrids wegen. Aber entfachte einen Funken reinen, schönen Hasses, als sie die Lücke in seinem Mund sah. Ein Zahn im Oberkiefer fehlte.
Plötzlich brauchte sie das Scheußliche nicht in Träumen zu verstecken und die guten Gedanken zu beschwören. Sie gönnte sich nichts anderes als ein gutes Gefühl. Sie hatte getroffen. Einmal hatte sie ihn offensichtlich getroffen! Er trägt ein Zeichen mitten im Gesicht, dachte sie froh.
Als sie abends allein in der Kammer lag, kam dennoch die Angst. Hatte er gesehen, was sie dachte? Ob er trotzdem kam?
Dann konnte es auch nicht schlimmer werden!

Und sie war wieder zwischen dem Farnkraut. Sie trat und trat gegen etwas, was gewesen war, etwas Weiches, Blutendes. Es wuchs aus dem Grün heraus. Dehnte sich aus. Eine fürchterliche Menge Fleisch und Blut – und sie fühlte nichts anderes , als daß sie trat und trat. Auch nachdem es zusammengeschrumpft war zu einem kleinen Bündel, das wie ein Neugeborenes weinte – trat sie. Sie hatte gewaltige Kräfte. Sie war so stark, daß das Lachen überall aus ihr herausblubberte. Das gab einen großen, guten Widerhall in der ganzen Welt. Eine schrecklich große Freude.
Ein paarmal fühlte sie Großmutters Atem in ihrem Gesicht, aber sie schob sie fort.

Am nächsten Tag ging Tora in Simons Betrieb. Es war so wichtig, Simon zu sehen, bevor sie Rakel sah. Ihn allein zu sehen. Oder hatte sie Angst vor den flinken Augen der Tante? Angst, daß Rakel das sah, was kein anderer sah?
Tora nahm ein paar von Mutters Weihnachtsplätzchen und einen Kerzenstumpf mit. Sie wollte ein Fest im Büro feiern und für Simon Kaffee kochen.
Auf dem ganzen Weg nach Vaeret wärmte sie sich an dem Gedanken. Das würde eine Überraschung werden! Plötzlich fiel ihr ein, daß er sie vielleicht bis an die Decke schwingen würde. Sie um die Taille fassen. Wie in alten Tagen... Nein, das mußte sie verhindern! Sie konnte wegspringen. So! Sie machte einen Satz zur Seite, daß es gefährlich in der Plätzchenbüchse rappelte, die sie in einem Netz hatte. Gerollte Waffeln!
Den Rest des Weges ging sie wie ein erwachsenes Mädchen.
Simon war bereits in der Kaffeestube. Die Männer, die für die Feiertage nicht freigenommen hatten, waren dort zu Kaffee und einem Schwatz versammelt.
Almar aus Hestvika war fest angestellter Netzflicker geworden, seit er bei dem Sturm Boot und Haus verloren hatte. Er kränkelte und hatte auch seine gute Laune verloren. Lief meistens als verbissener und sonderbarer Trottel zwischen den anderen herum. Sie ertrugen ihn gerade noch, falls sie die erforderlichen Nerven dazu hatten.
Simon ließ sich ab und zu auf ein Gespräch mit ihm ein, über das Wetter oder die kaputten Netze. Zwang sich zu dem Gespräch und sorgte dafür, daß er mit dem alten Griesgram nicht allein war. Da war es leichter, wieder loszukommen.
Seitdem die nette Lehrerin aus dem Süden fortgegangen war, hatte Almar keine Lust mehr für den Job als Schulheizer und Hausmeister. Er drohte den Kindern und war so unfreundlich, daß die Leute fanden, es sei eine Schande. Alt war er ja noch nicht. Trotzdem kamen nur Streit und Spucke und Schimpfworte aus dem Körper des Mannes heraus. Und dann das törichte Gerede, daß er die Schäre in die Luft sprengen wolle. Ein lästerlicher Gedanke. Bei einem Unwetter nützte es sowieso wenig. Eine Schäre war eine Schäre. Konnte der Mann sich über seinen Verlust nicht beruhigen? Was weg war, war weg! Man mußte eben neu anfangen. Er konnte sich doch ein anderes Boot kaufen? Geld aufnehmen? Warum hielt er nicht wenigstens den Mund, so daß man friedlich seine Pfeife rauchen konnte?

Aber nein! Almar war ein sonderbarer, alter Netzflicker geworden, der keine Kompromisse einging – weder mit Gott noch mit dem Teufel. Und schon gar nicht mit den Leuten. Er legte das verhaßte Nylonnetz mit leisen, deutlichen Flüchen über die Knie. Fädelte die Finger durch jedes Obersim. Nicht schnell, aber beständig und im Takt – wie ein alter, zu starker Motor. Das Nylongarn war hart und glatt und verdammt schlecht in den Griff zu bekommen. Immer wieder glitten die Zugmaschen aus den Knoten und liefen kreuz und quer durch das ganze Netz.
Almar spuckte Tabak darauf, und dann hielten vielleicht ein oder zwei Knoten. Aber das Teufelsgebilde hatte über 20000 Knoten! Da konnte man ja eine Wüste davon im Mund bekommen.
Almar spürte, daß die Gicht im Anzug war. Es war bald Weihnachten mit all dem Elend, und das Biest, die Kopftuch-Johanna, hatte in ganz Vaeret ausposaunt, daß Almar zwei Bündel Dynamitpatronen unter dem Bett liegen habe! So sei er eine Bedrohung für jegliche gute Nachbarschaft. Ja, sogar für den Weltfrieden.
Als ob es nicht trocken genug für zwei dicke, einsame Dynamitbündel unter dem Bett wäre! Bis zum Jüngsten Gericht, wenn es sein müßte.
Simon setzte sich hin und guckte die anderen Männer hinter Almars Rücken an. Das Lachen lag wie Niespulver in der Luft und drohte sie zu verraten.
»Es kommen bessere Zeiten, Almar«, sagte er munter.
»Pah, bessere Zeiten? Boote kosten eine Million und Kabeljaunetze beinah 10000 Kronen, und Dynamit ist verboten. Sind das bessere Zeiten? Die Fischer haben Lakaien an Land, solche wie mich, die ihnen die Netze flicken, damit sie sich nicht bequemen müssen, es selber zu machen – aber bei den Weibern liegen, sobald sie an Land gehn, das können sie. Öl! Kostet auch Geld! Die Kajüte wird mit Öl geheizt. Und selbst, wenn du das Geld hast, ein Boot zu kaufen, dann haste kein Geld, um es zu benutzen. Man muß anfangen, den Fisch über die Reling zu *schwatzen*, sag' ich! Und die Jungen sind nur noch Herumtreiber und Diebe – und wollen auch noch dafür bezahlt werden, daß sie während der Arbeitszeit essen! Und jetzt wollen sie auch noch Geld haben, wenn sie krank sind. Und dafür, daß sie *Ferien* haben!«
Simon konnte nur grinsen. Er gab es auf. Bei dem Mann war eine Schraube locker. Er trank Kaffee und überhörte den Wortschwall, so gut er konnte.

»Nu machen die Frauen auch noch mit in dem Heulchor. Ist's nicht so, daß die Rakel in diesem Jahr einen zum Schafscheren hatte? Wie? Sie war sich doch sonst nicht zu fein, die Beine über den Schafen zu spreizen und die Zotteln herunterzuscheren?«
Simon bekam einen harten Zug um den Mund, als Rakel in das Ganze mit hineingezogen wurde. Er dachte daran, daß sie seit dem Krankenhausaufenthalt kränklich und mager war und daß sie einen Mann für die Schafschur gehabt hatten. Er vergaß das nicht, o nein! Er wollte gerade dem Mann ein Schloß vor sein Mundwerk setzen – da ging die Tür auf, und Tora stand da.

Er war nicht darauf vorbereitet.
Sie hatte das üppige Haar lose um den Kopf hängen. Ein Feuer in dem grauen Dezemberraum. Die Kälte hatte ihr Gesicht gerötet. Sie hielt ein schüchternes Lächeln kaum zurück.
Und die junge Rakel stand leibhaftig vor ihm. Der Schock war ein Peitschenschlag in sein Gesicht. Er bückte sich vor dem Schlag und faßte sich. Dann barst sein Gesicht, und er lief zu ihr hin. Die Waffeln rappelten ungehindert in der Büchse. Sie wehrte sich nicht, als er sie um die Taille packte und in die Höhe hob. Sie hatte das Gefühl, daß er sie zwischen den Männern direkt in den Himmel schickte. Sie sah seinen weichen roten Mund unter sich. Die leuchtenden Augen. Sie spürte, daß er die ganze Kraft seiner Arme brauchte, so daß sie zitterten. Da hing sie nun. Vergaß, daß sie nur noch eine kurz bemessene Zeitspanne hatte. Daß sie um die Taille herum nicht mehr allein war. Daß sie kein Leben und keine Zukunft hatte. Vergaß alles. Und sie brannte sein Gesicht in sich ein. Dort wollte sie es haben. Immer.
Der Augenblick war so groß.

Die Männer grinsten ein bißchen. Aber auf eine andere Weise als kurz vorher.
Sie setzten sich wieder an den Kaffeetisch. Tora kam mit den zerbrochenen Waffeln. Als die Büchse einmal die Runde gemacht hatte – waren noch zwei Waffeln da und ein paar Bruchstücke. Tora bekam plötzlich einen richtig guten Appetit. Sie nahm sich eine Waffel und setzte sich neben Simon auf die Bank.
Und Simon verwickelte sie in ein Gespräch. Fragte nach allem. Nach der Schule, dem Zimmer, den Aufgaben. Sie glühte. Knöpfte den Mantel auf und antwortete mit raschen, sicheren Sätzen. Die Männer

wurden mitgerissen. Sie vergaßen sich. Vergaßen die träge Würde, sie fragten und kommentierten. Sprachen mit Tora, als ob sie erwachsen wäre und eine von ihnen. Almar taute auf, auch er. Wurde richtig mitteilsam, als Tora erwähnte, daß sie auf der Realschule in Breiland keine solchen Lehrer hätten wie Gunn. Die wunderbare Gunn und ihr ganzes Verhalten. Sie war und blieb ein liebenswerter Mensch. Und nun war sie fortgegangen …

»Aus euch hätte ein Paar werden sollen«, meinte einer der Männer.

Simon schickte einen warnenden Blick über den Tisch, und Tora griff ein anderes Thema auf.

Almar schaute argwöhnisch drein und fing wieder vom Netzeflicken an.

»Nein, daß du in den wenigen Monaten so erwachsen geworden bist«, wunderte sich Simon, als sie allein oben in seinem Büro waren.

»Es geht dir gut?« fragte er mit immer noch strahlenden Augen.

Da überfiel Tora die Schande wie eine große Trauer.

Simon hatte so viel Geld für sie ausgegeben. Und zu keinerlei Nutzen.

Den Hang hinauf, über die Heide – wiederholte sie dennoch einen dunklen, eiskalten Gedanken immer und immer wieder:

Entweder *es* oder sie.

36

Tora saß auf der Torfkiste in Bekkejordet. Wieder. Das Leben war all die schwarzen Tage und Nächte wert.

Rakel hatte nur gute Augen für Tora. Sie dachte wohl, daß das Mädchen ziemlich an Umfang zugenommen hatte, zart gebaut wie sie war. Aber sie sagte nichts. Rakel hatte eine klare Vorstellung davon, daß man die Menschen nicht mit Dingen belästigen sollte, die doch zu nichts führten. Aber sie wunderte sich, daß der Kinderspeck sich jetzt auf Toras Körper gesetzt hatte und sie so kräftig über der Brust und dem Rücken machte. Aber das war sicher ihr Weg, erwachsen zu werden. Das Fett erst, nachdem sie aufgehört hatte zu wachsen. Mit der Zeit würde sich das allmählich ausgleichen. Rakel konnte sich erinnern, daß es ihr auch so gegangen war. Aber sie sagte nichts dazu. Statt dessen sagte sie, daß es Tora gut stehe, die Haare lose zu tragen.

Sie erzählte, was sich auf der Insel alles ereignet hatte, in der Zeit, in der Tora fortgewesen war. Sie erklärte, warum der Kerl, der Almar, so sonderbar geworden sei. Rakel glaubte nämlich, daß die Pelzmütze in der unglückseligen Sturmnacht nicht den ganzen Stoß abgefangen hatte.

Sie erzählte, daß Sol sich nach Oslo abgesetzt habe. Dort im Süden habe sie Arbeit in einem Büro bekommen. Sol habe die Härte und Energie, die man brauche. Gott möge wissen woher, fragte sich Rakel.

»Von Elisif – vielleicht«, fügte sie mit einem Lächeln hinzu.

Tora war nicht so sicher. Aber Oslo? Das waren ja große Ereignisse. Daß sie das wagte? Ganz allein?

Tora erinnerte sich an Simons Fest. Sol in dem ungewohnten, neuen Kleid. Sol, als sie an dem Totempfahl saß und unanständige Verse dichtete aus lauter Wut, daß sie nicht von zu Hause wegkam.

Tora konnte plötzlich alle Augen verstehen, die ihr unterwegs begegnet waren, als sie nach Hause kam. Ritas Augen. Jörgens. Die Augen der anderen. Etwas verlegen hatten sie Tora gegrüßt. Als ob sie nie zusammen gespielt oder sich geprügelt hätten. Nie Schlagball gespielt hätten oder ins Kino gegangen wären. Zusammen. Lag es daran: daß sie die Insel verlassen hatten? Auf die Schule nach Breiland ging? Eine andere geworden war? Und damit unnahbar und fremd?

Rakel erzählte, daß Randi und Frits nach Bodö gezogen seien. Tora senkte schnell den Blick – und fühlte eine tiefe Erleichterung darüber, daß sie die beiden nicht sehen würde. Gleichzeitig eine brennende und schmerzliche Sehnsucht nach der Musik, den Büchern, dem Kakao. Randis Geplauder. Frits vollständiger Stummheit. Nach seinen Händen auf der Strickdecke in dem Etagenbett...

Das Mädchen sackte zusammen. Nicht viel, aber man konnte es gerade noch bemerken. Sie war so jung und hatte ihr ganzes Leben aufgebraucht.

»Biste gesund gewesen?« fragte Tora vorsichtig.

»Sowohl aus auch. Ich hab' einen Knacks bekommen. Aber das krieg' ich wieder hin. Außerdem... glauben die Leute, daß ich aussätzig bin. Krebs... Die Leute sind wie die Kinder. Alles, was sie nicht verstehn, ist ansteckend und gefährlich. Es ist, als ob sie mich bis zu einem gewissen Grad meiden... Und der Simon...«

Sie hielt inne. Da war Rakels Grenze. Sie warf Tora einen schnellen Blick zu. Dann lachte sie. Beinahe das gleiche Lachen wie früher.

Aber Rakel wunderte sich, daß Tora fragte. Noch im August hatte sie die Krankheit nicht einmal erwähnt. Die Jugend war lernfähig, dachte Rakel. Darin lag eine Hoffnung. Die Jugendlichen konnten zu Menschlichkeit und Offenheit erzogen werden. Aber daß Tora fragte! Rakels Gesicht wurde für einen Augenblick mit Röte übergossen, und die Tränen standen ihr in den Augen – so daß sie sich umdrehen und sich mit irgend etwas im Wohnzimmer zu schaffen machen mußte.
Als sie mit zwei geblümten guten Tassen und Plätzchen zum Kaffee zurückkam, sprach sie von ihrer Kindheit. Erzählte vom Krankenhaus. Von der Erleichterung nach der Operation. Der Müdigkeit. Der bedrückenden Isolation. Aber Simon erwähnte sie nicht.
Der gute, kräftige Geruch nach Brot, Schmierseife, Haustieren und Rakel. Die Küche in Bekkejordet war das, was sie am meisten vermißt hatte, dachte Tora.
»Wie geht's bei euch?« Rakel schnitt noch mehr Scheiben Brot und legte reichlich Schafsrolle darauf. Rote Beete. Es lief ein wenig von der Lake über. Färbte das Fleisch purpurrot. Die Übelkeit stieg Tora bis in den Hals hinauf. Plötzlich. Aber sie nahm sich zusammen.
»Was meinste?« fragte sie unsicher.
»Ich mein' den Henrik.«
»Ach, es geht – einigermaßen. Er ist ziemlich friedlich.«
»Es ist den ganzen Herbst still gewesen. So still, daß ich da unten öfter nach deiner Mutter schauen mußte. Ich werd' ganz unruhig, wenn die Leute plötzlich so still werden. Man kann sich nicht darauf verlassen, daß dann alles in Ordnung ist.«
Rakel seufzte.
»Ja, ja. Das ist ein Kampf mit allem, weißte. Deiner Mutter ging's sicher besser, als er im Gefängnis saß. Obwohl es auch hart für sie war.«
Tora sah sie mit weit offenen Augen an.
Rakel sagt lauter Dinge, die die Leute sonst nie sagten. Nur dachten. All die beschämenden Dinge hörten sich wie alltägliche Selbstverständlichkeiten an und wurden ins rechte Licht gerückt – wenn Rakel sie aussprach.
»Aber sie klagt ja nicht, auch wenn man sie zu Tode quält – deine Mutter. So ist sie schon immer gewesen. Sie steht mit beiden Beinen im Leben und ist zäh wie eine Weide. Sie hat sich mit keinem ausgesprochen. Nicht einmal mit mir.«
»Glaubste, daß er sie zu Tode quält?«

Tora war wieder ein ängstliches, kleines Mädchen. Es war schön, ein ängstliches Mädchen in Bekkejordet zu sein, sie fühlte sich wie in einem warmen Schoß.
»Es ist immer ein Kampf in uns Frauen gewesen. Du bist so erwachsen, daß du das schon verstehst. Es ist sicher eine Art Fluch. Ein Kampf, um alles zu bewahren. Damit es überlebt. Ein Kampf für das Wohl der andern. Ich werd' ganz fuchsteufelswild, wenn ich an die vielen Kämpfe denk', die ich im Meer versenken und dort liegen lassen mußte – weil ich nicht alles geschafft hab'. Du, Tora – bist sicher solch ein ertrunkener Kampf. Das – das kannste glauben. Du bist kein kleines Kind mehr...«
Etwas in Rakels Augen sprang ihr entgegen. Der kleine gelbe Punkt in der Pupille. Einer in jedem Auge. Wie ein trotziges, kleines Haltetau, das sie beide verknüpfte. Band ihre Gedanken in einer Vertrautheit zusammen, die Tora für keinen anderen Menschen empfand. Es war beinahe, als ob man allein saß. Nur daß dieser Augenblick schön war und sie zu zweit waren.
Rakel hatte einen »seekranken« Tag gehabt. Nun war sie auf dem Weg der Besserung. Niemand auf der ganzen Insel konnte dickköpfiger sein als Rakel, wenn sie nach einer Seekrankheit wieder gesund wurde. Tora wußte das.
Und die Tante trug Toras Kampf. Obwohl es vergeblich war. Rakel würde Verständnis haben. Sie würde nicht am Wegrand stehen und mit verdammenden Augen starren. Rakel war ein Mensch, der anderer Menschen Schmerzen fühlen konnte. Wie wenige solche Menschen gab es? Tora glaubte, daß es schrecklich wenig sein müßten. Die Tante hatte gesehen, daß sie Toras Kampf tragen mußte, weil die Mutter *seinen* trug. Rakel war der einzige Mensch, mit dem sie über die Mutter reden konnte, ohne daß sie das Gefühl hatte, die Mutter zu verraten.
»Wenn er nur irgendwo anders eine Arbeit bekommen hätte – danach.«
Rakel sagte es nachdenklich, als ob sie bereits an eine bestimmte Arbeit an einem bestimmten Ort gedacht hätte.
»Er ist jetzt immer nüchtern, glaub' ich.«
»Na ja, es geht auf und ab, nach dem, was ich so hör'.«
Rakel sah Tora kurz an und schenkte noch mal Kaffee in die Tasse, die Tora bei sich auf der Torfkiste hatte. Rakel saß in der Ecke auf der Couch, mit der Tasse im Schoß. Sie saßen nie am Tisch, wenn sie

beide allein waren. Darüber brauchte nicht diskutiert zu werden. Es war eine Gewohnheit, die Bekkejordet zu einem – Zuhause werden ließ.
»Er hätt' sein sollen wie – der Onkel.«
Die Worte fielen Tora heraus. Sie biß sich auf die Lippen und wollte Rakel nicht ansehen.
Aber Rakel lachte und meinte, daß *ein* Simon auf der Insel genug sei. Es war etwas in der Stimme. War es etwas Hartes? Was wollte sie damit sagen? Wo war der gelbe Fleck in jedem Auge?
Rakel hatte die Augen auf die Katze gerichtet, die auf ihren Schoß gesprungen war.

Tora spürte einen gefährlichen Drang, alles zu erzählen, eine ohnmächtige Sehnsucht, den Kopf in Rakels Schoß zu legen und alles von sich abzustreifen. Das Entsetzliche. Nicht-Auszuhaltende.

Auf dem Heimweg trat sie in eine zugefrorene Pfütze. Es knirschte und klirrte. Ein spröder Ton, der unten auf dem Weg in eine Art Gesang überging. Lange. Die dünnen Eisplättchen glitten über den gefrorenen Weg und blieben irgendwo liegen und spiegelten sich in der Dunkelheit. Der Mond ließ die zerbrechlichen Eisstückchen aufblitzen. Tora nahm Licht und Ton in sich auf, und sie verschmolzen mit der Stimmung in der Küche von Bekkejordet. Der Ton bekam Verstärkung. Er breitete sich immer mehr nach innen aus. Ins Unendliche.
Die großen Bäume am Zaun des Pfarrgartens hängten ihr verzweigtes schwarzes Muster gegen den Himmel, Je mehr Tora sich dem großen, schmutzig grauen Haus am Strand und den klammen, unwirklichen Nächten näherte, desto schwächer wurde der Ton. Und als sie die Hand auf das dunkelbraune Geländer unter der nackten Glühbirne im Flur legte, war es nur noch ein schwaches Säuseln. Ein kleiner Trost.
Sie erinnerte sich plötzlich an die alte Fischerhütte. Vor dem Brand. Dort war sie allein gewesen. Frei und unsichtbar. Hatte sich selbst besessen. Ihren eigenen Körper besessen. Es war schon lange her, daß sie den zerbrechlichen Flötenton innerlich gehört hatte. Sie erinnerte sich, daß sie ihn hatte heraufbeschwören können aus den Anblick des Himmels und des Meeres – die eins wurden. Sie hatte oben auf dem leeren Dachboden Musik gehört. Musik, die von irgendwoher kam. Ein spröder, leicht erschrockener Ton, der sofort verschwand, wenn sie sich von der alten Wolldecke und dem Segeltuch erhob, wenn sie

ihre Papiere zusammen mit dem Kopierstift unter die Heringskiste legte und die steile Leiter hinunterkletterte.

Es war bitter kalt.
Als Tora in die Küche kam, hatte die Mutter gerade einen Topf mit heißem Wasser vom Herdloch genommen. Sie hatte ein paar Küchentücher gekocht und schüttete nun kaltes Wasser dazu, damit sie die Hände hineinstecken und die Tücher waschen konnte.
Der Dampf lag auf den Fensterscheiben und den verwohnten Flächen in der Küche. Auf Wänden und Türen. Der Spiegel über dem Ausguß weinte drei kleine Tropfen, die ungleichmäßig herunterliefen und sich eine wellige Spur in der feuchten Haut erzwangen.
Tora steckte beide Hände in den Topf. Fühlte die wohltuende Linderung, als sie die Finger in dem warmen Wasser spreizte. Ohne ein Wort zu verlieren, wusch sie die Küchentücher. Stand noch im Mantel hinten beim Herd. Drückte den verschlissenen Baumwollstoff. Atmete den säuerlichen Geruch von Waschpulver und Dampf ein.

Tora hatte das Kleid anprobiert, das sie Weihnachten anziehen mußte. Das einzige, das sie für den Winter besaß. Sie hatte hier nicht Frau Karlsens großen Spiegel. Aber sie konnte trotzdem feststellen, daß es ging. Sie war rundum dicker geworden, seitdem sie sich morgens nicht mehr übergeben mußte. Sie sah so aus, als ob sie sich gut herausgemacht hätte. Die Erleichterung war so enorm, daß sie die Holztreppe von der dritten Etage bis herunter zur Glasveranda in Angriff genommen hatte. Unten gefror der Boden sofort, als sie versuchte ihn zu putzen, so daß Ingrid alle warnte, die die Treppe hinuntergingen oder von draußen hereinkamen.
Das Kleid war im vergangenen Winter genäht worden. Um hineinzuwachsen, wie Ingrid gesagt hatte. Es rettete eine Verlorene – bis auf weiteres.

Henrik Toste wurde von Elisifs Gott oder dem »Teufel« am Weihnachtsabend eingeholt. Er war unten in der Tobiashütte gewesen, zusammen mit Gleichgesinnten, die es auch nicht eilig hatten, Weihnachten mit Frau und Kindern zu feiern. Er hatte Schuhe mit glatten Ledersohlen an und kam in dem Augenblick zur Haustür herein, als Elisif und Torstein und die Kinder Weihnachten einsangen. Ein mehrstimmiger Lobgesang erschallte durch das Treppenhaus. Die

Decke hob sich feierlich dort oben in dem Dachgeschoß. Und es hallte fromm von allen Decken und Wänden wider, deshalb hörte Ingrid nicht, daß die Haustür ging. Konnte nicht rechtzeitig warnen.
Henrik Toste brach sich den Fuß, der in Gips gelegt werden mußte. Später saß er nüchtern und wütend am Küchentisch und schuf sich seine eigene Weihnachtsstimmung. Für Ingrid war es qualvoll. Sie konnte nicht ein Wort mit Tora reden, ohne daß er hörte, was sie sagte. Alle Gespräche, die sie sich ausgedacht hatte, alle Vertraulichkeiten unter Erwachsenen, die sie sich entschlossen hatte zu wagen – jetzt wo Tora endlich für ein paar Tage nach Hause gekommen war, waren zerstört.
Aber Tora blühte auf. Sie erfand ein neues Spiel. Ein Spiel, für das sie ihre ganze Klugheit einsetzte, um es zu entwickeln. Es fing damit an, daß sie die Kaffeetasse so weit entfernt von ihm hinstellte, daß er sie nicht erreichen konnte, wenn er einen Schluck trinken wollte. Er mußte sie bitten, ihm behilflich zu sein.
Sie weigerte sich. Schnitt Sirupkuchen auf, ohne ihm ein Stück anzubieten. Während sie ihn ansah. Die Stärke kam direkt aus der Kommunalen Realschule Breiland. Direkt von der Clique. Eine Stärke, von der sie nichts wußte, weil sie sie auf der Insel nicht gehabt hatte. Sie kam über zwei Fjorde herüber und auf einem holprigen Weg bis hier herein zu ihr. Kam aus einer Welt, die nur ihr gehörte. Sie setzte sich auf ihre Schulter und sagte ihr, was sie machen solle. Und Henrik mußte auf alles warten, worum er sie bat. Er brüllte. Er bat. Er drohte. Aber Tora schwieg, so daß das Schweigen stärker war als der Haß, und sie machte zuerst das fertig, was sie gerade vorhatte, ehe sie ihm half.
Eines Tages wollte er aufs Klo. Alle Treppen hinunter. Es war zwischen den Jahren und sehr kalt. Ingrid war nicht da. Er mußte Tora bitten. Da lachte sie schallend. Sie fror selbst, als sie es hörte:
»Hilf dir selbst! Ich mach's nicht! Scheiß in die Hose!«
Der Mann starrte sie an. Vergaß zu fluchen. Vergaß, wer er war. Für einen kurzen Augenblick. Dann brach es los, so daß die Kopftuch-Johanna ihm eine Warnung klopfte.
Aber Tora stand an der Tür und lachte. Sie lachte so sehr, daß sie fühlte, wie das Weinen dahinter alles zusammendrückte. Sie war auf dem Sprung, falls er versuchen würde, mit dem gebrochenen Fuß zu gehen und sich auf sie zu werfen. Aber das konnte er noch nicht. Sie hatte noch Zeit...

Sie betrachtete ihn, wie er da saß und mit dem schwarzen Loch im Mund vor Wut schäumte. Wußte selbst nicht, daß sie solche Kräfte in sich hatte. Sie kamen wie aus einem Sack herausgeschlüpft.
»Du Krüppel, du Krüppel! Hilf dir selbst! Bleib sitzen in deinem eigenen Schiet, bis du stirbst: hörst du! *Hörst du, was ich sage!*«
Sie war bereits die Treppe hinuntergegangen, da hörte sie, daß er hinfiel und brüllte, weil er versucht hatte zu gehen.
Endlich hatte sie es geschafft, alles ans Tageslicht zu bringen und aus dem Schweigen herauszukommen. Sie hatte es in Worte gefaßt und ihn die Worte hören lassen. Sie wollte, daß er es wußte, als eine Drohung empfand. Es sollte ihn immer verfolgen – wenn alles vorüber war. Sie wollte ihn zu der Einsicht bringen, daß Toras Haß viel, viel größer war als sein eigener.
Trotzdem fand sie sich im Keller wieder, kniend vor der Kartoffelkiste, zitternd und außerstande, sich zu rühren. Ein Glück, daß es schon so spät am Tage war, da brauchte keiner mehr Kartoffeln zu holen.
Sie preßte die Hände gegen den Magen und spürte ihre Körperwärme.
Ein Menschenbündel unter dem großen Haus mit all den dumpfen Geräuschen. Die dicken Granitwände umgaben sie mit ihren Schatten und ihren Rissen, in denen uralter Staub lag und Spinnweben hingen. Sie hatte das Gefühl, sie müßte sich durch das meterdicke Gestein einen Durchbruch schaffen, um hinaus in Freie zu gelangen.
»Sieben Tage bin ich noch hier.
Nur noch sieben Tage und Nächte.«
Daran dachte sie.
Nach und nach sah sie alles, was sich dort unten befand. Die Tonnen. Die Böcke mit den dicken Eichenplatten darüber, die man benutzte, wenn die geschlachteten Tiere zerteilt wurden. Die Kästen und die vollen Kartoffelkisten. All die roten Vertiefungen in den weißgelben Kartoffeln. Unter der grellen Glühbirne. Sie schwankte leicht. Ein leuchtendes Pendel in dem Dunkel des Kellers.

Solange sie zu Hause war, blieb er am Küchentisch sitzen.
Ingrid vermittelte zwischen Toras bedeutungsvollen Blicken und den Wutausbrüchen des Mannes.
Tora verfeinerte das Spiel. Sie blieb da, wenn die Mutter wegging. Stand an der Tür und lachte den Mann boshaft aus. Ohne etwas zu sagen.

Wie ein zum Tode Verurteilter, der nichts anderes mehr auszuleben hat als seinen Haß gegen den Henker – so stand sie da und verspottete ihn.
Sie sandte manchmal ein schnelles Gebet zu Elisifs Gott, daß sie ihren Körper verlassen dürfe. Aber das war ja unmöglich. Sie mußte sich selbst helfen.
Sie hatte nur wenig Zeit, um sich zu rächen, Tora. Und sie hatte genausowenig Zeit für Elisifs Gott, wie er in all den Jahren für sie gehabt hatte.

37

Es krachte!
Ein lauter und deutlicher Knall erschütterte ganz Vaeret. Es war am letzten Tag im Jahr. Doch dafür war der Knall zu gewaltig.
Ein Regen von Steinen und Tang und Meerwasser ergoß sich wie eine Warnung vor dem Jüngsten Gericht über die Wellblechdächer der Gebäude am Kai. Ein großer Stein bahnte sich den Weg in eine Köderhütte und zerschmetterte drei Fässer mit fertig geköderten Leinen bis zu einer unkenntlichen Masse von Heringsstücken, Kleinholz, Angelhaken und Tauen.
Es war während der Mittagsruhe, und die Leute liebten solche Streiche nicht um diese Tageszeit. Es dauerte eine Weile, bis das Geschrei der Kinder sie darauf brachte, daß es sich nicht um eine vorzeitig abgeschossene Rakete handeln konnte.
Die Rufe kamen vereinzelt und klangen verwirrt. Sie wurden allmählich lauter und näherten sich. Zum Schluß waren sie schon fast im Haus. Es lag Unglück und Angst darin. Die Leute hatten solche Rufe schon früher gehört. Bei Schiffbruch und Unwetter. Bei Brand und Arbeitsunfällen.
So kamen sie auf die Beine. Die Männer. Die Frauen. Sie warfen sich das Allernötigste über und eilten hinaus in den dunklen Nachmittag. Der letzte Nachmittag des Jahres.
Sie fanden sie zwischen den Steinen am Strand. Eine Lebende und einen Toten. Sie erkannten den Toten nur an den Kleidern. Keiner in Vaeret hatte bisher eine solche Leiche gesehen. Er hatte sich selbst für alle Zeit in die Ewigkeit gesprengt. Die Pelzmütze hatte nicht viel ge-

nutzt – diesmal. Noch nie hatte jemand einen Menschen so übel zugerichtet gesehen. Es stieg Dampf und Zerstörung von dem noch warmen Fleischbündel auf.
Tora hatte einen Spaziergang gemacht. War ganz in der Nähe gewesen, als es knallte. Sie hatte geglaubt, daß sie wieder im Sturm wäre. Der Rochen kam angeflogen. Drohte sie in zwei Teile zu zerspalten. Aber statt dessen landete er direkt vor ihr und war ein zerrissener, rot bespritzter Körper. Hatte keine Ähnlichkeit mit irgend etwas, was sie bisher gesehen hatte.
Dann verschwand alles zusammen.
Sie kam auf einem Stein wieder zu sich. Niemand hatte Zeit für sie. Ein unerträglicher Schmerz im Rücken. Als ob er mitten durchgebrochen wäre. In dem Augenblick, da sie erwachte, wußte sie, wo sie war. Sie hatte das Gefühl, daß Almars zerfetzter Körper ihr eigener war. Sie konnte den Kopf zur Seite drehen und sehen, daß die Leute sich um das Bündel versammelt hatten. Hörte die fürchterliche Stille und den Atem von denen, die ihr am nächsten standen. Mühsam richtete sie sich auf dem vereisten Stein auf, gegen den sie gefallen war. Etwas hatte sich in ihr gelöst. Sie spürte es jetzt.
Jemand half ihr auf die Beine und stützte sie. Es war eines der Mädchen aus der Fischfabrik, wie sie sehen konnte. Sie wollte mit ihr reden, aber sie vermochte kein Wort herauszubringen. Die andere schien sie zu verstehen. Es ging in Simons Fischerhütte. Dort waren keine Leute. Die Türen standen auf. Sie warf sich auf ein Bett. Dann war das Mädchen fort. Ein zitterndes, kaltes Licht kam durch das zugeschneite Fenster herein. Tora lag ruhig auf dem Rücken und fühlte, daß etwas in ihr arbeitete, ein scharfer, reißender Schmerz. Dann schwanden ihr die Sinne. Sie erwachte von einem neuen Schmerzanfall. Kalter Schweiß brach aus. Dann verlor sie wieder das Bewußtsein.
Jemand bewegte sich im Raum. Jemand faßte sie an. Sie wollte sich wehren. Schlug mit den Armen.
»Bleib ruhig liegen!«
Das war Mutters Stimme, eine besorgte, bekümmerte Stimme. Voller Angst.
»Herrgott!« hörte sie die Mutter sagen. »Herrgott! Daß ausgerechnet Tora ihn finden mußte. Herrgott, Herrgott! Was ist das für eine Welt?«
»Nimm's nicht so tragisch. Sei froh, daß sie nicht mitgegangen ist.«

Rakels Stimme krächzte ein wenig. Tora merkte, daß etwas über sie gelegt wurde. Ein seltsamer Geruch nach Tabakrauch und Schweiß ging von der groben Wolldecke aus. Dann glitt sie wieder weg. Diesmal kämpfte sie nicht dagegen an.

Sie lag außerhalb ihrer selbst. Auf dem Stein. Und sah direkt in Almars gebrochene Augen. Da nickte er mit dem Kopf und lächelte ihr zu. Genau wie damals, als er die Schule heizte und mit viel Krach und mit den schweren Kohlenkästen in Gunns Stunden hereinkam und sich an dem Ofen zu schaffen machte. Eine kindliche Freude im Gesicht. Eine schüchterne, unbeholfene Bewegung mit der Hand. Ein Versuch, der Held zu sein, der er nicht war. Dann wandte sie den Kopf, um ihn mit seinen verdrehten, toten Augen in Frieden zu lassen. Sie sah sich selbst dort. Es war ihr Körper, der an dem steinigen Strand zerschlagen worden war. In Almars Lederhose und Pullover. Er war ihr Fleisch und Blut. Da war gar nichts mehr zu machen. Es war vorüber. Alles war zu Ende. Sie hatte nicht gewußt, daß es so grauenhaft sein würde. So sinnlos.

Spät abends ging sie nach Hause. Zwischen Simon, Rakel und der Mutter. Sie sprachen nicht von dem, was geschehen war. Sie sprachen vom Essen. Und ob es nach Schnee aussah. Ein seltsam banales Gespräch, nur ihretwegen.
Der Silvesterabend war ebenso schweigsam wie jeder verdammte andere Abend auch. Es fing in dichten Flocken an zu schneien. Der Blutmatsch zwischen den Steinen, wo Almars Körper gelandet war, bekam eine weiße Schicht, die durchsickerte und das Ganze rosa färbte. Dann gefror es. Langsam. Als ob der Herrgott meinte, jetzt müsse Schluß sein. Das Meer flutete drüber und verbarg alles. Die eine oder andere Spur, die die Tragbahre auf dem Weg hinterlassen hatte, bekam auch eine weiße Schicht. Schonend und einfach verbarg die Natur Almars letzte Spur.
Rakel blieb einen Augenblick am Vorbau ihres Hauses stehen und weinte hemmungslos, als Simon und sie in Bekkejordet angekommen waren. Dann schlug sie mit der Faust gegen die Tür und schrie in die schneeschwangere Nacht hinaus:
»Der Teufel soll den Wahnsinn holen!«
Simon nahm sie in beide Arme und legte sein Gesicht an ihren Kopf. Er weinte. So standen sie eng umschlungen zusammen und weinten.

Almar hatte es ja immer wieder gesagt: Die Schäre mußte fort! Sie war zu einem Symbol für Sturm und Zerstörung und Ohnmacht geworden. Mit dem Haus war es nicht so gefährlich. Das war nur ein Haus – wie alle anderen Häuser. Aber das Boot... Das geliebte...
Alle hatten gelächelt und den Kopf geschüttelt. Almar hatte in der Sturmnacht einen Knacks gekriegt – ganz klar. Keiner hatte etwas getan, um ihm zu einem neuen Boot zu verhelfen. Simon hatte ihm Arbeit gegeben. Die Leute hatten heimlich über ihn gelacht. Ein selbstgefälliges Lachen.
Ins Tausendheim war er als eine besondere Plage gekommen. Er bedeutete einen Einbruch in das normale Leben. Mit allen seinen Rachegeschichten. Seiner Sauertöpfigkeit. Seinen Klagen. Er hatte der Kopftuch-Johanna einen Raum weggenommen und alle Leute mit der Geschichte von dem Dynamit unter dem Bett erschreckt.
Und Rakel schlug die Fäuste an die Eingangstür und verstand nicht, wieso Menschen wie sie, wie Simon so herzlos sein konnten.
Elisif saß im Dachgeschoß und betete für Almars unsterbliche Seele. Er könne es wohl brauchen, meinte sie. Betete, während die Stille das neue Jahr einläutete. Die Kopftuch-Johanna wartete eine Woche, ehe sie in das Zimmer wieder einzog. Sie fühlte sich gekränkt, daß er gerade dort gewohnt hatte. Aber das gab sich allmählich.

Tora lag im Bett, ohne daran zu denken, daß irgendeine Gefahr für sie bestehen könnte. Es war mit einemmal alles so unwesentlich geworden. Sie schleppte eine Menge Worte mit sich – die sie nicht herausbekam. Sie faßte manchmal nach der Mutter. Suchte ihre Hand, wenn sie hereinkam. Die anderen sprachen schließlich davon, daß sie den Doktor holen wollten. Sie hörte sogar, daß *er* dort draußen am Küchentisch vom Doktor sprach.
Sie stand auf. Sie blutete. Viel. Durch alles hindurch. Stand in dem kalten Klo und wunderte sich. Daß sie blutete. Sie machte sich zurecht, so gut sie konnte, bevor sie wieder hineinging. Es wurde jedoch mit der Zeit besser.
Die Schmerzen im Rücken gaben sich.
Aber das Bild von Almars verstümmelter Leiche hatte sich über alles gelegt, was sie ansah.

An dem Tag, an dem sie an Deck stand und die Kais hinten in der Bucht kleiner und kleiner werden sah – sah sie es:

Die Schäre war weg.
Und nachdem sie in ihr Zimmer zurückgekommen war, stand das Bild deutlich vor ihr. Nicht das grausame. Nicht das blutige Bündel am Strand, sondern das phantastische: daß – die Schäre weg war!

Im übrigen war die Dunkelheit total.
Sie dachte bewußt nicht mehr an das, war ihr bevorstand. Sie hatte feste Rituale, die sie sich Tag und Nacht auferlegte. Sogar den Schlaf versuchte sie zu kontrollieren. Hatte es schon lange getan. Bevor sie Weihnachten nach Hause auf die Insel fuhr. Bevor Almar...
Sie saß oft im Pullover am Ofen. Aber sie öffnete die Ofentür nicht. Das war nicht nötig.
Sie ging nicht mehr ins Café oder ins Kino. Mit Unlust verzehrte sie zwei Mahlzeiten über der neuen Wachstuchdecke. Ab und zu rief Frau Karlsen die Treppe hinauf, daß sie zum Essen herunterkommen solle. Es gebe frisches Brot und Kaffee.
Sie ging gehorsam hinunter. Immer in einem von den beiden großen Pullovern.
Saß immer leicht vornübergebeugt und hatte die Augen auf die Bilder an der Wand oder zum Fenster hinaus oder auf die gestickte Kaffeedecke gerichtet.
Und Frau Karlsen schwatzte über Dinge, die in der kleinen Stadt am Meer passiert waren.
Krähengeschwätz sogar innerhalb des Hauses. Hier in Breiland gab es keinen Fischgeruch und keine Fischgestelle, keine Filetfabrik, keinen Ottarladen, nichts dergleichen wie das Tausendheim. Nur ein paar Baracken von den Deutschen. Und zur Zeit ein Deutschenkind, von dem niemand besonders viel merkte.
Sie lernte Deutsch und Englisch parallel zu Norwegisch. Sie brachte es fertig, völlig abzuschalten. Allein, über den Hausaufgaben oder auf der Strickdecke in dem schmalen Bett. So schaffte sie es. Auch ohne den Traum von der Großmutter. Ohne das Haus und die Straßen in Berlin. Und mit einem unsicheren Willen, durchzukommen.

An einem Dienstagabend kam sie mit einem Haufen Bücher in dem schwarzen Nylonnetz nach Hause. Sie zog eine frische Bluse an, nachdem sie sich gewaschen hatte. Sie legte im Ofen auf und schrieb eine deutsche Übersetzung, ehe sie zu den Büchern griff. Ruhig. In die Bibliothek zu gehen – andere Menschen zu treffen als die, vor denen sie sich gewöhnlich verstecken mußte, verursachte ihr Schweißausbrüche und eine Art klamme Angst, die anhielt, bis sie wieder hinauf in ihr Zimmer gekommen war, den Schlüssel umgedreht und sich gewaschen und zurechtgemacht hatte. Sie wußte, daß ihr das bevorstand, trotzdem ging sie in die Bibliothek, ins Geschäft, auf die Post, in den Buchladen. Mobilisierte ihre ganzen Kräfte. Wußte, daß dies nur eine Vorübung war, ehe alles über sie hereinbrach. Sie wollte vorbereitet sein.

Glücklicherweise hatte sie jetzt aufgehört zu bluten. Einmal hatte sie den Flügel da innen gespürt. Sie saß am Schreibtisch und zwang sich, nicht darauf zu reagieren. Eine Disziplin, die ihr immer weniger Mühe bereitete.

Sie war nicht mehr die Hauptperson in ihrem Dasein, sie war ein Medium für ihren Wissensdurst. Die Schule war ihre einzige Wirklichkeit. So wurde die Illusion wirklicher, wichtiger für das Mädchen Tora als ihr eigenes Leben.

Nachdem sie alles getan hatte, was zu tun war, kroch sie auf ihre Strickdecke und nahm das Buch mit, das einiges verändern sollte, den Vorhang zur Seite reißen, Dinge aufdecken, die ihr bis jetzt niemand gezeigt hatte. Niemand hatte Tora erzählt, daß der Krieg zumindest zwei Wahrheiten hat. Dann fing sie an, das kleine, dünne Buch von etwa 200 Seiten zu lesen. »Unter einem härteren Himmel« von Jens Bjørneboe.

Tora wußte nichts von ihrer eigenen Unschuld. Hatte keine Ahnung davon, daß jeden Tag in allen Himmelsrichtungen Recht und Unrecht durcheinandergebracht werden. Daß Recht einfach deshalb Recht ist, weil es zum Recht des Stärkeren erklärt wird. Und daß es sich ebenso schnell ändert wie die Jahreszeiten oder wenigstens: ebenso schnell, wie die Generäle und die Parteiführer wechseln. Das Recht ist stets auf der Seite des Stärkeren. Was auch geschehen mag.

Aber sie hatte ja immer gewußt, daß es wichtig war, der Stärkere zu sein.

Während das Haus in den Nachtstunden allmählich ins Dunkel tauchte, las sie noch über sich selbst. Über die Mutter. Über die Wahl der falschen Seite. Sie fand Rakels Wort bekräftigt: Der Krieg und die Leiden waren nicht die Schande der Frauen. Nicht weniger verstand sie, daß es eine Freude war zu leben. Aber sie verstand auch: die Rache. Einige mußten dran glauben. Sie verstand, warum die Mutter im Jugendhaus ihre Haare verloren hatte und nichts mit den anderen, außer der Tante und den Arbeiterinnen in der Fischfabrik, zu tun haben wollte. Verstand, daß die Mutter ihren eigenen kümmerlichen Stolz bewahren mußte und daß sie nie mit ihr – Tora – über diese Dinge sprach. Die Sprache auf der Insel hatte keine Worte für alles das, was die Mutter hätte sagen müssen, wenn sie anfing zu reden.

Und Tora sehnte sich nach Rakel mehr denn je. Denn die Tante fand für das meiste Worte. Oder sie vereinfachte die Worte, so daß die Leute sie verstanden. Die Tante gehörte nicht mit in den stummen Raum. War außerhalb aller Räume. Tora fragte sich, ob das wohl immer so gewesen war. Daß die Tante außerhalb der Rache, des Hasses und des Verschweigens gestanden hatte. Plötzlich, zwischen den Zeilen, mitten in der Erzählung über Franziska, die in einem deutschen Krankenhaus die Verwundeten pflegte, sah sie Rakels rötliches Gesicht vor sich. Die Tante würde wohl zur falschen Seite übergehen – wenn sie meinte, daß es nötig war. Sie würde für Onkel Simon sicher Haare und Ehre geopfert haben... Und die Mutter bekam in Toras Gedanken eine Genugtuung.

Sie legte vorsichtig zwei Schaufeln Kohle in den Ofen. Sie mußte Frau Karlsen nicht beunruhigen. Es war ein Uhr. Nachts.

Dann stellte sie sich ans Fenster und starrte auf ihren Schatten auf dem Rollo. Wandte den Blick und sah zum anderen Fenster. Dort war ein schräger, gebrochener Schatten auf dem Rollo. Sie hatte zwei Schatten. Einen gebrochenen und einen ganzen.

Tora starrte so lange, bis die Bilder sie nicht mehr erschreckten und das Herz sich wieder in seinem gewohnten Rhythmus beruhigte. Dann zog sie sich langsam aus und nahm das Buch mit dem harten Himmel mit ins Bett.

Der Nazismus, Franziska im Gefangenenlager, die verurteilten Frauen nach der Befreiung – die Mutter, stiegen zu ihr ins Bett. Frierend und kahlgeschoren trug die Mutter Tora unter der straffen Bauchdecke. Tora sah das Jugendhaus und die starrenden Gesichter, während das Ganze vor sich ging: Die Hände, die nach der Mutter griffen und sie unter der Schere zwangen, stillzusitzen. Tora sah das alles. Ein langsam vorgeführter Film.

Und sie fühlte eine mächtige Wut in sich hochsteigen und sie ganz erfüllen. Es nutzte nichts, daß sie vor einer halben Stunde die Rache verstanden hatte. Daß sie sehen konnte, warum die Menschen so reagierten, wie sie es taten. Sie schaffte es nicht, von Mutters Gesicht und dem gebeugten Nacken loszukommen. In all den Jahren ein ge-

beugter Nacken. Während die Hände sich wie Trommelschlegel bewegten, um alle möglichen Arbeiten für die auszuführen, die nicht gezwungen worden waren, eine Seite zu wählen.
Die Mama! Die zu Fuß von Trondheim nach Bodö gegangen war, mit ihr, Tora, unter dem Herzen! Allein. Ohne Zukunft. Ohne den Willen oder den Mut, Schluß zu machen.
Tora wollte es nicht so haben. Niemals! Sie würde sich retten. Als sie das Buch zu Ende gelesen hatte, fiel ihr nichts anderes ein, als daß es für sie geschrieben war. Sie kümmerte sich nicht um das politische System, das der Verfasser zu enthüllen und zu erklären versucht hatte. Oder um die unaufhörlichen Kettenreaktionen des Krieges. Kümmerte sich nur um das, was sie als ihr eigenes Problem und das der Mutter wiedererkannte.
Endlich schloß sie das Buch und schlief tief und fest, bis der Wecker hämmerte und klingelte und den Morgen ankündigte.

Sie hatte inzwischen das Ganze durchdacht. Sich überlegt, wie es werden würde. Sie studierte einige Bücher, in denen sie sich gründlich über die Geburt informieren konnte. In aller Heimlichkeit stahl sie sie aus den Regalen in der Bibliothek und setzte sie heimlich wieder an ihren Platz.
Verborgen hinter den Regalen las sie Wort für Wort. Hatte mehrere andere Bücher im Schoß, so daß sie das Buch, das sie gerade las, schnell zuunterst stecken konnte – falls jemand überraschend kam.
Der Mut reichte eben noch. So konnte sie planen, was sie machen mußte. Eine messerscharfe Nüchternheit: das Entsetzen ersticken
Die Einsamkeit. Die stumme Scham. Alles einsetzen, um es hinter sich zu bringen. Sie würde sich selbst die Hand halten. Sie würde nachher für die Kameraden dieselbe sein. Es war wichtig, dieselbe zu sein. Nichts außerhalb des gewöhnlichen Verhaltensmusters. Ruhig. Tüchtig und wach. Zuhören. Im Café. Mit im Gespräch sein. Dabeisein. Nicht mit den Gefühlen. Nicht mit Freude oder Zorn. Nur ruhig. Ohne die Farbe im Gesicht zu wechseln. Ohne zu verletzen oder zu verärgern. Neutral. Unangreifbar.
Nachher! O Gott!
Sie schaffte es trotzdem nicht, sich alles vorzustellen. Wußte nur, daß *nachher* – die Freude alle Poren durchbohren würde und als ein großes, gutes Lachen zum Fenster und zur Tür hereinkommen und den ganzen Raum erfüllen würde. Sie würde tanzen! Und lachen. Und

dann würde sie im Regen und in der Sonne herumlaufen, und es würde Frühling sein und Luft und Wind.
Tora sehnte sich so sehr nach der vollkommenen Freude. Wie sie nur Rakel zeigen konnte. Die Freude, die aus einer Sicherheit kam, die größer war als das Urteil und das Gesetz und die Macht der Menschen. Die Freude...
Sie träumte, daß sie über die Moore ging. Das Gras überwucherte das Heidekraut. Schob sich hoch zwischen den Heidekrautbüscheln. Dunkelgrün und weich für die Füße, wenn man drauftrat. Das Licht war wie ein guter Gedanke. Nichts, wovor man Angst haben mußte. Und sie fühlte, daß ihr Arme und Beine am Körper befestigt wurden, bis sie zuletzt ein anderer Mensch war. Und im Bauch kam alles wieder auf seinen alten Platz. Alles heilte. Und sie trug das Küchenset, das Tante Rakel und sie zusammen gestickt hatten, mit sich herum. Sie ging alle Treppen hinauf, und sie ging alle Treppen im Tausendheim hinunter. Mehrmals. Und ständig war sie auf den Mooren. Ständig ging sie im Gras. Die Farben waren im Licht – nicht in den Dingen. Die Natur war durchsichtig. Flimmerte und lebte im Licht. Und sie besaß das alles zusammen. Sie ging da hindurch und fühlte, daß sie gesund und rein war und daß die Finger sich um den weichen Stoff krümmten. Sie spürte das Haar in dem warmen Wind herumwirbeln. Sie besaß die Luft, durch die sie ging. Sie besaß sich selbst. Und nichts war scheußlich oder gefährlich oder bedrohlich. Denn sie war allein.

Tora war wie erlöst, als die Turnlehrerin für mehrere Wochen krank wurde. Ein Ersatz war nicht aufzutreiben. Die Mädchen machten in den Turnstunden Bergwanderungen. Oder sie saßen in den Schneewehen auf der Straße zum Friedhof hin und verspeisten ihr Frühstück und lachten in die Sonne. Sie waren zu neunt. Sie hatten Spaß. Die Sonne, die den Schnee schon im Januar zum Schmelzen brachte, war eine Wohltat.
Niemand hatte Mitleid mit ihr, die im Krankenhaus lag. Sie gingen im Sonnenschein oder bei trübem Wetter spazieren und unterhielten sich über die Samstagabende und die Liebe und das Leben.
Tora wusch den stärker werdenden Körper in aller Zurückgezogenheit. In der großen Plastikschüssel in ihrem Zimmer. Sie war nach und nach gleichmäßig rund geworden. Ein gleichmäßig tarnender Speck legte sich schützend über den unfertigen Körper. Deckte den

wachsenden Bauch, indem er die Arme und die Schenkel und den ganzen Körper rundete. Die Levi's-Hose war zu eng geworden. Tora mußte an ihrem Essensgeld sparen und eine neue Hose kaufen. Keiner fand das seltsam. Keiner kommentierte es. Die Mädchen nickten nur und sahen sie von der Seite an. Die Hose war schön. Hatte schöne karierte Aufschläge. Nägel an den Taschen. Tora war so geschickt im Musterstricken! Der Pullover war schön! Ob Tora ihnen nicht beim Pulloverstricken helfen wolle? Und Tora lächelte freundlich. Vielleicht. Wenn sie nicht zu viel Aufgaben habe.
Sie wich Jon so oft aus, daß es nicht mehr weh tat. Das war nötig. Sie nahm die Chance nicht wahr, einen Menschen in ihrer Nähe zu haben.

Eines Tages im März rief Frau Karlsen sie zu sich herein, als sie aus der Schule kam.
Sie sah anders aus als sonst. Tora verspürte eine schreckliche Angst. Wußte sie etwas? Hatte sie einen Verdacht geschöpft?
Aber nein. Frau Karlsen erzählte, daß ihr Mann gestorben sei. Genauso unbewegt, wie sie von den Schwächen und dem Unglück der Nachbarn erzählte. Sie servierte Tora Rosinenteilchen mit Erdbeermarmelade. Erzählte bis ins Detail von den letzten Tagen. Daß Herr Karlsen mächtig geschwitzt habe. Daß er bewußtlos geworden sei und alles habe unter sich gehen lassen. Daß er Zuckungen im Gesicht gehabt habe und Schwierigkeiten mit dem Atmen. Daß sie nicht eine einzige Stunde von seiner Seite gewichen sei von gestern abend sechs Uhr bis zu seinem Tod um vier Uhr in der Nacht. Sie hätte Ablösung bekommen können, wenn sie gewollt hätte. Aber sie habe nicht gewollt. Sie sei heute morgen in die Bank gegangen. Jedoch der Chef, Herr Kristoffersen, habe sie nach Hause geschickt. Resolut. Der Chef sei ein guter Mensch. Und so ein tüchtiger Bankdirektor. Ein ordnungsliebender Mensch. Schade, daß er nicht besser reden könne, der arme Mann. Daß er etwas ängstlich sei. Er habe so eine zänkische Frau. Ja, nicht daß sie, Frau Karlsen, sich zum Richter über jemanden machen wolle – am allerwenigsten über die Frau Bankdirektor Kristoffersen. Aber daß sie in die Bank hereingefegt komme und ihren Mann zurechtweise – das könne ein Bankdirektor doch nicht hinnehmen. Genug davon: Er sei ein guter Mensch!
Tora fielen beinahe die Augen aus dem Kopf, als Frau Karlsens Geschichte nach und nach über die schmalen Lippen strömte. Sie sah,

daß Frau Karlsen mitten in der Trauer die runzligen Mundwinkel verzog, während sie erzählte. Unverändert. Immer dieselbe. Sie hatte bei ihrem sterbenden Mann gewacht. Sie hatte einen Menschen sterben sehen. Und konnte sich über die unmögliche Frau Bankdirektor auslassen!
Tora aß das Teilchen nicht auf, das sie sich genommen hatte. Sie versuchte, in das Innere dieses Menschen zu sehen, und sie vermochte es nicht. Gleichzeitig ging es ihr auf: In einiger Zeit mußte sie selbst so sein. Ja, so mußte sie sein – schon jetzt. Sie hatte sich versteckt, als Almar starb. Ihr Blut versteckt.

Nach außen trug Tora einen Panzer, wie die Leute es von ihr erwarteten. Eine Schnecke, die gezwungen war, langsam mitten in einer Wagenspur zu kriechen.
Ging es Frau Karlsen auch so? Versuchte sie die ganze Zeit, sich hinter einem Wortschwall zu verstecken? War sie eine Wortmaschine, die die Leute so stark beeindruckte, daß sie ihre Einsamkeit nicht sahen?
Und Tora wurde unvorsichtig. Vergaß sich und setzte die Tasse behutsam auf die Untertasse, während sie sagte:
»Sie Ärmste.«
Einen Augenblick war es still im Raum. Die grünen Veloursvorhänge hingen wachsam da und hüteten den Winterstaub. Die Uhr hatte noch ein wenig Zeit, bis sie wieder schlug. Sie tickte nur traurig an der Wand zwischen dem Bücherregal und der Tür. Der Nachmittag war schläfrig unter der kalten Deckenlampe. Hinter den Fensterscheiben lag ein schöner blauer Schimmer.
Frau Karlsen warf einen schnellen Blick auf das Realschulmädchen. Sie war unterbrochen worden in einer langen Einleitung zu der beabsichtigten Mitteilung, daß sie nach dem Tode ihres Mannes eine gute Pension bekommen würde, aber daß sie ihre Arbeit fortsetzen würde, weil sie sich noch jung und arbeitsfähig fühle. Das sei doch selbstverständlich.
Und Frau Karlsen verbiß sich in Toras demütigender Bemerkung und schloß ihren Mund zu einem Strich. Antwortete nicht. Tat so, als ob sie nicht gehört hätte. Erhob sich schnell und sagte, daß sie noch ein paar Telefongespräche führen müsse. Es müßten noch tausend Dinge geregelt werden. Die Beerdigung. Die Verwandten. Ja, natürlich komme der Zollmeister Karlsen aus dem Süden. Zur Beerdigung. Er sei zwar ein lästiger Gast. Aber was mache man nicht alles durch. Es

sei nicht nur die Trauer. Nein. Es sei all das andere, was mit der Beerdigung zusammenhinge. Alle Papiere. Ja, ja.
Als Tora gerade zur Tür hinaus in den Flur ging, schien Frau Karlsen sie plötzlich zu *sehen*. Einen Augenblick zitterte es leicht um ihren Mund. Dann nahm sie sich zusammen:
»Du mußt an dem Tag aber auch herunterkommen und mit uns essen. Es kommen wohl viele. Mein Mann... war sehr beliebt.«
Tora schloß die Tür mit einem harten Klick. Es war ziemlich dunkel im Flur. Sie fühlte, wie sich plötzlich eine unheilvolle Stimmung über das ganze Haus legte. Alle starben jetzt...
Sie heizte den Ofen und zündete alle Kerzen an. Aber es half nicht. Es war Samstag. Sie mußte raus. Mußte plötzlich jung sein. Frisch und gesund. Mit anderen zusammen. Zusammen! Das war ein magisches Wort. Stark genug, um alles andere auszuschließen.

Sie ging zu Anne und fand eine verschlossene Tür. Sie ging ins Café, und keiner war da. Da fiel ihr ein, daß sie Klassenfest hatten und daß sie gelogen hatte, sie würde Besuch bekommen – von zu Hause, deshalb könne sie nicht mitfeiern. Sie schlich sich wie ein Dieb nach Hause und ging so leise durch die Türen und die Treppe hinauf, wie sie nur konnte. Als sie oben war, drehte sie sich um und sah ihr eigenes Spiegelbild.
Eine alte, zartgebaute Frau, die auf leisen Sohlen die Treppe hinaufgestiegen war. Die Stufe für Stufe geschlichen war, damit die Menschen nicht sehen oder hören konnten, daß sie da war.
Die ganze Nacht hatte sie Angst vor der Dunkelheit und hielt sich wach, weil sie sich vor den Träumen fürchtete und vor den Flügelschlägen in ihrem Bauch, von denen sie nicht geweckt werden wollte. Sie konnte sie ertragen, wenn sie wach und darauf vorbereitet war. Sie konnte sie ertragen, wenn sie an ihrem Pult in der Schule saß. Selbst wenn sie die Hausaufgaben abgefragt wurde.
Jetzt war es schon lange still da drinnen gewesen.
Sie hatte Bilder vom Embryos in den Büchern gesehen – kleine, tierähnliche Wesen. Aber sie zwang sich dazu, das kleine Wesen, das sie trug, sich nicht so vorzustellen. Es war niemals etwas anderes als ein Flügel. Ein wachsendes, forderndes Gewächs, mit dem sie sich abfinden mußte, bis die Zeit gekommen war. Sie hatte *entschieden*, daß es so war. Konnte nicht zulassen, daß die Träume ihre Vorstellung veränderten.

Der Totengräber von Breiland hatte Probleme.
Zugegeben, daß die Friedhofserde fast frostfrei war und der Winter milde. Zugegeben, daß der Friedhof nach Südwesten und zum salzigen Fjord hin lag – ganz draußen auf der Herren Außenposten, mit einem niedergebrochenen, alten Maschendrahtzaun, der in zwei prächtigen, schmiedeeisernen Torpfosten zu beiden Seiten des Eingangs endete. Zugegeben! Aber es *war* teuflisch, da zu stehen und in der steinharten Erde ein Grab auszuheben.
Eines Abends war er zufällig vorbeigegangen und hatte deutlich etwas *gesehen*. Er hatte nicht vorgehabt, in den Friedhof hineinzugehen. Es herrschte dichtes Schneetreiben, gleichzeitig segelte der Mond in einer aufgerissenen Wolke und warf sein kaltes Licht über die blauschwarzen Gräber und die schwarzen Tannenkränze, die alle Nadeln verloren hatten und ebenso tot waren wie die, für die sie ein Schmuck sein sollten.
Weihnachten hatten die Leute sich so etwas wie Mitleid mit den Toten übergehängt und waren mit brennenden Kerzen und Tannenkränzen und Wachsblumen und Tränen in den Augen gekommen. Das letzte zum Teil auf Grund des Südwestwindes, der über den Fjord fegte und alle Wärme aus den Leuten herausriß und in der langen, trägen Dunkelheit den Gesichtern eine verblasene, wässerige Haut bescherte.
Jetzt dachte niemand mehr an die Gräber. Die Sonne war gekommen, und Weihnachten war ein farbiges Gespenst, das längst die Macht über das Gefühlsleben der Leute verloren hatte. Und die durchweichten Wachsblumen hingen wie alte Huren über Grabmälern und Urnen, und die Tannennadeln lagen wie Mäusedreck in allen Vertiefungen, während der Draht die nackten gebogenen Tannenzweige noch in seinem zwingenden Eisengriff hielt.
Hier hatte also der Totengräber eines Abends spät vor seinem müden Gesicht leibhaftig eine kleine, gebückte Gestalt zwischen den Gräbern gesehen. Es sah so aus, als ob sie direkt aus einem der kleinen Kindergräber ganz unten am Strand heraufgeklettert kam. Hätte er es nicht selbst gesehen, würde er gesagt haben, daß es dummes Zeug sei. Aber er *hatte* es gesehen. Und er hatte es einigen wenigen Auserwählten mit leiser, eindringlicher Stimme erzählt. Allerdings hatte er bemerkt, daß sie sich Blicke zuwarfen. Er wußte, daß man von ihm, dem Totengräber in Breiland, behauptete, daß er Angst vor der Dunkelheit habe. Aber er hatte das Ganze so gut beschrieben, daß sie zugehört hatten. Sie wußten sozusagen nicht, was sie glauben sollten.

Im Land der Krähen sagte man einem anderen nicht ins Gesicht, daß er log. Und die Lügen der Leute konnten nur zu Lügen erklärt werden, wenn der Lügner selbst nicht anwesend war. So höflich war man.
Er entschloß sich, in Zukunft über das zu schweigen, was er sah. Die Leute waren nicht würdig oder nicht reif genug für Parapsychologie und Spuk.
Er stieß einen Fluch aus, spuckte in die Hände und war soweit, daß er aus dem verhaßten Loch heraufsteigen konnte. Er was schnell fertig geworden.
Alles war vollbracht für den Plattendirektor und seine jahrelange Senilität.

38

Zuerst ein dumpfer, schwelender Schmerz durch den Schoß. Dann spürte sie den Griff. Es war nicht so, wie sie es sich vorgestellt hatte: Krallen. Eisenharken. Große Angelhaken. Sie hatte nicht gewußt, daß es so plötzlich beginnen würde. Man mußte durch Zeit und Raum, um es zu überstehen. Es kam darauf an, daß niemand fragte – daß niemand sich wunderte. Es konnte keine Rede mehr davon sein, an diesem Tage noch englische Vokabeln zu pauken. Sie fand einen armseligen Trost darin, daß sie zu Hause war.
Sie hatte den Schlüssel innen stecken. Drehte ihn um. Sie erinnerte sich an Elisifs Schrei, wenn es dem Ende zuging. Aber sie erlaubte sich nicht, weiter daran zu denken. Schreien war ein Luxus, den ein von Gott und den Menschen verlassener Mensch sich nicht leisten durfte.
Sie hatte alles zu verlieren, nichts zu gewinnen. Alles war bestimmt von Kräften, die größer waren, als man sich vorstellen konnte. Und sie wußte, daß es mühsam genug werden würde, sich am Leben zu erhalten – denn es war zu früh, und sie hatte so lange geblutet.
Die kleine Menschenfrau. Die fruchtbare. Sie richtete ein Lager aus einer alten, wattierten Decke auf dem harten Fußboden. Breitete Frau Karlsens alte Wachstuchdecke darüber. Sie hatte Elisifs Matratze nach dem totgeborenen Kind gesehen. Sie konnte nicht ein ganzes Bett riskieren. Sie hatte eine winzig kleine Hoffnung, daß noch wei-

tere Nächte kommen würden. Nächte zum Schlafen – mit großer Dunkelheit, um einen geschundenen, gereinigten Körper zu verbergen. Das Bett wollte sie schonen.
Dann wanderte sie umher, vom Bett zum Fenster.
Vom Fenster zum Bett.
Einmal hörte sie Frau Karlsens Wohnzimmeruhr schlagen.
Einmal war der Kopf voll von alter, schweißnasser Angst.
Sie ging schnell zur Tür.
Mußte hinaus.
Aber ein Schmerzanfall rettete sie.
Und die Wachstuchdecke war kalt und klebte an den Unterarmen, als sie auf die Decke niedersank.

Später wußte sie nicht mehr, wie oft sie die Wohnzimmeruhr hatte schlagen hören. Oder wie oft die Haustür zugeschlagen worden war. Die Stunden waren ein nebelhafter Ring um ihr Lager. Das Fenster. Die Gardinen. Wurden immer grauer. Bis es vor ihren Augen blutrot explodierte. Dieser Schmerz war nicht wirklich. Er war von einer anderen Art. Sprengte sie innerlich. Rohe Gewalt. Sprengte heraus. Gewaltige Kräfte. Hörten nicht auf. Würden nie aufhören. Es gab nur eins: nicht aufgeben. Ums Leben kämpfen.
Unwirklich? Daß alles Unwirkliche so wirklich empfunden werden konnte! War dies das Ende?
Indessen wußte sie nicht einmal, ob sie das Leben überhaupt wollte.
Plötzlich: Geruch von trockenem Heu.
Ein anderes Mal war sie im Sturm. Sie sah den Riesenrochen vorbeisausen. Aber er machte kein Geräusch.
Sie sah ihn in der Hüttenwand stecken, auf dem abgerissenen Kai dort draußen in der Bucht.
Dann kamen die Gesichter hervor.
Reihenweise Gesichter. Die Augen glitten übereinander.
Sie spiegelten einen großen Ekel wider.
Tante Rakel sah Tora da auf der Wachstuchdecke. Sie hatte sie gesehen!
»Lieber Gott, du solltest doch wohl nicht zulassen, daß die Tante mich sieht... Wie konntest du?«
Mutters Gesicht. War eins mit ihrem eigenen Schmerz. Es glitt schnell fort und kam schnell wieder hervor – zusammen mit den anderen Gesichtern und über ihnen.

Mitten in alldem war die Sehnsucht nach irgendeinem! Einem Menschen, der in dem Raum atmete, der nur da saß – oder stand. Das war auch ein Schmerz. Konnte es nicht einen Menschen geben, der nicht nur die Schande sah?
Dann hatte sie genug damit zu tun, den Körper zusammenzuhalten. Sie hielt zurück. Hielt krampfhaft zusammen. *Wollte* es herauspressen. *Wollte* es überstanden haben. Aber wagte nicht nachzugeben, bis es schließlich Kräfte waren, die alles niederrissen, was sie besaß, und die Haut und Körper zersplitterten und herausglitten als ein schweres, glattes Bündel. Tora spürte, wie die Schwere des Bündels ihren Körper verließ. Sie würde es immer wieder spüren. Immer! Den dumpfen Laut, ein schwaches Klatschen auf die Wachstuchdecke, ein Bündel auf dem Weg hinaus in das tote Leben. Ohne darum gebeten zu haben.
Mit zwei Wehen hatte sie die letzte große Hürde genommen. Und sie wußte, daß sie nun wieder ihren Körper besaß. Vorläufig.
Sie blieb lange liegen und keuchte in unregelmäßigen, zerrissenen Stößen.
Das Licht über dem Bett! Aber sie wagte nicht, daran zu glauben.
Die Geräusche im Raum waren so weit weg. Das waren keine Geräusche. Das war nur ein endloser Strom von verbrauchter Luft. Luft, die man nicht bei sich behalten konnte. Einmal hörte sie ein Schnaufen von da unten. Aber es dauerte nicht lange.
Sie sah IHN wie einen Schatten an der Tür vorbeischleichen. Mit dem Rücken zu ihr. Stand in der Türecke. Sah sie bestimmt. Aber sie konnte ihn nicht sehen. Sie drehte den Kopf in eine andere Richtung und lag ganz still. Er mußte wohl gehen. Verstand wohl, daß da kein Platz war. Für mehr hatte sie keinen Raum. Sie konnte von mehr als diesem einen nicht erlöst werden. Sie war frei von ihm. Das war vorüber.
Bald würde sie vom Boden aufstehen und sich reinigen.
Bald würde sie in die Wirklichkeit der anderen zurückkehren. Aber jetzt noch nicht.
Mit einem Male spürte sie, daß die Kälte in ihrem Gesicht und an den Teilen ihres Körpers, die nackt waren, brannte. Der Ofen mußte schon vor langem ausgegangen sein. Ein naßkalter Dunst stieg von ihr auf. Ein schwerer, mächtiger, bedrängender Geruch von Blut und Schweiß.
Dann kamen plötzlich mehrere Schmerzanfälle hintereinander, ohne

daß sie eigentlich darauf achtete. Und die letzte Verbindung zwischen *ihm* und ihr war zerrissen. Sie zwang sich, daran zu denken. Obwohl dann alles zu einem nicht ausgemisteten Stall wurde und nicht auszuhalten war.

Noch hatte sie nicht ein einziges Mal nach unten gesehen. Hatte das nicht getan, wovor ihr graute: den Körper beugen und nach unten auf das Bündel sehen. Noch mußte sie sich ausruhen.
Aber die Ruhe kam nicht. Nur viele Leute kamen, die sie anstarrten. Sie gingen an ihr vorbei. Sie blieben stehen, bevor sie sich voller Abscheu abwandten. Sie sahen sie an, als ob sie die Katze am Bretterzaun wäre.
Lieber Gott. Laß mich nicht am Bretterzaun sterben.
Und sie schob alle Gesichter von sich fort. Fuchtelte mit den Armen in der Luft.
Schob und schob. Kniff die Augen und die Lippen zusammen.
Verwehrte den Leuten den Einblick. Warum war die Wirklichkeit so scheußlich? War das nötig?
»Gott! Nimm es jetzt weg – *alles!*«
Waren da Stimmen im Flur? Waren es Stimmen auf der Straße? Plötzlich brach deren Welt in ihre Welt ein, die Stunden rannen wie in einem gleichförmigen Ritual dahin, und keiner war ganz allein auf einer blutigen Wachstuchdecke in einem Zimmer, dessen Tür man zuschließen konnte.
Und eine gewisse Leere bedrückte sie.
Sie lag ganz ruhig und dachte an nichts. Spürte die Kälte. Spürte den trocknenden Schweiß. Ihr eigener Geruch war scharf und nah. Aber das ging sie nichts an. Nach dem Licht streckte sie sich nicht mehr. Das war für andere da. Für die mit den Stimmen und Geräuschen. Für die, welche es wagten, ihr Gesicht dort draußen auf den Straßen in der sicheren Märzdämmerung zu zeigen. Es mußte jetzt Abend sein?
Die Wirklichkeit tauchte auf und weckte sie allmählich, aber sie schloß die Augen und lag ganz ruhig. Wollte so gerne weinen. Hatte jeoch keine Luft mehr. Also ließ sie es sein. Konnte einfach nicht weinen.
Einmal drehte sie den Kopf. Jemand hatte direkt neben ihrem Gesicht gebrochen. Das war doch so…
Ein anderes Mal streckte sie ein Bein aus. Der Schenkel stieß gegen etwas. Nach dieser Bewegung kannte sie den Unterschied zwischen le-

bender und toter Haut. Es war ihr klar, daß sie die lebende Haut hatte.
Sie stützte sich auf die zitternden Arme – und sah an sich herunter.
Und völlig unerwartet überfiel sie eine große Trauer. Sie kroch in ihrem zerschlagenen Körper herum. Tora versuchte, sie vom Kopf fernzuhalten. Aber sie war bereits dort. Sie saß in der Kehle wie eine würgende, glitschige Masse. Trauer. Und Tora wußte nicht, um was.
Sie hatte die Tür verschlossen.
Die Menschenfrau, die sich selbst verleugnen mußte.
Sie hatte eine Trauer, die zu groß war, als daß sie sie ganz hätte erfassen können.

Nachher wußte sie nicht mehr genau, was sie gesehen hatte. Ein bläuliches, kleines, zusammengekrümmtes Hautbündel. Es hatte verklebte Augen. Ähnelte einem frisch geschlüpften Vogeljungen. Der gewundene, schleimige Nabelstrang, der irgendwo innnen drin festsaß, endete gut verzweigt in dem blutigen, losgerissenen Mutterkuchen.
Das Bündel glich einer knorrigen Wurzel. Bestand aus lauter Haut. Es war nicht so entsetzlich, wie sie gefürchtet hatte. War nicht häßlich. Nur sonderbar. Es war – ein kleiner Teil von ihr... Das getrocknete Blut... Altes Blut war immer häßlich anzusehen.
Als sie sich auf die Knie kauerte, kam die Sonne zu ihr herein, ein Zeichen aus einer Welt, zu der sie nicht mehr gehörte. Die Sonnenstrahlen legten sich über das Bündel auf der Wachstuchdecke. Sie sah die feinen Äderchen auf der Stirn. Die kleinen Hände, die in einem ohnmächtigen Faustschlag erstarrt waren gegen eine Welt, die für *es*, das kleine Bündel, auch keinen Platz hatte. Fäuste, die niemals andere schlagen würden, die nur sie geschlagen hatten, die ihnen das Leben gab.
Denn so weise ist alles eingerichtet. Wer geschlagen wird, der wird in alle Ewigkeit geschlagen – immer wieder. Und die frei umhergehen – sollen das Recht haben, frei zu sein. Die Gerechtigkeit ist eine Utopie, für die keiner es sich leisten kann, etwas zu opfern. Es kommt nur darauf an, weiterzustürmen.
Für einen Augenblick schloß Tora die Hand um den kleinen kalten Rücken. Sie legte beide Hände auf das Menschenbündel. Wollte es zum Leben erwärmen. Sie legte ihr Hände auf andere Stellen des Körpers. Streichelte und streichelte. Wilde, gierige Bewegungen. Die

Wärme mußte kommen. Das wußte sie doch. Guter Gott! Sie mußte diese schreckliche Kälte aus dem kleinen Körper herauskriegen. Mußte! *Mußte*! Sonne! *Wärme*!
Sie wagte nicht, die Gardine zur Seite zu ziehen. Jemand könnte hereinsehen. Aber sie bekam einen Zipfel von der Strickdecke auf dem Bett zu fassen und zog sie zu sich auf den Boden. Hüllte das Kleine darin ein und drückte das Bündel an sich.
Sie hatte vergessen, daß sie das Bett und alles, war darin war, schonen wollte.
Aber jetzt war es zu spät. Es war schon lange zu spät gewesen.
Die Welt hatte einen neuen Tag begonnen. Tora hatte es nicht geschafft, bei dem Hochbetrieb mitzuhalten. Sie war bei dem Lauf zurückgefallen. Aber die Menschenfrau war bei dem Marathon um ihr Leben gelaufen.
Schließlich schob sie das Bündel mitsamt der Strickdecke unter das Bett. Dann zog sie den Flickenteppich über sich und entfernte sich von dem Blut, so weit es ging.
Sie fror fürchterlich. Lag zitternd da und wünschte, der Ofen wäre warm. Aber die Zuglöcher waren kalt. Es lagen nur kleine Kohlenstücke auf dem Fußboden. Der Staub stand im Morgenlicht und verhöhnte sie da unten. Sie schloß die Augen. Hatte einen seltsamen, toten Geschmack im Mund. Da begriff sie, daß sie Durst hatte.

Viel später – als die Geräusche von unten ihr erzählten, daß Frau Karlsen fortging und das Haus nun leer war, erhob sie sich mühsam und wankte hinaus in den Flur zum Ausguß. Trank unter dem laufenden Wasserkran. Sie wollte sich Wasser warm machen. Würde alle Spuren beseitigen. Langsam. Gründlich. Sie hatte das Gefühl, sie würde Jahre dafür brauchen. Sie half sich mit zwei Binden, um mit dem frischen Blut die Kleider nicht zu beschmutzen. Sie machte den Ofen an. Es ging alles so langsam. Sie wußte nicht, ob sie jemals fertig werden würde.
Sie schnitt die Wachstuchdecke in entsprechend kleine Stücke, so daß sie in den Ofen hineingingen. Verbrannte und verbrannte. Sie hatte zuerst gar keinen Überblick, was alles verbrannt werden mußte – bekam ihn erst allmählich. Sie ging wacklig im Zimmer umher. Sah sich um. Die Augen wollten nicht gehorchen.
Dann nahm sie die Strickdecke mit dem Menschenbündel und legte sie in den Kleiderschrank, um eine bessere Sicht für andere Dinge zu

haben. Das nützte. Es machte ihr auch ein bißchen Mut. Und sie tat die Arbeit, so wie man eine sinnlose Pflicht erledigt. Sie wunderte sich, daß sie nicht wußte, wann sie gebrochen hatte. Immer wieder sank sie auf den Boden. Auf die Beine war noch kein Verlaß.
Zum Schluß holte sie die große Plastikwanne, die sie zum Wäschewaschen benutzte – und wusch sich. Unendlich langsam. Das warme Seifenwasser tat gut. Aber es war sozusagen unwirklich. Sie wußte nicht, ob das, was sie jetzt an der Haut fühlte, eine Erinnerung an früher war, wenn sie sich gewaschen hatte, oder ob sie es *jetzt* fühlte.
Sie glitt in einen ziemlich stumpfen Zustand hinein, der weder schrecklich noch schön war. Das Bullern des Ofens. Das Blut, das fort war. Sie hatte alles verbrannt, was Blutflecken aufwies. Der Raum trug offensichtlich keine Spuren mehr von dem, was geschehen war. Die Schmerzen im Unterleib waren nicht schlimmer als die, die sie schon früher gehabt hatte. Es kam ihr der Gedanke, daß sie später immer in der Situation sein würde, schon schlimmere Schmerzen verspürt zu haben...
Sie würde nie davon loskommen. Würde es nie vergessen. Es würde ein unsichtbares Zeichen sein, das sie hatte.
Zwischendurch sank sie auf das schmale Bett. Es hatte keine Strickdecke mehr, die Bettwäsche leuchtete bläulich weiß in dem blendenden Morgenlicht. Ein kleiner Sonnenstreifen hatte den Weg zwischen den Gardinen hindurch gefunden. War auf den Tisch neben dem Bett geklettert. Lag sicher und selbstverständlich auf den Buchdeckeln und dem Papier.
Und Tora erinnerte sich plötzlich, daß sie durch das Ganze hindurchgekommen war.

War jemand dagewesen und hatte geklopft? War das gestern? Heute morgen? Hatten sie etwas gehört? Nein, das schloß sie aus. Das Haus war nicht so hellhörig, daß man sie keuchen hören konnte. Aber wenn sie nicht einmal wußte, daß sie gebrochen hatte? Konnte sie da sicher sein, daß sie nicht geschrien hatte? Die Schmerzen... Sicher hatte sie geschrien!
Nein! Sie hatte nicht geschrien. Sie wollte nicht daran denken. Sie entschied, daß sie nicht geschrien und nicht gejammert hatte. Und die Schuhe hatte sie hereingenommen. Auch den Mantel. Sie war einfach nicht dagewesen.
Aber wo war sie gewesen? Was sollte sie sagen, wenn Frau Karlsen

fragte? Ob sie krank gewesen sei? Krank! Ja, sie war krank gewesen. Sie war die ganze Zeit zu Hause gewesen.
Hatte sie geschlafen, so daß sie niemanden hatte klopfen hören? Ja. Hatte sie so fest geschlafen? *Ja. Ja. Ja!*
Sie hörte sich selbst ab, bis sie anfing zu schwitzen.
Sie starrte auf das Sonnenlicht, das einen Wärmedunst über die Bücher legte.
Sie spürte, wie die Wärme von dem schwarzen Ofen in der Ecke in die Haut und in den Körper eindrang. Der Kopf glühte. Der Unterleib brannte. Brannte er? Ja, er brannte.
Sie schloß die Tür auf, schwankte hinaus in den Gang und lehnte sich über das Treppengeländer. Hielt sich an dem rotbraunen Geländer krampfhaft fest. Sah sich selbst in dem hohen Spiegel da unten. Die irren Augen, das weiße Gesicht. Das Haar, das in verschwitzten Strähnen an den Stäben des Geländers herunterhing. Sie sah sich verkehrt herum, mit dem Kopf nach unten. Dem Kopf nach unten. Die Katze an dem Bretterzaun. Fest. *Fest!*
Nein! Sie hatte es geschafft, soweit. Es geschafft. Sie war allein. Keiner wußte. Nichts sollte ans Licht kommen. Die Sonne konnte scheinen, so viel sie wollte, die Gesichter, die sie in der Nacht angesehen hatten, waren reine Phantasie. Nur etwas, was sie sich eingebildet hatte – als alles so schrecklich war. Keiner – wußte. *Keiner – sollte – jemals – etwas – erfahren!*
Sie atmete tief aus. Der eine Mundwinkel hing herunter und verriet sie. Im Spiegel. Der verzerrte Mundwinkel. Sie hatte ihn schon früher beobachtet. Aber nie hatte er so häßlich ausgesehen wie jetzt. Das verkehrte Spiegelbild, es blieb an ihr hängen. Etwas war ein für allemal abgerissen. Ein Strang, der ihr nacktes Leben beschützen sollte, war zu hart gespannt gewesen.
Aber sie sollten sie nie bekommen. *Die anderen!*
Vielleicht konnte sie hinunter ins Bad gehen und sich ordentlich waschen? Die Haare?
Nein, sie wagte es nicht. Es war am besten, wieder hineinzugehen und die Tür zuzuschließen.
Sie fand eine Bürste und versuchte die Haare in Ordnung zu bringen. Unsichere Bewegungen.
Sie hatte den Kampf gekämpft! Alles überstanden. Bis auf das Bündel im Schrank.
Zögernd ging sie zur Schranktür. Öffnete. Da lag die Strickdecke.

Rote und gelbe Farben glühten aus dem Schrankdunkel hervor. Glühten Löcher in ihre Augen. Es war, als ob sie am äußersten Rand eines Abgrunds stand und wollte... aber es nicht wagte. Tausend Pferde, die durch das müde Hirn galoppierten. Wie das letzte schaffen?
Sie legte das Bündel besser zurecht, nachdem sie die Schuhe herausgenommen hatte, die dort standen. Dann überlegte sie, daß sie einen anderen Ort finden müßte, wo sie es hinlegen könnte. Solange sie es noch vermochte.
Was dachte sie da? Vermochte! Sollte sie es nicht vermögen? Wer war sie? Die so dachte? Lebte sie da nicht mehr? Eine alte Angst überfiel sie, aber stärker denn je. Vielleicht lebte sie nur dafür. Immer wieder durchzukommen? Sich immer wieder herauszukämpfen? Gab es da nichts anderes?
Der Karton, in dem sie Plätzchen von zu Hause bekommen hatte, stand noch hinten in der Ecke. Sie holte ihn zögernd. Machte ein kleines Lager.
Sie war das kleine Mädchen Tora, das einen toten Vogel begraben wollte, den sie gefunden hatte. So kam Ordnung in das Dachzimmer in Breiland: Tod.
Ein Lager aus einem kaputten Kopfkissenbezug und einem Handtuch. Sie sollte den Vogel eigentlich waschen. Aber das war ihr unmöglich.
Oval, schön geformt. Schwarzes Haar. Dicht am – Kopf. Es lag noch eine bläuliche Haut darüber. Als ob die Haut nie daran gedacht hätte, hinaus in die Welt zu kommen. Uraltes, runzliges Gesicht. Das Bild eines unfertigen Vogels. Tot. In einem Karton.

Einmal wurde es auch Abend. Der Frühling blaute draußen im Fjord. Schimmerte blau von einem Schwarm von Eisschollen, auf dem Weg hinaus in das offene, gewaltige Meer. Dort sollten sie geopfert und für den neuen Sommer unsichtbar gemacht werden.
Unsichtbar! So scheußlich war die Wirklichkeit. Langsam mußte man schmale, gerade Wege bis zur nächsten Kreuzung gehen. Und alle Spuren verwischen. Allein.
Sie nahm den kleinen Rucksack, den sie benutzte, wenn sie in die Berge ging. In dem sie gewöhnlich Proviant und eine Thermosflasche hatte. Einen Pullover. Sie wußte nicht, ob ihre Füße sie überhaupt die Treppe hinuntertragen würden. Aber sie hatte den Willen. So versuchte sie es.

Es war so leicht – das Würmchen. Das Vögelchen. So leicht, so leicht. Sie hatte es gut in die Stoffteile eingebettet, damit es in dem Karton nicht herumgeworfen wurde und in Unordnung geriet, wenn sie es trug.

Schritt für Schritt. Sie hatte nicht zurückgeblickt. Denn sie hatte alles bei sich. Alles.
Unterwegs traf sie niemanden.
Der Wind. Ins Gesicht. Seltsam, daß die Welt noch bestand.
Erinnerte sich, daß sie die kalte, zarte Haut an ihrem Schenkel gespürt hatte. Kalter, erstarrter Schleim, mit But vermischt.
War es lange her?
Salzluft trieb vom Meer heran. Sie war jetzt nahe am Strand. Konnte keine Häuser mehr sehen. Wußte nicht, wie lange sie gegangen war. Aber das Leuchtfeuer war in der Nähe. Gleich um die Bucht herum. Sie war tüchtig gewesen. War bald am Friedhof. Sie hatte plötzlich die Idee gehabt, dorthin zu gehen.
»Lieber Gott, du weißt, daß ich das tun muß. Weißt du es? Daß ich muß? Du sollst mir helfen! Hörst du, lieber Gott? Um mehr bitte ich dich nicht. Aber das hier werd' ich tun!«
Sie betete mit blutlosen Lippen und ohne Stimme. Und sie glaubte, daß sie laut riefe. Sie drohte, daß ihr der Schweiß aus allen Poren drang. Er sollte dabeisein. Gott. Er sollte ihr helfen. Denn es war so schwer. Hatte er es schon selbst probiert? Zu leben?
Auf dem letzten Stück des Weges hielt sie den Rucksack vor sich. Dicht am Körper. Als ob es so besser ginge.
Es gibt Augenblicke, in denen das Leben mit nichts anderem tröstet als mit toten Vogelkindern, die man an die Brust drückt.
Dann stieg sie über den Drahtzaun und war da.
Sie fand das frisch ausgehobene Grab. Wußte selbst nicht, daß sie vorgehabt hatte, es zu finden.
Die kurze, solide Leiter stand gleich neben der Pforte bei der weißgestrichenen Gerätekiste.
Sie blieb einen Moment stehen und verschnaufte. Versuchte, in sich selbst hineinzukriechen und ein Nichts zwischen den Gräbern zu werden. Wollte schon die Leiter ergreifen, um sie zu dem leeren Grab zu ziehen, als sie merkte, daß sie im Begriff war zu versagen. Tief innerlich wußte sie, daß sie nicht stark genug war. Sie würde es nicht fertigbringen, mit dem Pappkarton in das dunkle Loch hinunterzustei-

gen und auf dem Grund ein kleines Loch mit dem Holzlöffel zu graben, den sie mitgenommen hatte.
Die Wellen brachen sich an Eis und Stein – in der Hochwasserlinie. Ein brausendes, drohendes Geräusch. Alles war losgelöst. In Bewegung. Hart. Kalt. Feindlich. Kante wurde an Kante gewetzt. Schonungslos. Der Wind hielt den Atem an – um sich an Tora heranzuschleichen. Sie zu packen, wenn sie es am wenigsten vermutete. Sie in das schwarze Grab hinabzustoßen. Allein mit dem toten Vogel. Die großen, ausladenden Grabmale der Bischöfe auf sie zu stürzen. Alle Löcher mit schwerem Schnee und zerbrochenen Kreuzen zu füllen. Sie zu einer Gefangenen da unten zu machen. So daß sie immer sehen mußte: den Himmel und die Kreuze. Immer.
Sie stand am Rand.
Und sie wich zurück.
Sie hatte auf dem Berg gestanden – über dem Abgrund damals. Ganz nah am Rand. Eine einzige kleine Bewegung hätte genügt. Und sie war zurückgewichen.
Sie ließ die Leiter, die sie mit sich gezogen hatte, langsam in das schwarze Loch hinuntergleiten. Versuchte sich zu bewegen. Fort! Trotzdem verfolgte sie der schwarze Erdrachen. Sie wagte nicht, ihm den Rücken zuzuwenden, konnte nicht rennen und wagte auch nicht, sich langsam zu bewegen.
Als sie ans Tor kam, drehte sie sich blitzschnell um und versuchte zu rennen. Aber die Binde im Schritt erinnerte sie daran, wer sie war. Sie spürte abwechselnd die harte, getrocknete Blutkruste – und das warme, tröpfelnde Blut.
Sie hatte sich selbst im Stich gelassen.
Es wäre so leicht gewesen. In dem Grab ein Loch zu graben. Tief unten. Die Leiter wieder an den Platz zu stellen. Sie würden kommen und Frau Karlsens Mann begraben. Dann wäre es verborgen gewesen.
Aber erst mußte sie da hinunter.
Und das schaffte sie nicht.

Sie ging langsam weiter. Am Strand entlang. Ging auf verharschtem Schnee. Brach ein. Schleppte die Füße über trockenes gelbes Gras vom vorigen Jahr. Und über Steine. Erschreckte, kleine Steine flüchteten leise klirrend unter ihren Füßen und drohten, sie hinfallen zu lassen.

Sie konnte den Karton dem Meer übergeben. Das Meer war groß. Aber sie wußte, während sie den Gedanken dachte, daß das nicht ging. Sie sah all das Gerümpel, das in der Dämmerung vor ihr auftauchte. Alles, was die Menschen verloren oder abgestoßen hatten. Plastikkanister, Tauenden, Flaschen, Kisten, Bretter, Korken – und Kartons. Aufgeweichte und auseinandergegangene Kartons. Die nicht imstande waren, etwas zu verbergen.

Auf einem dicken Tanghaufen – zwischen zwei großen Steinen lag der traurige Rest einer Zelluloidpuppe.

Sie lag genau in ihrem Blickfeld wie ein Gespenst. Der Kopf war halb abgerissen, und sie hatte weder Arme noch Beine. Tora sank auf die Knie und versuchte das wild schlagende Herz zu beruhigen. Begriff, daß sie in ihrem eigenen Entsetzen gefangen war. Daß es *das* war, was sie zur Strecke bringen würde. Alles andere hatte sie geschafft.

Aber sie schaffte es nicht, in ein Erdloch für die Toten zu steigen und die Schande und die Angst in einer Pappschachtel dort abzuliefern.

Der Puppenkörper leuchtete weiß-rosa, das Gesicht war weggewaschen. Gut, daß es gerade jetzt dämmrig war.

Sie kauerte nieder und schloß die Augen vor dem Anblick. Aber er drang durch die Augenlider hindurch.

Der Puppenkörper kam in der blauschimmernden Luft langsam auf sie zu. Er hob ihr das flache Gesicht entgegen. Wuchs vor ihr. Faltete sich auf, und das konturlose Gesicht war mittendrin. Das Gesicht wurde ein großes weißes Auge mit einer schwachen Rötung. Als ob es eine Art zitterndes Leben wäre, das sich vorwärts kämpfte. Ein blutarmer, kleiner Rochen. Er kreiste um sie herum.

Sie lag mit verrenktem Kopf da und starrte durch die zusammengekniffenen Augenlider. Je mehr sie die Augen zusammenkniff, desto schneller schwirrte der Rochen um sie. Machte kleine Sturzflüge zu ihr herab. Starrte ihr ins Gesicht. Sie konnte seinen Atem spüren. Dort war Leben. Die rosa Farbe ging allmählich in Rot über. Es blutete! Sie sah das Blut fließen. Sich in kleinen, sickernden Stößen herauspressen. Der Rochen zerriß. Er war nicht mehr aus Zelluloid. Er war ein blutiger, zerschlagener Körper auf den Strandsteinen der Insel. In Fetzen gesprengt. Alles quoll heraus. Alles. Die ganze Welt wurde blutrot und pumpte. Im Takt. In Stößen. In sie hinein. Sie widersetzte sich. Aber sie wurde in einen warmen Dampf hineingedrückt.

Dort war sie lange.
Sie spürte die harte Kante des Kartons am Knie und an der Brust.
Die Sonne hatte angefangen, an diesen blauen, durchsichtigen Abenden das Licht über den Bergen aufleben zu lassen. Es roch nach Frost, kaltem Niedrigwasser und vereistem Tang.
Allmählich sah Tora wieder alles so, wie es war. Sie konnte mit dem Karton nicht nach Hause gehen. Entweder sie oder der Karton. Aber das hatte sie schon seit langem entschieden. Deshalb hatte sie sich durch alles hindurchgekämpft. Verstand Elisifs Gott das nicht?
Sie setzte sich auf. Er konnte sie jetzt sehen! Er hatte noch Zeit.
Das Blut fing an, durch die Binden durchzusickern. Es lief zuerst warm. Aber dann gefror es an den Schenkeln zu eiskalten Nadeln. Sie hockte sich nieder. Nahm den Schal und legte ihn auch zwischen die Beine.
Sollte sie nach Hause gehen? In dem Dachzimmer war es warm. Dort könnte sie ausruhen. Nachdenken. Einen Ausweg finden.
Nein!
Sie erhob sich und schleppte sich über den Strand zu der Heide. Bis an den Rand des Gerölls. Die Steinlawine: breit und zum Teil mit Moos bewachsen. Fing ganz oben unter dem Bergüberhang an. Leuchtete grau in der Dämmerung.
Dort sollte es bleiben!
Tora zwang sich noch ein Stück – hinauf, zwischen den großen Steinen, die schon vor langer Zeit heruntergestürzt waren. Ein paar einsame Krähen kreisten um sie und trieben ihr mit ihren Schreien den Schweiß aus dem Körper.
Dann war sie endlich an einem verborgenen Winkel angelangt und konnte beginnen. Sie wälzte ein paar Steine weg. Merkte, daß es bei der Anstrengung auch durch den Schal lief. Aber sie konnte jetzt nicht aufhören. Stellte mit einem kurzen Blick fest, daß sie es schaffen würde.

Sie stand auf dem Hesthammeren und sah, daß *er* sie über den Rand des Abgrunds hinausgeführt hatte. Sah sich selbst in dem Steingeröll liegen. Vollständig zerschmettert. Aber sie sah es mit Abstand. Denn sie stand dort oben. Hoch, hoch. Sie hatte sich gerettet. Selbst. Keiner wußte, daß sie dort in dem Geröll lag. Keiner.
Diese Gewißheit machte den hellen Rand am Horizont zu einem einsamen, zitternden Strich zwischen ihr und den anderen.

Dieser Gedanke gab ihr Kraft. Sie richtete sich immer wieder von den Steinen auf. Mit den Handschuhen konnte sie nicht graben. Der Holzlöffel war für die rechte Hand eine brauchbare Hilfe. Die linke mühte sich ab, so gut es ging. Die Nägel hielten eine Weile stand.
Sie kniete nieder und ruhte sich ein wenig aus , die Stirn gegen das gefrorene Moos gedrückt. Es roch salzig. Schmeckte salzig.
Endlich war das Loch groß genug, der Karton glitt an seinen Platz.
Erde. Moos. Steine. Geröll.
Sie hatte Elisifs Gott vergessen.
Er war nicht da.

Lange saß sie zwischen den großen, stummen Steinen. Bis sie die Kälte nicht mehr fühlte. Spürte einen Eisgriff gegen den Unterleib, als sie einen Augenblick ungeschützt dastand, weil sie die Hose öffnete und die Mütze in den Schritt legte. Dann drückte sie die Knie zusammen, so fest wie möglich.
Schwankend. In der eigenen Spur zurück. Es war jetzt fast ganz dunkel. So dunkel kann es werden, wenn die gesamte Natur auf das große Licht wartet.
Es fing an zu schneien. Dicke, saubere Flocken. Legten sich ruhig auf die ausgefranste Spur. Deckten schnell den brüchigen Harsch zu.
Da ging eine kleine Vogelmutter ohne Flügel in ihren eigenen Fußstapfen, nur jetzt umgekehrt. Die Wangen leuchteten bläulich zwischen dem üppigen roten Haar. Der Neuschnee lag bald wie ein weißer Schleier auf Haar und Schultern. Die Wollmütze war rot und von totem Leben getränkt. Unsichtbar.
Die Boote glitten aus dem Fjord. Immer fuhren Boote irgendwohin.
Bevor Tora in den Lichtkreis der am nächsten gelegenen Häuser trat, blieb sie einen schwerelosen Augenblick stehen. Atmete tief und zitternd.
Das war das letzte, was sie tat, ehe sie hinaus zu den Menschen ging.

Frauen & Literatur

Knaur

Taschenbücher

Band 8012
192 Seiten
ISBN 3-426-08012-5

Sieben starke Geschichten, sieben farbige Frauen. Alle wohnen im Slum, in einer Sackgasse im doppelten Sinne. Alle kämpfen auf ihre Weise um ihr Leben mit der Armut. Von der alten Mattie Michael, die als Teenager von ihrem Vater aus dem Elternhaus gejagt wird, weil sie schwanger ist; über Cora Lee, die ihr Selbstwertgefühl durch immer neue Schwangerschaften »reproduziert«; zu Kiswana, eigentlich Melanie Browne, einer jungen, reichen Schwarzen, die »Black is beautiful« auf ihre Black-Panther-Fahne geschrieben hat.